MÉMOIRE

DE LA CHAMBRE SYNDICALE

DES AGENTS DE CHANGE DE PARIS,

ET

APPENDICE.

MÉMOIRE

DE LA CHAMBRE SYNDICALE

DES AGENTS DE CHANGE DE PARIS

PRÉSENTÉ

À M. le Ministre secrétaire d'État des Finances,

ET TENDANT A OBTENIR

Un RÈGLEMENT sur la Négociation des Effets publics.

AVEC APPENDICE

contenant à l'appui du Mémoire :

1° les documents généraux sur L'ORGANISATION de la compagnie des Agents de change de Paris ; 2° les documents et la jurisprudence qui concernent particulièrement les MARCHÉS A TERME ; 3° une correspondance officielle sur le COURTAGE ILLICITE.

PARIS

IMPRIMERIE DE J.-B. GROS,

18, RUE DU FOIN-SAINT-JACQUES.

1843

SOMMAIRE

DU MÉMOIRE.

———◆◆◆———

PREMIÈRE PARTIE.

Elle a pour objet de prouver : 1º qu'il y a nécessité et urgence que le Règlement promis par l'article 90 du Code de commerce, sur la négociation et la transmission des Effets publics, soit enfin formulé et publié ; 2º que les marchés à terme sur ces effets sont parfaitement licites.

DEUXIÈME PARTIE.

Elle a pour objet de démontrer que le Règlement à intervenir doit, en consacrant les marchés à terme, les régulariser, et les maintenir tels qu'ils se pratiquent aujourdhui à la Bourse de Paris.

Nota. Bien que la pagination du Mémoire et celle de l'Appendice qui suit soient indiquées par le même chiffre, il n'y aura pas d'erreur possible, les renvois étant faits avec indication *spéciale* du Mémoire ou de l'Appendice.

ERRATA

DU MÉMOIRE.

Page 36, ligne 22, *lisez* : intervenues *au lieu de* intervenus.
Page 37, ligne 22, *après le mot* étranger, *ajoutez* à la matière.
Page 107, ligne 11, *après ces mots* par là, *ajoutez* reconnu.

MÉMOIRE

PRÉSENTÉ

Par la Chambre syndicale

Des Agents de change

DE PARIS

A M. LE MINISTRE DES FINANCES (1).

Paris, le 17 février 1843.

MONSIEUR LE MINISTRE,

Le crédit de l'Etat est protégé par des institutions dont la garde vous est confiée, et votre sollicitude, en s'appliquant à les maintenir intactes dans leurs principes essentiels, s'attache également à y apporter les améliorations indiquées par l'expérience ; car la science financière est chaque jour plus étendue et mieux comprise.

Au premier rang des institutions de crédit, se place celle des Bourses de commerce, et, plus spécialement, sous le rapport du crédit de l'Etat, la Bourse de Paris, où aboutissent toutes les opérations en fonds publics, et, par cela même, un grand nombre d'intérêts commerciaux et industriels.

EXPOSÉ.

(1) M. Lacave-Laplagne.

1

La Compagnie des Agents de change de Paris, légalement chargée de valider les transactions en effets sur l'État, est donc le premier instrument du crédit public, et, à ce titre, elle mérite votre bienveillant patronage.

Elle vient l'invoquer aujourd'hui, Monsieur le Ministre, dans cette double pensée qui vous anime, de maintenir les principes conservateurs du crédit de l'État, et de protéger une institution si intimement liée aux mouvements de la fortune nationale.

Les difficultés dans lesquelles est engagée la Compagnie des Agents de change de Paris vous sont connues. Vous en appréciez la gravité, et vous vous êtes montré disposé à rechercher les moyens d'y mettre un terme.

Dans cette pensée, Monsieur le Ministre, vous avez autorisé la Chambre syndicale à vous soumettre un *Mémoire* sur les questions à résoudre, en annonçant l'intention de le faire examiner par une commission spéciale, composée de hautes notabilités, laquelle vous proposerait les mesures à prendre pour faire droit à nos réclamations.

Le procès correctionnel intenté récemment à M. Bagieu (1), l'un de nous, doit ajouter un intérêt de plus à nos instances, et devient un titre nouveau à votre sollicitude. M. Bagieu a été frappé, le premier depuis 1810, par les dispositions du Code pénal contre le pari, trente-deux ans après la publication de ce Code, c'est-à-dire quand il y avait, en quelque sorte, aveu de son inapplicabilité à nos opérations.

Ce n'est pas tout, Monsieur le Ministre, nous devons appeler toute votre attention sur une déclaration que M. le Procureur-général près la Cour royale de Paris a faite

---

(1) Voir l'Appendice : *Collection des monuments judiciaires*, p. 255 et suivantes.

devant cette Cour à la rentrée de ses audiences , au sujet
de la question des marchés à terme, qui, depuis trente ans,
divise les juridictions (1). Cette déclaration, émanée du
chef du parquet, de l'organe du Roi, et qui est si contraire
à l'opinion qu'un Ministre du Roi a bien voulu nous exprimer, nous, permet de craindre que l'interprétation dont
M. Bagieu vient d'être victime ne s'établisse en système ;
et si , durant trente années, nous avons pu nous résigner
au préjudice pécuniaire qui résultait pour nous de la doctrine de la Cour royale dans nos débats avec des clients
de mauvaise foi , nous ne saurions accepter l'application
des lois pénales à nos opérations ; nous ne saurions nous
reconnaître justiciables de la police correctionnelle pour
des actes consacrés par la justice commerciale, par la force
des choses, par un usage constant et par les procédés du
Gouvernement lui-même. Le Gouvernement peut-il, sans
prendre un parti décisif sur la question, consentir à ce que
le ministère public mette ainsi en doute ses intentions, et
ses actes? Nous ne le pensons pas. Quant à nous, nous
obéissons aux intérêts les plus sacrés et les plus respec-
tables, en réclamant plus haut, plus instamment que jamais,
le Règlement que le Code de commerce nous a promis, par
son article 90, *sur la négociation et la transmission de
propriété des Effets Publics* (2), règlement qu'une or-

(1) On lit dans le discours de M. le Procureur-Général (novembre 1842):
« Ceux-là, au nom du crédit public et de la liberté du commerce, vou-
» dront qu'on efface de nos Codes ou qu'on y laisse sommeiller ces pro-
» hibitions prudentes et ces règles professionnelles qui préservent, à la
» fois, au milieu de transactions fugitives et hasardeuses, la fortune des
» familles et la morale publique, l'honneur des fonctions et la sincérité
» des contrats! »

(2) Cet article est ainsi conçu : « Il sera pourvu, par des règlements
» d'administration publique, à tout ce qui est relatif à la négociation et à la
» transmission de propriété des Effets publics. »

donnance du 29 mai 1816 nous a formellement autorisés à demander et à proposer , et qu'un arrêt de la Cour de cassation, cité plus loin (1), a provoqué de la part du Gouvernement.

Tel est, Monsieur le Ministre , l'objet essentiel de la démarche que nous faisons près de vous.

De l'institution des Agents de change de Paris.

Nous n'arrêterons pas longtemps votre attention sur l'historique de l'institution des Agents de change. Les répertoires législatifs de tous les Gouvernements sont là pour éveiller vos souvenirs , et vous n'avez pas besoin de consulter ces recueils pour apprécier l'utilité d'une institution dont les phases diverses ont suivi celles de la fortune de l'État : car vous remarquerez que le déficit et la banqueroute se sont montrés, seuls, hostiles à la Compagnie des Agents de change , le déficit en 1785 , la banqueroute en 1793 ; tandis que les époques où les finances de l'État ont été le plus prospères , c'est-à-dire pendant les vingt dernières années , sont également celles où le Gouvernement accordait plus de faveur et le public plus de confiance à la Compagnie qui préside aux transactions les plus délicates du Trésor et des particuliers (2). La prospérité du crédit s'est accrue en même temps que l'importance attribuée au parquet des Agents de change de Paris. Si ce ne sont pas des causes agissantes l'une sur l'autre, on voit que ce sont au moins des effets contemporains , solidaires et inséparables : c'est ce que les résultats démontrent plus éloquemment encore que des raisonnements.

(1) Voir, dans l'Appendice, la *Collection des monuments judiciaires*, p. 200.
(2) Voir la *Notice historique*, p. 1 et suivantes, de l'Appendice.

L'utilité de cette institution, pour l'État comme pour le public, est encore suffisamment prouvée par l'attention constante que tous les pouvoirs ont portée sur elle depuis plus d'un siècle et demi. Dans cette période, un grand nombre d'édits, d'arrêts du Conseil, lois, décrets et ordonnances ont successivement créé, modifié, agrandi, comprimé, relevé et fortifié l'institution des Agents de change, selon les besoins des circonstances, selon les intérêts du pouvoir régnant. Aucune autre institution n'a été l'objet de tant de réorganisations, et leur multiplicité, en attestant son influence, démontre assez l'importance de ses services.

Répétons que les vicissitudes de ces dispositions législatives et règlementaires ont suivi exactement les mouvements ascendants ou rétrogrades du crédit de l'État, et que l'institution des Agents de change n'a été opprimée qu'aux jours où le crédit a été sacrifié. Ce n'est là, de notre part, ni une vaine préoccupation d'esprit de corps ni un reproche : c'est un fait constaté par des chiffres.

L'origine de la Compagnie des Agents de change date de 1572.

Depuis sa fondation, cette institution a été règlementée et modifiée par de nombreux édits (1), et notamment par celui du 24 septembre 1724, portant *établissement d'une Bourse dans la ville de Paris*, et qui a donné aux intermédiaires de la négociation des papiers commerçables et effets les caractères essentiels qu'ils possèdent aujourd'hui. De

---

(1) 15 avril 1595, 17 mai 1598, janvier 1629, mars 1673, juillet et décembre 1705, 10 avril 1706, août 1708, 3 septembre et 7 décembre 1709, 24 mars 1711, mai 1713, 13 juillet, 2 octobre et novembre 1714, 30 août et 25 octobre 1720, janvier 1723. (Voir le *Manuel des Agents de change*, Paris, 1823, chez Dècle.)

1724 à 1785, de nouveaux édits, de nouvelles ordonnances, sont encore intervenus pour la régularisation de leurs
droits (1). Nous ne citerons que l'édit du 17 juillet **1736**,
parce qu'il tend à réprimer un abus qui semble se perpé-
tuer malgré nos réclamations; il condamne les courtiers
marrons à **6,000 fr.** d'amende chacun et à l'interdiction
de la Bourse, pour avoir usurpé les attributions des
Agents de change. Toutefois, si nous replaçons sous vos
yeux, Monsieur le Ministre, ces anciens règlements, dont
nous contestons, sur beaucoup de points, l'application
au temps actuel, c'est moins pour nous en prévaloir
que pour prouver, au contraire, par leur multiplicité
même, le besoin éprouvé dès-longtemps d'en varier
les dispositions selon les temps et les mœurs; c'est pour
établir la nécessité de coordonner aujourd'hui tant de
contradictions que leur date seule aurait dû proscrire,
et de fermer à la mauvaise foi de quelques spéculateurs,
et à l'incertitude de quelques tribunaux, cet arsenal
que le passé tient ouvert aux fausses doctrines du présent.

Un ordre financier tout nouveau est né pour la France
de vingt-cinq ans de paix et des principes du Gouvernement
représentatif. Il n'y a rien d'analogue dans les précédents
politiques et administratifs des régimes tombés. Des situa-
tions nouvelles doivent être régies par de nouvelles dispositions. La nécessité en est tellement reconnue, que ces
dispositions, plus conformes aux temps, étaient promises
par un des Codes fondamentaux. Il n'a pas tenu à nous

(1) 14 octobre 1724, 26 et 27 février 1726, 22 décembre 1733,
17 juillet 1736, 17 mai 1740, 10 juin 1747, 21 avril 1766, 29 mars 1772,
30 mars 1774, 24 juin 1775, 26 novembre 1781, 5 septembre 1784
(Voir le *Manuel* déjà cité.)

que cette promesse ne fût réalisée. Nous l'avons invoquée ; nous l'invoquons encore aujourd'hui. Chaque régime de gouvernement renferme en lui les mœurs qui lui sont propres : la monarchie absolue a emporté avec elle des formes d'impôt qui lui appartenaient ; la monarchie constitutionnelle apporte des formes de crédit qui lui conviennent. Le silence protégeait l'impôt ; la publicité soutient le crédit. Or, le crédit public a des procédés distincts. Autrefois, sous le règne de ces édits surannés, nous n'étions que les agents du crédit privé ; aujourd'hui nous sommes aussi les agents du crédit de l'État, et nous nous tenons constamment à la hauteur de cette double mission. On nous force, à notre grand regret, de rappeler des services rendus ; pardonnez-nous un rapide retour sur nos actes depuis vingt-cinq ans : notre honneur est engagé dans cette discussion.

L'empire avait laissé, en 1814, la rente 5 p. cent au prix de 45 fr. La Restauration trouvait, à son avènement, la charge d'une liquidation nécessaire aggravée par les exigences de la conquête, que les évènements et la seconde invasion de 1815 rendirent encore plus menaçantes, plus ruineuses. Trente millions de rentes furent inscrits d'un trait de plume sur le grand-livre de la dette publique pour la rançon nationale, indépendamment des rentes créées pour couvrir les déficits de tous les services. Eh bien ! de 1815 à 1824, en neuf années, le crédit de la France, malgré cette surcharge considérable ; malgré les dangers d'une crise que les circonstances firent éclater sur notre place à la fin de 1818, crise amortie par le *patriotisme* des Agents de change (nous ne craignons pas de prononcer ce mot, car il est justifié par les sacrifices pécuniaires

SERVICES rendus par la compagnie des Agents de change de Paris.

auxquels se soumit le parquet); malgré le surcroît d'une indemnité d'un milliard, inscrite au grand-livre de la dette, dans l'intérêt de la propriété foncière qui se plaint toujours, cependant, d'être sacrifiée à la rente, le crédit de l'État présenta le phénomène d'une dette triplée par les dettes nouvelles et du prix de la rente doublé en dix ans, et presque triplé en vingt-sept ans par la confiance publique (1).

Sans doute, la fortune de la France a produit ces miracles, en triomphant de passions révolutionnaires, des évènements critiques, des intérêts privés, des dépenses de tout genre qu'une grande commotion politique entraîne à sa suite. Mais ne faut-il pas faire une part, dans ces résultats, à l'habileté de quelques ministres des Finances? Et ces ministres, eux-mêmes, ne seraient-ils pas les premiers à rendre hommage au zèle, aux lumières peut-être, et au dévouement de la Compagnie des Agents de change de Paris, qui, dans quatre circonstances très-graves (2), que nous choisissons à travers les annales financières de ces vingt-six années, en 1818, en 1830, en 1831, en 1840, ont aidé utilement à préparer ces heureux résultats, en luttant de toute la force de leur action, de leur foi, de leur influence et de leurs capitaux, contre l'étranger, contre les révolutions, contre les émeutes, contre les éventualités du dehors. En 1818, le parquet sacrifia 4 millions et demi à la bonne tenue du crédit, et il sentit dès-lors la nécessité de pourvoir à des crises de ce genre par une bourse commune(3), formée au moyen de subventions journalières. Ce

(1) Voir à l'Appendice, p. 117, le Relevé de la Dette publique consolidée.
(2) Voir la Notice historique déjà citée.
(3) Voir la Note sur le fonds commun de la Compagnie, première partie de l'Appendice, p. 61.

fonds commun, porté à 3 millions, a passé presque tout entier dans les épreuves de 1830. Il a payé la rançon de la place pour l'honneur de la Révolution de juillet et du gouvernement qu'elle avait fondé, et même pour le salut d'un grand nombre d'industries dont l'existence importait à la consolidation du nouveau régime. En 1831, en 1840, de nouveaux désordres occasionnèrent de nouveaux sinistres, qui furent encore réparés par des sacrifices nouveaux. Nous ne mentionnons que des faits notoires ; les chiffres ont été relevés ; ils existent dans les cartons de votre département : ils vous prouveront, Monsieur le Ministre, que, depuis vingt-sept ans, grâce aux précautions prises et aux sacrifices consentis par la Compagnie des Agents de change, cette Compagnie, qui manie un milliard de valeurs par an, a obtenu ce résultat que les pertes éprouvées par des particuliers, pour faits de charge, sur les 26 milliards remués dans cette période, ont à peine atteint 315,000 fr. Nous pourrions, au besoin, chiffrer cette assertion, avec la confiance de rester même en-deçà de ce calcul. Qu'il nous suffise donc, pour réponse à ceux qui méconnaissent les services rendus au crédit de l'État par la Compagnie des Agents de change, de rappeler :

Que le crédit public s'est élevé, en vingt-sept années, dans la proportion de 45 à 120 fr. ;

Que la réduction de l'intérêt, si utile à tous les crédits privés, s'est opérée par l'élévation du capital de la rente ;

Que l'amortissement a pu être retiré du fonds le plus considérable (5 p. cent), pour être reporté, partie sur des fonds à intérêt moindre, partie sur de grands travaux d'utilité publique ;

Que les crises politiques ont trouvé la Compagnie

attentive à en atténuer les conséquences financières ;

Que le commerce et l'industrie ont rencontré, par l'intervention du parquet, de précieuses ressources, à des époques où il ne leur en était offert nulle part ;

Que tous ces résultats ont été obtenus au grand avantage du crédit public et des fortunes privées, qui ont toutes profité de la hausse des fonds et de la baisse de l'intérêt.

Et nous prouverons plus loin, que, si les Agents de change ont été les premiers instruments de cette prospérité progressive (ainsi que le témoigneraient les plus hautes maisons de banque et de commerce, et, avec elles, tous les ministres des Finances), les marchés à terme ont été, dans la main du parquet, les moyens de mettre en œuvre ce crédit, si prodigieusement relevé.

Pardonnez-nous, Monsieur le Ministre, d'avoir revendiqué notre part dans ces heureux résultats : nous ne voulons pas dire que le développement du crédit public soit notre ouvrage, mais nous croyons pouvoir affirmer, avec vérité, que la bonne administration de notre Compagnie, l'exactitude et la régularité de ses opérations, y ont beaucoup contribué. Les documents statistiques de cette Compagnie peuvent faire apprécier la difficulté de nos efforts, puis que la régularité dont nous faisons jouir le le public, n'a été acquise que par la ruine de la majeure partie des hommes qui ont été appelés à la fonder (1).

(1) Sur 114 Agents de change, ayant exercé leurs fonctions depuis la publication de l'ordonnance du 29 mai 1816 qui a organisé la Compagnie, 31 se sont retirés avec une fortune provenant, en grande partie, de
    l'augmentation du prix des charges ;
    44 sont restés sans fortune ;
    39 ont été obligés de quitter leur état par suite d'une ruine complète.

On a si souvent contesté nos actes, que nous pouvons être admis, sans trop de préoccupation personnelle, à rappeler des faits, des dates et des chiffres (1). Notre institution est mal comprise aujourd'hui par quelques esprits ; il faut donc l'expliquer dans ce qu'elle a d'essentiel, c'est-à-dire en ce qui touche *la Négociation des Effets publics*. Qu'on accorde une attention sérieuse à nos explications, et nous obtiendrons plus de justice. Nous aimons à penser qu'il y a, au fond de ces malentendus, plutôt des préventions que des préjugés. Ces préventions, nous nous flattons de les dissiper par un exposé de bonne foi ; quant à des préjugés, s'il en existait, ce serait au Gouvernement de les vaincre.

Notre manière de procéder est un mécanisme dont les marchés à terme sont un des principaux rouages, et dont l'objet est de reporter sans cesse et avec facilité les capitaux, c'est-à-dire les moyens de travail, vers les points où les réclament les besoins de l'industrie et du commerce. Quel tort ne pourrait-on pas faire à la production du pays, si l'on supprimait ce mécanisme ou ces moyens d'exécution ! Nous reviendrons sur une considération si importante.

Exposons, d'abord, le mode des opérations de la Bourse des fonds publics, soit au comptant, soit à terme.

PLAN
du Mémoire.

(1) Il ne paraîtra pas hors de propos de rappeler ici un procès que la Chambre syndicale eut à soutenir, en 1823, contre les créanciers du sieur Sandrié-Vincourt, qui prétendaient rendre la Compagnie responsable des prévarications de cet Agent de change.—La Chambre n'eut besoin, pour repousser cette injuste prétention, que de produire ses propres délibérations : un arrêt de la Cour royale de Paris, du 31 mars 1827, rendit la plus éclatante justice à la conduite qu'elle avait tenue dans cette circonstance.

Nous examinerons ensuite les dispositions anciennes ou modernes qu'on veut appliquer aux marchés à terme, et les jurisprudences qui ont varié dans cette application ; il ressortira de notre examen la preuve qu'il y a une nécessité urgente que nous obtenions enfin le Règlement promis depuis si longtemps sur *cette négociation des Effets publics*, qui, étant remise à notre ministère, sans règles fixes, ou plutôt sous des conditions inexécutables, devient, pour nous, une source de difficultés et de périls. Ce sera la première partie de notre travail.

De là, par une discussion simple, à l'aide de quelques principes de crédit et du mode des emprunts, qui sont les grands moyens d'action des gouvernements libres, nous serons amenés, dans une seconde partie, à justifier le principe et l'utilité des marchés à terme, en nous appuyant sur les considérations morales qu'on veut nous opposer, et sur les considérations politiques qui résultent de la force des choses, des nécessités du Gouvernement et des discussions des Chambres. Nous en conclurons aussi que les marchés à terme doivent être consacrés et régularisés par le Règlement que nous sollicitons.

Un appendice, joint à ce mémoire, comprendra les documents qui peuvent en éclairer les diverses parties.

C'est une œuvre de conscience que nous livrons à votre sagesse, à votre équité, Monsieur le Ministre. La situation de la Compagnie des Agents de change de Paris, nous le répétons, est devenue intolérable. On nous blessait dans nos intérêts, et nous avons mollement résisté ; on nous menace aujourd'hui dans notre considération, et nous ne saurions réclamer trop énergiquement.

C'est un malheur pour l'État, quand le texte des lois est assez obscur, pour laisser une si large ou-

verture à l'interprétation. C'est un danger pour les citoyens, quand la magistrature peut être exposée à admettre
des doctrines contraires aux pratiques comme aux besoins
du pouvoir et de la société. Voilà le danger et le malheur
que vous avez à conjurer, Monsieur le Ministre, en nous
accordant la réparation et la sécurité que nous demandons.

PREMIÈRE PARTIE.

Cet exposé tout pratique des diverses opérations de la
Bourse sur les fonds publics, nous le ferons, d'abord, sans
discussion, sans apologie.

Les effets publics vendus et achetés à la Bourse de Paris,
au comptant, sont des inscriptions de rente sur l'État,
ou des titres au porteur, tels que les effets étrangers principalement (1). Ces ventes et ces achats ne sont régulièrement faits que par le ministère des Agents de change,
et sur le parquet de la Bourse (2). Deux Agents de change
sont toujours interposés entre le vendeur et l'acheteur qui
ne se connaissent pas, et qui ne doivent pas se connaître,
puisque la loi oblige les Agents de change à garder le secret
sur les opérations dont ils sont chargés. Il s'opère ainsi,
entre les deux Agents de change interposés dans une même
négociation, un contrat personnel pour le compte de leurs
clients respectifs, innommés. Le contrat s'exécute d'abord
entre ces deux Agents de change par la livraison et le
payement des effets achetés et vendus, ensuite, et de la

Marginal note: OPÉRATIONS de la Bourse sur les fonds publics. — celles au comptant.

(1) Il existe aussi des rentes sur l'État au porteur.
(2) La manière de procéder à ces opérations est déterminée par notre
règlement intérieur, compris dans l'Appendice, page 47 et suivantes.

même manière, entre chacun de ces Agents et son client, acheteur ou vendeur (1).

S'il s'agit d'un achat ou d'une vente de rente française sur l'État inscrite nominativement, le contrat n'est exécuté qu'autant qu'il y a eu, de la part du titulaire de la rente vendue, déclaration écrite et par lui signée sur le grand-livre de la dette publique, opérant transfert au nom de l'acheteur. Cette déclaration doit être certifiée par l'Agent de change du vendeur, qui garantit par là le Trésor public contre toute réclamation de la part des tiers. Ainsi s'opèrent les mutations des rentes sur l'État. Ces mutations donnent lieu, de la part du Trésor public, à la délivrance de nouveaux extraits du grand-livre, mentionnant la nouvelle immatriculation au nom de l'acheteur. Le Trésor délivre , le lendemain du dépôt de la feuille de transfert , les nouveaux extraits d'inscription portant les noms du nouveau titulaire. Ces nouvelles inscriptions sont retirées du Trésor public, par les Agents de change des titulaires vendeurs , lesquels les livrent ensuite, contre payement, à leurs confrères acheteurs ; ceux-ci, à leur tour, en font la livraison aux clients pour le compte desquels les achats ont été faits, et ils les accompagnent d'un bordereau de livraison acquitté, attendu que lorsqu'un Agent de change reçoit un ordre d'acheter de la rente au comptant, il doit recevoir, en même temps, du client les fonds nécessaires à l'exécution de cet ordre.

S'il s'agit d'achat ou de vente d'effets publics représentés par des titres au porteur, ces titres sont remis, par le client vendeur, à son Agent de change, au même instant

(1) Il a été jugé qu'un seul Agent de change peut aussi consommer valablement la négociation , s'il a pour clients, tout à la fois, et l'acheteur et le vendeur.

où il lui donne l'ordre de les vendre. L'Agent de change exécute cet ordre à la Bourse, et le lendemain il livre lesdits effets à son confrère acheteur, accompagnés d'un bordereau de vente revêtu de son acquit, et il en touche le montant, qu'il remet ensuite à son client contre quittance.

Les Agents de change sont les médiateurs nécessaires de ces négociations : ils y président comme officiers publics et mandataires légaux. Leur mandat est défini par la loi, et l'exécution de ce mandat est garantie par le serment, par le cautionnement, par la valeur de l'office, et par le règlement que la Compagnie s'est imposé à elle-même, et qu'elle exécute religieusement, en attendant que le Gouvernement ait jugé à propos d'y donner sa sanction, aux termes de l'article 6 de l'ordonnance du 29 mai 1816. Ce projet de règlement (en date de novembre 1832), résume toutes les anciennes dispositions reconnues utiles, et les met en harmonie avec l'état présent des affaires et du crédit (1).

Telle est la pratique des marchés au comptant. Comme ils ne sont l'objet d'aucune réclamation, nous n'avons pas à les justifier.

Les marchés d'effets publics réalisables à terme, sont, soumis aux règles qui régissent les achats et ventes au comptant, avec la seule différence qu'il est accordé par le vendeur à l'acheteur un délai pour la réalisation du marché, et que le vendeur s'oblige à anticiper, à la volonté de l'acheteur, la livraison de l'effet public acheté. Au moyen de cette clause, le marché à terme peut se transformer, à toute heure, en marché au comptant. C'est ce que, en langage

MARCHÉS
à terme.

_____

(1) Voir le n° II de la première partie de l'Appendice, p. 47.

de bourse, on appelle *escompter* : expression impropre, puisqu'il n'y a pas lieu à un décompte d'intérêts, mais c'est le terme consacré par l'usage. Si la réalisation n'a lieu qu'à l'expiration du délai convenu, le marché se consomme alors de la même manière que s'exécutent les achats et ventes au comptant.

Le terme de ces marchés ne peut, selon les dispositions ou les usages en vigueur, outre-passer deux mois. C'est ainsi que, dans la pratique, on fixe ce terme, soit à la fin du mois pendant lequel on contracte, soit à la fin du mois suivant. Cette exception au droit commun, qui permet à tout vendeur de fixer tel terme qu'il veut à la livraison et au payement de la chose vendue, a été créée par l'arrêt du Conseil d'État du 22 septembre 1786.

Les marchés à terme exigent, comme les marchés au comptant, l'interposition de deux Agents de change, l'un stipulant pour le client vendeur, l'autre pour le client acheteur, tous les deux inconnus l'un à l'autre. Du secret imposé aux Agents de change résulte pour eux la nécessité de s'engager personnellement les uns vis-à-vis des autres. Cet engagement réciproque est constaté par écrit : l'Agent vendeur promet au confrère acheteur de lui livrer l'effet au terme convenu, ou plutôt à sa volonté; l'autre promet, de son côté, d'en prendre livraison contre paiement du prix d'achat. Chaque Agent de change constate de la même manière, à l'égard de son client, cette obligation réciproque (1).

C'est par une confusion inexplicable entre les marchés à terme et les jeux ou paris prohibés, qu'on est venu à

_____

(1) Voir le modèle de ces marchés dans l'Appendice, page 119 et suivantes.

faire l'application aux premiers de la législation qui ne s'attaque qu'aux derniers. Il est bien certain cependant, pour quiconque étudie avec attention les dispositions dont on a fait une application si erronée, qu'elles ne disent même pas ce qu'on veut leur faire dire. Les arrêts de 1785 et 1786, que nous discuterons dans un paragraphe spécial, admettaient la validité des marchés à terme moyennant le dépôt chez un notaire de l'effet vendu ou des pièces probantes de leur libre propriété, sans même faire de ce dépôt une condition rigoureuse. L'arrêt de 1787, par lequel les arrêts de 1785 et 1786 ont été infirmés en ce point, n'annulle et ne frappe d'amende que les manœuvres frauduleuses ; il considère les marchés à terme comme n'étant justiciables que de la conscience des spéculateurs. Le Code pénal lui-même, que nous discuterons aussi à fond, le Code pénal, qu'on vient de nous appliquer si sévèrement, moins exigeant que les édits de 1785 et de 1786, admettrait la preuve que, si les effets n'ont pas existé au moment de la convention, *ils aient pu et dû exister au moment de la livraison.* Il n'y a donc pas dans les textes existants d'interdiction des marchés à terme ; il y a des pénalités contre les jeux et paris, et c'est, par une confusion insoutenable entre ces deux espèces d'opérations toutes différentes, qu'on a étendu sur les spéculations les plus licites, les défenses et les peines qui ne pesaient que sur l'agiotage. Mais nous anticipons sur la discussion.

Indiquons une variété des marchés à terme connue sous le nom de marchés à prime.

MARCHÉS à prime.

Les marchés à terme, tels que nous venons de les définir, sont appelés *marchés fermes :* c'est l'opération par la

2

quelle on vend ou l'on achète une certaine quantité de
rentes à livrer pour la fin du mois courant ou la fin du
mois prochain, sans que les contractants puissent se refuser à en subir la chance, quelle qu'elle soit, à l'échéance
du terme. On appelle marché à *prime* ou libre l'opération qui diffère du *marché ferme*, en ce que l'une des
parties, l'acheteur, a la faculté de ne pas exécuter la convention au terme fixé, en abandonnant à l'autre partie la
somme ou prime qu'elle a seulement voulu engager.

Les marchés à terme sur les effets publics se contractent donc de deux manières, ou purement et simplement,
ou sous une condition résolutoire. Les *marchés fermes*
doivent être exécutés par les parties au terme convenu ;
l'effet doit être livré et le prix payé, quelle que soit la hausse
ou la baisse survenue dans l'intervalle sur la valeur de
l'effet. Les *marchés à prime* peuvent être résiliés par
l'acheteur lorsqu'il lui plaît, s'il déclare qu'il abandonne
au vendeur la somme payée d'avance, comptant, à titre
de prime. Au contraire, lorsque le marché se consolide,
la prime s'impute toujours sur le prix que l'acheteur doit
payer. Et cette formule des marchés à terme est usitée en
matière d'emprunt comme le marché ferme, car, soit un
douzième, soit un vingtième, est déposé d'avance par le
soumissionnaire de l'emprunt, et cette avance reste acquise au Trésor en cas de non-exécution par l'adjudicataire, contre lequel il n'existe aucun autre moyen de coer-
cition ou de dommages-intérêts.

DE L'ESCOMPTE.   Le modèle des marchés à terme (que nous insérons
dans l'Appendice réserve (1), comme nous l'avons dit, à

----

(1) Voir le n° I de la deuxième partie de l'Appendice, page 119.

l'acheteur la faculté de prendre livraison des effets négociés avant le terme fixé et à sa volonté, en payant immédiatement le prix convenu par le marché. Cette clause est
très-licite, mais elle n'est pas de droit, et elle a besoin
d'être stipulée dans le marché.

Nous ne saurions nous empêcher de faire remarquer ici,
en passant, que cette faculté d'*escompte*, toute au profit
de l'acheteur, est aussi toute à l'avantage de la hausse des
effets; nous montrons plus bas, par des chiffres, combien
elle a puissamment agi dans certaines circonstances sur la
bonne tenue du crédit public. C'est en même temps une
garantie de la réalité des marchés à terme, puisqu'elle a
pour effet de les convertir à volonté en marchés au comptant, par anticipation sur le terme; c'est une preuve de la
sincérité des transactions et de la solvabilité des contractants qui admettent une pareille clause.

C'est par le moyen du marché à terme combiné avec le DES REPORTS.
marché au comptant, que les capitalistes qui ne veulent pas
entrer dans la rente, c'est-à-dire se faire rentiers proprement dits, se ménagent un emploi temporaire de leurs fonds,
en les prêtant au commerce et à l'industrie contre le dépôt
des inscriptions. Ces placements de fonds très-réels, très-
loyaux, très-favorables au crédit privé comme au crédit
public, ne pourraient s'opérer cependant sans l'existence
des marchés à terme, qui en sont un des moyens indispensables. Ils s'accomplissent par le ministère des Agents de
change, au moyen d'un achat de rentes au comptant et
d'une vente simultanée à un ou deux mois de terme. La
vente à terme étant faite à un prix plus élevé, la différence
qui existe entre le prix de cette vente et le prix de l'achat

fait au comptant constitue le *report* (1) et représente l'intérêt des fonds avancés par le capitaliste prêteur. Cet intérêt est plus ou moins élevé, selon que l'argent est plus ou
moins recherché par les commerçants. Il est plus élevé si,
à l'échéance des marchés à terme, le prix de la rente à
terme s'éloigne davantage du prix de la rente au comptant ;
et le cas inverse se réalise si ces prix se rapprochent.

Dans les temps ordinaires, ce mode de placement procure aux capitaux un intérêt évalué sur le pied de 3 à 4 p.
cent l'an, déduction faite des frais de courtage. C'est à peu
près ce que gagne l'inscription de rente en avançant vers
l'échéance du semestre.

On ne peut méconnaître que cette facilité offerte aux
capitalistes de prêter avec sûreté leur argent sur effets
publics est, comme l'*escompte* dont nous avons parlé,
toute à l'avantage du crédit public, puisqu'elle concourt
à soutenir le cours de la rente et à en aider le classement.

Et il est remarquable que les combinaisons tracées par
des règlements provisoires ou consacrées par l'usage, dans
ces sortes d'opérations, soient toutes, en effet, conçues
dans un intérêt de hausse ; ce qui prouve que la Bourse,
environnée de préventions si injustes, est le véritable
point d'appui d'un levier puissant pour le crédit de l'É-
tat (2).

(1) Voir, la note et le parère sur les reports, n°s II et III de la deuxième
partie de l'Appendice, page 122.

(2) Que l'on considère ensuite avec quelle rapidité et quelle exactitude ces transactions s'accomplissent ; qu'on en examine l'importance, que
nous allons faire connaître par quelques exemples, et l'on verra si l'on
peut imaginer un mécanisme plus ingénieux et dont on puisse tirer de
plus grands résultats.

Au mois de janvier 1829, une compagnie de finance était vendeur à

Le capitaliste reporteur de rentes est couvert des fonds qu'il prête par le transfert fait en son nom de l'inscription de rente reportée, qui reste dans ses mains jusqu'à ce que l'opération soit consommée par la rentrée du capital prêté, époque où il retransfère l'inscription au nom de la personne qui est indiquée par son Agent de change. C'est en résumé un placement temporaire, à intérêt modique, sur l'État, placement préféré par les capitalistes, malgré la modicité de cet intérêt, parce qu'il leur offre la facilité de rentrer dans leurs fonds à leur volonté, ce qu'ils effectuent sans peine en vendant au comptant l'inscription dont ils sont nantis, et en rachetant, pour la fin du mois, la même somme de rentes, afin de balancer la vente faite précédemment pour la même époque. C'est ce qu'on appelle défaire

terme d'une somme de rente dont le capital s'élevait à 29 millions : en liquidation, il lui convint de livrer ses rentes; et en un seul jour, à midi précis, ses 29 millions lui étaient payés sans qu'il y eût un quart d'heure de retard.

D'autre part :

Il est constaté, par le registre qui en est tenu à la Chambre syndicale des Agents de change, et qui pourrait être contrôlé par le bureau des transferts du Trésor, que, pendant le seul mois d'avril 1831, il a été escompté, c'est-à-dire que l'on a demandé la livraison anticipée

de 1,240,000 francs de rente 5 pour cent ;

et de 2,702,000 francs de rente 3 pour cent :

Ce qui représentait un capital de plus de 70 millions au cours d'alors, qui a été exactement payé.

Enfin, en 1831, il a été escompté ainsi et payé savoir :

3,667,500 francs de rente 5 pour cent;

4,740,500 francs de rente 3 pour cent;

Et en 1832 :

2,025,000 francs de rente 5 pour cent;

390,000 francs de rente 3 pour cent, qui ont été exactement livrés et payés, ce qui fait environ 200 millions de capital.

Sont-ce là des marchés fictifs, et quel mal n'aurait-on pas fait au pays, en paralysant une telle circulation de capitaux ?

un report, et cette contre-opération, qui est l'inverse de
l'opération primitive, s'accomplit également par le ministère des Agents de change. Ce mode de placement temporaire est aussi très-recherché par les personnes qui se sont assuré un emploi déterminé de leurs fonds à une époque plus
ou moins rapprochée; et l'on voit, au reste, que la faculté de
défaire les reports permet à tous les capitalistes reporteurs
de saisir toute occasion qui se présente d'un placement
plus avantageux. Quoique les reports s'établissent le plus
souvent sur les rentes, ils peuvent avoir lieu de même sur
les actions de la Banque, les fonds étrangers ou autres
effets qui portent intérêt. Le motif qui fait préférer les
rentes n'est autre que la supériorité du crédit dont elles
jouissent.

C'est encore à l'aide des reports que les capitalistes qui,
à l'échéance des marchés, ne veulent pas les liquider, soit
parce que leurs capitaux ne sont pas disponibles, soit dans
l'espoir d'un cours plus favorable, prolongent la durée de
leurs engagements, c'est-à-dire en prorogent le terme à la
fin du mois suivant, et de mois en mois, jusqu'à l'époque où
ils veulent arrêter leur opération. Nous faisons ressortir,
plus loin (2ᵉ partie), les avantages pour le crédit public et
privé, de ce mouvement rapide et facile des capitaux.

N'indiquons ici qu'un exemple :

Si une maison de banque ou de commerce a besoin
d'argent, et si elle a des rentes (ce qui est maintenant la
condition de toute grande existence de banque ou de né-
goce), elle n'est plus, comme autrefois, dans la nécessité de
faire promener sa signature dans Paris, sans savoir si elle
la placera, et à quel prix, et en donnant la clef de ses opérations et de ses besoins. S'il lui faut un million, elle fait
reporter par son Agent de change **50,000** fr. de rente,

c'est-à-dire qu'il les vend au comptant, et les rachète en même temps, pour la fin du mois courant ou du mois prochain. Par ce procédé, elle est aussi certaine de toucher son million le surlendemain, à midi, que si elle avait les meilleures signatures de Paris à encaisser. Et, pour se procurer cette somme, elle ne paye souvent qu'un intérêt modique, qui, rarement, dépasse 3 p. cent au plus par an. Ainsi, et seulement par le moyen des marchés à terme, est assurée la libre circulation des capitaux, qui donne de l'argent à bon marché; la rente devient un véritable signe représentatif; et la facilité de ces emprunts, comme leur sécurité, a permis de rendre à la circulation, au profit de l'industrie, du commerce et du crédit de l'État, ces trois éléments de la prospérité du pays, des sommes considérables qui restaient autrefois enfouies en réserve. Or, avec de l'argent à meilleur marché, on fabrique à meilleur marché aussi; et, toute habileté compensée, si l'on produit en Angleterre avec de l'argent à 3 ou à 4 p. cent, il est évident que la France, qui ne produisait auparavant qu'avec de l'argent à 6 ou à 5, pourra soutenir la concurrence avec l'Angleterre sur tous les marchés où leurs produits se rencontreront, le jour où elle assurera, comme sa rivale, à ses fabricants, de l'argent à 4 ou à 3.

L'explication de ce mécanisme a suffisamment prouvé combien le report est une opération aussi licite que sûre. L'utilité en est tellement reconnue aujourd'hui, que les personnes les plus étrangères aux négociations de la Bourse ont recours à ce genre de placement. La validité du contrat de report ayant été mise en question devant les Tribunaux, dans l'affaire du sieur Collot contre les syndics Sandrié-Vincourt, elle a été formellement maintenue par un arrêt en date du 21 mars 1825, qui reconnut que l'opération de Collot *présentait tous les caractères d'une opération sérieuse et n'offrait aucun indice de jeu de bourse.* Depuis, la jurisprudence a été fixée dans ce sens par d'autres décisions semblables.

Il peut être utile de dire ici , qu'il ne faut pas confondre , avec les effets publics, toutes les *actions des compagnies industrielles.* Dans les années 1837 et 1838 (1) , on vit éclore une multitude de sociétés , formées sous le régime de la commandite , pour l'exploitation d'entreprises commerciales , industrielles , agricoles ou financières, dont le capital était divisé en *actions au porteur,* et ne pouvait être réalisé qu'au moyen du placement de ces actions. Le danger de ces combinaisons ne pouvait échapper à la vigilance de la Chambre syndicale de la Compagnie des Agents de change. Elle crut devoir appeler l'attention du ministre des Finances sur les conséquences possibles de ces émissions journalières, sans contrôle et sans mesure , de titres au porteur représentant des capitaux énormes et qui promettaient des bénéfices imaginaires. En même temps, elle recommanda aux Agents de change de ne prêter leur ministère à la négociation de ces actions qu'avec la circonspection la plus grande, et elle ne permit de porter, sur le bulletin officiel de la Bourse, que celles qui, étant émises par les sociétés anonymes constituées par ordonnance royale , ont seules le caractère d'effets publics. La Chambre syndicale combattit l'entraînement public, autant qu'il était en elle ; mais la cupidité et la crédulité furent, durant quelques mois de vertige , plus fortes que l'expérience et la raison. Il en résulta des pertes considérables, par suite des

(1) Voir dans l'Appendice la note sur ce sujet, page 75.

faillites ou liquidations de ces sociétés, qui étaient parvenues à recueillir sur la place des sommes assez considérables. Toutefois, le mal eût été plus grand sans nos avertissements, sans notre résistance.

Examinons maintenant les dispositions qu'on applique aux opérations de la Bourse sur les effets publics.

Nous avons indiqué plus haut la nomenclature des nombreux édits et arrêts qui concernent la profession d'Agent de change. Il est inutile de mettre en discussion ceux qui ne s'appliquent qu'à l'organisation et aux droits généraux de la Compagnie; leurs dispositions les plus importantes à cet égard ont été, d'ailleurs, reproduites par des dispositions plus récentes. Nous reconnaissons que la Compagnie est constituée d'une manière satisfaisante. Elle a apporté d'elle-même, dans son organisation et sa discipline, des perfectionnements (1) qui ont multiplié et fortifié les garanties offertes au public; perfectionnements, pour lesquels nous n'avons encore obtenu du Gouvernement d'autre approbation que celle de son silence. Ne nous occupons donc ici que de ce qui est à rectifier ou à décider quant à la Négociation des effets publics, et spécialement, quant aux marchés à terme.

Nous ne vous dissimulerons pas, Monsieur le Ministre, que l'interprétation dont nous allons vous offrir l'analyse rapide, a été contredite en des points essentiels par la jurisprudence des tribunaux supérieurs, mais nous croyons avoir le droit de persister dans notre opinion et de la défendre : c'est au Gouvernement que nous devons appeler de leurs arrêts. L'art. 90 du Code de commerce dont nous

(1) Voir le Règlement, première partie de l'Appendice, page 47.

venons demander l'exécution, lui donne le pouvoir de nous entendre et de faire cesser la controverse par le Règlement que nous sollicitons.

La célèbre ordonnance de commerce de 1673 n'a réglé, en ce qui nous concerne, que la négociation des lettres de change et autres papiers commerçables. La négociation des effets publics n'acquit d'importance à Paris qu'après l'introduction en France du système de Law. On sentit alors la nécessité de règlementer cette matière, et en effet, peu d'années après la chute du système, le 24 septembre 1724, parut un arrêt du Conseil d'État. Rien, dans les dispositions de cet arrêt, ne fait allusion aux ventes ni achats à terme, encore ignorés sans doute. L'arrêt du 22 décembre 1733, ceux des 17 mai 1740, 30 mars 1774, 26 novembre 1781, 5 décembre 1784, ne touchent pas davantage à cette question essentielle, qui n'est formellement signalée que par les arrêts du 7 août et du 2 octobre 1785, 22 septembre 1786 et 14 juillet 1787. Nous ferons remarquer seulement que les arrêts antérieurs contenaient des dispositions sévères contre les personnes qui s'immisçaient, sans qualité, dans les négociations attribuées au ministère des Agents de change.

ARRÊTS de 1785, 1786 et 1787. — leur objet. Quelle est la nature, quelle était la portée des arrêts de 1785 et de 1786? Il s'agissait seulement de réprimer l'agiotage qui se faisait, à cette époque, sur les actions de diverses grandes compagnies financières ou industrielles, par l'intermédiaire de gens sans titre et sans qualité qui usurpaient les fonctions d'Agents de change, et d'assurer l'exécution des arrêts règlementaires rendus précédemment contre ces délinquants. Toutes les prohibitions de ces arrêts frappent sur les vendeurs et acheteurs d'effets

publics, *autres que les Agents de change* (article 1ᵉʳ de
l'arrêt du 7 août 1785), et en effet, les Agents de change,
à cette époque, ne pouvaient s'occuper encore de marchés
à terme sur les papiers d'État, car il n'existait de valeur
de ce genre, à proprement parler, que des effets royaux
en petit nombre, sur lesquels la spéculation n'était ni
éveillée, ni possible, puisqu'ils étaient réputés immeubles
fictifs et que leur transmission ne s'opérait que par
contrat civil, devant un notaire. Le jeu que les arrêts
avaient voulu réprimer portait sur les obligations de
la Caisse d'escompte et des actions de compagnies particulières.

Les arrêts de 1785 et 1786 n'étaient donc que des
arrêts de circonstance tout-à-fait étrangers, tout-à-fait
inapplicables aux opérations de bourse, telles qu'elles se
pratiquent aujourd'hui. On remarque dans leurs considérants, aussi embarrassés que diffus, des contradictions qui
trahissent l'ignorance complète des lois du crédit, et la
précipitation d'un expédient appliqué à un abus du moment. Ainsi, l'on y frappe l'agiotage et les agioteurs, par
cette excellente raison, *qu'ils opèrent sans capitaux ;*
et l'on s'y plaint, quelques lignes plus bas, que leurs opérations ont pour effet *de distraire les capitaux de placements plus solides et plus favorables à l'industrie
nationale.* Toute l'argumentation de ces arrêts est de la
même force. Nous n'en ferons pas la critique détaillée,
d'autant que nous réduirons tout à l'heure la discussion,
en ce qui les concerne, à une négation absolue de leur validité, de leur actualité.

Aussi, ne passèrent-ils pas sans exciter les plus vives
critiques. Voici en quels termes Mirabeau écrivait à M. de

Calonne, de Berlin où il s'était réfugié (1) (janvier 1786),
en lui rappelant une conversation qu'il avait eue avec lui
quelque temps auparavant :

« Après m'avoir parlé des embarras de la place de
» Paris, vous me manifestâtes le dessein d'annuler tous les
» marchés à terme. C'était, disiez-vous, le seul moyen de
» finir une fois les embarras de la place ; vos entours
» vous le conseillaient ; la plus grande partie du commerce
» le demandait ; votre volonté n'était pas arrêtée, mais
» vous penchiez pour la simplicité et la rapidité de cet
» expédient. Je fus frappé comme d'un coup de foudre,
» et toute illusion relative à vous fut à l'instant même
» détruite dans mon esprit et dans mon cœur. Mais ma
» cause particulière disparut ; je ne vis plus que le dan-
» ger encouru par la chose publique, et je tentai tous les
» efforts pour vous détourner de cette idée funeste. Je
» vous fis voir avec une extrême clarté, que nulle vio-
» lence ne pouvait suppléer la marche du temps, qui seul,
» ramenant les effets discrédités dans la main des capita-
» listes, débarrasserait la place, et des actions enflées par
» l'agiotage et de ces monceaux de papiers de circulation
» créés pour les soutenir. »

On voit déjà, par cet exposé, qu'il ne s'agissait alors
que d'actions industrielles et de valeurs fictives de circulation ; et c'était pour ces valeurs même, pour cet agiotage, que Mirabeau réclamait ! Qu'eût-il donc dit s'il s'é-
tait agi des effets réels de l'État, et d'achats et de
ventes à terme, d'un ou de deux mois, sans valeurs fictivement causées pour les représenter, et, au contraire, sous

(1) Cette lettre est extraite de l'ouvrage publié, en 1834, par M. Lucas
de Montigny, sous le titre de *Mémoires de Mirabeau*, page 227 et suivantes du quatrième volume.

la double garantie d'officiers publics interposés entre les acheteurs et les vendeurs !

Il continue : « Je vous expliquai, à ce sujet, la théorie
» que l'on trouvera développée dans cet ouvrage, et qui
» sera l'éternelle démonstration de votre ignorance et de
» votre incapacité. Mais ce fut surtout à vous prouver com-
» bien votre dessein était impolitique et pervers que j'em-
» ployai toute mon énergie. Déclarer nuls et non avenus
» tous les marchés à terme, c'est, vous dis-je alors, con-
» fondre dans une même proscription des marchés de jeu,
» de pur agiotage, avec les opérations les plus sages, les
» plus réelles, les plus licites, et peut-être les plus utiles
» sous tous les rapports. C'est assimiler les joueurs équi-
» voques, que dis-je ? ceux-là même qui sont déjà le plus
» complètement déshonorés, avec les capitalistes les plus
» accrédités et les plus sages ; c'est ne venir au secours
» que d'une espèce d'hommes dangereuse et méprisable,
» ceux qui ne sont nullement jaloux de leur parole, car
» les autres regarderaient un arrêt d'annihilation comme
» une affreuse calamité. Pourquoi l'Administration se
» souillerait-elle pour un intérêt qui ne peut être que ce-
» lui des malhonnêtes gens, du crime éternel d'une loi
» inique qui, sans avoir même l'excuse des brigands, la
» nécessité, renverserait toute idée de propriété, de bonne
» foi, de liberté, d'équité, récompenserait les fripons, en
» raison directe de la mesure de leur perversité, et pu-
» nirait les hommes honnêtes et scrupuleux dans une pro-
» portion exacte de leur respect pour leurs engagements ?
» Qu'a donc à craindre le Gouvernement en laissant aux
» évènements leur cours naturel ? Sommes-nous à quel-
» qu'une de ces périodes désespérées qui sont la véritable
» dissolution de la société, et où l'excès du mal ne laisse

» pas le choix du remède? Le crédit de la nation sera-t-il
» en danger si, pour sauver quelques agioteurs, on ne sa-
» crifie pas les négociants honnêtes qui ont avancé leurs
» capitaux? La chute de quelques agioteurs est de nulle
» importance. Ce qui importe au crédit de la nation, c'est
» qu'aucune ruine ne soit opérée en vertu d'un édit sou-
» verain qui ordonne la mauvaise foi ; ruine d'autant plus
» fatale, qu'elle fait taire la leçon de l'expérience, tandis
» que la ruine qu'on ne peut attribuer qu'à la propre folie
» de ses victimes enseigne enfin la sagesse.

» Eh quoi! c'est dans le moment même où vous ne
» parlez que d'extension de commerce, de stabilité du
» crédit, de respect scrupuleux pour tous les engage-
» ments de l'État, que vous oseriez porter une loi
» pour annuler de force des engagements librement con-
» tractés; pour récompenser publiquement les hommes
» qui voudront se jouer de leur signature, et pour con-
» damner à la perte de leurs biens ceux qui resteront at-
» tachés aux principes les plus impérieux de la morale et
» de la justice! Quelle plaie plus incurable et plus pro-
» fonde au crédit national! Dans quel pays de la terre, à
» quel homme de sens persuaderez-vous que le ministre
» qui présenterait au souverain un tel acte à signer, fût
» jaloux de lui faire respecter tous les engagements pu-
» blics? Est-ce en dispensant, par une loi expresse, les
» particuliers d'obéir à leurs engagements, que vous don-
» nerez à la nation l'exemple de cette probité rigide, sans
» laquelle le crédit public ne serait qu'un piège, et le com-
» merce qu'un tripôt d'infidélités? »

On retrouve, dans cette imprécation de Mirabeau, la
rudesse de son talent et l'aigreur de l'exil. On peut croire
toutefois que la conversation, ici relatée, avait agi en son

temps sur M. de Calonne, car les arrêts de 1785 et de 1786, n'eurent pas toute la portée, toutes les conséquences que Mirabeau dénonçait dans son allocution et dans l'ouvrage auquel il fait allusion. Il démontrait, de plus, que le ministre compromettait fort inconsidérément l'autorité du Roi, et même la solidarité du Trésor, dans des opérations dont les conséquences ne devaient pas sortir du cercle des intérêts privés.

« Il fallait, ajoutait Mirabeau dans sa lettre à M. de » Calonne, laisser abandonné à lui-même l'agiotage léga- » lement permis en Hollande, complètement toléré en » Angleterre, quoique, pour d'autres raisons, les lois l'y » défendent. Faire intervenir l'Autorité sous ses formes » les plus tranchantes, pour dénaturer des milliers de » marchés contractés sous la foi et la signature des par- » ties, pour en changer les époques, pour en altérer les » conditions, pour ruiner une des classes de joueurs afin » d'enrichir l'autre, c'est commettre une folle et révol- » tante iniquité. Du reste, aucun effet utile n'a été produit » par votre arrêt du Conseil. Les négociants intègres, » éclairés, jaloux de l'honneur, n'en avaient aucun besoin. » Ils ont cherché à se passer de votre commission (*com- » mission d'enquête chargée d'informer sur les opéra- » tions et de les annuler*), et je ne crois pas qu'on lui » ait porté un seul compromis entre deux personnes sûres » l'une de l'autre. »

Permettez-nous dès à présent, Monsieur le Ministre, une observation à laquelle nous ne voulons point donner la couleur d'une récrimination :

On voit par l'histoire financière du temps, comme par cet écrit de Mirabeau, qu'il s'agissait alors de l'agiotage ;

D'actions industrielles ;

De circulations fictives ;

De milliers de marchés...

Et c'est sur une pareille cause que Mirabeau protestait ainsi !

Et que la Commission resta impuissante !

Et qu'un arrêt de 1787, dont nous allons parler, passa condamnation en atténuant les édits de 1785 et 1786 !

Et aujourd'hui, l'on invoque les actes de 1785 et de 1786, en matière de rentes sur l'État et d'emprunts publics ! En faveur de qui ? En faveur d'hommes de mauvaise foi qui veulent se libérer d'une dette d'honneur, sans la payer, et que la Cour flétrit moralement, tout en leur donnant gain de cause ! Et contre qui ? contre une Compagnie honorable qui jouit de l'estime du public et de la confiance du Gouvernement !

Ainsi, dans un État libre, en plein crédit, en présence de l'ordre financier le plus régulier, le plus prospère, contre des officiers publics considérés, on voudrait entreprendre ce que n'a pas osé faire, dans un gouvernement absolu, une commission d'enquête, une commission ardente, contre des agioteurs avérés, au milieu du désordre le plus flagrant et à la veille du déficit !

Nous n'accusons pas, nous comparons, vous jugerez.

Au reste, les prévisions de Mirabeau sur l'iniquité de la mesure, et par conséquent sur l'impuissance de la Commission étaient si justes, que le Gouvernement fut obligé de revenir sur les déterminations prises par M. de Calonne. Son successeur au contrôle-général, M. Laurent de Villedeuil, homme prudent et expérimenté, fit agréer par le Roi, le 14 juillet 1787, un arrêt du Conseil qui révoquait la commission ardente de 1786, qui renvoyait devant les juges ordinaires les instances relatives aux opérations illicites, et qui se bornait à exclure, de la cote officielle, les valeurs et les marchés contre lesquels on avait déployé tant de rigueurs.

Nous devons citer quelques passages du considérant de l'arrêt de 1787 :

« Le Roi s'étant fait représenter, en son Conseil, les
» arrêts des 7 août et 2 octobre 1785 et 22 septembre
» 1786, par lesquels S. M. avait proscrit les négociations
» abusives qui se faisaient à la Bourse, et évoqué à elle et
» à son Conseil toutes les contestations nées et à naître
» au sujet desdites négociations, et S. M. étant informée
» que, malgré les dispositions desdits arrêts, l'agiotage
» qu'elle avait voulu réprimer se perpétue et s'étend en-
» core tous les jours, elle a cru devoir changer quelques-
» unes des dispositions desdits arrêts, et S. M. a en effet
» reconnu que ce n'était pas par sa surveillance directe
» et celle de son Conseil, que l'agiotage pouvait être ar-
» rêté. Si ceux qui s'y livrent emploient, pour assurer
» leur gain, des moyens contraires à la probité, et pros-
» crits par les lois, les Tribunaux ordinaires sont leurs
» juges naturels et suffisent pour les réprimer. S'ils n'em-
» ploient pas des moyens illicites, ils sont encore condam-
» nables; mais semblables à ceux dont les actions sont
» contraires aux mœurs sans être contraires aux lois, ils
» doivent être abandonnés au remords, à la honte et aux
» malheurs que, malgré quelques exemples rares, en-
» traînent des spéculations auxquelles une extrême avidité
» ne permet pas de mettre de mesure. Mais en même
» temps que le Roi ne veut gêner les actions de ses su-
» jets..., il est de sa sagesse et de sa justice de ne pas
» permettre aux spéculations qui offensent l'honnêteté
» publique cette espèce de publicité, etc., etc. »

3

Ainsi, l'arrêt de 1787 renvoie aux Tribunaux ordinaires les agioteurs qui emploient des moyens contraires à la probité pour assurer leur gain, et il ne renvoie qu'à leur conscience les spéculateurs qui n'emploient pas de moyens illicites à l'appui de leurs opérations. On se demande, après avoir lu ces arrêts successifs, comment il serait permis de douter que ceux de 1785 et de 1786 aient été virtuellement rapportés par l'arrêt de 1787, comment ils peuvent être encore visés dans les arrêts de la Cour royale de Paris, quand l'arrêt de 1787 les avait déjà si formellement abrogés.

Ces anciens arrêts, qui n'ont jamais eu le caractère de lois, qui n'étaient que des règlements, seraient tombés, d'ailleurs, sous l'empire d'un fait auquel les lois elles-mêmes ne résistent pas, ils auraient péri par la désuétude. Car, depuis l'époque où ils ont pris naissance jusqu'à la nouvelle jurisprudence, dont nous parlerons, et qui date de 1823 seulement, ils sont restés dans l'inapplication la plus complète, dans l'oubli le plus profond.

Enfin les nouveaux codes sont venus, et, avec eux, l'abrogation des anciens arrêts a cessé d'être douteuse.

ABROGATION
des
anciers arrêts   Or, cette abrogation résulte très explicitement, soit de l'article 90 du Code de commerce, qui a promis un règlement spécial sur la négociation et la transmission des effets publics, soit de la loi de promulgation de ce Code lui-même, qui est ainsi conçue : « A dater dudit jour, » 1er janvier 1808, toutes les anciennes lois touchant les » matières commerciales sur lesquelles il est statué par » le Code de commerce sont abrogées. » (L. du 15 septembre 1807.)

Devant des textes si formels, comment les Tribunaux ci-

vils et les Cours royales ont-ils pu invoquer, dans leurs arrêts, les arrêts de l'ancien régime? Osera-t-on soutenir que
la négociation des effets publics n'est pas une opération
commerciale, quand elle s'opère dans les bourses de commerce ; quand les Agents de change pouvaient être aussi
courtiers de commerce et de marchandises ; quand, selon
les idées chaque jour mieux étudiées du crédit public et
privé, l'inscription de rente, comme la lettre de change,
est une valeur négociable à cours journalier sur la place, et
l'argent lui-même est une marchandise ; quand, enfin, les
Agents de change sont déclarés commerçants ; quand ils
sont patentés et contraignables par corps?

Si l'achat et la vente des effets publics n'est pas une
opération commerciale, ce sera donc un contrat civil; et,
alors, comment soustrairez-vous ce contrat aux règles du
droit commun en matière civile, c'est-à-dire au régime
des articles 1582, 1583, 1584 et 1589 du Code civil, qui
régissent la vente, en ces termes parfaitement applicables
aux marchés que l'on veut frapper d'exception :

« La vente est une convention par laquelle l'un s'oblige
» à livrer, une chose et l'autre à la payer. » Art. 1582.
—« La vente est parfaite entre les parties, et la propriété
» est acquise de droit à l'acheteur, à l'égard du vendeur,
» dès qu'on est convenu de la chose et du prix, quoique la
» chose n'ait pas encore été livrée, ni le prix payé. »
Art. 1583. — « La vente peut être faite purement et sim-
» plement, ou sous une condition soit suspensive, soit ré-
» solutoire. » Art. 1584. — « La promesse de vente vaut
» vente, lorsqu'il y a consentement réciproque des deux
» parties sur la chose et sur le prix. » Art. 1589 (1).

(1) L'article 1130 dit encore sous le titre général des Contrats : « les
» choses *futures* peuvent être l'objet d'une obligation. »

On ne peut échapper à ce dilemme : ou la vente et l'achat des effets publics sont des opérations commerciales, et elles doivent être exclusivement régies par les dispositions du Code de commerce, qui a formellement abrogé les anciens arrêts du Conseil ; ou c'est un contrat civil, et il rentre dans le domaine du droit commun sur la vente, tel que le Code civil l'a établi. Ainsi, dans aucun cas, les dispositions antérieures à la promulgation des Codes civil et de commerce ne sauraient être appliquées aux négociations d'effets publics, à terme, considérées soit civilement, soit commercialement.

Lorsqu'ensuite le Code de commerce, en règlementant la profession des Agents de change, leurs droits et leurs devoirs, a expressément réservé au Gouvernement, dans son article 90, le soin de régler, par un acte de haute administration, tout ce qui concerne *la négociation et la transmission de propriété des effets publics*, il est bien évident qu'il abolissait formellement les anciens arrêts du Conseil, et livrait la matière à l'autorité gouvernementale, seule capable de la règlementer (1). Cette nécessité d'un Règlement a été reconnue, d'une manière positive, malgré les décisions judiciaires intervenus, par l'arrêt de la Cour de cassation (du 11 août 1824), qui mettait le Gouvernement en demeure de régulariser et compléter la législation. « *Car*, (est-il dit dans le considérant de cet arrêt) » si, comme on le prétend, la législation dont il s'agit ne » peut se concilier avec les besoins du commerce, avec le » système actuel des finances et du crédit public, le Gou-

----

(1) Article 90 du Code de commerce : « Il sera pourvu par des règle-
« ments d'administration publique à tout ce qui est relatif à la négociation
« et transmission de propriété des effets publics. »

» vernement seul a droit de peser ces considérations et
» de les juger. »

Arrêt remarquable, qui rappelait donc au Gouvernement
le devoir de décréter administrativement les dispositions reconnues utiles, en droit, par le législateur de 1807,
et, en fait, par tous les hommes d'État qui ont dirigé les
finances du pays ; arrêt devant lequel les autres juridictions auraient dû s'abstenir au moins provisoirement, et
ne juger, à défaut de lois spéciales, que d'après le droit
commun, jusqu'à ce que le pouvoir politique eût satisfait
aux recommandations du pouvoir législatif et du pouvoir
judiciaire.

Dira-t-on que le Code pénal, postérieur au Code de
commerce, a rapporté l'art. 90 écrit dans celui-ci ? mais
l'arrêt que nous venons de citer décide le contraire ; et,
d'un autre côté, le Code pénal, en portant une pénalité
contre le pari, ne pouvait, ne devait pas avoir en vue *la
négociation et la transmission des effets publics*, puisque le législateur de 1810 n'ignorait pas que le Code de
commerce, daté de 1807, avait réservé au Gouvernement
le soin de régler ces matières. Ce législateur ne pouvait
pas, dans un Code étranger, s'attribuer le droit de juger des
questions réservées à la décision du pouvoir exécutif, alors
surtout que les anciens arrêts avaient été abolis virtuellement par la seule force des choses, et abrogés explicitement
par la loi du 15 septembre 1807.

Aussi, le Tribunal de commerce, persistant à ne voir
que des opérations commerciales dans les négociations
d'effets publics, et pénétré d'un respect instinctif pour
l'abrogation acquise des anciennes dispositions, a maintenu
le droit de ces opérations telles que l'usage les avait consacrées, telles qu'elles étaient pratiquées par le haut com-

merce, par la haute banque, par le Gouvernement lui-
même, et jusqu'à ce que fût intervenu le règlement promis
par le Code de commerce. Si, comme nous le verrons
plus loin, la Cour royale, s'appuyant par méprise sur le
Code pénal, inapplicable à la matière, a infirmé cette jurisprudence, dans les causes soulevées sur les négociations
de bourse, il est à remarquer que, dans ce conflit des deux
juridictions, le Tribunal de commerce, plus mobile dans
son personnel, par le renouvellement annuel d'une portion
de ses membres, n'a presque jamais démenti sa doctrine,
tandis que la Cour royale s'est quelquefois déjugée elle-
même sur des cas identiques, et par des motifs absolu-
ment contraires. Nous citerons les arrêts.

Rétablissons le commentaire vrai des articles du Code
de commerce et du Code pénal : c'est la meilleure réfuta-
tion des interprétations erronnées dont nous avons tant à
nous plaindre : c'est le meilleur moyen de prouver qu'ils
s'accordent parfaitement avec le droit commun, pour le
maintien des marchés à terme. Assurément, nous n'avons
pas l'intention, en discutant le sens des lois existantes,
d'admettre qu'on pourrait s'y tenir, si on leur donnait
l'interprétation la plus large, la plus conforme à notre
opinion. Quand le débat s'engage sur les principes
mêmes, la loi en vigueur n'est plus qu'un fait, et non
une autorité, alors il devient secondaire de prouver ce
qu'il peut y avoir d'incertain dans ses prescriptions.
La discussion doit s'élever encore plus haut que la
critique d'arrêts plus ou moins fondés. La controverse
sur la législation actuelle n'a pour but, dans notre
intention, que de justifier notre passé, en même temps
que nous demandons la sécurité de notre avenir et la
régularisation précise de nos opérations. Elle entrera na-

turellement dans l'exposé de motifs devant préparer l'acte du Gouvernement que nous provoquons, et qui s'appuiera sur les principes et les faits que l'on voit tous les jours prévaloir à la Bourse contre des arrêts rendus en – dehors du mouvement des affaires et des idées financières.

Commençons par le Code de commerce, parce que, aux yeux des légistes versés dans les questions commerciales et familiarisés avec les questions financières, c'est notre loi, c'est notre Charte spéciale, de même que le Tribunal de commerce est notre véritable juridiction.

CODE de commerce.

Les fonctions et les devoirs des Agents de change sont définis par les articles 76, 81, 84, 85 et 86 de ce Code.

Les articles 76 et 81 établissent leurs droits : d'après l'article 76, les Agents de change ont, *seuls, le droit de faire des négociations d'effets publics et autres susceptibles d'être cotés ; de faire pour le compte d'autrui, les négociations des lettres de change et billets et de tous papiers commerçables, et d'en constater le cours.*

Cet article ne fait aucune distinction entre les différents modes de négociations d'effets publics ; il n'exprime pas qu'elles doivent être opérées au comptant seulement. Les inscriptions de rentes et autres effets publics s'y trouvent assimilés, par le fait même, aux lettres de change, billets et autres papiers commerçables, c'est-à-dire à des valeurs qui ne sont que des promesses de payer. L'assimilation est complète.

L'article 84, qui règle la forme des écritures prescrites aux Agents de change, leur enjoint d'inscrire sur un livre *toutes les conditions des ventes, achats, assurances, négociations, et en général de toutes les opérations faites par leur ministère.* Il y a également une grande latitude dans ces expressions : on y voit des *assurances,* mais surtout des *négociations* et des *opérations,* qui sont donc autre choses que des *achats* et des *ventes,* puisque la rédaction de l'article les en distingue ; et encore, pour ces *ventes* et *achats,* la condition du *comptant* n'est nullement spécifiée : au contraire , l'article prévoit plusieurs genres de *conditions :* ce qui comprend implicitement celle *à terme.*

Mais ce qui est plus significatif encore , plus décisif , c'est que les articles 85 et 86, qui déterminent les opérations *interdites* aux Agents de change, ne parlent, en aucune façon, de la négociation à terme des effets publics. Nous devons reproduire intégralement ces articles , pour qu'il soit bien évident que le législateur, en ayant pris soin de prévoir tout ce qu'il interdit, n'a pas interdit, dès-lors, ce qu'il n'a pas prévu.

« Art. 85. *Un Agent de change ou Courtier ne peut* » *dans aucun cas, et sous aucun prétexte, faire des opé-* » *rations de commerce ou de banque pour son compte. Il* » *ne peut s'intéresser directement ni indirectement,* » *sous son nom ou sous un nom interposé, dans au-* » *cune entreprise commerciale. Il ne peut recevoir ni* » *payer pour le compte de ses commettants.* »

« Art. 86. *Il ne peut se rendre garant de l'exécution* » *des marchés dans lesquels il s'entremet.* »

Ainsi, voilà des *interdictions* bien expresses, bien minutieusement définies et détaillées, et on n'y trouve rien qui se rapporte aux marchés à terme. Ajoutons même qu'ils y sont implicitement prévus et autorisés : car, lorsque l'article 86 dit que *l'Agent de change ne peut se rendre garant de l'exécution des marchés dans lesquels il s'entremet,* l'article ne peut pas vouloir parler des *marchés au comptant,*

puisqu'il n'est pas besoin de garantie pour des opérations
au comptant, où l'argent et l'inscription sont en présence
et s'échangent à la même heure. On ne réclamerait de *garantie* que pour des *marchés à terme ;* or, l'article 86 ,
en défendant à l'Agent de change de donner cette *garantie*, prévoit le cas où elle serait réclamée : donc, il prévoit
les *marchés à terme.*

On dira que le Code n'a voulu régler, par ces articles,
que la négociation des papiers de commerce, puisque, par
son article 90, il confie au Gouvernement le soin de règlementer ce qui a rapport aux papiers d'État. Cette objection ne prouverait pas que le Code de commerce a entendu
interdire les marchés à terme; s'il eut voulu les défendre, il
l'aurait dit, en termes exprès. En tout cas, il faut bien qu'on
avoue que ces négociations n'ont d'autre règle à reconnaître et à subir que celles qui seront fixées en vertu de
l'article 90, et que, jusque-là, nous avons le droit de nous
appuyer sur le droit commun commercial, tel que l'établissent les articles 85 et 86 du Code de commerce, ou
sur le droit commun civil , tel que le règlent les articles
1582 à 1589 du Code civil. L'objection même qu'on nous
oppose devient un argument pour le système que nous
établissons : car elle renferme une conséquence logique
dont nous avons droit de nous emparer.

Enfin , et pour compléter cet ensemble de dispositions
qui établissent les droits des Agents de change , la forme
de leur comptabilité et les limites de leur action, le légis-
teur, prévoyant que les besoins du commerce et du crédit
public pourront créer d'autres nécessités , remet au pouvoir exécutif le soin d'y pourvoir et lui en impose même
l'obligation. Telle est la portée de l'article 90 , déjà cité.
Le législateur a donc regardé cette dernière et principale

question, *la négociation des effets publics*, comme placée hors des règles ordinaires et générales de la loi ; il en a pressenti l'importance politique ; et c'est à la haute administration, c'est au pouvoir politique, qu'il a laissé le droit et assigné le devoir de la résoudre.

Y a-t-il lieu de douter, après avoir rapproché et étudié ces articles, de l'intention si manifeste du législateur commercial, le plus compétent dans ces matières, et qui savait parfaitement ce qui se pratique à la Bourse de Paris ? Son intention n'a-t-elle pas été, non-seulement de n'apporter aucune entrave aux opérations de bourse sur les effets publics, mais d'aider, au contraire, le Gouvernement à règlementer, dans l'intérêt de son crédit, qui est le crédit national, *le mode de transmission des effets publics*, soit au comptant, soit à terme ?

Au reste, il a pris soin de la manifester expressément dans l'exposé des motifs du Code de commerce, présenté au Corps législatif ; voici de quelle manière il motive l'article 90 :

« Indépendamment de ces règles applicables aux trans-
» actions générales de commerce, le Gouvernement pour-
» voira aux règles de la négociation des effets publics par
» des règlements particuliers qui ajouteront au bienfait de
» la loi, *et feront cesser toutes les incertitudes des tribunaux sur cette matière* (1).

---

(1) On sait qu'il en a été question plusieurs fois au Conseil d'État, sous le Consulat et sous l'Empire, notamment dans une séance du 5 mars 1808, présidée par l'Empereur. Les délibérations ouvertes sur ce sujet n'eurent aucune suite. Peut-être la matière parût-elle trop difficile à règlementer. Peut-être aussi les préoccupations politiques de l'époque ne permirent-elles pas au chef de l'État de s'en occuper sérieusement. Les ministres de l'Intérieur, de la Justice et des Finances s'en sont occupés à diverses époques, mais encore sans résultat.

Expliquons le véritable sens des articles du Code pénal, comme nous avons établi le sens des articles du Code de commerce.

Trois articles du Code pénal sont invoqués, les articles **419, 421** et **422.**

Le premier ne touche qu'incidemment aux opérations de la Bourse : c'est pour flétrir, pour punir *ceux qui, à l'aide de bruits faux et calomnieux et de manœuvres frauduleuses, essayeraient d'opérer la hausse ou la baisse des effets publics.* Personne, assurément, ne songe à protester contre la flétrissure et la pénalité infligées à ce genre d'intrigues ; et c'est cependant un scandale, un délit qui se renouvelle chaque jour à la Bourse, non pas dans le sein du parquet, mais à quelques pas de distance, et ce délit reste impuni depuis nombre d'années, malgré nos réclamations persistantes. Les occasions n'auraient pas manqué à l'administration pour sévir utilement ; nous ne connaissons pas d'exemple de poursuite ni d'enquête sur ce sujet (1).

L'article 421 punit des peines prononcées par l'article 419 *les paris qui auront été faits sur la hausse ou la baisse des effets publics.* Personne encore ne songerait à justifier et surtout à légaliser les *paris* sur la hausse ou la baisse, parce qu'il y a dans le simple *pari* une facilité, un entraînement, souvent une immoralité que la société et la loi ne sauraient combattre trop énergiquement. L'embarras ne serait que de constater les *paris,* car un *pari* est presque toujours verbal, et comme il ne peut être connu de la justice que par l'évocation qu'un des parieurs ose

---

(1) Voir, ci-après, dans l'Appendice, les documents sur le courtage illicite, page 363 et suivantes.

en faire devant elle, la nullité en résulterait suffisamment des termes de l'article 1965 du Code civil, qui annulle lui-même les jeux et paris.

À la vérité, l'article 422 porte :

« Sera réputée *pari* toute *convention* de *vendre* ou de » *livrer* des effets publics qui ne seront pas prouvés par » le vendeur avoir existé à sa disposition au temps de la » convention , *ou avoir dû s'y trouver au temps de la* » *livraison* (1). »

Mais on se demande comment cette disposition s'appliquerait aux marchés à terme sur les effets publics , comment une *convention* pourrait être un *pari ?* une convention de *vendre !* une convention de *livrer !*

Les marchés à terme supposent toujours, par eux-mêmes (2), que l'effet public et l'argent doivent exister réellement au temps de la livraison, et se rencontrer sur le marché à l'heure fixée. Comment le législateur pourrait-il

---

(1) Quand on discuta au Conseil d'État les articles 421 et 422 du Code pénal, sur les dispositions de nos Codes relatives aux ventes d'effets publics, on avait proposé de faire considérer les ventes faites sans possession des effets comme un stellionat. L'Empereur, qui présidait le Conseil d'État, y avait fait appeler le syndic des Agents de change (M. Boscary-Villeplaine) ; il lui demanda son opinion à ce sujet. M. Boscary l'exprima d'une manière pleine de vérité et de simplicité , en lui disant : «Sire, » lorsque mon porteur d'eau est à ma porte, commettrait-il un stellionat » en me vendant deux tonneaux d'eau au lieu d'un qu'il y a? — Non , » certainement, puisqu'il est toujours certain de le trouver à la rivière.— » Eh bien! Sire, il y a à la Bourse une rivière de rentes. »

L'Empereur fut frappé de la justesse de cette comparaison, et l'article 422 fut rédigé tel qu'il est maintenant , c'est-à-dire : « Sera réputée pari » de ce genre toute convention de vendre ou de livrer des effets publics » qui ne seront pas prouvés par le vendeur avoir existé à sa disposition » au temps de la convention ou avoir dû s'y trouver au temps de la li-» vraison. »

(2) Voir la formule de ces marchés, page 119 de l'Appendice.

entendre qu'on ferait la preuve que les inscriptions *ont dû exister* au moment de la réalisation ? Serait-ce par une enquête sur les fortunes des signataires de la convention ? Et quelle porte ouverte au vendeur de mauvaise foi qui, pour résilier un marché désavantageux en cas de hausse, n'aurait, au moment de la livraison, qu'à se retrancher dans la loi, et à nier l'existence de la valeur qu'il serait obligé de céder à un prix inférieur au cours ?

Dira-t-on que le Tribunal de commerce n'est qu'un tribunal d'équité qui, tout préoccupé de la question de bonne foi, parce que la bonne foi est l'âme du commerce, ne s'applique qu'à la rechercher dans les causes qui lui sont déférées ? D'abord, la recherche de la preuve dont on vient de parler ne serait pas plus facile devant lui que devant un autre tribunal. Ensuite, la loi pénale ne peut régir que les matières criminelles. Et après tout, que l'on porte devant le Tribunal de commerce un procès sur *pari*, sur un pari fait de la meilleure foi du monde, mais enfin sur un *simple pari*, et l'on verra s'il ne met pas les plaideurs hors de cause pour chose illicite, aux termes de l'article 1965 du Code civil. Le Tribunal de commerce ne confond donc pas les *conventions* de bourse ou marchés à terme avec les *paris* : il connaît, il approuve la forme de ces conventions ; et, sous ce rapport comme sous tant d'autres, il est l'expression vraie et le fidèle organe de tout le haut commerce, de toute la haute banque, qui les a consacrées par une délibération solennelle, sous forme de *parère*, datée de 1824, reproduite en 1842, avec de nouvelles signatures, et que nous rapportons textuellement (1).

(1) Voir l'Appendice, page 122 et suivantes.

Quant à l'Agent de change, il faut considérer qu'il est dans une position toute spéciale, au civil et au criminel surtout.

Sa mission légale ne l'appelle pas à scruter la situation de ses clients, et encore moins à leur donner des conseils ; la loi l'oblige seulement à exécuter les ordres qu'il reçoit d'eux, et à répondre de cette exécution. S'il les croit solvables, il opère dans leur intérêt ; s'il s'est trompé, il paye pour eux : voilà son rôle, et certes il est assez périlleux, sans que l'on puisse venir ajouter, à un risque d'argent, le risque d'une pénalité qui est de nature à entraîner, à la fois, sa ruine et son déshonneur. Ensuite, comment serait-il à portée de donner des conseils avec connaissance de cause ? Est-il, plus que le client lui-même, dans le secret de l'avenir ? A-t-il le privilège de deviner les évènements futurs, qui ont une si grave influence sur la valeur des effets publics ? Un notaire, auquel on le compare sans raison légale, n'est pas tenu d'éclairer son client sur la valeur d'un immeuble ou d'un fonds de commerce que celui-ci veut vendre ou acheter dans son étude. Le ministère du notaire se borne à recevoir fidèlement et à authentiquer la convention des parties, pourvu, bien entendu, que cette convention n'ait rien de contraire à la loi, à l'ordre public ou aux bonnes mœurs.

C'est donc une erreur manifeste, et qu'il importe de détruire, que l'opinion toute nouvelle qui semblerait tendre à imposer à l'Agent de change l'obligation impossible de s'immiscer dans la détermination de ses clients, sous le prétexte de leur fournir des conseils ; nous avons eu la satisfaction de voir l'un de nos collègues, M. Borderieux, repousser avec autant de raison que de convenance une telle doctrine, qu'un magistrat croyait pouvoir ériger en principe dans une contestation judiciaire toute récente (1).

Il convient encore de faire remarquer que l'Agent de change qui traite avec son confrère, sous l'empire du secret commandé par la loi, ne peut pas connaître le client de celui-ci, et savoir, par conséquent, s'il a ou non les effets à vendre, s'il a ou non les fonds à verser. Il doit croire aussi à la parole et à la solvabilité de son confrère, officier public, qui lui répond, à son tour, de l'exécution de l'opé-

(1) M. Borderieux, Agent de change, avait été chargé par un de ses clients d'acheter des actions de la compagnie des Bougies de l'Étoile, et était entendu comme témoin. Voici les circonstances de son audition, telles que les rapporte la *Gazette des Tribunaux* du 10 mars 1843.

M. LE PRÉSIDENT. « Saviez-vous, Monsieur, qu'il existait à Marseille un » établissement des Bougies de l'Étoile?

M. BORDERIEUX. « Je l'ignorais à cette époque.

M. LE PRÉSIDENT. « Si vous l'aviez su, n'auriez-vous pas pensé que » cette fabrique pouvait nuire à celle de Paris, et n'auriez-vous pas donné, » aux personnes qui s'adressaient à vous pour avoir des actions, le con-» seil de bien faire attention.

M. BORDERIEUX. « Un Agent de change ne doit pas donner de conseils, » notre rôle est purement passif; nous devons nous borner à exécuter » les ordres que nous donnent nos clients. »

M. LE PRÉSIDENT. « J'attribuais à la mission de l'Agent de change un » caractère plus élevé. L'Agent de change est le notaire de la Bourse; il » doit prémunir ses clients contre les entreprises qui offrent des dan-» gers. »

M. BORDERIEUX. « Tel n'est pas notre devoir, et je pense que nous y » manquerions si nous nous permettions de donner nos avis. Nous pour-» rions nous tromper, et nos clients auraient ensuite le droit de nous » faire des reproches. »

Malgré cette observation pleine de justesse, M. le président a terminé l'audience par les paroles suivantes :

« En-dehors du jugement rendu, ce long procès doit avoir son ensei-» gnement, et le voici :

« La Bourse est une institution avouée par la loi, voisine du Tribunal » de commerce, comme pour témoigner de son obligation d'être sincère. » Les Agents de change sont des officiers publics qui ont, à ce titre, le

ration. Mais dans cette situation obligée, n'est-ce donc pas
la loi elle-même qui constitue la bonne foi de l'Agent de
change?

Et cependant, on prétend le rendre complice des parties, et passible, à ce titre, des peines prononcées par les
articles 421 et 422 du Code pénal contre les jeux et
paris ! N'est-ce pas faire de cette loi, quant à lui, l'application la plus fausse ? N'est-ce pas rendre son ministère
impossible, en plaçant la loi pénale et la loi civile dans un
état de contradiction flagrante ?

Une partie des difficultés qui ont été suscitées à la
Compagnie des Agents de change, dans la question spéciale de la négociation des effets publics, tient donc à
l'erreur qui subsiste, en général, sur le véritable caractère
de leurs fonctions ; et cette erreur vient, nous devons le
répéter, de la mauvaise interprétation donnée à la disposition qui fait de l'Agent de change un intermédiaire
obligé, agissant au nom d'un client qu'il ne doit pas faire
connaître, et lui impose par cela même des risques de
responsabilité dont les autres officiers publics sont affran-
chis : attendu que ces derniers nomment toujours dans
leurs actes les clients dont ils constatent les conventions ,
et que les clients restent directement responsables de
l'exécution des conditions stipulées dans les actes consentis

---

» devoir de n'accréditer que des opérations d'une loyauté bien constatée.
» C'est sous l'influence de cette vérité que la commandite a le droit d'en
» appeler à l'esprit d'association pour féconder les richesses et les gloires
» de l'industrie. »

Nota. Sans doute les intentions de M. le Président, dans cette allocution ont eu un but louable ; mais n'aperçoit-on pas que la mission
qu'elles tendraient à donner aux Agents de change est tout-à-fait en-
dehors de ce qu'il leur est possible de faire, et de ce que le législateur
a eu l'intention de leur prescrire?

par eux. Au contraire, les Agents de change achètent ou vendent des rentes pour des clients que la loi leur défend de nommer, parce que ces sortes de transactions ne pourraient pas s'accomplir si les parties devaient être mises en présence. Comment, en effet, trouverait-on, à chaque instant, un acheteur qui pût être mis en rapport avec le vendeur pour les sommes de rente et dans les divisions convenant à chacun d'eux ? Comment réaliserait-on ces transactions avec la régularité, la promptitude et la sûreté nécessaires, si les parties devaient contracter ensemble ?

Mais de ce que l'Agent de change est nécessairement le mandataire responsable de son client, il ne s'ensuit pas qu'il soit nécessairement aussi son *tuteur*, son *curateur* ou son *complice* : et c'est pourtant ainsi que quelques magistrats semblent envisager la condition d'Agent de change.

Il faut reconnaître que la position de cet officier public ne doit pas être telle : son ministère, qui est réclamé dix, vingt, trente fois en un jour, dans certaines circonstances, a besoin d'être assez nettement défini, pour qu'il soit toujours à même d'apercevoir ce qu'il peut faire, ce qu'il ne peut pas faire.

En un mot, l'Agent de change est un instrumentaire que la loi a préposé pour assister le public dans certaines transactions. Il doit être probe, régulier, exact dans l'accomplissement de son mandat ; mais on ne saurait lui demander plus, parce qu'elle-même ne lui demande rien de plus. Le client qui entreprend une affaire la médite, la prépare, il prend le temps nécessaire pour en bien calculer toutes les conséquences ; l'officier public, chargé seulement de la consommer, doit le faire avec célérité, exactitude, bonne foi : son obligation ne va pas plus loin.

4

Après la législation, exposons la jurisprudence. Sous ce rapport, la moitié de notre tâche est accomplie par l'analyse même que nous venons de faire des dispositions anciennes et nouvelles sur la matière, et par les conclusions que nous avons tirées de leur examen. Nous allons indiquer le conflit existant entre les jugements du Tribunal de commerce et les arrêts de la Cour royale. Nous démontrerons que les différentes juridictions n'ont pas été seulement en contradiction entre elles, mais chacune d'elles souvent en opposition avec elle-même. Du reste, pour abréger des citations trop étendues, trop nombreuses, nous renverrons à l'Appendice les décisions les plus marquantes des Cours et Tribunaux (1). Contentons-nous ici d'indiquer les hésitations et les fluctuations des doctrines judiciaires : ce sera prouver d'autant plus la nécessité d'établir le règlement que nous demandons.

La jurisprudence de la Cour royale n'a pas toujours été ce qu'elle est aujourd'hui. On voit par les recueils des arrêts, que, jusqu'en 1823, les marchés à terme avaient été maintenus ou plutôt protégés, et que, même encore depuis 1823, la doctrine adoptée s'est quelquefois démentie.

Le 31 août 1805, la Cour d'appel de Paris, jugeant entre M. Soubciran, Agent de change, et le sieur Fissour, son client, de qui le premier réclamait un solde résultant de marchés à terme, considéra que les marchés à terme dont il s'agissait étaient réalisables à l'instant même, à la volonté de l'acheteur, en vertu de la clause qu'ils contenaient, et qu'il était, contre toute raison et contre toute justice, de refuser aux Agents de change le recours qui ap-

(1) Voir à l'Appendice, la collection des monuments judiciaires, p. 179 et suivantes.

partient à tout garanti contre tout garant, lorsqu'il est
payé ou livré, en vertu de la responsabilité que la loi fait
peser sur eux. Elle avait rendu déjà, le 22 juin précédent,
un arrêt conforme au profit de M. Perdonnet, Agent de
change, contre le sieur Grellet, son client.

Ainsi, la Cour reconnaissait deux vérités essentielles :
la première, c'est que la faculté de l'*escompte*, stipulée
dans les marchés, était une preuve de la réalité des opérations à terme, et qu'elle les supposait en même temps
qu'elle les garantissait; la seconde, que le droit commun,
concernant les commissionnaires à l'égard de leurs commettants, était applicable aux négociations faites par des
Agents de change pour compte de clients.

Le 29 mai 1810, la même Cour, dans une cause entre
Agents de change (M. Delatte contre MM. Portau et Martin), consacra la même doctrine en condamnant M. Delatte à payer un solde à ses deux confrères : d'abord, en
vertu du principe que la condition du secret imposée aux
Agents à l'égard de leurs clients leur donne le droit d'intenter une action en leur propre nom; ensuite, sur ce
motif que les marchés en litige n'excédaient pas la limite
légale de deux mois, et étaient revêtus de la garantie d'un
escompte facultatif; enfin, sur cette considération bien
plus grave exprimée en termes formels dans l'arrêt : « que,
du reste, il n'existait aucune loi en vigueur qui proscrivît
les marchés à terme; que ces marchés ne pouvaient être
assimilés à des paris prohibés, puisqu'ils portaient l'empreinte de ce que l'on appelait marchés fermes, etc.»

Les avocats de M. Delatte avaient invoqué, pour la
première fois, la prétendue cause illicite résultant des
arrêts de 1785 et 1786, et la Cour avait rejeté ce moyen.

Le 22 juin 1814, la Cour de cassation rejeta le pourvoi

d'un sieur Jacques, client de M. Bresson, Agent de change, contre deux jugements du Tribunal de commerce et de la Cour d'appel, qui l'avaient condamné à payer le solde d'un compte pour marchés à terme. Le client avait fait plaider la cause illicite; ce moyen ne fut pas accueilli.

Le sieur Coutte, client de M. Delongchamps, condamné à payement dans les mêmes circonstances par le Tribunal de commerce de Paris et par la Cour royale, le 23 mai 1822, ayant été plus heureux devant la Cour de cassation, qui l'avait renvoyé devant la Cour royale d'Orléans, celle-ci donna gain de cause au client par un arrêt rendu seulement en 1825, c'est-à-dire deux ans après que la Cour royale de Paris eût adopté la jurisprudence des arrêts de 1785 et 1786, ce qui probablement influa sur l'arrêt de la Cour d'Orléans.

Mêmes jugements, mêmes renvois, même résultat, dans une action intentée par M. Gublin, agent de change, contre Rouvière, son client; mais dans cette cause, comme dans les précédentes, la Cour royale de Paris avait encore donné gain de cause à l'Agent de change contre son débiteur.

C'est à compter de 1823 que la Cour de Paris réforma sa jurisprudence : c'était encore le sieur Coutte, défendeur contre trois Agents de change, qui reparaissait devant la Cour; ce fut lui qui profita de ce revirement de doctrine. La Cour le déchargea de sa dette par un arrêt motivé, principalement en droit : « sur ce que les Agents de change n'ont pas besoin du secours d'une action contre leurs clients, s'ils se conforment à la loi de leur création, laquelle les oblige à ne contracter que, les mains garnies; » — motif qui abolit, d'un seul mot, toute espèce de marchés à terme, et qui méconnaît les dispositions du

Code pénal lui-même, admettant la preuve que les effets vendus, « s'ils n'existent pas au moment de la convention, » ont dû se trouver au moment de la livraison. »

Même arrêt par les mêmes motifs, rendu le 10 avril 1823, au profit du sieur Montailleur, contre M. Valedau, Agent de change.

Ce fut enfin, à l'occasion de l'affaire de M. Perdonnet contre le sieur de Forbin-Janson, que parut se fixer la jurisprudence de la Cour royale ; le retentissement de ce procès éveilla tous les esprits sur une question restée jusqu'alors enfermée dans le huis-clos du Palais. La cause dut cet éclat, d'abord, au talent très-remarquable que M. Perdonnet déploya dans son plaidoyer, qui renferme, contre la jurisprudence, une foule d'arguments dont nous aurions pu nous emparer. Le procès tirait un nouvel éclat de l'importance des sommes, de la position sociale du débiteur, qui reniait sa dette, après avoir encaissé d'énormes bénéfices dans les mêmes affaires et de la main du même Agent de change ; et il reçut enfin un cachet tout particulier de cette singularité si frappante que présenta le considérant de l'arrêt, flétrissant la mauvaise foi de M. de Forbin-Janson, à côté du dispositif qui lui donnait gain de cause ! Cet arrêt, en date du 9 août 1823, confirmé par la Cour de cassation le 11 août 1824, paraît être la règle de la jurisprudence de la Cour royale. Nous en reproduisons copie dans l'*Appendice*(1). On y verra qu'il s'appuie sur les accusations d'immoralité, sur les griefs d'agiotage, en un mot sur les préventions vagues, qui accusent à faux les faits, et plus encore sur les personnes. Il devient indifférent de mentionner les arrêts rendus par la même Cour depuis cette époque :

(1) Deuxième partie, page 198.

c'est la même doctrine empruntée à ces anciens arrêts du Conseil abrogés, et appliquée à des actes mal compris : il n'y a eu d'exception qu'en 1832, époque où la Cour parut revenir un moment à ses précédents de 1805 à 1823. On trouvera dans l'Appendice trois arrêts rendus dans ce système moins rigoureux (1).

Rendons hommage, toutefois, à un honorable membre du parquet qui a sérieusement étudié nos opérations, qui s'en est rendu un compte aussi exact que sincère, qui les a jugées dans leurs rapports avec la législation qu'on veut y appliquer, M. Perrot de Chezelles, alors Substitut de M. le Procureur-général, qui, dans l'affaire de la contribution de M. Bureaux, ex-Agent de change, a professé le 4 juillet 1836, devant la Cour royale de Paris, des doctrines aussi saines qu'éclairées, et a rendu justice à la moralité de nos actes ainsi qu'aux efforts faits, par la Compagnie, pour les environner de toutes les garanties que les clients de bonne foi devaient attendre d'elle. Nous insérons dans l'*Appendice* un extrait développé de ce réquisitoire si remarquable, qui, du moins, a fait retentir une fois les voûtes de la Cour royale de paroles consolantes pour nous (2).

Nous appellerons également votre attention, Monsieur le Ministre, sur l'excellent livre de M. Mollot, avocat, qui a profondément étudié le régime des Bourses de commerce, et dont nous aurions pu citer, à l'appui de notre argumentation, des extraits étendus. Pour abréger, nous y renvoyons les lecteurs attentifs ; toutefois, nous joignons à l'*Appendice* un passage du livre *des Bourses de com-*

---

(1) Voir l'Appendice, pages 215, 220, 223, 228, 242, 243.
(2) Voir l'Appendice, deuxième partie, pages 157 et suivantes.

merce, qui entre trop naturellement dans le cercle de notre travail et dans l'objet de nos conclusions, pour qu'il ne doive pas être mentionné textuellement. Nous le livrons à vos méditations. M. Mollot a obtenu plusieurs fois gain de cause pour nous, devant la Cour royale, depuis 1830 : c'est qu'il plaidait avec science et conscience (1).

N'oublions pas non plus de faire remarquer que le Tribunal de 1re instance, quand l'action a été introduite devant lui, n'a pas toujours adopté la jurisprudence de la Cour royale : nous mettons sous vos yeux trois jugements, entre autres, rendus les 5 décembre 1835, 15 février 1840, et 20 février 1841, entre Agents de change et clients (2) : jugements par lesquels ce tribunal a condamné les clients à payer des soldes pour marchés à terme, en consacrant, dans les *attendu* de ces sentences, tous les usages de la Bourse, et jusqu'au mode de nantissement employé dans ce genre d'opérations.

Nous avons dit que la jurisprudence du Tribunal de commerce s'était montrée, depuis trente ans, presque toujours invariable dans le sens opposé à celle de la Cour royale. Les juges consulaires ont voulu appliquer, aux engagements de bourse, les règles de bonne foi et d'équité qui doivent régir les engagements de toute nature, parce que le respect des engagements est l'âme du commerce, et que les juges commerciaux ne comprendraient pas cette distinction d'un jugement qui absout et d'un considérant qui condamne; parce qu'ils n'admettraient pas non plus qu'un plaideur pût récuser des pertes dans une opération où il aurait reçu des bénéfices. La

(1) Voir l'Appendice, deuxième partie, pages 149 et suivantes.
(2) M. Dabrin contre Mène, page 236. — M. de Coussy contre Becq, Appendice, page 247. — M. Pomme contre Turquois, Appendice, p. 252.

plupart des jugements de ce Tribunal, dans la matière, sont aussi développés que substantiels , et nous en reproduisons à l'Appendice un assez bon nombre, parce qu'au lieu d'énonciations vagues et incomplètes, on y trouve une argumentation lumineuse sur l'espèce et des considérations de haute morale qui font une éclatante justice de la fausse morale des débiteurs de mauvaise foi. Le Tribunal de commerce a rarement dérogé à sa doctrine ; l'énumération des jugements de ce Tribunal qui nous sont favorables serait trop longue pour ce mémoire ; la doctrine s'en résume dans son dernier jugement du 5 janvier 1842, où il s'est plu à la développer de la manière la plus complète et la plus sacramentelle, jugement rendu au profit de M. Bagieu, Agent de change, contre le sieur de Villette, qui invoquait la cause illicite, pour refuser le payement de dettes sur marchés à terme : « marchés (a dit le Tribunal) dont » une longue expérience a démontré l'influence salu- » taire et même la nécessité, et dont l'usage a été con- » servé sur toutes les places commerciales de l'Europe , » malgré les sévérités de la législation et de la jurispru- » dence ; marchés qui, dans les circonstances difficiles , » procurent au commerce et à l'État de précieuses res- » sources : au commerce, en mettant à chaque instant à » la disposition des commerçants, moyennant un intérêt » modéré et contre un transfert momentané de leurs » rentes, les capitaux qui leur sont nécessaires ; à l'État, » en soutenant la valeur des rentes par la concurrence des » acheteurs et en appelant aux emprunts, des soumission- » naires qui ne s'y présenteraient pas s'ils ne pouvaient, à » l'aide des marchés à terme, obtenir le concours des ca- » pitalistes (Voir l'Appendice, p. 255).»

Malheureusement, le Tribunal de commerce, voulant

réprimer cette mauvaise foi constante de certains débiteurs qui viennent demander décharge de leur dette, au nom d'une cause prétendue illicite qu'ils connaissaient avant de contracter, résolut de faire un exemple, et, ne se contentant pas de la condamnation de payer prononcée contre le sieur de Villette, il le renvoya d'office devant la Police correctionnelle pour y être jugé sur le délit dont il s'accusait lui-même, mais en prenant bien soin, dans son jugement, de déclarer que M. Bagieu ne pouvait être considéré comme complice de ce délit, puisqu'il avait, lui, agi de bonne foi et loyalement. Le Tribunal de Police correctionnelle et la Cour royale n'admirent pas cette distinction, et enveloppèrent l'Agent de change dans l'accusation portée contre le client, d'où suivit une condamnation prononcée correctionnellement contre M. Bagieu. C'était la première application de l'article 422 du Code pénal, après trente-deux ans d'existence des mêmes faits, en présence de la même loi !

C'est cette nouvelle direction donnée aux attaques dont nous sommes l'objet, qui nous a décidés, Monsieur le Ministre, à recourir plus instamment que jamais à la justice du Gouvernement, la seule aujourd'hui de qui nous puissions espérer satisfaction.

Nous avons fait remarquer déjà que la jurisprudence de la Cour royale elle-même s'est un peu adoucie dans les derniers temps : en effet, elle ne prohibe pas les marchés à terme d'une manière absolue ; elle n'exige pas la consignation préalable des effets vendus ni des fonds destinés à les payer ; elle veut seulement qu'il y ait preuve que ces effets existaient dans la propriété du vendeur au moment de la conclusion du marché. C'est ce que prouvent plusieurs des arrêts rapportés dans l'Appendice.

Mais nous ne pouvons pas admettre le maintien de cette condition, parce qu'elle est une entrave aussi gênante que dangereuse dans l'exécution de nos opérations. En signalant le dernier état de la jurisprudence, nous avons le droit de dire, que si la Cour royale a cru pouvoir s'écarter de la lettre des anciens arrêts du Conseil, en ce qu'ils exigeaient le dépôt des effets, dépôt devenu impraticable au milieu de la multitude des opérations qui se traitent aujourd'hui à la Bourse, c'est qu'elle a considéré ces arrêts comme tombés en désuétude ou comme inapplicables. Mais si elle les a rejetés en un point, elle aurait pu les écarter pour le surplus : car ce qui est vrai légalement pour une partie est encore vrai pour le tout. C'est donc, avec raison, que nous venons soutenir ici l'inapplicabilité des arrêts et réclamer l'adoption d'un système différent.

Il est donc démontré : 1° que le Règlement demandé par nous est nécessaire et urgent ; 2° que les marchés à termes sont parfaitement valables. Nous allons entrer maintenant dans l'ordre des considérations financières, politiques, commerciales, économiques et morales qui justifient ces marchés à terme, et qui doivent déterminer le Pouvoir à les régulariser par ce règlement qui, en réalisant la promesse de la loi, en consacrant des opérations indispensables au crédit public, fera cesser les controverses et tracera pour nous une règle de conduite sûre et facile.

Passons à la seconde partie.

DEUXIÈME PARTIE.

Au point de vue légal, on peut résumer la doctrine des marchés à terme en quelques mots :

» Les marchés à terme sont fondés sur le principe de droit commun d'après lequel chacun est maître de s'obliger à terme, de vendre ou d'acheter en renvoyant l'exécution du contrat à un temps plus ou moins reculé. La liberté du commerce, quel que soit son objet, demande surtout qu'on laisse aux vendeurs et aux acheteurs des limites suffisantes, dans lesquelles ils puissent trouver les facilités d'exécution et les chances de bénéfices nécessaires au développement de toutes les transactions commerciales.

» D'un autre côté, il peut arriver que celui qui désire vendre un effet, même un effet public, ne soit pas à portée de le livrer de suite : lorsque, par exemple, il se trouve n'avoir pas le titre à sa disposition, bien qu'il en soit réellement propriétaire ; si le cours présent lui paraît favorable à la vente, il lui importe pourtant d'en profiter. De même, celui qui n'a pas de fonds à l'instant même, mais qui est assuré d'en avoir à une certaine époque, peut vouloir acheter des effets ou autres valeurs pour ce temps-là, dans l'espoir d'une hausse ou pour se créer à l'avance un placement qu'il croit utile. Dans ces cas, et dans beaucoup d'autres semblables, il est donc juste qu'un délai soit accordé au vendeur et à l'acheteur pour la livraison et pour le payement (1). »

Voilà le principe, si on considère la question légalement ; mais il convient de la traiter encore sous un point de vue plus large, pour faire d'autant mieux ressortir les avan-

AVANTAGES des marchés à terme, sous les rapports financier, politique, industriel et moral.

(1) M. Mollot, sur les *Bourses de commerce*, page 103.

tages de ces opérations que le Règlement nouveau doit régulariser. Examinons-la financièrement, politiquement, commercialement, moralement.

CONSIDÉRA-
TIONS
financières et
politiques.

Financièrement et politiquement, elle touche au crédit public et au crédit privé.

Assurément, nous ne prétendons point révéler, à l'expérience des hommes d'État, des vérités nouvelles en matière de crédit ; mais en présence des méprises et des malentendus auxquels nos opérations donnent lieu, en réponse à tant de préventions mal éclairées, n'est-il pas utile de reproduire quelques vérités pratiques, passées à l'état d'axiôme, et qui semblent méconnues dans cette question ?

Faut-il rappeler que les développements de la civilisation accélérés par le maintien de la paix, par la publicité de la tribune et de la presse, par l'élévation des fonds publics et la baisse de l'intérêt qui en est la conséquence, enfin, par un grand système de travaux publics qui multiplie les communications et facilite les transports, si indispensables à la propriété industrielle et commerciale du pays, rendent plus impérieux et plus féconds que jamais les procédés du crédit ?

Faut-il redire qu'il y a, dans toutes les affaires financières, commerciales, industrielles, deux parts bien distinctes : celle des faits, celle des présomptions, l'une qui est la réalité, l'autre qui est la spéculation. Faut-il expliquer qu'il y a de même, dans le crédit d'un État, d'abord: une portion fixe représentée par la quotité d'impôt qui est attribuée au service de sa dette, par l'amortissement et par les placements réels que les besoins de chaque jour opèrent sur le marché; ensuite, une portion éventuelle et variable, qui se compose de l'activité plus ou moins vive des transactions, de la nature des évènements, de la prospérité des affaires publiques et privées, enfin de toutes les circonstances qui touchent à la richesse nationale; et qu'il résulte, de cette division naturelle des faits et des idées, deux opérations distinctes en matière de crédit, l'une au comptant, l'autre à terme, l'une de fait, l'autre d'opinion ; l'une fixe, l'autre de spéculation; l'une basée sur les revenus de l'État, l'autre sur sa bonne situation ; la première servant de garantie à la seconde, la seconde servant de levier à la première.

Ainsi, les faits avaient réduit les fonds publics, en 1814, à 45 fr.; l'opinion, les avait relevés, dès 1818, à 80 fr. Les faits avaient rabaissé, en 1831, le 3 p. 100 à 44 fr.; l'opinion (c'est-à-dire la confiance dans l'avenir, et dans une meilleure politique), l'avait fait remonter, dès 1832, à 70 f. Eh bien! les opérations au comptant, qui se basent en quelque sorte sur la partie fixe du crédit, produiraient souvent des baisses convulsives, si les opérations à terme qui s'exercent sur les éventualités de l'avenir ne rétablissaient un équilibre salutaire. Les marchés à terme sont la sauve-garde des marchés au comptant ; ils retardent une élévation trop rapide ou une chute funeste; l'histoire de la Bourse depuis vingt-cinq ans le prouve à qui veut l'étudier. « *Qui dit crédit ne dit pas comptant :* » ces mots s'excluent. En bourse, le comptant c'est l'actuel, le crédit c'est l'avenir ; en industrie, le comptant c'est la matière première, le crédit c'est le travail ; en commerce, le comptant c'est la marchandise, le crédit c'est la spéculation. En un mot, le comptant c'est la fabrique, c'est le magasin, c'est l'inventaire ; le crédit, c'est la lettre de change, à l'aide de laquelle le négociant, industriel ou marchand, est autorisé, par le Code de commerce, à représenter fictivement jusqu'au triple de son avoir réel.

Il faut répondre non-sèulement aux objections, mais aux préjugés; abordons celui qui se cache au fond de tous les raisonnements. Il se réduit à ces mots : « L'argent ne va qu'à la Bourse par suite même de ces facilités, de ces avantages que l'on attribue aux opérations sur les fonds publics; l'argent, pour se jeter sur la rente, se détourne de l'industrie, du commerce et des terres. » Voilà cette pensée dans toute sa latitude; discutons-la.

L'argent vient à la Bourse pour s'y placer, soit au comptant, soit à terme, soit sur report.

Mais, s'il s'agit d'achats de rentes au comptant, il y a, en face de l'acheteur d'inscriptions, un vendeur qui reçoit cet argent et qui le porte ailleurs, car il n'a vendu lui-même que pour faire un autre emploi de son capital : il est donc plus vrai de dire que la facilité de vendre des rentes en vingt-quatre heures, pour disposer de ses fonds en faveur d'un autre placement, est un grand avantage pour le commerce et l'industrie, à qui des secours sont assurés promptement, s'ils s'adressent à un fort détenteur d'inscriptions. Ce que nous disons ici pour le comptant s'applique avec d'autant plus de force aux reports, qui ne sont eux-mêmes qu'une facilité de plus offerte à ces revirements de capitaux, puisqu'ils assurent des écus aux besoins de tout genre, sur un transfert provisoire qui n'est, en quelque sorte, qu'un dépôt. L'argent ne va donc à la Bourse que pour la traverser : il en sort immédiatement pour tel usage que le vendeur ou le dépositaire d'inscriptions a voulu en faire. Ce n'est pas le capitaliste reporteur qui prête directement ses fonds à l'industrie : il les prête à la rente; mais le vendeur ou le dépositaire de l'inscription n'est venu chercher ces capitaux à la Bourse que pour en faire un autre placement; l'argent, encore une fois, ne vient donc à la Bourse que pour se porter ailleurs : la Bourse des fonds publics est donc, sous ce rapport, la Bourse du commerce et de l'industrie, puisqu'ils y viennent puiser à volonté les ressources qui leur sont nécessaires.

Mais il n'en est pas ainsi, répondra-t-on, pour les marchés à terme. D'abord, si l'on reproche aux marchés à terme d'absorber les capitaux, on convient donc que ces marchés sont réels et s'opèrent avec des écus : alors, on tombe dans la contradiction de l'arrêt de 1785, qui accusait l'agiotage de ne faire que des opérations fictives, *sans capitaux*, et en même temps *de distraire les capitaux de placements* plus utiles. Mais passons sur cette observation. Qu'ils emploient ou non des capitaux, les marchés à terme se résolvent toujours par un échange qui les assimile aux marchés au comptant, et alors le capital entre dans la main qui s'est dessaisie de l'inscription. Donc ce capital devient disponible pour un autre emploi. L'argument aurait plus de force encore si les marchés à terme ne se résolvaient, comme le prétendent leurs adversaires, que par des payements de différences : car on ne pourrait leur reprocher dès-lors de détourner des capitaux considérables. La Bourse est le centre de toutes les transactions qui s'opèrent sur les effets publics; elle présente, par ses habitudes, les plus grandes facilités qu'on ait offertes jusqu'à ce jour au mouvement des capitaux et aux mutations qui ont lieu entre les capitalistes et les rentiers: c'est cette rapidité de vente et d'achat, cette disponibilité toujours prête, toujours immédiate, de sommes égales au montant des inscriptions, qui accroît, en quelque sorte, par une circulation rapide, la masse réelle du numéraire dont une grande partie est immobilisée ailleurs, ou retardée dans sa marche par des placements longs ou embarrassés. Il n'y a de réalisation toujours certaine, toujours prompte, qu'à la Bourse, et, loin que les capitaux s'y entassent et s'y absorbent, c'est là qu'ils viennent chercher et donner un mouvement incessant et fécond pour toutes les branches de la richesse publique. C'est la rente, aliment de la spéculation de la Bourse, qui procure toujours au commerce et à l'industrie les capitaux dont ils ont besoin, comme c'est la dette flottante qui assure sans cesse, au service du Trésor, les fonds qui peuvent lui être nécessaires momentanément. L'office est le même, et à des conditions aussi douces, parce que des deux côtés c'est un placement sûr, commode et réalisable à tout instant, pour les capitalistes plus jaloux de la disponibilité de leurs fonds que de l'élévation de l'intérêt.

Mais, en matière d'emprunts publics, dira-t-on, l'argent apporté à la Bourse ne passe pas immédiatement dans les caisses du commerce et de l'industrie : c'est un placement qui se fait dans la rente; c'est un capital absorbé par le grand-livre. — Quelle erreur ! le Gouvernement emprunte pour satisfaire à des dépenses extraordinaires, à de grands travaux, à de grands approvisionnement. Le Trésor n'est pas thésauriseur. C'est le grand réservoir de la fortune publique, mais un réservoir qui alimente les fortunes privées par mille canaux toujours ouverts, d'où découle la fertilité dans toutes les branches du travail. L'emprunt absorbe les capitaux inactifs, dont la circulation était interrompue, pour les verser sur des industries qu'ils fécondent. Le Trésor, pas plus que la Bourse, ne garde rien. Son service, chaque jour perfectionné, se fait avec une exactitude, avec une facilité qui augmentent considérablement la masse du numéraire circulant, par la rapidité de la circulation : car il réalise aujourd'hui, plus habilement qu'on ne l'avait fait encore, le principe qui a pour objet de faire entrer, le plus promptement possible, dans la caisse du créancier de l'État, l'argent sorti de la caisse du contribuable ou du prêteur. Ainsi, soit achats de rentes, soit reports, soit emprunts, toutes ces négociations faites à la Bourse n'ont pour effet que de donner une impulsion rapide à la circulation des capitaux, et par conséquent à la prospérité de tous les genres d'affaires. La Bourse ne garde rien et donne à tout le monde.

Insistons sur cet immense avantage de la disponibilité des inscriptions de rentes, qui offre tant de ressources (nous venons de l'expliquer) au crédit privé lui-même, puisqu'il n'existe aucune valeur sur laquelle on puisse réaliser des écus aussi promptement, aussi sûrement et à si bon marché.

La facilité de transmission ou de réalisation est si bien un élément du prix de toute chose, que tout récemment, pour donner plus de valeur à la propriété, on a simplifié les formes et les lenteurs de l'expropriation.

Tout est marché à terme, c'est-à-dire éventualité et spéculation, dans le commerce, dans l'industrie.

L'industrie produit en vue d'un débouché qui peut lui manquer, à l'aide d'un procédé qui peut demain être remplacé par un autre plus économique, dans l'espoir d'une consommation que la guerre ou un malheur public peut interrompre. L'industriel sera-t-il coupable des évènements ou des inventions qui auront trompé ses espérances et encombré ses magasins ? Dira-t-on qu'il a joue imprudemment et frauduleusement contre des faits inconnus, contre des chances qu'il lui était impossible de calculer et de prévoir? La vapeur, les métiers, la betterave, le gaz, les chemins de fer, n'ont-ils pas renversé les calculs fondés sur des industries existantes avant l'usage de ces procédés nouveaux?

Le commerce importe ou exporte sur des besoins connus qui peuvent cesser brusquement, sur des informations que les évènements peuvent démentir. L'Amérique du Sud est en pleine guerre civile : le commerce y porte des armes, et, à son arrivée, il y trouve la paix rétablie, et la paix lui demande des objets de luxe ; sur un autre rivage, c'est le contraire : il porte des modes à qui n'a plus besoin que de fusils. Le commerçant est-il blâmable des démentis que lui donnent les évènements? l'accusera-t-on des variations de la politique? Reprochera-t-on à l'industriel, au marchand, d'avoir rêvé des chimères, spéculé sur des mensonges? non sans doute. L'état sauvage seul se borne à des échanges réels ; la civilisation spécule, et la spéculation est l'aliment du commerce et de l'industrie, comme du crédit public.

Nous pourrions citer ici, presque en entier, un jugement mémorable rendu, en matière de marché à terme de denrées, par le Tribunal de commerce de Paris, le 8 août 1842. Son étendue nous force de le renvoyer à l'*appendice* (1). C'est le résumé le plus complet des arguments que l'on peut opposer, au nom des intérêts les plus sacrés, à la mauvaise foi qui récuse des pertes quand elle aurait accepté des bénéfices. Nous recommandons ce jugement à votre attention, Monsieur le Ministre.

La lettre de change est l'escompte du travail et de la

(1) Voir l'Appendice, 2ᵉ partie, p. 268.

spéculation réunis, comme le marché à terme est l'auxiliaire de la politique et des finances du pays. Les papiers de banque et de commerce ne sont que des promesses. Les considère-t-on pour cela comme des fictions? Le Gouvernement et la magistrature qui rend la justice en son nom, traiteront-ils le crédit public plus défavorablement que le crédit privé? Les papiers d'État jouiront-ils de moins de protection que les papiers de commerce et de banque? Et ces procédés du crédit, qu'on veut interdire à la Bourse des fonds publics, ne sont-ils pas plus indispensables là que partout ailleurs?

Que se passe-t-il, en effet, en matière d'emprunts publics? Tout s'opère à l'aide des marchés à terme.

Quand un banquier prêteur soumissionne un emprunt de 23 millions, de six millions de rente seulement, comme nous en avons vu adjuger de 1818 à 1842, a-t-il dans ses coffres les centaines de millions de capital que représenteraient ces rentes au pair, ou même la moitié de ces sommes, s'il ne souscrit son emprunt qu'à 50 fr. pour 5 de rente? assurément non; et cependant on ne taxe pas de jeu et de pari la soumission qu'il a déposée sans avoir les capitaux suffisants, car voici comment l'opération se réalise: le banquier et presque toutes les personnes qui prennent part d'une manière un peu large dans un emprunt, surtout si cet emprunt est considérable, vendent d'avance, au moyen des marchés à terme, une partie des fonds soumissionnés par eux. De cette manière, l'emprunt se place pour une partie, même avant d'être contracté, et c'est cette situation qui permet aux rentes de l'emprunt de venir ensuite sur la place, ou les places où elles doivent arriver, sans y causer ni trouble ni perturbation.

D'un côté ou de l'autre, soit le banquier, soit le Trésor, fait ce que la Cour royale défend aux acheteurs ou vendeurs de rentes à terme. Et, cependant, comment le Trésor peut-il faire autrement pour placer son emprunt, et comment l'adjudicataire peut-il procéder, si ce n'est ainsi, pour détailler sa soumission entre tous les capitalistes qu'il appelle à son aide, en leur vendant, également à terme, des parts d'emprunts qu'ils payent à l'aide de versements échelonnés sur les échéances fixées par le Gouvernement emprunteur ? D'où résulte que les fonds versés au Trésor, et répandus par celui-ci dans les divers canaux des dépenses publiques, reviennent successivement alimenter les versements ultérieurs des soumissionnaires : mécanisme ingénieux et indispensable, à l'aide duquel le numéraire semble se multiplier en tournant sur lui-même. Il n'y a d'emprunts publics possibles qu'à ces conditions. Est-ce à l'un des pouvoirs publics d'y apporter des empêchements ? Tous les pouvoirs de l'État ne sont-ils pas, à titre égal, les gardiens du crédit de l'État ?

Ce sont les opérations à terme qui rétablissent le niveau entre les acheteurs et les vendeurs, et donnent le moyen de les satisfaire tous deux : car les marchés réels, c'est-à-dire ceux contractés par les propriétaires d'argent ou de rentes, soit au comptant soit à terme, ne pouvant jamais se trouver en somme égale soit de vente, soit d'achat, il faut bien, pour que le mouvement de la place ne soit pas entravé, que la spéculation, c'est-à-dire les marchés fondés sur la spéculation, prête, chaque jour, à la place, le solde d'argent ou d'effets qui est nécessaire pour que tous les besoins soient satisfaits.

Sans les marchés à terme, les vendeurs au comptant ne seraient pas toujours certains de trouver à jour nommé, sur la place, les écus qu'ils viendraient y chercher leur inscription à la main : car il pourrait arriver que les acheteurs se présentassent en plus petit nombre, et que, une fois leurs fonds employés, le vendeur réel fût obligé de faire de grands sacrifices pour tenter de nouveaux acheteurs ; de là des baisses considérables et de grandes défiances répandues dans le public, moins disposé, dans l'avenir, à acheter des valeurs dont la revente est incertaine.

Ce sont les marchés à terme qui amènent sur la place autant d'acheteurs qu'il en faut pour toutes les ventes offertes, autant de vendeurs pour les achats demandés. Ils favorisent donc ces placements temporaires, si secourables à tous les intérêts, et ils assurent au cours cette stabilité qui est un des éléments premiers de la confiance et du crédit.

Une autre observation, c'est qu'en interdisant les marchés à terme au parquet des Agents de change, vous les livrerez à l'industrie clandestine de la coulisse (voir ci-après, p. 101, ce qu'on appèle la coulisse), où ces opérations, perdant tous les avantages que nous venons d'exposer, prenant le caractère de véritables jeux et paris, n'auront plus que les dangers dont notre intervention les préserve. On ne supprimera pas la spéculation sur les effets publics : on ne supprimera que les garanties dont nous l'environnons, en la régularisant.

Reproche-t-on aux négociations à terme d'être inspirées et régies par des conjectures aléatoires sur la valeur politique des rentes, c'est-à-dire sur les évènements favorables ou défavorables au crédit de l'État, et de servir, par conséquent, de moyens à l'intrigue et aux passions pour décréditer le Gouvernement, pour agiter l'opinion. Mais ce reproche s'adresserait avec autant de justice aux ventes au comptant, car ce sont des appréhensions du même genre qui déterminent souvent les porteurs d'inscriptions à les jeter sur la place. On ne l'a pas oublié, depuis vingt-cinq ans que la liberté a développé chez nous le crédit, la spéculation a été favorable à la hausse. Le 5 p. 100 est parti de 45 fr. pour monter à 120 fr., à travers des invasions, des complots, des indemnités, des révolutions, des émeutes et des budgets extraordinaires !

Considéra-
tions
morales.

Il est donc bien entendu que ce n'est pas la politique qui inspire les préventions et qui dirige les poursuites contre les marchés à terme ; au contraire, ils lui ont profité. C'est la morale, dit-on ; et c'est à l'immoralité seulement que profitent, contre le vœu du législateur et des magistrats, les dispositions pénales et les arrêts judiciaires qui frappent ces transactions et les contractants de bonne foi ; c'est l'immoralité, seule, qui ose invoquer le bénéfice d'édits et d'arrêts périmés, abrogés, et qui ne s'appliquaient, même en leur temps, qu'à un genre spécial d'effets ! A-t-on jamais vu, devant quelque juridiction que ce soit, un client réclamer d'un Agent de change l'exécution d'engagements de ce genre que celui-ci se serait refusé à reconnaître ? C'est toujours l'Agent de change qui est obligé ou de perdre ses avances, en n'osant pas les répéter, ou d'actionner le client de mauvaise foi, et presque toujours il est prouvé que le client qui récuse des pertes a touché des bénéfices ! Et toujours aussi la Cour, qui le renvoie indemne, le renvoie déshonoré ! en l'acquittant de ce qu'il doit, elle lui inflige au moins la honte qu'il mérite. Et tout cela se ferait au nom de la morale ! Étrange abus d'idées et de mots !

Il est impossible d'admettre que la morale devant le

Tribunal de commerce ne soit pas la même devant la Cour royale ! Qu'il y ait une morale commerciale et une morale légale ! une morale personnelle et une morale pécuniaire ! Que le même homme soit moralement libéré de sa dette, et moralement flétri pour l'avoir contestée !

Nous venons d'exposer, sur la question des marchés à terme, quelques aperçus financiers, politiques, moraux. Examinons la question commercialement : car c'est là un de ses principaux aspects. Le règlement qui fixera la nature de nos opérations sur les effets publics est un vœu du Code de commerce, et c'est le Tribunal de commerce qui s'est montré l'appréciateur le plus intelligent de nos usages et de nos droits. Cette considération sera donc une puisssante raison de décider.

CONSIDÉRA-
TIONS
commerciale

La division des opinions sur les marchés à terme s'est manifestée surtout, nous l'avons dit, entre les hommes de finance, qui les proclament nécessaires en fait, et les juges civils qui s'accordent presque tous à les proscrire comme contraires au droit, à moins que les effets n'aient existé en la possession du vendeur au moment de la signature de l'engagement. La conséquence inévitable de cette doctrine, c'est que tout marché à terme non accompagné de cette circonstance est radicalement nul ; que la ratification qui en aurait été postérieurement faite n'engage à rien ; en un mot, que toute obligation à laquelle il aurait donné naissance, n'ayant pour cause qu'une opération illicite, ne peut servir de base à aucune action judiciaire. Les commerçants répondent que cette opération, représentée comme un jeu, n'en est pas un ; qu'elle constitue une spéculation véritable ; que la spéculation est un acte de commerce essentiellement légitime, applicable aux effets publics ;

qu'elle est de droit commun, qu'elle est utile, qu'il importe à la justice qu'on la reconnaisse, à la prospérité du crédit public qu'on la protège. Cette réponse nous paraît décisive, et d'ailleurs nous avons déjà enfermé les adversaires dans un dilemme qui les réduit à une contradiction flagrante : ou les effets publics vendus et achetés à la Bourse de commerce sont une marchandise, comme nous le prétendons, et alors laissez-leur le bénéfice des lois et des usages du commerce ; ou, puisque vous le contestez, ce sont des obligations civiles ; et pourquoi, dès-lors, leur refuser la protection du droit civil en matière de vente et de terme?

On voit où cette argumentation nous conduit : d'abord, à revendiquer, pour les opérations sur effets publics, l'application exclusive du Code de commerce ; ensuite, à leur assurer le bénéfice de toutes les garanties de liberté, de forme et de temps qui sont accordées, dans le commerce, à toute espèce de spéculation ; enfin, à établir qu'il y a nécessité, pour en régulariser la forme, d'arrêter le règlement d'administration publique promis par l'article 90 du Code de commerce.

Faut-il prouver maintenant que tous les genres de spéculation sont aussi aléatoires, et beaucoup plus, à vrai dire, que la spéculation sur les effets publics? L'industrie, essentiellement productive, doit compter naturellement sur un profit certain, le prix de son travail ; elle veut rester étrangère à tout ce que peuvent y ajouter les risques de l'avenir. Aussi, arrive-t-il que, satisfaite d'un gain modéré, elle offre, à quiconque veut le lui assurer, de courir à sa place la chance favorable ou contraire des évènements. Elle trouve des capitalistes qui acceptent ce rôle : de là des spéculateurs et des industriels. La spéculation est donc une opération aléatoire, basée sur la variation du cours des produits de l'industrie. Elle se résume par conséquent, pour le spéculateur, dans le payement qu'il fait à l'industriel, d'une somme représentant le prix de son travail au-delà du prix de revient, et en une recette de bénéfice qu'il se flatte de faire à son profit, entre le prix qu'il a payé au producteur et le prix qu'il espère tirer du consommateur : s'ensuit-il que ce soit là un jeu, un pari ? Non, sans doute. Ce qui caractérise le jeu et le pari, c'est de n'avoir aucun but d'utilité ; ici, au contraire, l'utilité est manifeste : utilité pour l'industriel, assuré de placer ses produits avec un bénéfice légitime, et de retrouver immédiatement les moyens et le temps de produire encore ; utilité pour le spéculateur qui retirera un gain licite de son intervention ; utilité même pour le consommateur, qui est toujours certain que le marché sera bien approvisionné des choses dont il a besoin.

Cette utilité, combien n'est-elle pas plus réelle, mieux établie, plus évidente, quand il s'agit du crédit de l'État ?

Il faut toujours en revenir à cette question :

La spéculation est-elle favorable ou désavantageuse à la prospérité de la dette publique ?

Le crieur de la Bourse a répondu avant nous ; car depuis vingt-cinq ans il crie, toujours à un taux plus élevé, la rente, progressivement montée de 45 à 120 fr.

Pour peu qu'on observe les habitudes de la Bourse, on sait que la disponibilité des capitaux placés dans les fonds publics, et l'affluence des offres qui en est la suite, doivent améliorer, par elles-mêmes, la condition de la dette ; et la spéculation contribue puissamment à ce résultat. De là le placement avantageux des emprunts, et à des prix tou jours meilleurs (1). Les effets non négociables portent un intérêt plus fort. Les portions les plus considérables des emprunts se sont donc placées, grâce à cette disponibilité, dans les mains des capitalistes proprement dits, de ces hommes dont les calculs consistent à varier incessamment l'emploi de leurs fonds, et qui éloignent en conséquence leurs capitaux de toute opération où ils seraient trop long-temps engagés, pour les porter avec empressement dans celles où ils restent disponibles. Il est donc dans l'intérêt de la dette publique de satisfaire à cette nécessité, et pour cela il faut que la spéculation soit admise, qu'elle soit libre, qu'elle soit protégée.

Mais, dira-t-on, en admettant ce fait, quel inconvénient y a-t-il de maintenir les précautions de l'ancienne jurisprudence, et, pour éviter les marchés fictifs, de ne consacrer les marchés à terme qu'autant que le vendeur sera nanti des effets qu'il doit livrer, et que l'acheteur aura entre les mains la somme qu'il doit donner en échange? La réponse est facile : les prohibitions qu'on fait revivre ont pour effet inévitable de ramener toutes les opérations à des marchés-comptant ; car il est bien certain que quiconque aura la somme en main, pour acheter, aimera mieux terminer son placement que d'attendre, et que quiconque aura des effets à vendre trouvera de l'avantage à réaliser sur-le-champ.

Les capitalistes, grands propriétaires de fonds publics, spéculant d'habitude sur des sommes considérables, opèrent le plus souvent par des rentrées et des sorties énormes. Réduisez-les à ne plus opérer qu'au comptant, il en résultera des hausses et des baisses anormales. Ou bien, après

_____

(1) Voir, à l'Appendice, le Tableau des emprunts successivement contractés par l'État, page 117.

avoir accaparé les effets publics, ils en imposeront le cours aux autres; ou bien, eux-mêmes manqueront d'acheteurs, ils ne trouveront que des ventes ou achats en détail, ce qui décomposera leur capital d'une manière incommode et l'engagera par petites portions. Qu'arrivera-t-il de ce dernier inconvénient qui serait encore le moindre, nous le reconnaissons? C'est que les capitalistes ne sentant plus leurs fonds disponibles, comme ils le désirent, puisqu'ils ne pourront les retirer ou les replacer par masses sans encourir une perte grave, s'éloigneront des fonds publics, au grand détriment du crédit, dont la prospérité est en raison directe des capitaux qu'on y apporte.

Ne perdons pas de vue une autre considération. Pourquoi le plus souvent achète-t-on à terme? C'est que, n'ayant pas la somme disponible pour payer comptant, et prévoyant un cours favorable à la fin du mois courant ou du mois suivant, quand la somme qu'on veut placer rentrera, on veut pouvoir profiter de cet avantage. Ces convenances, très-fréquentes au milieu du mouvement de tant de fortunes, sont faciles à satisfaire par les marchés à terme; prohibez-les: voilà des sommes considérables qui chercheront un autre emploi. Telle est donc l'alternative : ou n'apporter aucune entrave à la spéculation sur les effets publics, ou se priver d'une grande partie des avantages qu'on s'est proposé, dans l'intérêt de l'État, en rendant négociables les titres de ses emprunts. C'est un ministre des Finances, président du Conseil durant sept années, et à qui les passions même ne contestent pas la capacité administrative, qui expliquait en ces termes, du haut de la tribune (en avril 1824), non-seulement la spéculation, mais l'agiotage, dont il ne craignait, pas plus que Mirabeau en d'autres temps, de

prouver l'utilité : « Nul doute (disait M. le ministre des
» Finances de 1824), nul doute que l'agiotage n'ait ses
» inconvénients et ses dangers.

» Mais, je vous le demande, comment, avec la nécessité
» que nous impose notre système financier de soutenir le
» crédit public, pour se ménager la faculté d'emprunter
» dans des circonstances extraordinaires ; comment, dis-
» je, est-il possible de concevoir une nature d'effets qui
» ne donne pas prise à l'agiotage ? Qu'est-ce qui produit
» de l'agiotage ? ce sont les deux chances de hausse et de
» baisse. Si vous ôtez ces chances, vous tuez le crédit.
» On ne peut tuer l'agiotage qu'en renonçant au système
» de crédit adopté, qu'en éteignant la dette. Mais tant
» qu'on sentira la nécessité, pour un pays comme la
» France, de pouvoir recourir à des emprunts le jour où
» sa sûreté peut l'exiger ou même sa prospérité le deman-
» der, il faudra bien conserver tous les moyens de crédit.
» Tant qu'on reconnaîtra la nécessité de conserver cette
» ressource extraordinaire, on sera soumis à la condition
» d'en subir les conséquences : celles de l'agiotage. C'est
» un mal, j'en conviens, mais un mal qui porte avec lui
» son remède. »

La pensée du ministre était claire : il avait fait trop
d'usage du crédit, et se préparait à lui demander une trop
vaste opération, pour ne pas s'être rendu compte de
l'utilité de la spéculation et du concours qu'il pouvait en
attendre. Ce mot d'*agiotage* est resté dans les habitudes
de la langue, mais le sens en a changé. Les anciens édits et
arrêts s'attaquaient en effet à un agiotage réel : car le premier, celui de 1724, était né des désordres du système
de Law ; et qu'était-ce que les papiers de Law ? des billets
de banque, du papier-monnaie, multipliés de jour en jour

dans une disproportion effrayante avec la valeur réelle qui leur servait de gage.

Le montant des obligations de Law équivalait à quatre-vingts fois le numéraire du royaume.

C'est comme si la Banque de France multipliait aujourd'hui ses émissions de billets cent fois au-delà du montant de ses encaisses et de son portefeuille. Ce n'étaient pas des papiers d'État proprement dits, et l'on pouvait qualifier d'agiotage ces opérations fictives sur ces valeurs fictives elles-mêmes.

Les arrêts de 1785 n'avaient également en vue que les actions industrielles, dont on avait fait un grand abus à cette époque, car les papiers d'État, les effets royaux, se transféraient civilement chez les notaires. Rien de tout cela n'offre d'analogie avec les inscriptions de rente sur le grand-livre de la dette publique de France, et avec la négociation qui s'opère sur ces inscriptions à terme comme au comptant. D'autres temps, d'autres besoins exigent aussi un autre mode de transactions.

Il faut faire cesser de fâcheuses équivoques.

Elles ne profitent aujourd'hui qu'aux hommes de mauvaise foi, qui abusent d'une jurisprudence erronée pour payer leurs dettes.

Si l'on objecte la prévoyance que commande l'intérêt des familles, la question se simplifie beaucoup, car on doit se demander, encore une fois, s'il faut abolir des procédés financiers indispensables au crédit de l'État, à la banque, au commerce, à l'industrie, pour préserver quelques imprudents de l'abus qu'ils peuvent en faire ? Y a-t-il une institution, un procédé, une invention, une chose quelconque qui résistât à une exigence ainsi établie ? Si vous

CONSIDÉRA-
TIONS
diverses.

voulez abolir tout ce dont les hommes abusent, vous abolirez la plupart des choses humaines. Il y a, dans une année, mille fois plus de gens ruinés par le commerce et l'industrie que par des spéculations de bourse! Faut-il supprimer le commerce? Faut-il étouffer l'industrie? On abuse du feu, du fer, de la poudre, de la liberté, de la religion, de la parole, de la plume; on abuse de tout. L'abus doit-il faire proscrire l'usage?

Nous dirons aux esprits prévenus: ne croyez pas que vous parveniez à supprimer les marchés à terme, car ils sont dans la nature des choses, ils importent essentiellement au commerce, à l'industrie, au crédit de l'État; en les supprimant (hypothèse impossible), vous aurez organisé le jeu; en supprimant la spéculation, la fraude se fera son code; l'imposture sera un besoin; vous convertirez en système la ruse et la duplicité; vous n'aurez supprimé que le contrôle et la surveillance, et, par cela même, accru le danger que vous vouliez détruire; vous contraindrez les agents des négociations, les rentiers, les spéculateurs les plus circonspects, même les plus honnêtes, à tromper la justice, en adoptant des fictions destinées à les défendre contre des lois imprudentes; on supposera des dépôts préalables; on simulera des écritures et des actes; on mentira, et les gens honnêtes, toujours prêts à exécuter leurs engagements, seront livrés à la merci des fripons, qui seront toujours prêts à les violer au nom de la loi, quand ils leur seront onéreux.

Autre danger plus grand encore, et que la sévérité des arrêts a plutôt aggravé qu'amoindri: le danger d'une protestation constante, ouverte, inévitable, des faits contre les jugements, de la tolérance du Gouvernement en présence des décisions de la justice. Voilà vingt ans qu'un premier arrêt rendu par la Cour royale de Paris, dans l'affaire de M. Perdonnet contre M. de Forbin-Janson, a fait une fausse application des lois aux opérations sur les fonds publics. Durant ces vingt années, un assez grand nombre d'actions judiciaires, introduites par des spéculateurs de mauvaise foi, ont fait éclater de nouveaux conflits entre la juridiction commerciale, qui considère avant tout la bonne foi des contrats, et la juridiction civile, qui s'attache à un texte rigoureux sans application à l'espèce. Eh bien ! durant et après ces vingt années, le marché de la Bourse est resté le même, parce qu'il ne peut pas changer ! Les transactions sur effets publics n'ont pas varié de forme ni d'étendue, parce qu'elles tiennent à l'essence même du crédit de l'État et aux besoins les plus impérieux de la société ! La tolérance, disons-mieux, la pratique du Gouvernement lui-même, en matière d'emprunt, n'a pas été altérée, parce qu'il s'agit des besoins du Trésor et de l'exécution même des lois de finances ! La confiance des grands spéculateurs, des spéculateurs honnêtes, rentiers et capitalistes, ne s'est pas émue, parce qu'elle n'a pu admettre que la justice eût l'intention, quand elle serait mieux informée, d'entraver des négociations reconnues utiles au crédit de l'État, avouées et pratiquées par le Gouvernement, légitimées par tant de jugements consulaires et même par quelques arrêts contradictoires de Cours royales, négociations morales puisqu'elles sont réelles, et garanties par le ministère d'un officier public.

Le public a donc continué de se livrer à ces opérations, les Agens de change à y prêter leur entremise, les plus forts capitalistes à s'en occuper, les rentiers les plus timides à y recourir, les recueils officiels à en enregistrer les résultats, le Gouvernement à les admettre et à les imiter.

Tout cela s'est fait en face de quelques arrêts surpris à la préoccupation des Cours royales. Est-ce là un état de choses régulier? est-ce une situation tolérable pour la magistrature, pour la société, pour le pouvoir? Ce maintien patent des usages, malgré les défenses, ne prouve-t-il pas une force de choses qui équivaut à un droit? Les nécessités de l'État ne sont-elles pas les premières que doivent respecter et soutenir tous les pouvoirs de l'État? Et le pouvoir judiciaire doit-il, par une application erronée des lois, se trouver en contradiction avec les intérêts et les actes du pouvoir politique ?

Il est de la sagesse et de l'honneur du Gouvernement de mettre fin à cette confusion d'idées et de faits ! C'est là une de ses premières attributions de régulariser les doctrines des autres pouvoirs; c'est là la vraie morale qu'il doit enseigner, pratiquer et rétablir, au lieu de la morale hypocrite des débiteurs de mauvaise foi, qui viennent demander aux tribunaux quittance de leur argent et de leur honneur !

Quant à nous, grâce à une discussion plus approfondie de nos droits et à une critique plus complète des dispositions qu'on nous appliquait à tort, nous avons prouvé que nous n'en étions plus réduits à nous réfugier dans cette doctrine. C'est surabondamment que nous la faisons valoir, car on n'a jamais trop raison contre des préjugés. « Oui, » nous demandons (comme l'a dit M. Hébert) au nom » du crédit public, au nom de la liberté du commerce, » des règles professionnelles qui préservent à la fois la » fortune des familles et la morale publique, l'honneur » des fonctions et la sincérité des contrats. » Seulement nous demandons que ces règles soient établies, au profit des honnêtes gens contre les hommes de mauvaise foi, qu'elles le soient d'une manière précise et dans l'intérêt de la vraie morale, qui, en matière de commerce, n'est autre chose que la probité et le respect des engagements.

Terminons cet exposé de principes, en présentant un document qui les résume tous, et qui a l'avantage de les consacrer par la réunion imposante d'un grand nombre de signatures prises dans la haute banque et le haut commerce de Paris. Le 15 novembre 1824, vingt-cinq maisons des plus considérables ont donné leur assentiment au parère que nous plaçons sous vos yeux; le 12 juin 1842, dix nouvelles maisons, non moins importantes, y ont ajouté leur adhésion. Ce document n'a pas besoin de commentaire, ou plutôt le commentaire en existe dans les idées que nous venons de développer. Bornons-nous à en citer les termes sacramentels (1).

Trente-cinq grandes maisons de banque y déclarent :

« Que, dans toutes les opérations faites à la Bourse sous
» la désignation de *marchés fermes* ou opérations *à terme*,
» sans en excepter aucune, le vendeur seul accorde terme
» à l'acheteur, et que celui-ci peut se faire livrer les effets
» par lui achetés à sa première réquisition ;

« Que les marchés dont il s'agit se liquident par la livraison
» des effets vendus, soit qu'ils existent dans les mains du
» vendeur au moment où la livraison est exigée par l'a-
» cheteur, soit que le vendeur les fasse acheter pour en opérer
» la livraison;

« Que, dans tous les cas, il y a toujours, d'un côté,
» l'achat d'une chose qui doit être payée, et, de l'autre, la

(1) Voir les signatures à l'Appendice, page 124 et suivantes.

» vente d'une chose qui doit être livrée, ce qui ne permet
» pas d'envisager ces sortes d'opérations comme des paris
» sur le cours des effets publics ;

» Que les marchés à terme, appelés *marchés fermes*,
» tels qu'ils sont en usage aujourd'hui à la Bourse de Paris,
» c'est-à-dire restreints au terme de 60 jours, et soumis
» à la condition de la livraison anticipée lorsqu'elle est
» réclamée par l'acheteur, sont également dans l'intérêt
» du Gouvernement et du commerce :

» Du Gouvernement, parce que l'État ne pourrait faire
» les négociations de rentes nécessitées par le système de
» finance adopté maintenant, sans le secours de ces sortes
» de marchés, et cependant le système des finances, basé
» sur le crédit, est une des conditions principales de la
» force et de la puissance des Gouvernements modernes;

» Du commerce, parceque ces marchés donnent aux
» porteurs de rentes un moyen certain, expéditif et peu
» onéreux, de se procurer aussitôt qu'ils le veulent les
» fonds dont ils ont besoin, en donnant pour garantie ces
» mêmes rentes ; que, d'un autre côté, les capitalistes y
» trouvent le moyen de placer leurs fonds pour aussi peu
» de temps qu'ils le veulent et avec la certitude d'y rentrer
» à leur volonté. Ainsi, d'un côté, les rentes deviennent
» un véritable signe représentatif et augmentent la masse
» des capitaux, et, de l'autre, tous les capitaux inactifs
» trouvent un emploi d'autant et d'aussi peu de durée
» qu'il convient à leurs possesseurs. Cette augmentation du
» signe représentatif et des capitaux circulants tend néces-
» sairement à en faire baisser le prix, c'est-à-dire l'intérêt,
» et, par là, rend au commerce le plus utile de tous les
» services. »

Par ces motifs, les trente-cinq notabilités financières

estiment : « que les marchés dont il est question sont indis-
» pensables dans la situation présente de la France, et que
» la jurisprudence adoptée par la Cour royale (qui s'ap-
» puie sur d'anciens arrêts du Conseil, rendus à une époque
» et dans des circonstances qui ne peuvent être assimilées
» en aucune manière à celles où nous nous trouvons) est
» en opposition avec les véritables intérêts politiques et
» commerciaux de notre pays. »

Cette importante déclaration n'est-elle pas le résumé le
plus concluant de notre discussion sur la nécessité de maintenir et de protéger les marchés à terme, tels qu'ils se
pratiquent à la Bourse de Paris ?

En décourageant la spéculation, sous prétexte de poursuivre le jeu, en éloignant les spéculateurs nationaux par
des inquiétudes de tous genres, on a imprudemment livré
notre Bourse à des spéculateurs étrangers qui entendaient
mieux les lois du crédit, et qui, après avoir soumissionné
nos premiers emprunts à 51 et à 55, ont successivement
récolté sur notre place les bénéfices d'une hausse de 65
francs. Sans doute, la France, dans ses jours de détresse,
n'a pas eu le choix de ses prêteurs ; mais, son crédit une
fois constitué, quelle doit être l'étude de son Gouvernement, si ce n'est de substituer des rentiers français à
des prêteurs étrangers, et, dans ce but, qu'a-t-il de mieux
à faire que de favoriser la spéculation, en la dirigeant par
un règlement propre à lui inspirer de la confiance, en assurant la plus grande latitude à l'action du crédit. Si l'on
a vu nos capitalistes hésiter à entrer dans la rente, et prêter leurs fonds à la spéculation étrangère, sous forme de
reports, de manière à lui faciliter le profit de cette prime
de 65 fr. qu'elle a bonifiée de 55 à 120 fr., et qu'ils auraient pu se réserver pour eux-mêmes, ce contresens

résulte de plusieurs causes que nous ne sommes pas appelés à discuter dans ce mémoire, mais, en première ligne, il nous est permis de signaler la cause qui touche à son objet : les entraves apportées à la spéculation par l'inintelligence des opérations de la Bourse et des plus simples éléments du crédit.

Le taux des emprunts est le régulateur de l'intérêt de l'argent, pour le public comme pour l'État. C'est donc servir tous les intérêts que d'aider, par tous les moyens possibles, à ce qu'ils se négocient avantageusement, à ce qu'ils s'écoulent avec facilité. La spéculation a donc, en ce sens, un but moral, un but national. Elle y trouve son profit, mais l'État et le pays aussi ; et la spéculation ne peut s'exercer qu'au moyen des marchés à terme.

USAGES
des
Bourses
étrangères.

On a opposé, à tort, l'exemple des Bourses étrangères où ce mode de négociations ne serait pas admis.

Exposons les usages des grandes Bourses de l'Europe.

Sur la place de Francfort, le commerce des effets publics est libre. Il se fait par des courtiers assermentés qui n'agissent que comme de simples intermédiaires, mettant les parties en présence ; celles-ci échangent directement leurs engagements réciproques, quand il s'agit de marchés à terme. Le terme des marchés n'est pas fixé ; les parties en conviennent à leur gré. Les tribunaux connaissent des contestations qui s'élèvent au sujet des marchés à terme, entre les parties, toutes les fois que le demandeur a mis régulièrement le défendeur en demeure d'exécuter le contrat. Dans cette position, la jurisprudence admet la légalité de ces marchés. On voit que les courtiers n'ont jamais d'action personnelle à exercer en justice sur ce genre d'affaires, puisqu'ils ne peuvent jamais être considérés comme parties contractantes.

A Berlin, ce sont aussi des courtiers, assermentés et sans cautionnement, qui traitent des effets publics. Les marchés à terme ne sont pas défendus ; mais il n'est permis aux courtiers jurés de s'y interposer que lorsqu'il s'agit de fonds prussiens : la loi n'accorde d'action en justice que pour ceux-ci. Les marchés à terme sont réalisables avant l'échéance, à la volonté de l'une ou de l'autre des parties, à compter d'un jour dont elles conviennent. Les parties ayant contracté directement, c'est entre elles que s'établit le débat judiciaire en cas de contestation.

A Vienne, les affaires à terme sur les papiers d'État ne sont pas prohibées ; mais elles doivent se réaliser par la livraison et le payement effectif. En cas de non-exécution du marché à son échéance, le dommage résultant de la différence des cours ne peut être réclamé en justice que dans le cas où l'acheteur aurait vendu à une autre personne l'effet par lui acheté et non livré, et serait obligé, par suite de cette non-livraison, de se le procurer ailleurs. On peut croire que c'est un moyen de tourner la question, car il est évident que l'acheteur, pour s'assurer les dommages-intérêts accordés en pareil cas, lesquels ne sont que le payement de la différence sous une autre forme, saura toujours faire ou simuler une revente quelconque. Comme à Francfort et à Berlin tout se passe directement entre les parties contractantes, les courtiers ne servant que d'intermédiaires, sans garantie : à Vienne aussi, le marronage usurpe l'office des courtiers, mais il ne serait jamais admis à porter ses opérations en justice.

La négociation des fonds publics en Hollande est encore régie par les articles 421 et 422 du Code pénal, le seul Code Français qui y soit resté en vigueur. Les marchés à terme n'y obtiennent la protection de la loi, qu'autant qu'ils s'y trouvent dans les conditions de ces articles que l'on comprend mieux sans doute à Amsterdam qu'à Paris.

Les courtiers hollandais n'ont pas plus de droits ni de responsabilité que ceux des autres places étrangères dont nous venons de parler. Il y a, en Hollande, un grand livre de la dette publique inscrite ; les mutations s'opèrent sur la simple déclaration des parties qui sont tenues de se présenter en personne, mais l'État n'a cependant aucune garantie, contre les tentatives de faux. Au reste, la dette de Hollande est représentée, en majeure partie, par des titres au porteur, dont la propriété se transmet manuellement ; ce sont principalement ces titres qui alimentent la spéculation. Cela simplifie beaucoup les questions et les difficultés.

Le Code de commerce et le Code pénal sont aussi maintenus en Belgique. Les Agents de change forment une corporation à Anvers et à Bruxelles. Toutefois, en matière de fonds publics, ces Agents ne sont considérés que comme de simples intermédiaires. Il n'y a de garantie, pour ces opérations, que dans la bonne foi des parties contractantes. Les marchés à terme sont reconnus en Belgique, quand il n'est pas prouvé que c'étaient de simples paris sur la hausse et la baisse des cours ; les tribunaux admettent l'action sur les contestations qu'ils soulèvent. Ainsi, M. Delaville-Leroulx, Agent de change de Paris, l'un des Membres de la Chambre syndicale, a soutenu et gagné contre M. Govaerts, Agent de change d'Anvers, un procès qui, commencé en 1834 par un jugement du tribunal de commerce d'Anvers, a fini en 1840 par un arrêt de la Cour de cassation de

Bruxelles. M. Delaville-Leroulx réclamait de M. Govaerts le solde d'un compte résultant de nombreuses affaires sur les fonds publics français qu'il avait faites, soit au comptant, soit à terme, d'ordre et pour compte de ce correspondant. M. Govaerts avait excipé de la cause illicite pour se refuser au payement du compte sur les affaires à terme, et le tribunal de commerce d'Anvers, par jugement du mois d'avril 1834,, avait déclaré M. Delaville-Leroulx non recevable, entre autres motifs, parce qu'il avait prêté son ministère à des jeux de bourse réprouvés par la loi. En décembre de la même année, la Cour de Bruxelles avait décidé qu'on devait réputer jeu de Bourse, et annuller, comme tel, un marché à terme non accompagné du dépôt des effets vendus ou du dépôt d'un titre de pro priété de ces effets.

Mais, sur l'appel de M. Delaville-Leroulx, la Cour royale de Bruxelles rendit, le 13 août 1839, un arrêt par lequel elle adjugea les conclusions de l'appelant : « Attendu (dit » cet arrêt) que, en principe, les marchés à terme sont » licites, et que pour être valables, ils ne sont assujettis à » aucun dépôt préalable, soit au moment de la convention, » soit au moment de l'exécution ; que les arrêts du Con- » seil de 1785 et 1786, qui ont exigé ce dépôt, ne sont » plus obligatoires depuis la promulgation des nouveaux » Codes, et que, d'ailleurs, l'article 422 du Code pénal » implique nécessairement l'abrogation des dispositions de » ces arrêts du Conseil. »

Et le sieur Govaerts s'étant pourvu en cassation, la Cour suprême de Bruxelles rejeta le pourvoi par un arrêt en date du 4 juin 1840 : « Attendu que la Cour d'appel » avait reconnu, en fait, que les opérations étaient sé- » rieuses ; et attendu, en droit, que les lois ne prohibaient

» que le jeu sur le cours des effets publics, mais non les
» marchés à terme sérieux (1). »

A Londres, le nombre des personnes qui interviennent
dans la négociation des effets publics est sans limite; il
s'est élevé jusqu'à douze cents. La Bourse est un club dont
tous les membres ont droit de négociation et de spéculation. Il est inutile d'exposer en détail l'économie de cette
organisation, qui n'offre aucune analogie avec nos usages
et qui ne touche pas à la question dont nous sommes occupés. Pour ne parler que des marchés à terme, nous dirons d'abord qu'ils ne sont pas reconnus par la loi, en
tant qu'ils peuvent être considérés comme simples paris
donnant lieu à des payements de différences, et même
qu'on peut encourir de fortes amendes pour avoir contre-
venu à cette prohibition; mais la difficulté de constater le
délit rend cette menace illusoire, et il n'y a presque pas
d'exemples de poursuites intentées à cet effet. C'est un
acte du Parlement de 1734 qui prononce cette défense.
cependant, cet acte même contient deux articles qui consacrent les marchés à terme proprement dits, et qui offrent une extrême facilité de déguiser, sous une action en
dommages et intérêts, celle qu'on n'oserait pas intenter en
payement de différences.

Voici ces deux articles :

« Art. 6. — Ne seront néanmoins pas tenus, ceux qui
» vendront les effets livrables à certain jour, de livrer ces
» effets à l'acheteur, s'il refuse d'en payer le prix; il sera
» loisible au vendeur de vendre lesdits effets pour le meil-
» leur prix qu'il en pourra trouver; et ledit vendeur, après

_____

(1) Mr Mollot, avocat, avait rédigé dans cette affaire un mémoire pour
M. Delaville-Leroulx, et traité la question d'après les dispositions et les
principes qui doivent nous régir en France.

» ladite vente effectuée, aura son recours contre son ache-
» teur pour les dommages-intérêts résultant de la non-exé-
» cution du contrat. »

« Art. 7. — Même disposition en faveur de ceux qui
» auront acheté des effets livrables à terme : si les effets
» ne leur sont livrés au jour préfixe, il leur est loisible d'a-
» cheter les effets au cours du jour, et ils exerceront contre
» le premier vendeur leur recours en dommages-intérêts
» pour l'inexécution de l'engagement. »

On voit combien, dans un pays où le respect scrupuleux pour la lettre des lois est porté au plus haut degré,
il est aisé de formuler ses opérations et ses actions
en justice de manière à rendre exécutoire, de la part
du vendeur ou de l'acheteur intentant l'action, le
payement des différences résultant de l'opération, sous
forme de dommages-intérêts accordés par la loi. C'est
donc une défense illusoire ; c'est même une autorisation
déguisée ou tacite.

Ces exemples prouvent assez que les nécessités du crédit ont prévalu à l'étranger, comme chez nous, et que les
usages sont partout en harmonie avec elles. Quand les
mœurs se refusent obstinément aux prohibitions légales,
n'est-ce pas aux lois de suivre les mœurs? La meilleure
législation n'est-elle pas celle qui ne vient que consacrer
et régulariser les faits existants et les opinions établies,
au lieu de prétendre à les créer? En France, surtout,
n'est-il pas plus impérieux que partout ailleurs de sortir
de l'incertitude où se trouve la jurisprudence sur les effets
publics, puisqu'en France ce sont des officiers publics
qui sont chargés de ce genre de négociation, et qu'il est
plus inconvenant, plus dangereux d'exposer des fonctionnaires constitués à faire tous les jours ce que les Tribu-

naux défendent, et à le faire, avec l'autorisation et sous la
protection du Gouvernement? A Londres, ce sont des
intermédiaires sans caractère légal ; les inconvénients ne
sont pas les mêmes. Ajoutons que ce caractère officiel
imprimé aux intermédiaires des négociations sur les effets
publics, cette constitution sérieuse d'une Compagnie peu
nombreuse et d'une Chambre syndicale haut placée dans
la confiance du Gouvernement ; ces communications journalières du chef de la Compagnie avec le directeur suprême des finances de l'État ; cette consistance pécuniaire,
cette considération sociale du parquet, qui distingue si
éminemment la Bourse de Paris de toutes les Bourses
étrangères ; enfin la régularité de toutes les opérations de
ce corps constitué, telle qu'elle est prouvée par nos liquidations mensuelles; toutes ces circonstance réunies donnent
plus de poids à nos réclamations, et engagent d'autant le
pouvoir politique à légaliser nos actes d'une manière inat-
taquable. Vous apprécierez, monsieur le ministre, ces
nouvelles considérations, que nous nous bornons à indiquer.

DISCUSSION
à la Chambre
des Députés.
Il n'était pas possible qu'une question qui, depuis 1823,
avait éveillé tant de débats, de conflits et de préventions, ne se fît pas jour au sein du Parlement. Nous passons sous silence quelques discussions incidentes soulevées
à l'occasion de pétitions isolées. Il ne s'est élevé de discussion spéciale et complète, sur la question des marchés
à terme, que dans la session de 1833, au sujet d'une proposition présentée par M. Harlé fils.

Dans le but de réprimer l'agiotage, M. Harlé proposait
de créer une Caisse spéciale de dépôt pour recevoir les
effets publics à vendre et les fonds destinés à les acheter.

Tel était l'objet de l'article 1ᵉʳ de sa proposition, les articles 2, 3 et 4 en réglaient l'exécution et déterminaient les peines en cas de contestation. Toutefois, par son article 5, M. Harlé autorisait les adjudicataires d'emprunts publics à créer et à négocier des promesses d'inscriptions, et les Agents de change à prêter leur ministère à la négociation de ces valeurs, sans qu'il fût nécessaire de remplir les formalités prescrites par les articles 1 et 2 de la proposition (1).

Le ministre des Finances ne s'opposa pas à la prise en considération de ce projet, afin seulement que la question fût vidée, car il déclara d'avance que cette proposition n'était pas susceptible d'être convertie en loi.

La commission nommée pour faire l'examen du plan de M. Harlé, tout en admettant l'établissement de la Caisse proposée, ne la rendait que facultative pour les clients qui voudraient y recourir : c'était, d'abord, lui ôter le caractère d'institution publique que l'on avait eu dessein de lui attribuer; c'était compliquer les procédés; c'était éluder plutôt que résoudre la difficulté de cette création. Ensuite, la majorité de la commission déclinait toute proposition de loi à ce sujet, renvoyant au pouvoir exécutif, aux termes de l'article 90 du Code de commerce, le soin de règlementer la matière. Citons les conclusions du rapport, parce qu'elles consacrent, en les résumant, les vœux que nous soumettons nous-mêmes au Gouvernement :

« La majorité a cru que la disposition dont il s'agit » était de la nature de celles qui sont prévues par l'article » 90 du Code de commerce, et que, dès-lors, il devait

_____

(1) Voir à l'Appendice, page 271, le texte de cette proposition.

» suffire d'exprimer le vœu *qu'un règlement d'adminis-*
» *tration publique intervînt promptement* pour réaliser
» une mesure qui lui a paru propre à rassurer les esprits, et
» destinée, sinon à mettre un frein à l'agiotage, du moins
» à n'en rendre victimes que ceux qui auront consenti à
» en courir les chances.

« La commission aime à croire qu'elle ne sera point
» déçue dans son espoir ; lors de la discussion sur la prise
» en considération de la proposition de M. Harlé fils, M. le
» ministre des Finances disait à cette tribune : *qu'une*
» *commission examine, qu'elle signale les mesures*
» *praticables et efficaces, nous les adopterons.*

» Ce sont ces mesures que nous venons d'indiquer :
» après un long et sérieux examen, nous avons été con-
» vaincus qu'elles étaient d'une pratique facile; quant à
» leur efficacité, elle ne nous semble pas devoir être
» contestée pour tous ceux qui veulent faire sur les fonds
» publics un placement légitime. Votre commission *émet*
» *donc formellement le vœu qu'un règlement d'admi-*
» *nistration publique intervienne sans retard sur cette*
» *matière,* et adopte les bases que je viens d'avoir l'honneur de vous indiquer.

« Pour ce qui concerne la proposition de M. Harlé fils,
» la commission est d'avis qu'il n'y a pas lieu de l'adopter. »

M. Harlé chercha à ramener la majorité, par des amen-
dements, à sa proposition ; un nouveau rapport fut fait,
une nouvelle fin de non-recevoir opposée; et la Chambre passa à l'ordre du jour, sans discuter les articles rédigés
par M. Harlé, et sous l'empire de cette pensée que c'était
là , en effet, une question de haute administration à résoudre par le Gouvernement seul.

Comment n'a-t-on pas profité de cette circonstance? Comment l'oubli, qui dure depuis 1807, n'a-t-il pas été réparé en 1832? Comment en sommes-nous encore, en 1843, à réclamer ce que le Code de commerce, ce que la Cour de cassation, ce que la Chambre des Députés a mis le Gouvernement en demeure de faire, — le Gouvernement, qui y a autant d'intérêt que nous-mêmes? C'est une inexplicable fatalité! Mais votre sagesse nous rassure enfin, Monsieur le Ministre : vous nous avez promis une solution, vous savez que la Chambre elle-même l'a provoquée comme nous.

Notons quelques aveux importants échappés dans le cours de cette discussion.

M. Harlé, lui-même, ne sapait-il point par sa base sa proposition, en en suspendant l'effet quand il s'agirait d'emprunts publics, comme si l'on ne comptait pas onze emprunts depuis 1816, comme si l'on ne vendait pas, sur la place, des fractions d'emprunts, long-temps après que l'adjudication en a été faite? A cet égard, M. Harlé professait une doctrine élastique, une doctrine accommodée aux circonstances, qui enlevait à sa proposition le sérieux d'un principe.

« En résumé, disait-il, les emprunts, les petits grands-
» livres, le régime constitutionnel, le jeu lui-même enfin,
» ont agi de concert pour faire connaître la rente et la
» porter au taux élevé où elle se maintient aujourd'hui.

» Mais si j'ai compris le jeu parmi les causes multipliées
» qui ont coopéré a la réhabilitation de notre crédit finan-
» cier ; si je conviens que le jeu a pu, durant quelques
» moments, contribuer à la prospérité de la rente, en atti-
» rant à la Bourse, par l'appât de bénéfices rapides et con-
» sidérables, une foule de capitalistes ; est-ce à dire qu'au-

» jourd'hui, que la confiance publique est fermement éta-
» blie, que la rente est connue par toute la France, qu'elle
» se soutient par ses propres forces, il soit désormais néces-
» saire de protéger l'emploi d'un excitant dangereux en
» lui-même, et qui n'a pu être utile qu'au milieu d'un
» concours de circonstances qui n'existent plus? Soutenir
» que le jeu doive être toujours toléré, parce qu'il a pu
» être avantageux dans ces jours malheureux où il fallait
» ne négliger aucun moyen pour faire revivre le crédit
» public, c'est raisonner comme un homme qui s'obstine-
» rait à faire usage, en état de santé, d'un médicament
» violent qui lui aurait été ordonné durant une maladie
» presque mortelle. »

De pareils aveux condamnaient d'avance la proposition
de M. Harlé : car ce qui est bon aux emprunts est donc
bon au crédit de l'État, et le crédit de l'État est de tous les
jours; il est mis tous les jours à la criée, sur le parquet
de la Bourse où se vendent ses effets.

Un orateur qui combattait le projet alla plus loin que
nous n'oserions aller nous-mêmes pour qualifier les arrêts
qui nous ont frappés; laissons-le parler :

« Que fait-on avec notre législation toute composée d'é-
» léments incohérents et contradictoires? on veut prévenir,
» et on n'y parvient pas; on devrait punir, et on ne le
» fait pas; on parle d'immoralité : mais où est-elle l'immo-
» ralité? Je dis qu'elle est dans les décisions des Tribunaux
» eux-mêmes. — Quoi! quand un homme a spéculé au-
» delà de ses moyens, quand il fait faillite, non-seulement
» on n'emploie pas contre lui les moyens criminels, mais
» on n'use pas même des moyens civils. Je dis que là com-
» mence l'immoralité : car on favorise le fripon aux dépens
» de l'honnête homme. Je dis, comme M. Harlé fils, qu'il

» y a quelque chose à faire, mais autrement qu'il propose.

» Il faut annuler les règlements, car ils sont un amas de
» dispositions incohérentes.

» Le Ministre verra s'il y a lieu à adopter des disposi-
» tions plus en harmonie avec les usages et les besoins du
commerce. »

Et le rapporteur lui-même, qui paraissait appartenir de
conviction à la minorité de la commission, avouait que :
« c'était une matière très-délicate ; et qu'à côté du désir de
» déraciner l'habitude du jeu qui s'exerce en grand sur les
» effets publics, se trouvait le danger d'entraver la liberté
» du commerce et de porter un coup funeste au crédit de
» l'État.

» Il ne nous paraît pas, ajoutait-il ailleurs, qu'on puisse
» contester la validité du contrat qui a pour objet de ven-
» dre ou d'acheter la valeur représentée par des effets pu-
» blics, en renvoyant l'exécution du contrat à un terme
» plus ou moins éloigné ; pas plus qu'on ne pourrait consi-
» dérer comme illicite un marché à terme de marchandises
» ordinaires, telles que des huiles, des savons, des ca-
» fés, etc. »

Le ministre des Finances prit deux fois la parole pour
repousser la proposition, et pour rendre hommage à l'u-
tilité et à la loyauté des opérations de la Bourse. Nous
joignons à l'Appendice ses deux discours, ainsi que ceux
de MM. Bailliot, Delaborde et Garnier-Pagès.

Quant à la caisse proposée par M. Harlé, l'un de nous
prit soin, Monsieur le Ministre, de démontrer que la création en était impossible, par des raisons pratiques qui ne
pouvaient être familières à MM. les Députés. Nous renvoyons à l'Appendice les deux écrits qu'il publia à cette
époque, et qui vous paraîtront sans doute concluants :

c'est le fruit de l'expérience, et l'expérience raisonne juste (1).

Et vous-même, Monsieur le Ministre, lorsque, cinq ans après, un pétitionnaire cherchait à réveiller cette question, devant la Chambre des députés, n'avez-vous pas fait entendre, du haut de la tribune, des paroles qui soutiennent aujourd'hui notre confiance, parce qu'elles nous prouvent que les vrais principes de crédit que nous nous attachons à faire prévaloir, vivent au fond de votre pensée, et que nous trouvons dans ce langage un assentiment assuré d'avance aux vœux et aux idées dont ce mémoire est l'expression.

« Parmi les opérations de la Bourse, disiez-vous le » 20 mai 1837, il y en a qui sont utiles, et même néces- » saires. Vous le savez, Messieurs, et c'est un point non » contesté d'économie politique : il s'établit naturelle- » ment à peu près en tout un équilibre entre les besoins » et les offres. Dans une grande cité comme Paris, par » exemple, il arrive toujours des denrées correspondantes » aux besoins, et l'intérêt mutuel des vendeurs et des ache- » teurs fait que les marchés sont toujours convenablement » approvisionnés ; cependant cet équilibre n'existe pas » toujours, il y a quelquefois une inégalité entre les de- » mandes et les offres qui occasionne le renchérissement » ou la baisse de certaines denrées. Ainsi, il y a quelque- » fois surabondance de comestibles : il arrive alors que les » marchands ne peuvent pas les vendre et qu'ils se » perdent. Je citerai encore les objets de mode qui res- » tent invendus dans les fonds de magasin, et c'est une

(1) Appendice, page 274 et suivantes.

» chance de perte que les négociants prudents font tou-
» jours entrer dans leurs calculs.

» Eh bien ! cet équilibre entre les choses demandées et
» les choses offertes s'établit également à la Bourse. Mais,
» à la Bourse, il y aurait plus d'inconvénients que dans
» toute autre partie à ce que cet équilibre fût rompu. Si
» on limitait les opérations de Bourse à celles qui se font
» au comptant, il pourrait arriver et il arriverait souvent
» que les demandes de rentes à acheter seraient plus fortes
» que les demandes de rentes à vendre et réciproquement.
» Si les opérations étaient limitées au comptant, il ré-
» sulterait de cette rupture de l'équilibre, lors même que
» la différence ne serait pas très-forte, des fluctuations très-
» fâcheuses dont l'effet serait de ne pas donner une véri-
» table idée de l'état réel du crédit et de sa puissance.

» Eh bien! les opérations à terme, exemptes de jeu,
» destinées à être suivies d'une livraison effective, consti-
» tuent un placement aussi légitime qu'un autre placement
» de fonds, ou un emprunt aussi légitime que l'emploi de
» toute autre ressource ; ces opérations sont souvent
» très-utiles pour empêcher la rupture de l'équilibre. Elles
» viennent suppléer à l'insuffisance des demandes ou des
» offres au comptant.

» En résumé, il y a des opérations à terme qui n'ont
» rien d'illégitime, et qui sont d'une grande utilité pour
» les rentiers et le crédit, en offrant à ceux qui opè-
» rent au comptant des moyens de plus de trouver à
» traiter, de même qu'elles offrent aux personnes qui ont
» besoin de fonds les moyens de se les procurer momen-
» tanément, sans faire le sacrifice de leurs rentes. »

Nous invoquons aujourd'hui ces déclarations.

7

GARANTIES.   Que voulaient enfin les pétitionnaires et les Chambres? des garanties ! La Compagnie en offre comme elle en demande. N'en a-t-elle pas déjà donné beaucoup, de son propre mouvement? Si elle avait pu en imaginer d'autres que celles dont elle a déjà pris l'initiative, elle se les serait imposées. Le règlement que nous avons rédigé nous-mêmes, et adopté de notre propre mouvement (1), contient les précautions les plus minutieuses, et il faut croire qu'elles ont suffi, puisque aucun des ministres des Finances qui se sont succédés depuis onze ans ne nous a demandé davantage, et n'a même jugé nécessaire d'examiner et de sanctionner ce règlement, demeuré à l'état de projet, mais observé par nous comme s'il était définitif.

Nos cautionnements, la caisse commune que nous avons créée, le contrôle des carnets par la Chambre syndicale, nos livres, les formes de notre liquidation mensuelle, ce sont là autant de gages de régularité et de sécurité, Et il faut reconnaître qu'ils satisfont à toutes les exigences, puisqu'il n'y a jamais eu de réclamations portées devant les Tribunaux que par des débiteurs de mauvaise foi ; puisque la somme des pertes subies par quelques clients ne s'élève en totalité qu'à un quatre-vingt millième du montant des opérations faites sur le parquet de 1814 à 1832 ; et qu'enfin, depuis 1832, par suite de tant de précautions et d'une extrême vigilance, il n'a pas été perdu un centime par un seul client pour faits de charge dans les déconfitures de quelques Agents de change.

Pensera-t-on qu'il est possible d'établir d'autres moyens de contrôle, d'autres sûretés, sans déroger au secret imposé par la loi et sans nous imposer une autre responsa-

(1) Voir l'Appendice, première partie, page 47.

bilité que celle que la loi nous permet d'assumer sur nous ? Nous sommes prêts à accepter tout ce que la sagesse de l'administration supérieure croira utile de prescrire, dans le but qui nous est commun avec nos clients, celui d'environner nos opérations de toutes les garanties possibles. Nous n'invoquons pas l'abrogation des anciennes dispositions, pour décliner nos obligations. Nous observons religieusement les règles qui nous sont tracées par les statuts organiques ; qu'on en indique de nouvelles qui soient exécutables, et nous n'attendrons pas que le Gouvernement nous les impose. M. Harlé avait proposé l'établissement d'une caisse centrale où seraient versées les inscriptions à vendre, et les sommes qui doivent les payer : on a démontré les difficultés, les inconvénients de cette institution, et la Chambre des Députés a écarté la proposition de M. Harlé. Mais, nous le répétons, qu'on trouve mieux que ce qui existe, et ce n'est pas de nous que viendront les obstacles. Nous voulons sincèrement satisfaire à tous les intérêts : qu'on recherche avec bonne foi ce qui est praticable, et nous nous prêterons de bonne foi aussi à la mesure qui sera prise.

Nous annexons à l'Appendice qui accompagne ce mémoire (1) une note explicative sur la caisse commune que la Compagnie des Agents de change a organisée dans son sein, et qui, depuis 1830, a rendu de grands services à la place, au crédit, et dans des jours critiques, à la tranquillité de la Capitale. Vous y verrez, Monsieur le Ministre, que près de 4 millions et demi furent prélevés, à des époques orageuses, sur ce fonds commun, pour maintenir l'ordre et la sécurité dans les affaires et ras-

---

(1) Voir l'Appendice, page 61 et suivantes.

surer les esprits. Sur cette somme, 2 millions sont perdus sans aucun espoir de recouvrement. C'est un sacrifice que la Compagnie a fait à la chose publique, dans des circonstances graves, où l'État pouvait être compromis par les embarras de la place.

Nous y ajoutons une note sur les précautions que nous crûmes devoir prendre pour notre part (1), et provoquer en même temps, de la part du Gouvernement en 1823, contre l'invasion des emprunts étrangers, notamment des emprunts espagnols, sur la place de Paris ; il n'a pas tenu à nous, à cette époque, qu'on évitât le mal qui a été fait ; nous l'avons du moins arrêté, autant qu'il pouvait dépendre de nos seuls efforts.

Une troisième note (2), dans laquelle est exposé le mécanisme de la liquidation centrale qui s'opère, chaque mois, dans le sein de la Compagnie, complète, avec notre règlement provisoire, l'ensemble des garanties de toute nature dont nous nous sommes plû à environner nos opérations. Comme il se fait beaucoup de marchés dans le cours d'un même mois, et comme les Agents de change se trouvent, à l'égard les uns des autres, tantôt acheteurs, tantôt vendeurs, toujours pour compte de leurs clients respectifs innommés, ils doivent d'abord liquider entre eux ces divers marchés, pour ensuite les liquider chacun avec son client ou ses clients respectifs. Pour faire cette liquidation d'une manière plus rapide et en même temps plus sûre, les Agents de change sont convenus de la centraliser, et, par un mécanisme ingénieux, ils terminent en quatre jours, en évitant d'énormes déplacements

(1) Voir l'Appendice, page 97 et suivantes.
(2) Voir l'Appendice, p. 65 et suivantes,

de capitaux, ce qui, en procédant de la manière ordinaire, exigerait plusieurs semaines, et retarderait indéfiniment peut-être le règlement des comptes. C'est la force des choses, résultant de l'importance toujours croissante des affaires en fonds publics, qui a fait imaginer ce mode de liquidation fondé sur un système de compensations.

C'est peut-être aussi ce mode de liquider qui cause l'erreur d'un grand nombre d'esprits sur la réalité des opérations de bourse ainsi compensées à la fin de mois. Comme on ne voit pas généralement ce qui se passe dans la liquidation et qu'on n'aperçoit que le solde créditeur ou débiteur de la balance, on prend ce solde ou cette différence, n'importe le nom, pour l'objet de l'opération dont il n'est que le résumé. On se trompe, comme si l'on prenait les pertes ou les bénéfices d'un commerce quelconque pour ce commerce lui-même.

Mais, en exposant les garanties que nous avons multipliées autour de nous avec tant de sollicitude, n'avons-nous pas acquis, Monsieur le Ministre, quelque droit à obtenir celles dont nous avons besoin nous-mêmes, que la loi nous promettait et nous assurait. Nous avons en vain réclamé, près de l'administration, la répression du courtage clandestin, vulgairement nommé marronage, qui s'exerce dans cette partie de la Bourse appelée la coulisse (1), au mépris de règlements positifs, au détriment de nos intérêts, et de notre considération, puisqu'on nous rend solidaires de ses abus. Qu'il nous soit permis de vous entretenir, incidemment, de cet objet qui se lie à notre réclamation principale.

COURTAGE
illicite.

(1) Voir l'Appendice, p. 363. On appelle ainsi les groupes qui se forment autour du parquet.

Les réclamations de la Compagnie des Agents de change, à ce sujet, datent de loin. Elles n'ont jamais discontinué, bien qu'on lui ait refusé les satisfactions qu'elle avait droit d'attendre. Ainsi, tandis qu'on s'obstinait à lui appliquer des dispositions inapplicables de l'ancienne législation et de l'ancien régime, on lui refusait le bénéfice de cette même législation dans ce qu'elle avait d'utile à ses intérêts, et même alors que les articles qu'elle invoquait avaient été expressément renouvelés et confirmés par la législation moderne.

Vous trouverez, Monsieur le Ministre, dans les cartons du Ministère des Finances, toutes nos demandes et les réponses évasives qui y ont été faites en dernier lieu par le magistrat local qui pouvait seul y donner suite : il a éludé ce devoir, malgré les instances de votre digne prédécesseur. Permettez-nous de réveiller vos souvenirs à cet égard.

L'année 1841 ayant amené deux catastrophes d'Agents de change, qui ranimaient toutes les préventions, nous dûmes en rechercher les causes, et il nous fut démontré que les opérations de jeu qui avaient occasionné la déconfiture de ces deux Agents avaient été liées par eux, en-dehors du parquet, à l'aide de ces marrons contre lesquels nous avions tant de fois réclamé. C'était dans la coulisse que s'étaient opérées les négociations qui ont entraîné la ruine de M. *** et la mort violente de M. ***. C'était dans la coulisse qu'avaient été perdus les 200,000 fr. volés, en 1841, à un de nos confrères par un de ses commis. C'était dans la coulisse que le caissier de la maison *** avait anéanti les sommes qui ont occasionné le crime dont cette maison a été victime. Il ne peut être douteux, en effet, pour aucun bon esprit, que là où il n'y a ni règle ni contrôle, ni responsabilité, les passions aventureuses trouvent plus de moyens de se satisfaire que dans une compagnie dont l'organisation régulière présente à la société toutes les garanties utiles et possibles.

Nous nous déterminâmes en conséquence à invoquer, encore une fois, les lois et règlements, qui, ramenés à leur exécution, peuvent seuls assurer, par la suppression du courtage illicite, la fin des désordres dont s'afflige la morale publique et dont une opinion aveugle s'obstine à nous rendre responsables, quand nous en sommes au contraire victimes. Veuillez bien vous faire remettre sous les yeux notre lettre du 19 novembre 1841, et la note qui y était jointe, déjà présentée en 1835, 1836 et 1837, au ministre des Finances et au Préfet de police, et que nous reproduisons pour la quatrième fois (1).

Le marronage ne pourrait pas invoquer, comme nous, l'abrogation des anciennes dispositions, car les interdictions et les pénalités qui lui sont applicables ont été maintenues par les lois nouvelles et reproduites par des ordonnances de police des 14 avril 1819 et 24 janvier 1823.

A nos réclamations, à vos recommandations, M. le Ministre, il a été répondu par M. le Préfet de police (2), sous la date du 8 mars 1842, que c'était à la Chambre syndicale des Agents de change à introduire directement une action en justice contre le marronage, et que, dans tous les cas, l'Autorité ne pouvait intervenir que pour réprimer, dans la personne des marrons, les opérations illicites que les Agents de change ne cessaient eux-mêmes de faire, c'est-à-dire les marchés à terme sur effets publics. « Peut-on dire

(1) Appendice, page 369.
(2) Appendice, page 373 et suivantes.

» (ajoutait M. le Préfet de police) que c'est usurper les
» fonctions des Agents de change que de se faire, concur-
» remment avec eux, l'intermédiaire d'opérations désa-
» vouées par la loi ?

Nous répliquâmes, le 30 mars 1842, à cette réponse de
M. le Préfet : qu'il méconnaissait d'abord, en s'exprimant
ainsi, les ordonnances même de police dont il doit être
le gardien et l'exécuteur ; et que, d'un autre côté, il nous
paraissait excéder ses pouvoirs, en déclarant, de sa propre
autorité, contre l'avis de plusieurs juridictions, contre le
texte de plusieurs articles et dans l'incertitude de la jurisprudence, que les marchés à terme étaient réprouvés par
les lois. Oui, les marchés à terme sans réalité, sans réalisation possible, comme ceux qui se contractent dans la
coulisse, et qui sont le jeu, le pari, prohibés par le Code
pénal, et que, à ce titre, l'Autorité et la magistrature devraient poursuivre d'office, mais non les marchés à terme
qui viennent s'accomplir et se réaliser au parquet, et que
la législation reconnaît, sous une forme et à des conditions
déterminées, qui ne sont jamais observées par le marronage. Les objections de M. le Préfet de police étaient
donc dépourvues de toute espèce de fondement. Nous ne
saurions, Monsieur le Ministre, analyser ici notre réplique,
puisqu'il ne s'agit que d'une question incidente. Mais veuillez vous la faire représenter ; elle vous paraîtra décisive
dans la matière. M. le Préfet de police, mal assuré de
la solidité de ses arguments, appelait subsidiairement de
tous ses vœux une loi nouvelle sur les opérations et la
police de la Bourse; du moins sous ce rapport, il rendait hommage au crédit, en reconnaissant que ses nécessités et ses procédés réclamaient une législation plus en
rapport avec l'état de choses, et, à ce prix, il promettait

d'interdire aux marrons les opérations que cette législation aurait rendues légitimes de la part des Agents de change. Nous prenons acte de cette promesse, pour l'époque où le règlement, rendu en vertu de l'article 90 du Code de commerce, aura satisfait aux besoins de la place de Paris, du Trésor, de la haute banque et du commerce, ainsi qu'aux vœux du législateur, de la Cour de cassation et de M. le Préfet de police lui-même.

Résumons-nous :

L'intérêt du crédit public exige que la position des Agents de change de Paris et la nature de leurs opérations sur les effets publics soient régularisées d'une manière incontestable, par ce règlement d'administration publique, que nous a promis l'article 90 du Code de commerce, et qui ne laissera plus subsister la contradiction dans la jurisprudence des Cours et Tribunaux. RÉSUMÉ.

L'institution des Agents de change, blessée dans ses intérêts et dans sa considération, appelle la sollicitude du Gouvernement ; elle a rendu des services au crédit public et à la place de Paris ; soixante officiers publics ne peuvent pas rester justiciables de la Police correctionnelle pour des actes consacrés par l'usage, par les nécessités de l'Etat lui-même, par les habitudes du commerce et de la banque, et qui ne sont attaqués que par des débiteurs de mauvaise foi.

Les négociations à terme d'effets publics sont aussi utiles que licites.

Si on livrait la place aux marchés au comptant, à l'exclusion de tous autres, on mettrait le crédit de l'Etat à la merci de hausses et de baisses factices et convulsives, que produirait, à son gré, le plus fort détenteur de capitaux et d'inscriptions.

Les marchés à terme font équilibre et maintiennent le niveau du crédit.

La faculté de l'escompte protège l'élévation des fonds, en assurant l'exécution des marchés.

Les reports, en même temps qu'ils aident à la bonne tenue du crédit, aident à la circulation des capitaux, dans l'intérêt du commerce et de l'industrie, ils favorisent ce qui leur importe le plus en tout temps, la baisse de l'intérêt.

Un parère de la haute banque a établi la doctrine vraie à cet égard.

Les jugements du Tribunal de commerce, de la juridiction la plus compétente en matière commerciale, sont conformes à cette doctrine.

Quant aux arrêts et édits de l'ancien régime, ils ne s'appliquaient qu'à l'agiotage et à des actions industrielles; car les effets royaux ne se vendaient pas à la Bourse, mais se transmettaient par actes de notaires, en leurs études; bien plus, ces arrêts et édits se détruisaient les uns les autres.

Les lois de la République étaient des lois de banqueroute et d'exception.

L'Empire qui pouvait se passer du crédit, a pourtant voulu le protéger, en décrétant les trois Codes que nous lui devons.

Le Code civil établissait un droit commun qui était favorable à nos opérations; le Code de commerce, en réglant nos droits et nos obligations par ses articles 76 à 86 qui devaient nous garantir de fausses interprétations, a placé, par son article 90, nos existences et nos opérations sous la loi, sous la protection du Gouvernement; le Code pénal, en réprouvant les paris, qui n'ont rien de commun avec les négociations de Bourse qu'on voulait y assimiler, les a virtuellement consacrées.

La Restauration avait respecté les usages de la Bourse jusqu'en 1823, et alors seulement, des arrêts de Cour royale firent une fausse application des lois en méconnaissant l'abrogation des édits invoqués.

Et même après ces arrêts, le Gouvernement de la restauration avait toléré des opérations indispensables à son crédit, et, par-là, les nécessités de l'industrie, de la banque et du commerce.

Depuis 1823, le conflit a continué entre le Tribunal de commerce et la Cour royale.

Et le droit même n'eût-il pas été pour nous dans la lettre, que l'esprit de nos institutions, les nouveaux besoins du crédit, le progrès des mœurs, le développement de la science financière, les conditions de la liberté enfin, commandaient de nouveaux procédés, auraient dû révéler des idées nouvelles, et appeler une jurisprudence spéciale.

Le crédit ne date, en France, que de 1816 : qu'a-t-il à démêler avec les anciens arrêts de 1724 et de 1785 ?

L'argent est une marchandise ; les engagements de Bourse sont une lettre de change ; le Code de commerce était plus particulièrement notre loi ; le Tribunal de commerce, notre juridiction : aussi, a-t-il parfaitement compris ces vérités fondamentales pour nous, tandis que la juridiction civile les a repoussées.

Tout le monde s'est écrié : « Il faut une disposition nouvelle qui vienne trancher ce conflit si fâcheux pour tous, pour la Compagnie, pour le public, pour le crédit de l'État. »

Il faut faire justice de ces préventions attachées aux mots de *marchés à terme*, comme si ces mots impliquaient toujours et nécessairement l'idée d'opérations aléatoires, de jeu et de pari; mais ce n'est pas, à la Bourse seulement, que le *terme* est d'usage : tout est marché à terme en industrie, et dans le commerce; le terme s'applique même aux transactions foncières : dans l'industrie et le commerce, la lettre de change et les billets; en immeubles, les ventes avec délai et les rémérés.

Les emprunts du Gouvernement, comment se contractent-ils, si ce n'est à terme? les banquiers prêteurs vendent par anticipation sur la place les rentes que doit leur livrer le Gouvernement, et c'est seulement à l'aide de ces marchés à terme qu'ils se procurent le capital qu'ils doivent verser dans les caisses du Trésor : reconnaissances de liquidation, promesses d'indemnité, certificats d'inscription, tous ces papiers de l'État deviennent également l'objet de marchés à terme que le Gouvernement exploite avec avantage.

Il n'y a d'emprunt possible qu'à cette condition. La morale que l'on invoque contre les ventes à terme d'effets publics a-t-elle jamais été invoquée contre les ventes à terme de marchandises? et cependant il y a un hasard bien plus grand dans celles-ci, car il y a beaucoup plus de lettres de change protestées dans le commerce, qu'il n'y a d'actions intentées pour manquement à des marchés à terme sur inscriptions de rentes. La vraie morale, c'est la fidélité aux engagements, et c'est l'immoralité seule qui vient invoquer devant les tribunaux la lettre obscure de dispositions inapplicables, pour décliner des pertes après l'encaissement de bénéfices.

Qui veut le crédit en veut les moyens. Qui dit crédit

ne dit pas comptant : ces mots s'excluent. Il y a dans la fortune publique , comme dans toutes les affaires humaines , une portion réelle et une part d'opinion ; la première servant de gage à la seconde, la seconde servant de levier à la première. Tel est le mécanisme du crédit, qui s'appuie également sur des opérations d'une double nature , les unes immédiates, les autres d'avenir.

Le numéraire ne constitue qu'une faible partie de la richesse.

La richesse vient de la bonne organisation du travail, qui accroît les produits , et le travail est singulièrement aidé par la facilité de la circulation, qui donne les moyens de réaliser les produits et d'en entreprendre de nouveaux.

Or, comme il n'y a pas de signe plus valable que l'inscription de rentes, pas de transmission plus immédiate et plus facile que celle de cette valeur, il s'ensuit que la faculté de vendre et de racheter à terme est la ressource la plus utile et la plus féconde que l'on puisse offrir aux industries qui ont besoin d'argent : c'est le mode de placement le plus certain et le plus prompt que l'on puisse procurer aux capitaux qui cherchent à se placer avec sûreté et avec facilité. On a donc tort de prétendre que l'argent va à la Bourse ; ce qu'il est vrai de dire, c'est que l'argent traverse la Bourse pour aller à l'industrie et au commerce ; la Bourse est le grand réservoir des capitaux pour tous les intérêts, et un réservoir qui ne garde rien , mais qui s'épanche par mille canaux dans toutes les branches de la prospérité publique.

Ces vérités, trop souvent méconnues en principe, ont triomphé en réalité sur toutes les places de commerce , où elles ont vaincu, dans l'usage et dans la pratique, les préventions et les interdictions que la copie servile de nos anciens règlements y avait introduites ; interdictions restées impuissantes à Londres, à Amsterdam, à Francfort, comme à Paris, parce que là, comme ici, la force des choses a triomphé des préjugés.

Ces idées ont aussi prévalu dans notre Chambre des Députés elle-même, au sein de laquelle les préventions avaient cherché à se faire jour. La Chambre y a opposé une fin de non-recevoir, en écartant, en 1832, la proposition de M. Harlé, et cette fin de non-recevoir signifie, comme l'article 90 du Code de commerce, comme l'ordonnance royale du 29 mai 1816, comme l'arrêt de la Cour de cassation du 4 août 1824 : que c'est au pouvoir exécutif, au pouvoir politique, à réglementer une matière qui touche de si près à ses plus hauts intérêts d'administration, de finance et de crédit.

Il importe donc au Gouvernement de résoudre enfin cette question, et de faire cesser des conflits de juridictions d'autant plus fâcheux, qu'ils peuvent ébranler la foi que les peuples doivent avoir dans la loi et dans la justice.

Faut-il une loi pour régulariser cet état de choses, ou le Gouvernement peut-il y pourvoir, par un règlement d'administration publique, aux termes de l'article 90 du Code de commerce? Nous partageons cette dernière opinion, puisqu'en cela, il ne fera qu'user des pouvoirs que le législateur lui a délégués. Mais, au surplus, c'est un point que le cabinet peut livrer à l'examen d'une commission spéciale, dont l'avis serait, à son tour, discuté en Conseil d'État et en Conseil des ministres. Avec toutes ces précautions, la responsabilité du Gouvernement, s'il se décidait à rendre un règlement, serait suffisamment rassurée et couverte.

Le règlement devra contenir, en outre, le rappel des garanties dont nous éprouvons également le besoin contre l'usurpation, par quelques personnes, de nos fonctions et de nos droits.

Enfin, on pourra formuler dans cet acte toutes les précautions, toutes les sûretés que doivent attendre les intérêts légitimes du public, et dont nous avons toujours pris nous-mêmes l'initiative dans nos règlements de discipline intérieure.

Nous concluons donc en vous priant, Monsieur le Ministre, de résoudre les questions exposées dans ce mémoire, et d'ordonner les mesures que vous croirez propres à y conduire, soit par un projet de loi, soit plutôt par un règlement d'administration sur la négociation et la transmission de propriété des effets publics, aux termes de l'article 90 du Code de commerce, règlement qui, seul, peut mettre fin aux incertitudes de tous les tribunaux et aux périls de tous genres dont nous sommes environnés.

CONCLUSION.

Nous avons l'honneur d'être, avec un profond respect,

Monsieur le Ministre,

Vos très-humbles et très-obéissants serviteurs,

Signé : Vandermarq, *Syndic*, Courpon, Moreau, David, Hubert, Laurent, Rolland-Gosselin, *Adjoints au Syndic.*

APPENDICE

OU

RECUEIL DES PIÈCES ET DOCUMENTS,

QUI SONT PRODUITS

A L'APPUI DU MÉMOIRE

présenté, le 17 février 1843, à M. le ministre des Finances

Par la Chambre syndicale

Des Agents de change

DE PARIS.

OBSERVATION.

La série des pièces, imprimées ci-après, peut se diviser en trois parties principales, qui rentrent dans l'objet du Mémoire :

La première partie comprend des notions générales sur l'institution de la Compagnie, et les moyens qui tendent à assurer la garantie de ses opérations ;

La deuxième partie est plus spécialement relative aux marchés à terme sur les effets publics ;

La troisième concerne l'usurpation des fonctions de l'Agent de change ou le *marronnage*.

Pour qu'il soit possible de consulter ces pièces, avec plus de facilité et de fruit, on a porté, dans le Mémoire, l'indication des renvois qui rattachent chacune d'elles aux divers points dont il traite.

PREMIÈRE PARTIE.

I.

NOTICE HISTORIQUE

(JUSQU'EN 1840)

Sur la Compagnie

des Agents de change de Paris (¹).

———◆———

L'institution des Agents de change remonte à l'année
1572 (2), époque à laquelle les finances de la France
commençaient à sortir du chaos. Elle se rattache ainsi à
ce seizième siècle qui a ouvert une ère nouvelle pour
l'Europe, sous le triple rapport des finances publiques, du
commerce et de l'industrie. — Lorsque, quelques années
plus tard (1595), Sully fut chargé par le grand Henri
de débrouiller ce chaos, cette institution fut un des
moyens qui l'aidèrent à accomplir la tâche difficile qu'il
avait entreprise.

En rappelant ici l'ancienneté de l'origine de la Compa-

(1) Par M. Gme Paul, secrétaire de la Chambre syndicale.
(2) Édit de Charles IX, du mois de juin (Voir le *Manuel des Agents
de change et Courtiers*, p. 1re.)

gnie des Agents de change de Paris, nous ne prétendons pas donner, par ce fait seul, la démonstration de son utilité; nous avons seulement l'intention d'arrêter l'esprit de nos lecteurs sur cette pensée, que ce qui a traversé les siècles toujours en s'améliorant, et se prêtant aux modifications que le temps fait subir aux idées, comme à toutes choses, est digne de notre respect.

Pour démontrer l'utilité de l'institution des Agents de change, nous n'avons pas eu besoin de nous reporter au temps de Sully; nous aurions pu même nous arrêter à l'époque où un autre homme de génie (Colbert), appelé à réparer de grands désordres financiers et à pourvoir aux prodigalités d'une cour fastueuse, aux nécessités d'une politique guerrière, reprit l'ouvrage ébauché par Sully et prépara tous les effets de la pensée féconde de son devancier. Témoin la célèbre ordonnance du commerce du mois de mars 1673, dont le titre II, entièrement consacré aux Agents de change, atteste que Colbert avait su apprécier cette institution.

Nous avons cru pouvoir accomplir notre tâche, en circonscrivant nos recherches au commencement du siècle dernier; à cette époque d'expédients en matière de finance, où un système de crédit (1) importé de l'étranger, dont on ne sut pas borner l'usage, vint troubler toutes les têtes et compromettre toutes les positions sociales. Du sein même de ce désordre inouï surgit une organisation meilleure de cette même institution que, dans les crises financières, on invoquait toujours comme une planche de salut pour sortir de la voie périlleuse dans laquelle on s'était engagé, et comme un moyen efficace de réparer les désastres

(1) Le système de Law,

produits par l'oubli des vrais principes et l'abandon du frein salutaire de la règle, ce qui est suffisamment attesté par le préambule d'un édit du mois de décembre 1705 (1).

Plusieurs édits, arrêts du Conseil d'État et déclarations du Roi, rendus de 1708 à 1724, avaient élevé à 60 le nombre des Agents de change créés pour la ville de Paris, et tous ces actes sont motivés sur la nécessité de donner plus de sécurité et de facilité aux transactions financières, et d'empêcher que des particuliers sans titre s'immiscent dans leurs fonctions. Les Agents de change purent exercer leurs charges sans déroger à la noblesse, et furent même décorés du titre de conseillers du Roi. Leurs attributions, leurs prérogatives, leurs droits, les exemptions dont ils jouissaient reçurent successivement une plus grande extension, et, enfin, en 1724, un arrêt du Conseil d'État leur donna un règlement aussi complet que le comportaient les besoins de l'époque.

Il nous suffira de citer quelques-uns des articles de cet arrêt, à savoir :

Les articles 5 à 11 relatifs à la police de la Bourse ;

L'article 12, portant défense de faire des affaires sur les fonds publics ailleurs qu'à la Bourse ;

L'art. 17, qui attribue aux seuls Agents de change le droit de faire des négociations de cette nature, et défend à toute autre personne de s'y immiscer ;

L'art. 18 qui déclare nulles toutes négotiations faites sans le ministère des Agents de change ;

L'art. 24, qui commet à la Chambre syndicale le soin d'examiner les postulants et l'autorise à demander pour eux l'investiture royale ;

L'art. 36, qui leur impose le secret ;

(1) Manuel des Agents de change et Courtiers, page 11.

L'art. 40, qui fixe la quotité du droit de courtage.

Le tout est prescrit sous peine d'amende et de destitution. Et, en effet, on trouve, dans les collections judiciaires du temps, de fréquentes condamnations prononcées tantôt sur les poursuites de la compagnie; plus souvent, d'office, sur celles de l'Autorité. On y remarque, en 1736, une ordonnance du lieutenant-général de police de la ville de Paris, du 17 juillet, en exécution de laquelle quarante-une personnes qui s'immisçaient dans les fonctions des Agents de change furent expulsées de la Bourse, avec injonction de n'y plus reparaître, et furent condamnées chacune à 6,000 fr. d'amende.

Toujours dans l'intention de consolider et de perfectionner l'institution des fonctions publiques exercées par les Agents de change, et d'opposer des obstacles à l'usurpation de ces mêmes fonctions, un arrêt du Conseil d'État du 30 mars 1774 ordonna la construction, dans la salle de la Bourse, d'une estrade où les Agents de change pussent être en évidence et dans laquelle, seuls, ils pouvaient être admis : c'est ce qu'on appelle aujourd'hui le *parquet*.

En 1785, M. de Calonne, voulant ramener, dans les transactions sur les effets publics, l'ordre et la sécurité que des spéculations imprudentes et exagérées sur les actions de la banque espagnole dite de *Saint-Charles*, celles de la nouvelle Compagnie des Indes et de la Compagnie des Eaux de Paris, et sur les valeurs de la Caisse d'escompte, en avaient bannis, n'eut besoin, pour y parvenir, que de faire revivre les anciens édits sur la bourse, tombés en désuétude à la faveur de l'incurie de ses prédécesseurs; d'en prescrire l'exécution sous des peines sévères, et notamment de couvrir d'une protection plus

efficace les officiers publics, Agen tde change, qui prési-
daient alors à ces transactions.

Le public se trouva ainsi suffisamment protégé contre
les entreprises de l'intrigue, de la mauvaise foi, et de la
cupidité, et la compagnie des Agents de change, rassurée
contre l'envahissement de ses droits, devint l'instrument
dont le ministre se servit, avec le plus de succès, pour rassurer les capitalistes et rehausser le crédit de l'État.

Par un arrêt du 7 août de cette même année, il fut de
nouveau fait défense, sous peine d'amende et de prison,
à toutes personnes autres que les Agents de change de
*s'immiscer dans aucune négociation de banque, de
finance et de commerce.* On lit dans le préambule de cet
arrêt : *que S. M. a reconnu que les désordres n'avaient
eu lieu, que parce qu'on avait enfreint les dispositions
des arrêts précédents qui proscrivent les négociations
faites hors la Bourse et par des personnes sans qualité.*

Uu autre arrêt du Conseil, du 22 septembre de la même
année, évoque les délits de cette nature devant une commission de conseillers d'État et maîtres des requêtes présidée
par le lieutenant-général de police. Cette commission, le
12 décembre suivant, interdit l'entrée de la Bourse à un
sieur Lebeau et le condamna à 6,000 fr. d'amende.

Le même ministre, un an seulement après son entrée aux
affaires (en 1784), dans la vue de raffermir l'institution de
la compagnie des Agents de change de Paris, lui avait fait
donner par le Roi un règlement qui confirmait toutes les
dispositions de celui de 1724. Deux années après, le 19
mars 1786, apparut une déclaration du Roi dans laquelle
on lit que : *l'étendue du commerce et l'importance des
négociations exigeaient de donner aux Agents de
change une consistance plus solide,* et. dans ce but,

la déclaration prescrivait que les offices, qui jusque là avaient été exercés en vertu de simples commissions, seraient possédés à titre de survivance; que la finance de la charge serait un gage pour leurs opérations et accroîtrait ainsi la confiance du public. Par un édit du 10 septembre suivant, le nombre de ces fonctionnaires fut fixé irrévocablement à soixante; la possession de l'office, à titre de survivance, leur fut confirmée; liberté de disposer du prix de la finance leur fut accordée; le privilège sur ce prix fut concédé aux prêteurs des deniers qui avaient servi à l'acquisition de l'office. Le 2 décembre de la même année, la compagnie reçut un nouveau règlement, mieux en harmonie avec les besoins de l'époque et les mœurs du temps que ne l'était celui de 1724. Ce règlement attribue, entre autres choses, à la compagnie le droit de nommer les membres de la Chambre syndicale, qui, jusque là, avaient été nommés par le lieutenant-général de Police.

Depuis lors jusqu'à la suppression des offices, en 1791, de nombreux actes administratifs ou judiciaires eurent pour objet de réprimer le courtage illicite, et cela plutôt par des considérations d'ordre et d'intérêt public que pour protéger l'exercice d'un droit concédé par l'État à des particuliers, moyennant finance.

Le 17 mars 1791, l'Assemblée Nationale, en décrétant l'abolition des offices, supprima de fait la compagnie des Agents de change; l'exercice de cette profession devint libre. Dès-lors, il suffit, pour faire le courtage, de se munir d'une patente, aux termes de la loi du 8 mai de la même année. Mais les désordres que devait entraîner un pareil état de choses ne tardèrent pas à se produire, et, le 27 juillet 1792, un décret fit revivre les anciens règlements relatifs aux négociations de la Bourse. Plus tard, et seulement trois ans après, le Gouvernement crut devoir prendre des mesures encore plus efficaces. Par la loi du 28 vendémiaire an IV (20 octobre 1795) sur la police de la Bourse, et par des considérations prises dans un intérêt général, la Convention nationale rétablit en faveur des Agents de change le droit exclusif aboli par l'Assemblée Nationale : *Considérant*, dit cette loi dans son préambule, *que la* sûreté du commerce *exige que les fonctions des Agents de change soient classées et déterminées, etc.*

La force des choses conduisait donc les novateurs, partisans d'une liberté illimitée de l'industrie, à considérer celle des Agents de change, non pas comme un simple métier ou une profession quelconque, mais comme des fonctions publiques confiées à quelques-uns dans l'intérêt de tous. La Révolution avait aboli les offices vénaux ; mais, après les avoir supprimés comme charge de finance, elle ne tarda pas à sentir la nécessité de les laisser subsister comme ministère légal et obligé.

Les comités réunis de Salut Public et des Finances furent chargés, par cette même loi, du choix de ces Agents, dont elle limitait le nombre à vingt-cinq pour Paris, et de leur délivrer des commissions pour exercer *exclusivement* les fonctions qui leur étaient attribuées. Elle prononçait des peines sévères contre les intermédiaires non commissionnés, et frappait de nullité les transactions dans lesquelles ils se seraient immiscés.

A mesure que la France sortait du chaos révolutionnaire elle éprouvait plus vivement le besoin de l'ordre, et ce besoin portait le Gouvernement à rassembler, parmi les débris épars de l'ancien édifice social, les institutions qui pouvaient encore vivre avec les nouvelles idées et s'associer aux nouveaux intérêts. La loi du 28 ventôse an IX

(19 mars 1801) eut pour objet de rétablir les bourses de commerce : elle compléta la réorganisation de cette partie du service public, dont l'importance s'était beaucoup accrue depuis la consolidation du tiers et la formation d'un nouveau grand-livre en exécution de la loi du 8 nivôse an VI ; depuis aussi que l'on eut établi à la Trésorerie nationale (loi du 28 floréal an VII) des registres destinés à servir de minutes aux transferts et mutations de propriété de la dette publique. Dès-lors, les Agents de change, soumis au serment, obligés de fournir un cautionnement et placés sous l'autorité d'une chambre de discipline dont les membres sont élus par eux-mêmes, formèrent une corporation, comme sous l'ancien régime, avec la seule différence qu'ils n'exerçaient que par commission du Gouvernement.

Par son art. 8, la loi de ventôse défendit sous peine d'une forte amende, à tous individus autres que ceux nommés par le Gouvernement, d'exercer les fonctions d'Agents de change ou courtiers, et un arrêté du 29 germinal de la même année (19 avril 1801), rendu pour assurer l'exécution de cette loi, chargea le préfet de police de Paris de faire les règlements nécessaires pour la police intérieure de la Bourse (1).

Voici comment s'exprimaient, au sujet des Agents de change, les orateurs du Gouvernement qui présentèrent au Corps législatif la loi du 22 ventôse an IX :

Entre le vendeur et l'acheteur, il est besoin d'intermédiaires qui facilitent, proposent, consomment, garantissent l'exécution du contrat qui se fait entre eux.

Il faut que les Agents de change et les courtiers

_____

(1) Voir l'arrêté du Gouvernement du 29 germinal an IX, art. 19.

*offrent par leur moralité, leurs connaissances, et
même par l'engagement d'une partie de leurs propriétés, une garantie à l'administration publique
comme à l'intérêt particulier ; désignés à la confiance
publique, le nombre doit en être limité, un trop grand
nombre serait dangereux ; il faut que nul ne puisse
exercer ces fonctions, déléguées par la loi, sans encourir
une peine, que prononce une disposition de cette même
loi.*

*En les nommant, en exigeant d'eux une garantie
spéciale, le Gouvernement doit aussi prendre des
mesures pour que ceux qui se sont livrés à cette profession sans avoir les qualités qui inspirent et justifient
la confiance publique, ne puissent plus l'exercer, et
pour que la bonne foi des citoyens ne soit plus abusée,
la fortune publique livrée aux calculs de la cupidité et
de la mauvaise foi.*

Un autre arrêté du Gouvernement consulaire, du 3
messidor an IX (22 juin 1801), organisa la Bourse de
Paris, fixa le nombre des Agents de change à 80, et leur
cautionnement à 60,000 fr. ; le Tribunal de commerce du
département de la Seine fut chargé de fixer le droit de
courtage par un tarif (1) dont le Gouvernement se réserva
l'approbation ; ce tarif fut délibéré par le Tribunal de
commerce le 26 messidor an IX (15 juillet 1801), et
approuvé par le ministre de l'Intérieur et des Finances.

Le préfet de police de cette époque rendit, le 1er
thermidor de la même année (20 juillet 1801), une
ordonnance concernant la police de la Bourse, dans laquelle on lit (art. 8) : *Il est défendu sous les peines, etc.,*

_____

(1) Ce tarif est encore celui qui a force de loi pour les Agents de change.

à toutes personnes autres que les Agents de change nommés par le Gouvernement, de s'immiscer dans les négociations d'effets publics et papiers de commerce, soit à l'intérieur, soit à l'extérieur de la Bourse.

Vint ensuite l'arrêté du **27** prairial an **x** (16 juin 1802) concernant les Bourses de commerce, qui porte (art. **3**) : *Il est défendu de s'assembler ailleurs qu'à la Bourse et à d'autres heures que celles fixées par le règlement de police, pour proposer et faire des négociations, sous les peines portées par la loi contre ceux qui s'y immisceront sans titre légal;* et par l'art. **4**, *défense est faite à toutes personnes autres que les Agents de change de s'y immiscer en aucune façon et sous quelque prétexte que ce puisse être.* L'art. **5** autorise le préfet de police à faire, par mesure de police, interdire l'entrée de la Bourse aux contrevenants, sans préjudice de leur traduction devant les Tribunaux, pour faire prononcer les peines portées par la loi ; nous ne transcrirons pas cet article, mais nous dirons que, de plus que les précédents actes législatifs, il charge la Chambre syndicale, conjointement avec les commissaires de police, de dénoncer les contrevenants à l'Autorité. L'art. **7** confirme la disposition de la loi de ventôse an **ix** qui déclarait nulles toutes négociations faites par des intermédiaires sans qualité ; les art. **15** et **16** portent que les transferts d'inscriptions sur le grand-livre de la dette publique seront faits désormais, au Trésor public, en présence d'un Agent de change de la Bourse de Paris, lequel sera tenu de certifier l'identité du propriétaire de l'inscription, la vérité de la signature et des pièces produites ; ils rendent le certificateur responsable de la validité desdits transferts pendant cinq ans à partir de la déclaration.

Comme conséquence de cet accroissement de responsabilité, la loi de finances du 2 ventôse an XIII (21 février
1805) porta à *cent mille francs* le cautionnement des
Agents de change, et le 5 prairial de la même année
(26 mai 1805) un décret impérial éleva à cent le nombre
de ces fonctionnaires pour la Bourse de Paris. Mais on ne
tarda pas à reconnaître que les besoins du commerce n'en
réclamaient pas un si grand nombre et qu'un trop grand
nombre d'intermédiaires jetaient le désordre dans les transactions et compromettait le crédit des effets publics : il
fut donc ordonné qu'aucune vacance ne serait remplacée
jusqu'à ce que le nombre se fût réduit de lui-même à cinquante (1).

Jusqu'à cette époque, le commissaire de police près la
Bourse avait assisté aux assemblées générales tenues par la
Compagnie pour l'élection des syndics et l'installation des
Agents de change. Depuis lors, ce commissaire cessa d'y
paraître, parce que l'arrêté de prairial an X prescrivait
seulement l'envoi, dans les 24 heures, au Préfet de police
d'un extrait des procès-verbaux d'élection ou d'installation. L'Autorité donnait ainsi une marque de confiance à
la Compagnie et préludait à l'ordonnance de reconstitution

(1) C'est à ce nombre de cinquante que la Compagnie se trouvait réduite à l'époque de la Restauration (1814); il n'y a jamais eu à Paris plus
de 94 Agents de change exerçant en même temps. — En 1808, il y eut
une telle confusion dans la liquidation des marchés à terme en fonds
publics, que la Banque de France notifia à la Compagnie qu'on supprime-
rait les comptes courants aux Agents de change, si le même désordre se
renouvelait. La Compagnie imagina alors le système de liquidation centrale qui est encore en pratique aujourd'hui, et au moyen duquel, par
de simples virements de parties et des compensations, tout est terminé
dans quelques heures, tandis que, jusque-là, il avait fallu y employer
plusieurs jours (*Voir, ci-après*, page 65, *l'explication de cette liquidation*).

de 1816, qui l'a proclamée gardienne de sa propre considération.

Le Code de commerce, promulgué en septembre 1807,
consacra aux Bourses de commerce et aux Agents de
change plusieurs dispositions importantes. On y lit, à l'article 76, que *les Agents de change, constitués de la
manière prescrite par la loi, ont seuls le droit de
faire les négociations des effets publics et autres
susceptibles d'être cotés, et de faire, pour le compte
d'autrui, les négociations des lettres de change ou
billets et de tous papiers commerçables et d'en constater
le cours.*

Il fut déclaré, par l'article 90, qu'il serait pourvu, par
des règlements d'administration publique, à tout ce qui
est relatif *à la négociation et transmission de propriété
des effets publics.* Le Gouvernement s'occupa de ce
règlement dans le courant de l'année suivante, et la
Chambre syndicale des Agents de change fut même appelée à y concourir : elle assista, pour cet effet, le 5 mars
1808, à une séance du Conseil d'État présidée par l'Empereur. L'affaire fut renvoyée à une commission composée
de trois conseillers et présidée par le ministre du Trésor ;
elle n'eut pas de suite.

En 1809, le Conseil d'État fut consulté par le Gouvernement sur les moyens de réprimer *l'exercice illicite
des fonctions d'Agent de change ;* il émit, le 17 mai,
l'avis que *les contraventions aux lois sur les bourses de
commerce et au Code de commerce devaient être pour-
suivies* D'OFFICE *par les procureurs-généraux, même
par information et sans procès-verbaux préalables, ni
dénonciation des syndics des Agents de change et Courtiers, et que le ministre de la Police générale devait*

donner des ordres particuliers aux commissaires de police de veiller à l'exécution des lois sur cette matière.

A cette même époque, une affaire dont la Bourse de Paris a conservé le souvenir vint offrir une preuve frappante de l'utilité de l'institution des Agents de change sous le point de vue du crédit des effets publics : un sieur Reynier, qui spéculait habituellement sur la rente, dans l'idée que les progrès de nos armées en Allemagne devaient continuer à en élever le cours, s'était engagé à prendre livraison, à la fin du mois de juin, d'une somme considérable de rente 5 p. cent. A l'échéance des marchés, il n'eut pas le moyen de les tenir, et les Agents de change qui s'étaient engagés pour lui n'en furent informés que la veille de l'échéance. La Chambre syndicale fit faire le relevé des marchés, et il en résulta qu'il fallait revendre 1,300,000 francs de rente pour pouvoir faire la liquidation générale des affaires engagées pour la fin de juin. Il fallait payer le surlendemain, et cependant la liquidation se fit sans que le cours de la rente eût éprouvé plus de 3 francs 50 cent. de baisse. Voici comment s'exprimait la Chambre syndicale dans le rapport qu'elle adressa à ce sujet au ministre de l'Intérieur, à celui du Trésor et au préfet de police : *Chacun de nous a redoublé de zèle pour appeler sur les fonds publics tout l'argent disponible, et nous avons la satisfaction de vous annoncer que nos efforts ont été couronnés du plus grand succès : dans l'intervalle de deux bourses, toutes ces rentes ont été reclassées sans que le cours ait été sensiblement affecté, et hier, 7 juillet, les livraisons et les payements ont été effectués.*

La Chambre syndicale avait été admise plusieurs fois dans le sein de la commission de 1808, chargée de préparer le règlement que promettait l'art. 90 du Code de commerce. Cette commission soumit son travail à l'Empereur dès le mois de juillet de la même année. Il en fut encore question en 1810, alors que le Corps législatif s'occupait du Code pénal. A cette époque, la Chambre syndicale renouvela ses instances pour obtenir le règlement ; mais les préoccupations du Gouvernement se portaient d'un autre côté. Voici comment elle s'exprimait dans un mémoire qu'elle adressa à ce sujet, le 25 janvier 1810, au ministre de l'Intérieur, duquel dépendaient alors les Agents de change de Paris, comme ceux des départements : *Il serait à désirer, Monseigneur, que les règlements annoncés par l'art. 90 nous fussent donnés dans le plus bref délai, et qu'on nous assurât la jouissance des droits qui nous appartiennent exclusivement en vertu et en exécution de la loi de notre institution.*

Passés en 1812 dans les attributions du ministre du Commerce, les Agents de change de Paris reproduisirent leurs représentations auprès de ce ministre.

La Restauration trouva les choses dans cet état, en 1814.

La loi de finances, du 28 avril 1816, fut le premier acte du nouveau gouvernement qui intéressa les Agents de change ; elle élevait le taux de leur cautionnement, mais, en revanche, elle leur donnait la faculté de présenter leurs successeurs à la nomination du Roi (titre IX, art. 90 et 91) : c'était, en quelque sorte, rétablir la survivance des offices abolie en 1791, et créer une propriété en faveur de ces fonctionnaires ; c'était ajouter beaucoup à l'importance de leurs fonctions, et le motif qui paraît y avoir déterminé le Gouvernement, çà été de donner une garantie de plus à l'emploi obligé de leur ministère, ce qui s'appliquait particulièrement aux Agents de change de Paris qui, par la nature de leurs fonctions et par leur position, sont appelés à exercer une grande influence sur le crédit public. Nous étions alors à une époque où il fallait demander au crédit le moyen de venir au secours de l'État, pour le libérer des engagements écrasants qu'il avait été forcé de contracter envers l'étranger (1).

Une ordonnance royale, du 29 mai suivant, en réglant pour les Agents de change de Paris l'exécution de cette disposition législative, confirma complètement la pensée du législateur (2).

Cette ordonnance fixa irrévocablement, à soixante, le nombre des Agents de change pour la place de Paris (3); elle les plaça, par exception, dans les attributions du ministère des Finances ; elle étendit beaucoup les attributions de la Chambre syndicale, en lui donnant : 1° l'initiative de la présentation des candidats aux dix charges qui devaient compléter le nombre de soixante ; 2° en soumettant à son agrément préalable les successeurs proposés par les Agents de change qui, conformément à la loi de 1816, voudraient disposer de leurs charges ; 3° en autorisant cette Chambre à suspendre les contrevenants aux règlements, et même à provoquer leur destitution, *et à proposer au ministre des Finances tous les changements et modifications qu'elle croirait nécessaires de faire aux anciens rè- glements.*

Voulant pourvoir (dit le préambule de cette ordon-

(1) L'occupation étrangère, dit le baron Louis, ministre des Finances, à la Chambre des Députés, le 15 février 1819, a grossi le grand-livre de la dette publique de 96 millions de rente.

(2) M. Péan de St.-Gilles était alors syndic de la Compagnie des Agents de change de Paris.

(3) Ce nombre n'a été complété qu'en 1821.

2

nance) *à l'insuffisance des anciens règlements, et jugeant que, pour assurer à la Compagnie des Agents de change de Paris la confiance et l'estime qui doivent l'environner, il est utile de la rendre en quelque sorte gardienne de sa considération,* etc.

Une ordonnance royale, du 9 janvier 1818, fixa le cautionnement des Agents de change de Paris à 125,000 f. (1).

Avec l'année 1816 avait commencé, en France, une nouvelle ère financière : les transactions en fonds publics, alimentées depuis lors par de fréquentes émissions de valeurs de crédit représentant les dettes de l'État, durent prendre un très-grand accroissement (2), et tous les ministres des Finances qui se sont succédé, depuis lors, ont expérimenté l'utilité de l'organisation de la Bourse de Paris relativement aux transactions sur les fonds publics. Cette utilité se manifesta d'une manière bien évidente vers la fin de l'année 1818, à cette époque, la rente pesa tellement sur la place, que les marchés n'auraient pas pu être liquidés sans les sacrifices énormes que s'imposa la Compagnie pour faciliter la liquidation de plusieurs Agents de change victimes de la mauvaise foi ou de la témérité de leurs clients : elle prévint par là l'avilissement progressif du cours de la rente. Cette circonstance fut mentionnée,

---

(1) La loi de finances de 1832 les assujettit, comme tous les autres titulaires d'offices, à l'impôt du dixième du cautionnement. Cette disposition a été modifiée par la loi du 25 juin 1841, qui soumet les traités de vente à l'enregistrement, dont elle fixe le droit à 2 p· cent du prix, lequel droit ne peut, dans aucun cas, être inférieur au dixième du cautionnement.

(2) On lit dans un discours adressé à la Chambre des Députés par le baron Louis, ministre des Finances, le 15 février 1819 : « Il faut trouver » annuellement 300 millions au-delà des besoins ordinaires de l'État, » accrus par deux invasions et deux années d'intempérie. »

d'une manière très-honorable pour la Compagnie, dans un rapport fait à la Chambre des Députés en 1819 (1).

M. le comte Corvetto, ministre des Finances, écrivait à ce sujet au syndic de la Compagnie : *Je vous félicite des efforts honorables qu'a faits votre Compagnie pour rassurer les intérêts et conserver l'honneur de la place ; le peu de bien que j'ai pu faire est dû, en grande partie, à la franche et loyale coopération de la Chambre syndicale ; soyez auprès d'elle l'organe de ma reconnaissance.*

Ce fut à cette époque, et au milieu de ces graves évènements, que la Compagnie créa, dans son sein, un fonds commun de trois millions, à la formation duquel chacun de ses membres concourut pour un soixantième. Ce fonds avait pour destination essentielle de mettre la Compagnie en état de supporter les sacrifices que les circonstances pourraient encore lui imposer. Il était en même temps, pour le public, un accroissement donné à la garantie matérielle que déjà chaque Agent de change lui offrait par son cautionnement et par la propriété de sa charge ; cet accroissement de garantie avait, de plus, le mérite d'être tout-à-fait volontaire de la part de la Compagnie (2).

(1) *Moniteur* des 25 avril et 17 mai 1819. — M. Roy, rapporteur de la loi des comptes : « Le 30 octobre 1818 (la veille de la liquidation), on » apprit que la Banque de France avait inopinément restreint ses escomptes » à 45 jours, après les avoir prodigués à 90 jours sur des effets de circu- » lation et avoir fait des prêts considérables sur des certificats de l'em- » prunt. La crise la plus violente fut le résultat de cette mesure ; les » Agents de change se donnèrent des secours réciproques et surent faire » d'honorables sacrifices. «

(2) Voir ci-après, n° III, la Notice sur le fonds commun.

Avec un fonds de trois millions, toujours disponible, on peut empêcher de grands malheurs, surtout dans les moments de crise où les capitaux se resserrent, deviennent très-chers et sont souvent impossibles à trouver, même contre les meilleures valeurs, ainsi qu'on l'a éprouvé en 1818, en 1823, et, plus tard, en 1830, comme on le verra dans le cours de cette narration.

La spéculation sur les effets publics, alimentée par leur abondance et leur variété, se trouvait excitée par ces mêmes intermédiaires sans qualité, sans garantie ni responsabilité, qui, dans les temps de crise, semblent se multiplier à la faveur des embarras de la place, embarras que souvent ils ont fait naître eux-mêmes, tandis que les Agents de change s'épuisent en efforts et en sacrifices pour atténuer les déplorables effets des manœuvres toujours funestes au crédit des papiers d'État. L'Autorité entendit les représentations de la Chambre syndicale, et, le 19 avril 1819, apparut une ordonnance du Préfet de police qui prescrivait, sous des peines sévères, l'exécution des lois et ordonnances sur la Bourse, et sévissait rigoureusement contre les personnes qui usurpaient les fonctions des Agents de change.

Grâces à la constante vigilance de la Chambre syndicale, puissamment secondée par le ministre des Finances de l'époque (le baron Louis), l'abus contre lequel elle n'avait cessé de lutter parut s'affaiblir ; mais bientôt elle eut la douleur de le voir reparaître encore plus vivace. Elle le dénonça de nouveau, le 2 décembre 1820, au ministre des Finances (M. Roy), qui ordonna aussitôt au Préfet de police de le faire cesser. Le 8 du même mois, ce magistrat rendit compte au ministre de l'ordre qu'il avait donné au commissaire de police près la Bourse de surveiller les courtiers *marrons* et de les expulser de la Bourse (1).

Il ne paraîtra pas étranger à notre sujet de rappeler ici un fait qui, au commencement de l'année 1822, alarma particulièrement le Trésor et fournit à la Compagnie des Agents de change une occasion remarquable de prouver la solidité des garanties qu'elle offre au public : nous voulons parler du crime de faux commis par un banquier de Paris, le sieur Barillon, de l'île de France, qui compromit le Trésor pour 40,723 francs de rente 5 p. cent, dont les titulaires avaient été dépouillés à l'aide de fausses signatures certifiées, sur la foi de ce banquier, par huit Agents de change. Avant même que le faux n'eût été constaté légalement, ceux-ci s'empressèrent de couvrir le Trésor (2).

Quelque précaution que prennent les Agents de change pour échapper à la fraude, il ne se présente que trop fréquemment des cas où leur responsabilité se trouve compromise par cette cause, et, dans aucun des cas, le rétablissement de la rente au nom du titulaire au préjudice duquel la fraude a été commise, n'a éprouvé le moindre retard de la part de l'Agent certificateur.

Au début de l'année 1823, le 24 janvier, apparut une autre ordonnance du Préfet de police, qui renouvela ses défenses contre les individus qui continuaient de s'immiscer dans les fonctions des Agents de change et s'assemblaient sur la voie publique, notamment au café *Tortoni*, pour y faire des opérations sur les fonds pu-

(1) Une copie de cette lettre fut remise par le ministre à la Chambre syndicale.

(2) Ce fut une perte de plus de 700,000 fr. que supportèrent ces huit Agents de change; deux d'entre eux ne purent parer à cette perte qu'en vendant leurs charges.

blics : cette ordonnance prescrivait l'exécution rigoureuse de toutes les lois, règlements et arrêtés rendus sur le même sujet.

Dans le mois de février suivant, un changement notable de jurisprudence sur les marchés à terme de fonds publics se manifesta dans la Cour royale de Paris. Jusque là, cette Cour avait confirmé les jugements rendus par le Tribunal de commerce du département de la Seine, en faveur des Agents de change qui étaient forcés de demander la protection de la justice pour obtenir, de leurs clients, le remboursement des sommes payées pour eux à l'occasion de marchés de cette nature. La première Chambre rendit, le 18 février 1823, un arrêt (1) qui infirma deux jugements du Tribunal de commerce obtenus par trois Agents de change contre un de leurs clients communs (le sieur Coutte). La Cour se bornait à motiver son arrêt sur ce que l'Agent de change n'avait pas besoin d'action contre son client, parce que la loi le supposait toujours nanti soit de l'argent pour payer les effets achetés, soit des effets pour les vendre et les livrer ; et, par une compensation qui n'indemnisait pas l'Agent de change de l'argent qu'il était condamné à perdre, elle ajoutait *que la mauvaise foi du client n'autorise pas le juge à accorder une action que la loi refuse.*

Dans le courant de la même année, le 9 août (2), la Cour royale de Paris, jugeant en audience solennelle (1re et 2e Chambres réunies), persista dans sa nouvelle jurisprudence à l'occasion du célèbre procès de M. Perdonnet, Agent de change, contre M. le comte Forbin de Janson, ap-

(1 et 2) Ces arrêts ont été confirmés par la Cour de cassation le 11 août 1824.

pelant, comme le sieur Coutte, d'un jugement du Tribunal de commerce du département de la Seine qui l'avait aussi condamné à payer à l'Agent de change un solde de compte résultant de marchés à terme sur la rente. Parmi les motifs de cet arrêt, on retrouve le considérant qui, dans l'arrêt précédent, avait signalé la mauvaise foi du client tout en lui accordant gain de cause. On y remarque que la Cour a voulu rendre encore plus éclatante cette satisfaction donnée à la morale publique, en mentionnant, dans ce mémorable considérant, le nom de l'appelant (M. le comte Forbin de Janson).

La Cour de cassation rejeta le pourvoi contre l'arrêt ; ce changement soudain dans l'interprétation des dispositions législatives qui régissent la négociation des effets publics, jeta la perturbation dans les affaires de cette nature et eut des conséquences déplorables : d'abord, et essentiellement, parce qu'il offrait à la cupidité et à la mauvaise foi le moyen de s'exercer impunément au détriment des Agents de change et y encourageait en quelque sorte ; ensuite, parce qu'en laissant ceux-ci sans défense contre les entreprises de la mauvaise foi et de la cupidité, il affaiblissait nécessairement la considération qui doit être toujours un apanage du caractère d'officier public ; et enfin parce que cet état de choses, en autorisant la crainte, devait détruire la confiance, qui est l'âme des transactions commerciales, et influer par là, d'une manière fâcheuse, sur le crédit des effets publics dont la négociation se trouvait gênée.

Dans ces douloureuses circonstances, les Agents de change eurent à se féliciter de nouveau de s'être ménagé, par l'institution d'un fonds commun, la possibilité de venir au secours de ceux de leurs confrères qui, victimes comme M. Perdonnet, de la mauvaise foi de leurs clients, ne pouvaient pas comme lui trouver, dans leurs propres ressources, le moyen de tenir les engagements qu'ils avaient contractés pour le compte de ces mêmes clients. Les sacrifices que la Compagnie s'imposa à cette occasion eurent pour objet de mettre les Agents de change en état de payer intégralement tous leurs créanciers pour *faits de charge* que leur cautionnement ne pouvait pas satisfaire complètement ; ils eurent pour effet d'empêcher des contre-coups qui auraient jeté la place dans un grand embarras et déprimé le cours de la rente. Ces Agents de change, n'offrant plus au public les garanties que la loi avait attachées à leurs fonctions, cessèrent de faire partie de la Compagnie.

La Chambre syndicale, comprenant toute la portée d'un tel changement dans la jurisprudence des Cours supérieures à l'occasion de la négociation des effets publics, se crut en devoir, autant envers le public qu'envers la Compagnie, d'adresser à ce sujet des représentations au ministre des Finances (M. de Villèle). Elle était d'ailleurs autorisée à faire cette démarche par l'un des motifs de l'arrêt de la Cour de cassation, et voici dans quels termes elle écrivit au ministre le 25 février 1823 :

La Bourse de Paris offre, dans ce moment, un exemple frappant de l'utilité de notre Compagnie et de la réalité des marchés à terme ; depuis le commencement du mois de février, plus de deux millions de rentes achetés, dans le courant de janvier, pour être livrés à la fin du mois suivant, ont été escomptés et payés comptant à la faveur de la clause, toujours insérée dans les engagements, qui autorise les acheteurs à requérir la livraison immédiate des effets qui leur ont été vendus à terme, et l'on ne peut se dispenser de recon-

naître que cette masse de capitaux, jetée dans les fonds publics par le moyen du marché à terme et livrée à la circulation dans un moment difficile, n'ait concouru à soutenir le crédit public. On ne contestera pas davantage, sans doute, qu'un marché qui renferme en lui-même le moyen d'être réalisé sur-le-champ ne repose sur un objet bien réel (1).

C'est uniquement par le marché à terme que sont praticables les grands placements de fonds que l'on veut rendre productifs, en en conservant toujours la disponibilité : ces placements se réalisent par une opération connue sous le nom de report *, qui consiste à acheter au comptant et à vendre simultanément à terme, à un prix plus élevé, la même partie d'effets publics ainsi achetée.*

Les capitaux affluent dans les fonds publics à cause de la commodité de ce placement et de la facilité avec laquelle il s'opère ; cette affluence tend à donner du crédit aux effets et, conséquemment, aide au classement des titres de la dette nationale ; la masse de capitaux qui se porte vers ce genre d'emploi donne au Gouvernement le moyen de réaliser ses emprunts à de

---

(1) Quelques années plus tard (en 1831 et 1832), le même exemple se reproduisit d'une manière encore plus frappante : en avril 1831, il fut escompté 1,240,000 fr. de rente 5 %, et 2,702,000 fr. de rente 3 % ; ces rentes, qui, au cours des marchés, représentaient environ 70 millions, furent exactement livrées et payées comptant par l'intermédiaire des Agents de change. Il résulte des notes conservées à la Chambre syndicale que dans le courant de 1831 il a été escompté :

	3,667,500 f. de rente	5 %	
	et 4,740,500	d°	3 %
et en 1832 :	2,025,000	d°	5 %
	et 390,000	d°	3 %

meilleures conditions et d'assurer le service du Trésor en combinant les époques de livraison avec ses besoins.

C'est ainsi que, depuis la Restauration, des millions (1) de rente et de valeurs au porteur, émis par le Gouvernement, ont pu être négociés sur la place de Paris, et que les capitaux nationaux et étrangers sont venus au secours de l'État ; quelle place, en effet, eût pu supporter la vente au comptant des masses de valeurs de crédit émises par le Gouvernement depuis 1815 ?

Tous ces effets utiles ont été produits par le marché à terme.

Mais si, pour contracter de cette manière, il fallait que les Agents de change, médiateurs nécessaires de ces opérations, fussent toujours nantis d'avance des effets ou de l'argent, il est évident que les grands placements dans les fonds publics ne seraient plus possibles et que le Gouvernement serait entravé dans ses opérations financières.

Si donc il reste démontré que le marché à terme des effets publics est une chose utile et nécessaire , il est indispensable d'en rendre l'exécution possible.

Évidemment , les dispositions des anciens édits , ordonnances et règlements ne sont plus en harmonie avec l'état actuel des choses relativement à la négociation des effets publics.

---

(1) Les lois de finances de 1816, 1817, 1818, 1821 et 1823 avaient créé 99,269,111 fr. de rente 5 % ; au 1ᵉʳ avril 1814 il y avait 63 millions de rente 5 % inscrites au grand-livre, ce qui élevait à 177,000,000 fr. la masse de rente sur laquelle en 1823 s'exerçait la spéculation ; plus la dette flottante , les valeurs de l'arriéré et les effets publics étrangers (Voir ci-après nº VII , 1ʳᵉ partie, le rélevé de la dette inscrite au Grand-livre).

L'art. 90 du Code de commerce, en annonçant qu'il y serait pourvu par des règlements d'administration publique, a clairement énoncé cette vérité; cet article est une dérogation manifeste, pour ces sortes de négociations, aux dispositions générales des articles 85 et 86 du même Code, dispositions qui leur sont, en effet, inapplicables, ainsi que le Tribunal de commerce l'a toujours reconnu et que la Cour royale l'avait également jugé jusqu'à ce jour.

L'ordonnance du Roi du 29 mai 1816, qui reconstitue la Compagnie, confirme cette vérité en laissant à la Chambre syndicale le soin de proposer les changements et modifications dont les anciens édits, arrêts, règlements, etc., lui paraîtraient susceptibles.

Jusqu'à ce jour, la Chambre syndicale n'avait pas cru nécessaire de faire une proposition à cet égard; mais aujourd'hui le changement qui s'annonce dans la jurisprudence des tribunaux lui fait un devoir de provoquer des mesures qui, en fixant leur jurisprudence sur cette matière, assurent à la compagnie des Agents de change la protection que le crédit public réclame pour elle.

· C'est particulièrement, dans les temps de crise, que se montrent l'utilité de son existence et la sagesse qui a présidé à son organisation; par son union, son dévouement et son désintéressement, elle a concouru à préserver la place de Paris des malheurs qui l'ont menacée en 1818. Depuis lors, dans toutes les circonstances où le crédit public a été compromis, elle lui a donné une nouvelle vie, et, tout récemment encore, lorsque les premières places de l'Europe étaient ébranlées, l'attitude de la Bourse de Paris est venue déposer en sa faveur.

M. de Villèle jugea que l'affaire était assez importante pour être portée au Conseil d'État ; il invita, en consé-séquence, la Chambre à rédiger un projet *de règlement pour la négociation et la transmission de propriété des effets publics*, d'après le vœu de l'art. 90 du Code de com-merce, afin de mettre cette question en délibération à la section des finances du Conseil d'État.

Cette délibération eut lieu, en effet, dans le courant du mois de mars. Le ministre avait autorisé la Chambre syndicale à s'y faire représenter par un de ses membres ; M. Fossard fut chargé de cette mission. Le ministre pré-sidait la section, et sa délibération aboutit à la nomination d'une commission qui fut chargée de rédiger le règlement d'administration publique. La Chambre syndicale ayant été invitée par le Ministre à coopérer à cette rédaction, fit appeler auprès d'elle ses conseils judiciaires (1) et, dès le 3 avril suivant, elle put lui envoyer son travail ; par sa lettre d'envoi, elle rappela que *chaque jour faisait sentir davantage la nécessité de poser des règles fixes dans une matière qui touche si étroitement au crédit public, etc.*

En attendant le résultat des représentations que la Chambre syndicale faisait incessamment auprès du Gou-vernement, la Compagnie, placée dans des circonstances difficiles, sentit la nécessité de suppléer, par des disposi-tions intérieures, au défaut de protection dont elle avait droit de se plaindre. Elle comprit que, par-dessus tout, il fallait que les Agents de change se renfermassent stric-tement dans les limites de leurs fonctions légales : entre autres mesures que prit la Chambre syndicale, elle défendit aux Agents de change, sous peine d'une forte

____

(1) MM. Dupin aîné, Tripier et Gautier.

amende, d'entretenir des relations d'affaires avec des
personnes connues pour se livrer au marronnage. Elle fit
une revue sévère de la situation financière de chacun des
membres de la Compagnie et les assujettit à un mode de
comptabilité uniforme à parties doubles, afin que les
vérifications d'écritures qu'elle ordonnait fussent plus
faciles à faire et plus sûres; elle exigea de ceux, ayant
des associés, le dépôt, dans ses archives, des actes qui
constataient les associations et en établissaient les conditions. Elle comprit en même temps que, pour pouvoir
espérer de bons effets de ces dispositions provisoires, il
fallait que l'exécution en fût confiée à une administration
forte ; et, dans cette vue, elle plaça à sa tête un de ses
membres le plus justement considérés, un homme qui se
distinguait par la rectitude de son jugement et la fermeté
de son caractère (M. Laurent Delaville-le-Roulx), et
l'entoura de six Adjoints qui, par leurs lumières, leur
expérience et leur position sociale, pouvaient le mieux
coopérer à l'œuvre difficile qu'il s'agissait d'accomplir. Il
importait de conserver, aux Agents de change, la considération attachée au caractère d'officiers publics dont ils
sont revêtus et que des arrêts récents tendaient à leur faire
perdre ; il fallait aussi les éclairer sur la position qui leur
avait été faite par ces arrêts, et les tenir en garde contre
des tentatives fondées sur l'espoir de l'impunité ; il
s'agissait, enfin, de faire jouir le public de tous les avantages attachés à leur institution. La nouvelle Chambre
élue au mois de septembre 1823 se constitua, pour ainsi
dire, en permanence ; elle se dévoua entièrement à la
mission qu'elle avait acceptée, et, avec le concours de tous
les membres de la Compagnie, malgré cette lacune dé-
plorable que l'absence du règlement promis depuis si

longtemps laissait dans la législation, elle parvint, non sans beaucoup de peine, à atteindre le but que la Compagnie avait eu en vue en lui confiant la direction de ses affaires.

Tout le reste de l'année 1823 s'écoula sans qu'il eût été donné suite au projet de règlement; l'attention du Gouvernement se portait tout entière sur l'Espagne, où était le théâtre de la guerre.

Le ministre des Finances avait adressé, au syndic de la Compagnie, une ordonnance royale à la date du 12 de novembre, prescrivant que les effets publics étrangers seraient cotés à l'avenir sur le cours authentique de la Bourse de Paris par dérogation aux anciens édits, qui permettaient seulement la cote des effets publics français.

Cette disposition, provoquée par le ministre espagnol résidant à Paris, était motivée par la considération que *les opérations de banque, de finance et de commerce ayant pris une plus grande extension, il ne pouvait être qu'utile de donner un caractère légal et authentique à ces opérations.* En réalité, l'ordonnance avait pour but de faciliter le placement à Paris des valeurs d'un emprunt que le Gouvernement du roi Ferdinand venait d'y négocier. La Chambre syndicale ne manqua pas de prendre occasion de la circonstance pour renouveler ses instances auprès du ministre des Finances à l'effet d'obtenir le règlement promis par le Code de commerce; sa lettre du 28 novembre 1823 en fait foi. Par cette lettre, la Chambre dénonçait aussi au ministre les manœuvres de quelques spéculateurs étrangers, et, en lui donnant l'assurance qu'aucun Agent de change n'y avait pris part, elle lui disait que le *marronnage* s'était emparé de ces affaires dangereuses, et lui faisait sentir la nécessité de le réprimer;

mais les nouvelles sollicitations n'eurent pas un meilleur succès (1).

Le silence gardé sur ses incessantes représentations ne ralentit pas le zèle de la Chambre syndicale. Le 13 mai 1824, elle écrivit de nouveau au ministre des Finances pour insister sur la nécessité d'obtenir le règlement promis par l'art. 90 du Code de commerce et lui rappeler le projet qu'elle lui avait adressé, sur sa demande, dans le cours de l'année précédente ; elle lui demanda son approbation à un arrêté qu'elle avait cru devoir prendre d'urgence le 19 avril, et qui, en attendant que le Conseil d'État eût pu s'occuper du règlement général de la Compagnie, avait pour but essentiel de ramener toutes les affaires au parquet et de circonscrire la garantie des Agents de change dans de certaines limites. Le ministre, par sa réponse en date du 14 juin suivant, fit connaître au syndic qu'il ne voulait rien préjuger sur la manière de déterminer la responsabilité des Agents de change, dans l'attente du règlement général, et qu'il consentait seulement à ce que les Agents de change fussent obligés à traiter entre eux, et au parquet, toutes les opérations qui leur seraient confiées, en se faisant remettre des garanties pour les affaires à terme.

Sur ces entrefaites, le Tribunal de commerce du département de la Seine, entraîné, pour un moment, par la jurisprudence de la Cour royale de Paris, exclut, le 26 mai 1824 (2), du passif de la faillite du sieur Cleret plu-

(1) Voir ci-après, n° VI, la notice sur la négociation des fonds espagnols à la Bourse de Paris.

(2) Ce jugement a été confirmé par un arrêt de la Cour royale de Paris du 30 juillet 1825, lequel a été sanctionné à son tour par un arrêt du 2 mai 1827 de la Cour suprême.

sieurs Agents de change qui étaient créanciers de leur confrère. Cette circonstance détermina la Chambre à écrire
au ministre, le 23 juin, pour lui représenter que, si la doctrine adoptée par le Tribunal de commerce dans l'affaire
Cleret devait prévaloir, il ne serait pas juste que les Agents
de change fussent garants des marchés, comme il paraissait
le vouloir, car ils ne pourraient désormais exercer en justice leur recours les uns contre les autres ; que, dans cette
situation, il ne leur resterait plus qu'à se garantir par eux-
mêmes et par tous les moyens en leur pouvoir, en attendant que le Gouvernement voulût s'occuper du règlement
général que la Compagnie sollicitait depuis longtemps. A
l'appui de ces réclamations, la Chambre mettait sous les
yeux du ministre un *Parère* (1) signé de vingt-cinq à trente
des principales maisons de banque de Paris, et qui avait été
produit au Tribunal par les Agents de change créanciers de
Cleret. Par ce *Parère ,* les banquiers émettaient l'avis que
la nouvelle jurisprudence de la Cour royale de Paris, fondée sur d'anciens arrêts du Conseil rendus à une époque et
dans des circonstances qui n'avaient rien d'analogue aux
temps actuels, était *en opposition* avec les véritables intérêts politiques et commerciaux du pays. Le ministre, par
sa réponse à la date du 9 juillet 1824, accueillit les représentations de la Chambre syndicale ; mais bientôt il n'en
fut plus question.

M. Delaville-le-Roulx quitta les affaires, en juin 1826 ;
il fut remplacé dans les fonctions de syndic par
M. Vandermarq, Agent de change du Trésor royal.

En résignant la présidence de la Chambre syndicale,

---

(1) Ce Parère fait partie des pièces qui composent l'appendice du
mémoire. Voir ci-après n° II, 2ᵉ partie.

M. Delaville-le-Roulx laissait les affaires de la Compagnie dans une situation satisfaisante, et léguait, à son successeur, l'exemple de tout le bien qu'on peut attendre d'une administration ferme et vigilante. M. Vandermarq (1) n'avait qu'à suivre les mêmes errements pour achever, avec la protection du Gouvernement, l'ouvrage entrepris par son prédécesseur dans des circonstances si difficiles, et que la confiance de la Compagnie remettait entre ses mains.

Les années 1827 et 1828 se passèrent assez paisiblement pour que la Chambre syndicale n'eût pas à renouveler ses instances auprès du ministre des Finances. Au début de l'année 1829, une lettre de ce ministre, adressée le 2 janvier à la Chambre syndicale (2), lui fournit une occasion de revenir sur ce sujet, et elle s'empressa de la saisir ; le ministre transmettait, à la Chambre, la copie d'un rapport du Préfet de police par lequel ce magistrat attribuait les malheurs qui avaient affligé la Bourse, en 1818 et 1821, au peu d'aptitude que la plupart des Agents de change apportaient à l'exercice de leurs fonctions. Pour repousser ce reproche, la Chambre envoya au ministre des Finances, la copie des certificats d'aptitude produits par les candidats qu'elle avait admis ; ces certificats émanaient des principales maisons de banque de Paris, qui toutes avaient attesté leur capacité et leur moralité. La Chambre signala, à son tour, comme cause de ces désordres, l'immixtion des *marrons* dans les négociations de la Bourse et demanda formellement leur expulsion.

L'attitude de la Compagnie au milieu du trouble que la révolution de 1830 avait jeté dans les transactions com-

(1) M. Vandermarq a constamment été réélu syndic depuis lors.
(2) Second ministère de M. Roy.

merciales et financières, ne put que confirmer la solidité
de son institution et son utilité; cette époque est assez
près de nous pour que le souvenir des services rendus alors
par la Compagnie, à la place de Paris, soit encore présent
à tous les esprits et que nous puissions nous dispenser d'en
rassembler ici les preuves. Nous ne pouvons pas, cependant, passer sous silence les sacrifices qu'elle fit encore à
cette époque : ces sacrifices absorbèrent les deux tiers de
son fonds commun (2,000,000fr.). Elle concourut par là à
soutenir le crédit des effets publics, si violemment ébranlé
par cette grande crise politique. Quatre Agents de change
furent obligés de se liquider dans le courant de l'année ;
sept autres, moins fortement atteints, ne se liquidèrent
que dans le cours de l'année suivante ; mais, dans la plupart de ces liquidations forcées, les faits de charge (1)
furent satisfaits intégralement, de telle sorte que la garantie attachée aux actes du ministère légal de ces officiers
publics ne fut que faiblement atteinte par ce coup de
foudre, dont les funestes effets sur le commerce de Paris
n'ont pu être réparés que par un sacrifice de trente millions que l'État s'est imposé.

Toutefois, il ne faut pas se dissimuler que les idées de
liberté civile et religieuse qui germaient dans les esprits
dès avant 1789, et firent explosion à cette époque; dont
le développement fut ensuite comprimé par le régime im-

(1) Les recherches que la Chambre fit faire, à cette occasion, démon-
trèrent que sur vingt-et-un Agents de change qui, depuis la reconstitution de la Compagnie, en 1816, avaient été forcés par de mauvaises
affaires à se liquider, trois seulement n'avaient pas payé intégralement
leurs créanciers pour faits de charge. La perte que ceux-ci dûrent supporter s'éleva à environ 315,000 fr. M. Taillandier, dans un rapport fait
à la Chambre des Députés (séance du 28 janvier), l'évalue à 470,000 fr.

périal, s'éveillèrent au bruit de la chute de l'Empire et reçurent une espèce de consécration par la Charte que Louis XVIII présenta à la France comme une sorte de transaction entre les anciennes et les nouvelles idées, une arche d'alliance entre les intérêts anciens et les nouveaux intérêts. La restauration de l'ancienne dynastie des rois de France, opérée par les grandes puissances de l'Europe, l'épuisement de la France après 22 ans de guerre, semblaient promettre alors une longue paix; le besoin que la population éprouvait de réparer ses pertes et de se préparer un meilleur avenir avait tourné toute l'activité des esprits vers l'industrie. Dans cette disposition, tout ce qui semblait être un obstacle à ce qu'on appelait le progrès, tout ce qui pouvait faire craindre la moindre gêne dans les combinaisons et dans les mouvements de l'industrie, se présentait aux esprits prévenus et impatients de frein sous les couleurs du monopole et du privilège, et, conséquemment, comme étant en contradiction avec les idées nouvelles et en opposition avec les nouveaux intérêts. Le mouvement politique de 1830, en renversant la dynastie naguères restaurée, devait naturellement donner une grande impulsion à cette disposition des esprits.

Le nouveau gouvernement était à peine constitué, qu'il fut assailli de pétitions et de projets ayant pour but apparent de restituer à l'industrie ce qu'on prétendait lui avoir été enlevé par le despotisme du Gouvernement impérial et par les tendances rétrogrades de la dynastie déchue. Les réclamants, assimilant les fonctions publiques exercées par les Notaires, les Avoués, les Avocats au Conseil, par les Agents de change, les Courtiers, les Commissaires-priseurs, les Huissiers et les Greffiers, à des professions purement industrielles, demandaient hautement l'abolition des offices

3*

d'Agents de change créés par l'arrêté de ventôse an IX, et rendus héréditaires par la loi de 1816. Mais la Chambre des Députés, dans le cours de la session de 1831, fit justice de ces premières tentatives de l'intérêt privé, revêtant les couleurs de l'intérêt général , par un rejet solennel prononcé dans la séance du 24 septembre , au rapport de M. Gillon, membre de la commission des pétitions, et à la suite d'une discussion dans le cours de laquelle la question du prétendu privilège avait été traitée à fond.

Dans le cours de la même session et dans la séance du 17 décembre 1831, la Chambre des Députés entendit le développement d'une proposition qui lui avait été faite, le 13 du même mois, par un de ses membres, M. Alby (1), tendant à régler par une loi tout ce qui a trait à la *négociation des effets publics ;* l'orateur s'exprimait ainsi : *Le mal , il faut le dire , est tout entier dans la mauvaise foi, qu'il faut chasser des lieux qu'elle déshonore , de ce palais élevé à la gloire et à la prospérité de l'État, je veux dire du Commerce , principe et soutien de la civilisation.* M. Alby voulait que les effets publics pussent être vendus à terme , sans être assujettis aux conditions exigées par les édits de 1785 et 1786 , qui avaient servi de texte aux arrêts récents de la Cour royale de Paris. La Chambre vota la prise en considération de la proposition.

Ce sujet revint à la tribune avant la fin de la session ; la Chambre eut à s'en occuper de nouveau dans la séance du 1er février 1832. M. Harlé fils , député du Pas-de-Calais, proposa un projet de loi relatif à la négociation des

_____

(1) M. Alby avait été Agent de change à Paris.

effets publics : à l'inverse de M. Alby, il proscrivait d'une manière absolue tous marchés à terme d'effets publics, qu'ils fussent réels ou fictifs. Sa proposition avait plus particulièrement pour objet les ventes et les achats au comptant ; et comme moyen de garantie en pareil cas, il proposait l'établissement d'une caisse publique dans laquelle seraient déposés, d'une part, les rentes à vendre, de l'autre, l'argent destiné à en payer le prix.

La session se termina, sans que M. Harlé pût développer sa proposition ; il la reproduisit dans le cours de la session suivante et la développa dans la séance du 18 décembre 1832. La Chambre la prit en considération et la renvoya à l'examen d'une commission qui fut chargée de lui faire un rapport à ce sujet ; ce rapport fut fait dans la séance du 26 janvier 1833. La commission conclut au rejet de la proposition, par le motif qu'il lui semblait que cette matière devait, *ainsi que l'avait promis le Code de commerce par son art. 90, être réglée par un acte d'administration publique plutôt que par la loi.* La question de la garantie due au public et celle des marchés à terme furent traitées à fond dans cette discussion, et il fut démontré que ce qu'il y avait de mieux à faire, c'était d'empêcher les négociations abusives qui portent le trouble dans les opérations auxquelles président les Agents de change ; et, à cet égard, un orateur disait : *Plus on cherchera à entraver les négociations au parquet de la Bourse, plus on favorisera les agioteurs au-dehors.*

Par une conséquence des perturbations qui avaient agité la Bourse à la suite de la révolution de 1830, les esprits se préoccupaient beaucoup de ce qui a trait à la négociation des effets publics. D'une part, on accusait la législation d'être incomplète sous le rapport de la sécurité des transactions ; de l'autre, on lui reprochait d'être insuffisante à réprimer l'agiotage, et l'on accusait la jurisprudence de la Cour royale de porter à la démoralisation, en encourageant les entreprises de la mauvaise foi et de la cupidité. La Compagnie ne pouvait rester neutre au milieu d'un conflit qui la touchait de si près ; elle comprit toute la difficulté de sa position et chercha en elle-même les moyens de suppléer, le mieux possible, à l'absence du règlement d'administration publique qui devait compléter sa réorganisation et qu'elle sollicite vainement depuis si longtemps. Dans ce but, la Chambre syndicale fut chargée par la Compagnie de faire la révision des nombreuses dispositions règlementaires qui régissent les fonctions attribuées aux Agents de change, afin de les coordonner à l'état présent des choses ; elle devait ensuite soumettre son travail aux délibérations de la Compagnie. La Compagnie fut, en effet, convoquée plusieurs fois en assemblée générale dans le courant du mois de novembre, et le résultat de ses délibérations fut l'adoption d'un règlement provisoire, conçu dans l'intention de mettre les règles constitutives de la profession d'Agent de change en harmonie avec les nouveaux intérêts du pays, les besoins créés par ces nouveaux intérêts, les progrès de la science économique et les usages que ces intérêts, ces besoins et ces progrès avaient introduits à la Bourse de Paris. Ce règlement devait être la loi de la Compagnie en attendant celui qui devait émaner de l'Autorité ; c'est ce règlement qui la régit actuellement (1).

Pendant les années 1833, 1834 et 1835, la Compagnie eut à soutenir devant la Cour royale de Paris plusieurs

(1) Voir ci-après, n° II, ce règlement.

procès contre les créanciers de quelques Agents de change qui avaient été secourus, par son fonds commun, dans la crise qui suivit la révolution de juillet. Les avocats-généraux (1) qui portèrent la parole dans ces affaires conclurent en faveur de la Chambre syndicale, en rendant justice à sa vigilance et à la prudence de son administration ; mais la Compagnie n'obtint pas toute la satisfaction qui lui était due, parce qu'elle avait à lutter contre les mêmes préventions qui avaient provoqué naguères un changement de jurisprudence à l'égard des affaires en fonds publics.

Dans le cours des mêmes années, les fonds espagnols firent irruption à la Bourse de Paris ; la spéculation, qui s'en était emparée avec ardeur, donna lieu à des secousses qui provoquèrent, de la part de la Chambre syndicale, des mesures rigoureuses pour garantir le public des conséquences toujours funestes de l'entraînement. Le bon effet que l'on pouvait attendre de ces mesures fut contrarié par les excitations incessantes du *marronage*, qui trouvait là une pâture abondante en exploitant la crédulité et, surtout, la tendance malheureuse des esprits aventureux à se livrer de préférence aux affaires présentant les chances les plus hasardeuses.

Les mesures prises par la Chambre, dans l'intérieur de la Compagnie, n'ayant pas suffi pour réprimer le *marronage*, dont l'audace ne faisait que s'accroître à la faveur de l'impunité, la Chambre pensa que l'abus était arrivé à ce point, qu'elle devait le *dénoncer de nouveau à l'Autorité*. Toutefois, avant d'attaquer de front ces abus, elle crut devoir pressentir les dispositions de l'autorité chargée de

---

(1) MM. Nouguier et Perrot de Chezelles. — Le plaidoyer de M. Perrot de Chezelles a été recueilli ; il fait partie de l'Appendice sous le n° VI.

la répression ; elle rédigea à cet effet une note (1), qu'elle
chargea M. le syndic de remettre à M. le Préfet de police :
elle exposait avec le plus grand soin, par cette note, les
désordres auxquels ces abus donnaient naissance les conséquences funestes qu'ils avaient entraînées et les dangers
dont ils entouraient les personnes que leurs affaires
appellent journellement à la Bourse. M. le syndic se rendit,
le 9 janvier 1836, auprès de M. le préfet de police
(M. Gisquet) et lui remit cette note ; il en adressa, en
même temps, une copie au ministre des Finances.

Tout le reste de l'année 1836 s'étant écoulé, sans que
la Chambre syndicale reçût aucun avis de M. le Préfet de
police, elle crut devoir renouveler sa démarche auprès de
son successeur (M. Delessert) et lui écrivit, à cet effet, le
1er décembre, en lui remettant une copie de la note qu'elle
avait adressée au commencement de l'année (le 9 janvier)
à son prédécesseur, M. Gisquet ; elle lui disait à ce sujet :
Les désordres que la Chambre a signalés à l'Autorité
n'ont fait que s'accroître et semblent même être arrivés
au point de compromettre la sécurité que la loi a voulu
donner aux transactions sur les effets publics ; la
Chambre a pensé qu'il était de son devoir de renouveler,
auprès de vous, la démarche qu'elle a faite auprès de
votre prédécesseur et d'appeler votre sollicitude sur un
état de choses qui intéresse, en même temps, l'ordre
public et le crédit des valeurs créées par l'État.

Cette lettre est demeurée *sans réponse ;* la Chambre
syndicale ne fut pas plus heureuse dans ses démarches
auprès du nouveau Préfet de police qu'elle ne l'avait été

---

(1) Cette note est au nombre des pièces qui forment l'Appendice du
mémoire, sous le n° II, 3e partie.

auprès de ses prédécesseurs ; le public n'ignora pas , cependant, que la Chambre se précocupait beaucoup de la question du *marronage*, et la presse (1) se rendit bientôt l'écho des impressions diverses que cette question provoquait dans le public. Éclairée par la discussion publique, la question fit des progrès, elle fut mieux comprise, et la Compagnie n'eut qu'à se féliciter de ce que le débat avait été attiré sur le terrain de la publicité ; car toutes les opinions concoururent à reconnaître que cet état de choses contrariait en même temps la loi et la raison.

Une pétition qui avait pour objet les marchés à terme d'effets publics, fut rapportée, à la Chambre des Députés, dans la séance du 20 mai 1837, et renvoyée au ministre des Finances. La Commission accompagnait la proposition de renvoi des paroles suivantes : *Nous vous proposons de renvoyer cette partie de la pétition au ministre des Finances, en le priant de s'occuper sérieusement de cette affaire ; il complètera ainsi les grandes mesures que vous avez votées dans l'intérêt de la morale publique.* Un orateur disait : *Il y a nécessité de mettre sur ce point notre législation en harmonie avec nos besoins ; ce n'est pas en nous disant que les lois existent et en les laissant inexécutées qu'on remédie aux abus ;* et, enfin, le ministre des Finances lui-même (M. Lacave-Laplagne) fit entendre ces paroles mémorables : *C'est à la séparation des affaires légitimes, de celles qui ne le sont pas, que doivent se porter tous les efforts de ceux qui veulent réformer la législation.*

Dans le cours de la même session (séance du 30 juin), la

(1) Voir tous les journaux de l'époque. notamment, le *National*, les *Débats*, etc.

question des Agents de change et Courtiers se reproduisit à la Chambre des Députés : ce fut à l'occasion du vote du budget des dépenses de 1838. On demandait par amendement que la disposition de l'art. 91 de la loi des finances de 1816, qui autorise les titulaires à présenter leurs successeurs à l'agrément du Roi, cessât d'être appliquée en cas de création d'offices nouveaux. Cette proposition souleva une longue discussion dans le cours de laquelle le rapporteur (M. Vivien) disait : *Veuillez remarquer que la loi de 1816, en donnant cette faculté aux titulaires d'offices, promet une loi à intervenir pour régler l'exercice de cette faculté ; depuis* 21 *ans, cette loi n'est pas encore rendue.* La proposition d'amendement fut rejetée.

L'attention de la Chambre syndicale fut attirée, dans le cours de la même année et de l'année suivante, par les nombreuses actions au porteur de Compagnies industrielles que l'on présentait à la Bourse pour y être négociées ; elle crut devoir signaler au ministère des Finances les dangers qui pouvaient résulter, pour la place, de l'abus de ces émissions et surtout, de leur négociation, sans contrôle et sans publicité, par l'intermédiaire du *marronage* (1).

Au début de la session de 1838, la question des offices se présenta de nouveau à la Chambre des Députés. Une pétition tendante à ce que l'exercice du courtage cessât d'être considéré comme une fonction publique, fut rapportée dans la séance du 3 février ; cette disposition, selon le pétitionnaire, créait un privilège contraire à l'esprit de la constitution de l'État. On opposa à cette interprétation de

---

(1) Voir ci-après n° V de l'appendice, 1ʳᵉ partie.

la loi constitutionnelle, que *l'attribution exclusive dont il s'agit ici n'est pas un privilège, ce mot ne pouvant s'appliquer qu'à des attributions concédées dans l'intérêt des titulaires et non à celles qui le sont dans l'intérêt de la société.*

En mai de cette même année, nouvelles pétitions aux Chambres sur le même sujet ; nouveau rapport dans la séance du 25 de ce mois. Dans cette circonstance, les opinions et les intérêts opposés se trouvaient en présence, car le rapport embrassait plusieurs pétitions, les unes tendantes au maintien du régime actuel relativement au courtage, les autres à son abolition. La commission s'était proposé cette question : l'institution doit-elle être maintenue ou nécessite-t-elle seulement une réforme ? elle concluait au maintien de l'institution avec des réformes qu'elle indiquait, et, sous ce rapport, elle proposait le renvoi aux ministres du Commerce et des Finances ; mais la Chambre passa à l'ordre du jour après une discussion très-approfondie. La question débattue concernait spécialement les courtiers de commerce. La commission refusait aux courtiers le caractère d'officiers publics et appuyait cette opinion de la considération suivante : *Le privilège des courtiers contre lequel on réclame*, disait M. Corne, rapporteur, *se place en-dehors de celui des Agents de change, qui, par leurs carnets, font foi en justice ; qui ont une très-grande responsabilité, puisqu'ils répondent de la vérité des signatures apposées sur les effets dont ils transmettent la propriété ; il n'y a pas d'analogie entre les courtiers et les autres officiers publics,* etc., etc.

La discussion continua dans la presse après la session. Une commission présidée par M. le Garde-des-sceaux, et composée de pairs, de députés, de magistrats et des présidents des chambres des notaires et des avoués de Paris, fut chargée de reviser la législation relative à la transmission des charges connues sous le nom d'offices ministériels; son travail passa au Conseil des ministres vers la fin de 1839 : elle concluait au maintien de l'institution, mais *avec de nouvelles et de plus fortes garanties contre les abus,* et il paraît que c'est là, en effet, le parti auquel s'est arrêté le Gouvernement; c'est du moins l'idée que l'on dut se faire à cet égard, lorsqu'à l'occasion d'une adresse présentée au Roi le 29 novembre de la même année, on lut dans les journaux que le roi avait répondu à une députation des notaires du département d'Eure-et-Loir que *l'opinion de tout le ministère était qu'il ne devait être porté aucune atteinte à la loi du 28 avril 1816* (1).

Tel était, au début de l'année 1840, l'état des choses à la Bourse de Paris relativement à la négociation des effets publics.

Le marronage avait fait des progrès effrayants à la faveur de la tolérance et de l'impunité; la Chambre syndicale voyait avec douleur qu'elle s'était épuisée en vains efforts pour le combattre ; ces efforts impuissants l'avaient plongée dans le découragement. Cependant, ne pouvant bannir de son esprit la crainte des malheurs que cet état de choses devait entraîner, elle appela de nouveau

(1) La loi du 25 juin 1841, portant fixation du budget des recettes de 1842, a levé tous les doutes qui pouvaient exister encore sur ce point, en exigeant qu'à l'avenir les traités ayant pour objet la transmission des offices fussent enregistrés et assujettis à un droit fixe de 2 % sur le prix. Cette disposition est une reconnaissance implicite de la propriété des offices dans la personne des titulaires.

ses conseils (1) auprès d'elle pour aviser aux moyens de les conjurer ; ils furent d'avis que l'on pourrait y parvenir de deux manières : par la voie administrative ou par la voie judiciaire, et ils ajoutaient que le succès serait beaucoup moins prompt par ce dernier moyen, à cause de la difficulté de constater le délit, c'est-à-dire d'en procurer la preuve légale ; que c'était probablement par ce motif que les Agents de change n'avaient jamais traduit les courtiers-marrons devant les tribunaux ; mais qu'il ne leur paraissait pas douteux que l'on ne pût parvenir à la répression du délit par voie de plainte adressée à l'Autorité (2) qui a mission de maintenir l'ordre dans la cité, et dont les attributions s'étendent sur la police de l'intérieur de la Bourse (3) ; qu'il suffirait pour cela que M. le Préfet de police prescrivît au fonctionnaire préposé par lui pour maintenir l'ordre dans la salle de la Bourse, 1° d'en expulser toutes les personnes qui s'immiscent indûment dans les transactions sur les effets publics, lesquelles ne peuvent être faites légalement que par les Agents de change, dont les noms et les demeures sont inscrits sur un tableau appendu dans cette même salle (4) ;

(1) Ces conseils étaient alors MM. Mollot et Ph. Dupin, avocats à la Cour royale de Paris ; MM. Mala et Plé, avocats, anciens avoués à Paris.

(2) Le Préfet de police.

(3) Toutes les lois, toutes les ordonnances, tous les règlements qui concernent la Bourse et l'exercice des fonctions attribuées aux Agents de change et Courtiers, chargent la Police de veiller à leur exécution.

(4) Arrêt du Conseil d'État du 24 septembre 1824 (art. 17 et 18), arrêt du 30 mars 1775 (art. 4), arrêt du 7 août 1785 (art. 5), déclaration du Roi du 19 mars 1786 (art. 11), arrêts des 22 septembre et 2 décembre 1786 (art. 4 du Règlement de police intérieure), loi du 28 ventôse an IX (art. 7), arrêté du 27 prairial an X (art. 3, 4 et 5), Code de commerce (art. 76).

2. d'empêcher en même temps les groupes qui se forment sur la place publique, sur les boulevards et autres lieux de réunion, pour s'y livrer avec encore plus d'audace et de publicité, à cette infraction des lois sur la négociation des effets publics. Cette répression, par les moyens que la loi a mis à la disposition de l'Administration, serait suffisamment justifiée par le flagrant délit. D'ailleurs, la mesure ne serait pas nouvelle ; elle a été employée plusieurs fois avec succès, et s'il est vrai que rien ne soit plus vivace que les abus, il est également certain qu'on parvient à les extirper en ne se lassant pas de les combattre. Les conseils de la Chambre terminaient en manifestant l'opinion qu'il était impossible que l'Autorité ne fût pas frappée de la nécessité de faire, à l'état présent des choses, l'application des moyens que la loi a mis à sa disposition pour atteindre ce but (1).

(1) Dans le mémoire qui précède l'Appendice, on verra que la Chambre syndicale n'a pas cessé de faire auprès de M. le Préfet de police les démarches les plus actives, et que ces démarches n'ont eu aucun résultat. — Voir aussi la correspondance officielle comprise dans la troisième partie de l'Appendice.

II.

RÉGLEMENT

de la Compagnie

des

AGENTS DE CHANGE

DE PARIS (1).

————— ·~≪≫◇≫~· —————

TITRE PREMIER.

ART. 1er.

Les Agents de change, Banque, Commerce et Finances de Paris ont une Chambre syndicale composée d'un syndic et de six adjoints.

Chaque année, dans le mois de décembre, la Compagnie assemblée procède, à la majorité absolue des suffrages, et au scrutin secret, à l'élection des membres de la Chambre syndicale.

(1) Ce Règlement a été rédigé par la Chambre syndicale et signé par tous les membres de la Compagnie, en assemblée générale, les 12, 16 et 19 novembre 1832, pour tenir lieu provisoirement du Règlement promis par l'art. 90 du Code de commerce et pourvoir aux dispositions de l'ordonnance du 29 mai 1816. Il n'a pas été soumis à l'approbation de l'Autorité, mais il a reçu depuis, de fait et sous ses yeux, une constante exécution. La demande qui est aujourd'hui présentée à M. le ministre des Finances, est de nature à amener des modifications et changements que la Chambre syndicale se propose de lui soumettre.

Le doyen des Agents de change peut, avec l'agrément de la Chambre syndicale, assister à ses séances et avoir voix consultative.

Le procès-verbal de l'élection des membres de la Chambre syndicale est envoyé dans les vingt-quatre heures aux ministres, au préfet de police et au préfet du département.

ART. 2.

Les fonctions de membre de la Chambre syndicale durent un an.

Le syndic peut être réélu, pendant cinq années consécutives.

Les adjoints peuvent être réélus pendant trois ans; deux d'entre eux doivent être renouvelés tous les ans.

Cependant, si le syndic ou les membres de la Chambre qui, aux termes de cet article, ne devraient pas être réélus, réunissent, au premier tour de scrutin, les trois quarts des suffrages des membres présents, ils redeviendront par là habiles à une nouvelle période d'élection, de la même manière que s'il y eût eu interruption de leurs fonctions. Dans la durée de cinq ou trois années, on ne comptera pas le temps des élections partielles.

Avant le moment de l'élection, la Chambre fait connaître à la Compagnie les membres qui doivent cesser leurs fonctions et les motifs de cette cessation, motifs qui, toutefois, ne pourront préjudicier à l'avantage résultant des trois quarts des suffrages.

Tout membre sortant de la Chambre syndicale est rééligible après un an d'intervalle, ou à la première élection résultant d'une ou de plusieurs vacances dans la Chambre.

ART. 3.

Pour être syndic, il faut être Agent de change depuis

cinq ans au moins, et pour être adjoint, depuis trois ans au moins.

Les membres élus syndics ou adjoints ne peuvent refuser à moins de raisons valables et jugées telles par la Compagnie.

Art. 4.

La Chambre s'assemble toutes les fois que le syndic le requiert ou que trois adjoints en font la demande.

La Chambre syndicale, pour prendre une décision, doit être composée de cinq membres au moins.

En cas d'absence ou de maladie de plus de deux de ses membres, la Chambre est autorisée à s'adjoindre le nombre suffisant pour la compléter, en appelant ceux des Agents de change qui ont obtenu le plus de voix après les adjoints, à la dernière nomination.

Art. 5.

La Chambre syndicale tient régistre de ses délibérations et décide à la majorité absolue des suffrages.

Le syndic en est le président, et, en cas de partage, sa voix compte pour deux.

En cas d'absence du syndic, la Chambre est présidée par le premier adjoint et successivement.

Art. 6.

Pour constituer l'Assemblée générale, il faut que la moitié, plus un, des membres de la Compagnie soient présents; les décisions prises de cette manière feront loi pour la Compagnie entière.

Les Assemblées générales ne peuvent être convoquées que par la Chambre syndicale, lorsqu'elle le juge à propos, ou sur la demande écrite et motivée de la majorité absolue de la Compagnie.

ART. 7.

La Chambre syndicale est chargée de veiller attentivement à ce que, sous quelque prétexte que ce soit, il ne puisse être porté atteinte aux fonctions et attributions des membres de la Compagnie : elle dénonce les contrevenants aux tribunaux ou à l'Autorité administrative, selon les cas, et fait toutes les poursuites et démarches nécessaires pour obtenir justice.

ART. 8.

La Chambre syndicale ayant sur les membres de la Compagnie la surveillance et l'autorité d'une Chambre de discipline, conformément à l'ordonnance du 29 mai 1816, est chargée de surveiller, avec la plus grande attention, la manière dont chaque Agent de change traite les affaires. En conséquence, elle censure, elle suspend de leurs fonctions ou provoque la destitution de tout Agent de change qui ne se renferme pas strictement dans les limites de ses fonctions, ou qui introduit dans ses opérations ou dans le prélèvement de ses droits des innovations nuisibles aux intérêts du public et de la Compagnie ; et comme ces cas ne peuvent être prévus ni définis, la Chambre syndicale est investie, sur ce point, d'un pouvoir discrétionnaire qu'elle emploiera à défendre l'intérêt général contre les atteintes d'un intérêt particulier mal entendu.

TITRE II.

Conditions et formalités à remplir pour être présenté,
reçu et nommé Agent de change.

ART. 1er.

Pour être Agent de change, il faut :

1° Être né Français ou avoir été naturalisé ;

2° Avoir 25 ans accomplis ;

3° Être muni d'un certificat d'aptitude et d'honorabi-
lité, signé par plusieurs maisons de banque ou de commerce bien connues sur la place.

ART. 2.

Lorsqu'un Agent dechange voudra disposer de sa charge,
il fera agréer son successeur par la Chambre syndicale, qui
le présentera ensuite au ministre des Finances pour obtenir l'investiture royale.

La même marche sera suivie par les héritiers ou ayant-
cause d'un Agent de change décédé.

ART. 3.

Tout Agent de change qui a cessé de faire partie de la
Compagnie ne peut, sous aucun prétexte, y rentrer.

―――――――

TITRE III.

Police intérieure de la Bourse.

ART. 1er.

Les Agents de change ne peuvent faire aucune association entr'eux (1).

ART. 2.

Toutes les opérations en effets publics auxquelles un

――――――――

(1) Il s'agit là d'une association *étrangère* à leur charge, car, ils avaient
dès lors et ils ont presque tous des associés pour cet objet.

Agent de change prête son ministère doivent être faites avec concurrence et publicité : en conséquenc, nul Agent de change ne peut, dans ses courses ni dans son cabinet, conclure une affaire, soit en ventes, achats ou reports d'effets publics, nationaux ou étrangers ; il ne peut que recevoir des ordres ou commissions qui devront être exécutés, sur le parquet de la Bourse, aux cours qui y seront cotés, tant au comptant qu'à terme, ou par reports, soit qu'il traite avec un confrère, soit qu'il traite de client à client.

Art. 3.

Tous les cours faits au comptant par deux Agents de change doivent être annoncés au crieur à l'instant même, et inscrits par lui immédiatement sur la minute de la cote.

Chaque Agent de change a le droit de demander, quand un cours a été annoncé, par qui et avec qui il a été fait.

Art. 4.

Toutes les opérations des Agents de change doivent être portées sur un carnet, au moment où elles sont faites, et ensuite rapportées, dans les vingt-quatre heures, sur un journal timbré, conformément à la loi ; ces carnets doivent être uniformes et paraphés par la Chambre syndicale.

Art. 5.

Tous les membres de la Compagnie, aussitôt après le son de la cloche annonçant la clôture du parquet , doivent se retirer dans leur cabinet pour coopérer à la rédaction de la cote des cours, qui sera faite par le syndic ou l'un des deux adjoints de service.

Art. 6.

Tous les membres de la Compagnie sont tenus de concourir avec exactitude à la rédaction de cette cote, qui devra présenter la justification de toutes les opérations qu'ils auront contractées.

Art. 7.

Tout Agent de change forcé de s'absenter est tenu d'en prévenir le syndic par écrit et de lui désigner son fondé de pouvoirs; il remettra à la Chambre syndicale l'extrait de la procuration qu'il aura donnée à son fondé de pouvoirs, et enverra à chaque Agent de change une circulaire dans laquelle il fera connaître ce fondé de pouvoirs et sa signature. Celui-ci peut signer les engagements à terme et les bordereaux de livraison d'effets; mais il ne peut, sous aucun prétexte, traiter directement aucune affaire d'effets publics avec un Agent de change.

Lorsque le fondé de pouvoirs aura quelque opération à faire, il s'adressera à un Agent de change, qui exécutera les ordres au nom de l'Agent de change absent.

Art. 8.

Le nom et la demeure des Agents de change sont inscrits sur un tableau à la Bourse et au Tribunal de commerce.

TITRE IV.
Des négociations de change.
Art. 1er.

Les Agents de change ne peuvent faire aucune opération de change ou de commerce pour leur compte.

Art. 2.

Quand un Agent de change a conclu entre deux banquiers ou commerçants une négociation d'effets de commerce, il en donne aux deux parties un arrêté qui constate la quantité, la nature, l'échéance et le prix des effets, et qui désigne au donneur son preneur et au preneur son donneur; il porte immédiatement ledit arrêté sur son carnet.

TITRE V.

section première.

Négociation et transmission de propriété des effets publics au comptant, Effets au porteur et autres, transmissibles par endossement.

Art. 1er.

Aux termes du Code de commerce, les Agents de change, constitués de la manière prescrite par la loi du 28 ventôse an ix (19 mars 1801) et par l'ordonnance du 29 mai 1816, ont seuls le droit de faire les négociations d'effets publics et autres susceptibles d'être cotés soit au comptant, soit à terme; les contrevenants seront punis conformément à la loi du 28 ventôse an ix (19 mars 1801), titre 2., art. 8.

Art. 2.

Les effets au porteur ou autres, transmissibles par voie d'endossement, négociés au comptant, doivent être livrés par le vendeur à l'acheteur dans l'intervalle d'une bourse à l'autre.

Ces effets doivent être désignés par nature, numéros, quantités, sommes et échéances, dans le bordereau signé par l'Agent de change qui les a négociés, et ils lui sont payés comptant sur la présentation dudit bordereau.

Art. 3.

S'il arrive que le payement en soit refusé, ou que la

présentation des effets ne soit pas faite, l'Agent de change, en droit de se plaindre, peut s'adresser, avant la bourse, au syndic ou à l'un des adjoints.

Le syndic ou l'un des adjoints, après avoir entendu le plaignant, contradictoirement avec l'autre partie, si elle est présente, et après en avoir délibéré avec deux adjoints, prononce, s'il y a lieu, que les effets seront rachetés ou revendus dans la bourse du jour, aux frais, périls et risques de la partie en défaut.

ART. 4.

Dans ce cas, le syndic, ou l'adjoint qui l'aura représenté, se fera donner une note indicative des effets en question, et la remettra à l'adjoint qu'il chargera de faire cette négociation.

Après la bourse, le syndic ou l'un de ses adjoints fera dresser un bordereau pour établir la somme à réclamer, et, à la suite de ce bordereau, le syndic ou l'adjoint signera le mandat exécutoire.

Ce mandat sera transcrit sur un régistre tenu à cet effet, et signé par le syndic et les adjoints qui auront opéré; il sera ensuite remis à l'Agent de change créancier, pour exercer son recours contre l'Agent débiteur.

section deuxième.

Effets transmissibles par la voie du transfert.

ART. 5.

Les effets publics transmissibles par la voie du transfert, tels que les cinq pour cent consolidés, les quatre et demi pour cent, les quatre pour cent, les trois pour cent, les actions de la Banque, etc., etc., ne pouvant être livrés dans l'intervalle d'une bourse à l'autre, leur négociation est soumise aux règles ci-après.

ART. 6.

L'Agent de change , acheteur d'effets soumis au transfert donne au vendeur, avant la bourse qui suit celle où leur négociation a été faite, un bulletin signé de lui indiquant la quotité de ces effets, le prix convenu, ainsi que ses noms et prénoms, auxquels le transfert devra être fait.

ART. 7.

Si, avant la cinquième bourse qui suivra celle où la remise des noms aura été faite, l'effet n'a pas été livré, l'acheteur est tenu de prévenir le vendeur, par une affiche visée par un des membres de la Chambre, qu'à la bourse du lendemain il fera racheter ledit effet pour son compte, à ses risques, périls et frais.

Cette affiche visée est apposée, avant l'ouverture de la bourse, dans un tableau placé, à cet effet, dans l'intérieur du cabinet.

Les rachats et reventes des effets transférables s'opèrent dans les mêmes formes et ont les mêmes conséquences que les achats et les reventes des effets au porteur (*Articles 3 et 4 de la* 1re *Section du titre* 5).

section troisième.

Des Négociations à terme.

ART. 8.

Les négociations d'effets publics ou particuliers au porteur, ou transmissibles par la voie du transfert, ne peuvent avoir lieu pour un terme excédant deux mois.

L'acheteur a toujours la faculté de se faire livrer à sa volonté et par anticipation, les effets vendus contre le payement du prix convenu.

ART. 9.

Les Agents de change sont tenus de se donner réciproquement, pour l'éxécution de ces sortes de négociations, des engagements qui seront échangés dans les vingt-quatre heures.

ART. 10.

Ces engagements sont obligatoires à l'égal de la lettre de change ; tout individu qui les a souscrits ou fait souscrire, pour son compte, par un Agent de change, est soumis à la juridiction du Tribunal de commerce.

section quatrième.

Livraison d'Effets par anticipation ou escompte des Marchés.

ART. 11.

Tout Agent de change acheteur peut escompter, par affiche, à son confrère, tout ou partie des effets qu'il lui aura vendus à terme, soit ferme, soit à prime ; lorsqu'il veut se les faire livrer, il en prévient l'Agent vendeur, avant l'ouverture de la bourse, par une affiche visée par le syndic ou l'un des adjoints ; cette affiche sera apposée sur un tableau placé, à cet effet, dans le cabinet de la Compagnie : elle déterminera le prix et la quotité des effets ; l'escompte affiché peut se transmettre d'Agent de change à Agent de change.

ART. 12.

L'Agent de change acheteur doit faire viser, par un membre

de la Chambre syndicale, en même temps que l'affiche, deux bulletins de ses noms et prénoms, l'un provisoire ou de prix, l'autre définitif.

Ces bulletins ne peuvent porter que les quantités d'effets les plus minimes, autorisées dans les marchés à terme.

Le bulletin provisoire doit être remis, le jour même de l'affiche, immédiatement après la bourse, à l'Agent de change vendeur.

Le bulletin définitif doit être retiré le lendemain par le porteur du bulletin provisoire, ou de prix, pour opérer le transfert et la livraison des effets.

Si les effets ainsi exigés sont de nature transférable, ils doivent être livrés dans les délais fixés par l'article 7 de la deuxième section du présent titre, et soumis aux conditions de rachat y mentionnées.

Si les effets sont au porteur ou transmissibles par voie d'endossement, ils doivent être livrés le lendemain du jour où le bulletin définitif a été remis.

En cas de non-livraison ou de non-payement, une affiche, pour le rachat ou la revente, devra être apposée le lendemain, et le rachat ou la revente devront être effectués le surlendemain du jour de l'escompte.

Art. 13.

A défaut par l'Agent de change qui aura escompté, de remplir ces formalités, il ne conservera de recours que contre l'Agent de change porteur du bulletin de noms.

TITRE VI.

Dispositions générales.

Art. 1er.

Les Agents de change recevront les droits qui leur sont

attribués par le tarif arrêté par le Tribunal de commerce du 26 messidor an ix.

ART. 2.

Les Agents de change doivent garder un secret inviolable aux personnes qui les chargent de négociations, à moins que les parties ne consentent à être nommées, ou que la nature de l'opération ne l'exige, sans préjudice du droit d'examen et d'investigation complète qui appartient à la Chambre syndicale.

ART. 3.

Les Agents de change devant se faire remettre, par leurs clients, les nantissements nécessaires pour assurer la livraison ou le payement des effets qu'ils ont vendus ou achetés, soit au comptant, soit à terme, sont personnellement responsables de leurs opérations envers leurs collègues : en conséquence, leur cautionnement est affecté à cette garantie.

ART. 4.

Dans les négociations au comptant, et lorsqu'il est question d'effets transférables, l'Agent de change étant nanti par son client de l'argent pour le payement des effets, ou des effets pour en opérer la livraison, est tenu de remettre à son client, dans les six jours à partir de l'opération, soit les effets achetés, soit l'argent provenant des effets vendus.

A défaut par l'Agent de change d'avoir rempli la condition ci-dessus, le client pourra porter plainte à la Chambre syndicale.

S'il est question d'effets au porteur dont la livraison

doit s'effectuer dans les vingt-quatre heures, le client pourra porter sa plainte après ce délai.

Art. 5.

Dans les négociations à terme des effets transférables et au porteur, l'échéance de ces marchés les rendant obligatoires le premier de chaque mois, le client doit avoir remis ledit jour, avant la bourse, à son Agent de change, l'argent nécessaire pour le payement des effets qu'il a achetés, ou les effets nécessaires pour opérer la livraison de ceux qu'il a vendus.

A défaut par le client d'avoir rempli ces conditions, l'Agent de change est autorisé à faire revendre ou racheter ledit jour, par le ministère de la Chambre syndicale, les effets mentionnés dans les engagements, aux périls, risques et frais du client en retard.

Si, au contraire, l'Agent de change est en retard vis-à-vis de son client pour la livraison ou le payement des effets vendus ou achetés pour son compte, le client peut porter plainte à la Chambre syndicale dans les délais prescrits pour les effets transférables, qui, dans cette occasion, seront les mêmes pour les effets au porteur.

Art. 6.

Le présent règlement, discuté et arrêté en assemblée générale, sera affiché au Tribunal de commerce et à la Bourse, lorsqu'il aura été homologué par l'Autorité; il est toutefois provisoirement obligatoire pour les membres de la Compagnie, et il en sera remis un exemplaire à chacun d'eux; en outre, deux exemplaires resteront toujours déposés dans le grand cabinet de la Bourse.

Fait à Paris les 12, 16 et 19 novembre 1832.

NOTICE

SUR LE FONDS COMMUN

DE LA COMPAGNIE

des Agents de change

PRÈS LA BOURSE DE PARIS (1).

Par une délibération du 30 mars 1819, prise en assemblée générale, les Agents de change de Paris ont institué une *Caisse commune* dans le sein de leur Compagnie.

La crise qui éclata à la Bourse, à la fin de 1818, a donné naissance à cette institution.

A cette époque, la place de Paris supportait le poids des rentes créées par les lois de finances de 1816, 1817 et 1818 pour servir à libérer la France des charges que lui avaient imposées les traités de 1814 et 1815 et à solder l'arriéré ; ces rentes, formant ensemble une masse de 51 millions et demi de 5 p. 100, avaient été négociées par le Gouvernement à diverses compagnies. L'évacuation anticipée de la France par les troupes étrangères, résolue au congrès d'Aix-la-Chapelle, en août, avait élevé le cours du 5 p. 100 de 75 à 80 fr. Cette hausse provoqua des ventes considérables qui embarrassèrent la place : un grand nombre d'acheteurs

---

(1) Par M. G^me Paul, secrétaire de la Chambre syndicale.

pour la fin des mois d'octobre et de novembre ne purent pas tenir leurs engagements. Dans ces circonstances, les principales maisons de banque de Paris proposèrent de se charger, au cours de 68 f 50, de toutes les rentes vendues dont on ne prenait pas livraison, à condition que la compagnie des Agents de change s'obligeât à soutenir ceux de ses membres dont les clients ne tenaient pas leurs marchés. La Compagnie prit cet engagement ; elle dut contracter à cet effet une dette de 4,600,000 fr., et, pour éteindre cette dette, il fut convenu que chaque Agent de change verserait une portion de ses courtages dans une Caisse commune dont l'administration fut confiée à la Chambre syndicale.

Par une nouvelle délibération prise en assemblée générale, le 21 mars 1822, l'institution de la caisse commune fut maintenue comme caisse de garantie, d'économie et de secours.

Cette nouvelle destination devait donner à la Compagnie les moyens de résister aux crises financières, toujours nuisibles au crédit public ; de prévenir des malheurs ou de les réparer sans effort et sans éclat ; de supporter toutes les charges de communauté ; de réaliser les actes de bienfaisance auxquels la corporation est appelée à concourir ; de resserrer le lien commun qui doit unir ses membres, et enfin, d'acquérir cette force réelle qui consolide le crédit et tend ainsi à faire obtenir la considération publique.

C'est dans cet esprit, et d'après ces principes, que la Caisse commune des Agents de change a été établie.

Le fonds commun fut fixé à trois millions, et chacun des soixante Agents de change en exercice contribua à sa formation pour une part égale : chaque Agent concourut ainsi, pour un soixantième, à la formation du fonds commun dont la Chambre dispose conformément à des règles établies par des statuts particuliers. L'Agent de change qui vend sa charge retire une part égale de ce qui reste alors dans la masse commune, et cette part est aussitôt rétablie par le successeur.

De 1822 à 1830, huit années se sont écoulées sans qu'aucune disposition ait été faite sur le fonds commun, quoique la crise commerciale de 1825 ait réagi sur la Bourse dans le cours de cette périôde; la surveillance active de la Chambre syndicale suffit pour empêcher les malheurs qu'on appréhendait; mais il ne pouvait en être ainsi au cas d'une révolution politique.

Plusieurs Agents de change réclamèrent, en **1830** et **1831**, des secours, et la Chambre, appréciant la gravité des circonstances, leur fit faire, par le fonds commun, les avances dont ils avaient besoin. Elle prévint par là de grands malheurs, car tout s'enchaîne dans les opérations du crédit, et le crédit exerce une grande influence sur les affaires générales du pays.

Deux millions six cent mille francs furent d'abord prélevés sur le fonds commun, pour pourvoir aux plus pressants besoins; successivement, d'autres besoins se manifestèrent, et, en définitive, les avances de la caisse commune s'élevèrent à 4,300,000 fr. Sur cette somme, deux millions ont été perdus : c'est un sacrifice que la Compagnie a fait à la chose publique. Cette circonstance, en offrant à la Compagnie une nouvelle occasion d'éprouver l'utilité de l'institution de la caisse commune, est aussi un motif pour elle de s'applaudir de l'avoir fondée.

Les avocats-généraux qui ont porté la parole dans les affaires Bureaux et De Campagne (MM. Nouguier et Perrot de Chezelles) ont reconnu les services rendus à la place de

Paris par la caisse commune des Agents de change, et ont fait le plus grand éloge de cette institution.

A la Chambre des Députés, en 1833 (séance du 26 janvier), il a été fait mention, d'une manière fort honorable pour la Compagnie, de l'institution de la caisse commune.

IV.

EXPLICATION

DE LA LIQUIDATION CENTRALE

DES MARCHÉS A TERME EN EFFETS PUBLICS

A LA BOURSE DE PARIS (1).

———◦◦◦◦◦———

Les Agents de change font entr'eux, tous les mois, une liquidation des marchés à terme d'effets publics.

Les travaux de cette liquidation emploient les quatre premiers jours de chaque mois, non compris les dimanches et les jours fériés ; ces travaux se font sous la surveillance de trois commissaires pris, à tour de rôle, parmi les membres de la Compagnie.

Le premier jour du mois, on s'occupe de la liquidation des rentes 5 p. cent, 3 p. cent, 4 et demi et 4 p. cent.

Le second jour, on fait celle des effets publics étrangers et celle des actions des compagnies particulières autorisées par le Gouvernement.

Le troisième jour, les Agents de change balancent leurs comptes, et, au moyen d'un pointage général, se mettent d'accord sur les soldes qu'ils doivent payer en argent et les effets qu'ils ont à livrer.

Enfin, le quatrième jour, on effectue les payements des soldes et les livraisons d'effets.

(1) Par M. G⁽ᵐᵉ⁾ Paul, secrétaire de la Chambre syndicale.

5

Les payements se font par l'intermédiaire de la Banque de France : à cet effet, la Banque fait ouvrir, chaque mois, un compte intitulé *Syndicat des Agents de change*, au crédit duquel chaque Agent de change, débiteur à la liquidation centrale, fait verser le solde définitif de ses opérations du mois. Lorsque tous ces versements ont été faits, les Agents de change, créditeurs en liquidation, envoient toucher à la Banque les sommes qui leur reviennent pour solde de leurs opérations.

Les effets sont livrés au syndicat de la Compagnie, qui les distribue ensuite parmi les Agents de change qui en prennent livraison.

On procède à cette liquidation de la manière suivante :

En premier lieu, on compense les effets, et cette compensation s'opère par quantités, sans égard pour les prix auxquels ont été contractés les marchés.

Ainsi, un client a acheté **3,000** francs de rente vendus par M. A., Agent de change, livrables et payables à la fin du mois ou du mois suivant, et il a revendu, pour la même échéance, ces **3,000** francs de rente par le ministère de M. B., son Agent de change. Arrivé à l'époque de la liquidation, le client dit à M. B., son Agent de change : *Je vous dois* **3,000** *francs de rente que vous avez vendus pour mon compte; M. A., votre confrère, vous les livrera pour mon compte;* ou, pour parler le langage de la Bourse, il dit à M. B. : *compensez ces* **3,000** *francs de rente avec M. A.*

Ces compensations donnent lieu nécessairement à des différences de prix qui sont réglées et payées le quatrième jour de la liquidation, ainsi qu'on le verra plus bas.

Pour opérer lesdites compensations, chaque Agent de

change envoie, le 1er du mois, à midi précis, un de ses commis à la Bourse, avec la balance de toutes les affaires qu'il a faites en rentes pour la fin du mois précédent.

Le second jour, ce même commis se rend également à midi à la Bourse, pour compenser de la même manière les marchés relatifs aux autres effets publics.

Les effets publics se compensent à la Bourse de Paris par coupures uniformes, savoir :

1,500 fr. de rente 3 p. cent ;

2,500 *id.* 5 p. cent ;

25 annuités ;

25 actions de la Banque de France ;

25 actions des 4 canaux et autres comagnies industrielles ;

10 actions du canal de Bourgogne ;

500 ducats rente de Naples ;

10 obligations de Sicile ;

500 piastres rente d'Espagne, etc., etc.

Les compensations se font à un prix commun, qui est la moyenne des cours qui ont eu lieu à la bourse du jour sur l'effet dont on liquide les marchés.

Quand toutes les compensations possibles sont opérées, les Agents de change qui restent vendeurs de rentes demandent, à leurs acheteurs, des *noms* pour pouvoir en effectuer le transfert, et ces acheteurs leur remettent des bulletins signés d'eux qui énoncent. :

1° La date de la remise ; 2° Un numéro d'ordre ; 3° L'Agent de change auquel on le remet ; 4° La somme de rente à transférer ; 5° Le prix de compensation ; 6° Les noms et prénoms auxquels on doit effectuer le transfert de la rente.

Les bulletins de noms se font par coupures de quantités

de rente ou autre effet public semblables aux coupures de compensation. Ces bulletins ne peuvent porter que des noms d'Agents de change.

Les Agents de change qui n'ont pu achever de se liquider par des compensations, le font au moyen de la circulation et de l'endossement des bulletins de noms. Par exemple : A, a acheté 3,000 fr. de rente 3 p. cent de B., et il les a revendus à C. ; A. demande à B. des noms pour 3000 fr. de rente qui doivent lui être fournis, en deux coupures, chacune de 1500 fr. de rente ; A donnera ces 3,000 fr. de noms à C., en les revêtant de son endossement.

Les noms peuvent ainsi circuler dans vingt mains différentes par la voie de l'endossement, et finissent toujours par arriver à un Agent de change vendeur, qui en fait usage pour transférer la rente aux noms et prénoms indiqués sur le bulletin.

Lorsque toutes les compensations sont effectuées, et que les livraisons de noms sont faites pour tous les effets publics à liquider, chaque Agent de change établit ses comptes avec ses confrères et en arrête la balance ; chaque Agent de change s'occupe ensuite d'établir sa feuille de liquidation ; ces feuilles présentent, d'un côté, les soldes des différences à payer et à recevoir, de l'autre, les effets publics à lever ou à livrer ; et chaque feuille fait ressortir un solde définitif en débit ou en crédit.

Le troisième jour de la liquidation, à six heures très-précises du soir, un commis par Agent de change se rend dans le cabinet de la Bourse muni de sa feuille de liquidation, et les commis procèdent entre eux, avec le plus grand soin, au pointage de toutes les sommes portées sur leur feuille, afin d'assurer par cette vérification le travail de la liquidation centrale qui doit suivre immédiatement.

Quand le pointage de toutes les feuilles des soixante Agents de change est effectué, c'est-à-dire le 3ᵉ jour de la liquidation, à sept heures du soir, le syndicat fait procéder à la récapitulation des soldes définitifs de toutes ces feuilles partielles, et en fait établir la balance générale sur deux feuilles séparées, l'une intitulée *Débiteurs*, sur laquelle sont portés les Agents de change qui doivent payer, l'autre intitulée *Créditeurs*, sur laquelle sont portés les Agents de change qui doivent recevoir. Un double de la première est envoyé sur-le-champ à la Banque de France, et sert à l'informer des versements qui devront lui être faits le lendemain ; tous les Agents de change portés sur cette feuille doivent avoir versé à la Banque, avant midi, la somme pour laquelle ils y sont portés, et avoir justifié au syndicat de leur versement à midi ; lorsque toutes ces justifications ont été faites, et que tous les effets ont été livrés (ce qui doit être achevé à une heure), le syndicat envoie à la Banque la feuille des créditeurs, et en autorise le payement au profit des Agents qui y sont portés.

Ces versements et ces payements n'exigent aucun mouvement de fonds, car chaque Agent de change ayant son compte à la Banque, un simple virement de partie d'un compte à l'autre suffit pour que chacun ait reçu ou payé ; lorsque ces virements sont achevés (ce qui a lieu à une heure après midi, au plus tard, du quatrième jour), le syndicat fait la livraison des effets aux Agents de change qui les lèvent, et ces livraisons sont toujours achevées à deux heures.

Ainsi se liquident, dans les quatre premiers jours de

chaque mois, tous les marchés engagés sur les fonds publics dans le courant du mois précédent , et souvent ces marchés ont mis en mouvement des masses énormes de rentes et autres valeurs de crédit : en 1829, par exemple, une seule maison reçut, par la liquidation centrale du mois de décembre précédent , une somme de 29 millions, qui était la contre-valeur d'environ 1,100,000 fr. de rente 3 p. 100 dont elle livra les inscriptions.

Si tous ces payements, toutes ces recettes, toutes ces livraisons devaient s'opérer à domicile, quinze jours ne suffiraient pas pour tout liquider, et encore n'y parviendrait-on qu'à travers beaucoup de difficultés, de confusion et d'incertitude ; c'est cependant ainsi que cela se pratiquait avant 1808, époque à laquelle fut introduit à la Bourse de Paris le système des compensations appliqué à la liquidation des marchés à terme d'effets publics, et que fut ainsi centralisée cette liquidation, à l'imitation de ce qui était en usage, avant la révolution de 1789, à Lyon pour les payements en foire, et, jusque dans ces derniers temps, à Livourne, pour le payement des lettres de change tirées sur cette place.

On vient de dire que ce fut en 1808 que ce système de liquidation générale fut introduit à la Bourse de Paris, on le doit à quelques embarras qui se manifestèrent à cette époque et cependant les affaires en fonds publics n'étaient rien alors auprès de l'importance qu'elles ont acquise successivement , et particulièrement depuis 1816, par suite de l'accumulation des divers emprunts en rente 5, 4 1/2, 4 et 3 p. 100, et par l'admission des effets étrangers dans les négociations de la Bourse de Paris. Cet accroissement d'importance n'a fait que mieux faire sentir l'utilité de ce système de liquidation centrale, qui s'est perfectionné par l'application, mais dont il est juste d'attribuer le principal mérite à ceux qui l'ont introduit parmi nous. Le plan adopté par la Compagnie avait été rédigé par une commission composée de cinq Agents de change (MM. Laffitte, Perdonnet, Leroy, Pagès et Dupin). Les quatre premiers sont encore (1843) membres honoraires de la Compagnie ; la première liquidation faite d'après ce système est celle du mois de juin 1808.

C'est, comme nous l'avons dit, à l'aide de ce mécanisme ingénieux qu'à la fin de chaque mois les Agents de change de Paris liquident entre eux les achats et les ventes d'effets publics qu'ils ont faits à terme dans le courant du mois pour le compte de leurs clients. Les uns livrent les effets qu'ils ont vendus à terme ; les autres versent les fonds nécessaires pour lever les effets qu'ils ont achetés pour le même terme, et c'est ainsi qu'une masse plus ou moins considérable d'effets s'échange chaque mois, contre une masse plus ou moins forte de capitaux effectifs pour passer ensuite entre les mains des clients qui en sont devenus propriétaires. Ces effets et ces capitaux ne constituent pas, à la vérité, le montant exact de tous les marchés qui ont été faits pendant le mois ; mais ils en sont la représentation et le résidu, et n'en prouvent pas moins la réalité de tous les marchés faits durant le mois, car si un client à acheté pendant le mois cent mille francs de rente et qu'il en ait vendu quatre-vingt mille, il n'est pas nécessaire qu'il lève les cent mille francs de rente et qu'il en paye le prix ; qu'il livre ensuite quatre-vingt mille francs de rente pour en toucher le prix : il lui suffit de verser les fonds nécessaires pour lever les vingt mille francs de rente qu'il n'a pas revendus, et il reçoit ou paye en écus la différence, en perte ou en bénéfice, résultant de l'achat et de la vente

des autres quatre-vingt mille francs, qui n'en ont pas
moins donné lieu à des opérations réelles ; car les quatre-
vingt mille francs de rente qu'il ne lève pas, il les a
vendus à d'autres qui les lèvent à son lieu et place ou qui
les ont revendus, jusqu'à ce qu'enfin ces rentes se trouvent
levées par quelqu'un. Et cela est toujours ainsi, puisque
les ventes et les achats faits successivement sont tous
constatés par des engagements écrits qui doivent finir par
être réalisés, et qui le sont en effet, sinon par les contractants primitifs, du moins par les derniers cessionnaires
des engagements primitifs. Ce sont, en définitive, des effets
réels qui s'échangent contre des écus, au moyen d'une
transmission successive et rapide des contrats primitifs.
Sans doute il peut se faire que, dans le nombre des personnes entre les mains desquelles circulent ces contrats, il
s'en trouve qui n'aient pas l'inscription pour la livrer ou
l'argent pour payer l'inscription ; mais le type de toutes
ces opérations intermédiaires n'en est pas moins une opération sérieuse et réelle, qui se consomme à la fin du mois
par une livraison ou un payement effectif ; seulement les
mêmes individus ne sont pas en présence à la fin du mois ;
mais les écus sont toujours en présence des effets, et c'est
là ce qu'a voulu la loi. On ne prétendra pas sans doute,
qu'elle ait prohibé la transmission des contrats : est-il défendu de vendre et d'acheter une même chose cent fois dans
un même jour ? Et pour que le marché soit sérieux, faut-il
qu'il y ait nécessairement cent recettes et cent payements ?
Pourquoi, et dans quel intérêt, la loi prohiberait-elle le
mode ingénieux à l'aide duquel sont évités tous les dangers, toutes les pertes de temps qu'entraîneraient ces recettes
et ces payements successifs ? L'intérêt de la société en
général, celui du commerce et du Trésor public en parti-

culier, n'est-il pas au contraire qu'un grand mouvement soit imprimé à la circulation des capitaux et des effets du Gouvernement, à une époque surtout où ce n'est qu'à la faveur du crédit que l'État peut faire face à ses besoins extraordinaires? N'est-il pas évident, pour toute personne qui n'est pas étrangère aux matières commerciales et financières, que les ressources sont centuplées par la rapidité de la circulation, puisque le même écu peut dans un même jour être dépensé par vingt personnes différentes? N'est-il pas reconnu par tous les économistes que la multitude des marchés en fonds publics est une source inépuisable d'affaires, qui, en favorisant la circulation de l'argent, procure un placement avantageux aux papiers d'État, tend à faire baisser le taux de l'intérêt et forme, en même temps, une branche importante de la prospérité publique?

C'est de ce mode de liquidation centrale qu'un orateur disait à la Chambre des Députés, dans le cours de la discussion à laquelle donna lieu la proposition Harlé (séance du 26 janvier 1833) : *Si vous connaissiez, Messieurs, les détails des opérations de la Bourse, vous admireriez le mécanisme à l'aide duquel elles se liquident tous les mois.*

V.

NOTE

SUR LES ACTIONS ÉMISES PAR LES COMPAGNIES DITES INDUSTRIELLES,

CONSTITUÉES SOUS LE RÉGIME DE LA COMMANDITE

ET

PRÉSENTÉES A LA BOURSE

DE PARIS

POUR Y ÊTRE NÉGOCIÉES (1).

———————

Lorsque, vers le milieu de l'année 1837, on vit éclore à Paris une multitude de sociétés constituées sous le régime de la *commandite*, pour l'exploitation d'entreprises industrielles, dont le capital était représenté par des actions au porteur, on ne tarda pas à voir les fondateurs de ces entreprises se présenter à la Bourse, pour parvenir, au moyen du placement de leurs actions, à former le capital social et presque aussitôt la spéculation s'empara avec ardeur de ces valeurs mobiles, dont les cours devaient subir toutes les phases du crédit des entreprises elles-mêmes.

Cet état de choses ne pouvait manquer d'attirer l'attention de la Chambre syndicale de la Compagnie des Agents de change de Paris. Aussi, dès le 16 du mois d'août 1837,

_____

(1) M. G^me Paul, secrétaire de la Chambre syndicale, a rédigé cette note.

cette Chambre prenait-elle un arrêté par lequel « elle
» prescrivait aux Agents de change de ne présenter, à la
» négociation , les actions émises par des Compagnies
» industrielles, qu'après avoir obtenu de la Chambre la
» permission de les négocier. »

Le 11 septembre suivant, la Chambre appela ses conseils
auprès d'elle pour donner leur avis sur « les dispositions
» législatives qui sont applicables à la négociation des
» actions de compagnies constituées sous le régime de la
» société en commandite, pour examiner si ces actions
» peuvent être négociées sur le parquet de la Bourse, et
» si la Chambre aurait le droit d'interdire, aux Agents
» de change, de négocier celles de ces actions qui ne lui
» paraîtraient pas mériter suffisamment la confiance du
« public. »

D'après l'avis de ses conseils, la Chambre décida
provisoirement qu'elle *suspendrait* l'exécution de son
arrêté du 16 août; que, conséquemment, elle s'ab-
stiendrait de faire l'examen préalable de la constitution
des sociétés dont les actions étaient offertes à la négociation, et qu'elle écrirait au ministre des Finances
pour lui exposer l'état des choses, et le prier d'indiquer la
marche que doivent suivre les Agents de change, à l'occasion de la négociation des actions au porteur émises par
des compagnies industrielles, constituées sous le régime de
la commandite.

M. le syndic écrivit, en effet, au ministre des Finances,
le 15 du même mois de septembre, la lettre suivante :

« Monsieur le ministre,

» Il s'est formé, depuis quelque temps, un assez grand
nombre d'entreprises industrielles , constituées sous le

régime de la commandite, qui ont émis des actions au porteur dont la négociation a été offerte aux Agents de change.

» L'introduction de ces valeurs au parquet de la Bourse a dû éveiller l'attention de la Chambre syndicale, qui a examiné avec le soin le plus consciencieux les moyens qu'elle pourrait employer pour empêcher, autant que cela serait possible, que la fraude ne se glissât dans l'émission des valeurs dont il est question, et pour garantir le public de l'entraînement qui s'attache trop souvent aux négociations faites avec la chaleur des enchères du parquet.

» La Chambre ne pouvait choisir qu'entre trois partis, savoir :

» Repousser toutes ces actions du parquet de la bourse ;

» Les y admettre toutes ;

» Choisir celles qu'elle croirait susceptibles d'y être admises et repousser les autres.

» Le premier parti avait pour inconvénient de priver le public des garanties que les lois d'organisation de la Bourse avaient voulu lui assurer, et d'ôter à des entreprises utiles des moyens de trouver plus facilement les capitaux dont elles avaient besoin.

» Le second laissait ouvertes toutes les issues qui pouvaient conduire à des pratiques frauduleuses, qui auraient eu pour résultat de tromper le public et de détruire de nouveau cette disposition à l'esprit d'association, si utile au développement de la prospérité industrielle du pays, quand il est contenu dans de justes bornes et appliqué avec discernement.

» La Chambre syndicale a donc été contrainte de s'arrêter au dernier parti, qui consistait à examiner à l'avance les valeurs nouvelles qui tendaient à s'introduire sur le parquet et à n'admettre que celles qui lui paraîtraient présenter les garanties suffisantes, en ce qui concerne le but de l'entreprise et les valeurs représentant le fonds social, ou destinées à le représenter par la suite.

» La Chambre syndicale prit, en conséquence, un arrêté pour défendre aux Agents de change de prêter leur ministère pour la négociation à haute voix, *au parquet*, des actions d'entreprises nouvelles, avant qu'elle n'eût donné une autorisation spéciale pour chacune d'elles, et elle procéda à l'examen des pièces qui pouvaient l'éclairer sur les conditions des entreprises qui demandaient que leurs actions fussent négociées au parquet et portées sur la cote officielle de la Bourse. Cet examen a conduit la Chambre syndicale à admettre quelques-unes de ces actions dont le but lui paraissait d'une utilité publique incontestable, et dont l'importance était telle qu'elles ne pouvaient se passer du secours de capitaux qu'il leur aurait été difficile de se procurer autre part qu'à la Bourse, et elle en a refusé quelques-unes qui ne lui paraissaient pas réunir ces conditions.

» Mais l'examen du grand nombre de ces affaires qui se succèdent chaque jour a dû faire reconnaître à la Chambre syndicale que, dans plusieurs circonstances, elle ne pourrait trouver chez aucun de ses membres les connaissances spéciales nécessaires pour la juste appréciation des entreprises qu'elle aurait à contrôler, et, d'un autre côté, que son droit à cet examen n'était pas assez positivement exprimé par les lois de son institution pour qu'il ne s'élevât pas de contestation à ce sujet de la part des parties qui croiraient avoir à se plaindre des déterminations qu'elle aurait prises.

» Cette situation ne permettant pas à la Chambre syndicale de réaliser les mesures de prudence qu'elle avait cru devoir adopter, elle a reconnu, Monsieur le Ministre, qu'elle ne pouvait que vous faire connaître cet état de choses et vous demander de vouloir bien lui permettre de vous renvoyer, à l'avenir, les pièces relatives aux entreprises nouvelles, constituées par actions et sous le régime de la commandite, qui demanderaient à être admises aux négociations du parquet, afin que vous puissiez les faire examiner par les hommes spéciaux que l'Administration possède dans chacune des parties auxquelles ces entreprises peuvent se rattacher, et qui vous donneraient les moyens de prendre ensuite à leur égard, en ce qui concerne leur négociation sur le parquet de la Bourse, les déterminations que votre prudence vous suggérerait.

» Je suis, avec respect, etc.

Signé, Vandermarq. »

Le 21 septembre, M. le ministre des Finances répondit au syndic, en ces termes :

» J'ai reçu, Monsieur, la lettre que vous m'avez adressée le 15 de ce mois, et dans laquelle, après avoir présenté diverses considérations, vous me proposez, au nom de la Chambre syndicale, de me renvoyer à l'avenir les pièces relatives aux entreprises industrielles en commandite qui demanderaient que leurs actions fussent admises aux négociations du parquet. Vous ajoutez que je pourrai les faire examiner, ce qui me donnera les moyens de prendre à leur égard, en ce qui concerne leurs négociations sur le parquet de la Bourse, les déterminations que ma prudence me suggérera.

» Je ne puis que savoir gré à la Chambre syndicale de son honorable sollicitude, et je la partage pleinement.

Mais la mesure qu'elle indique est d'une nature assez délicate pour exiger un examen approfondi. Je vais m'y livrer sans retard, et je vous ferai connaître, le plus promptement possible, la détermination à laquelle je me serai arrêté.

» En attendant, je ne vois aucun inconvénient à ce que la Chambre syndicale surseoie à toute nouvelle admission aux négociations du parquet d'actions des entreprises dont les statuts n'auront pas été approuvés par des ordonnances royales.

» Je vous renouvelle l'assurance de mes sentiments de considération.

» Le ministre secrétaire d'État des Finances,

Signé, LAPLAGNE. »

La Chambre syndicale adressa, le 4 octobre suivant, au ministre, de nouvelles observations :

Monsieur le Ministre ,

» La Chambre syndicale a pris connaissance de la réponse que vous avez bien voulu faire, le 21 du mois dernier, à la lettre qui vous avait été écrite le 15 du même mois par le syndic de la Compagnie, pour vous exposer l'embarras où elle se trouve au sujet des actions émises par les Compagnies industrielles instituées sous le régime de la commandite, que l'on présente journellement à la Bourse pour y être négociées sur le parquet. Vous nous assurez, Monsieur le Ministre, que vous partagez entièrement notre sollicitude à cet égard, et vous promettez de nous faire connaître incessamment la détermination à laquelle vous vous serez arrêté.

» La résolution, prise par la Chambre, de surseoir provisoirement à l'admission au parquet des actions de nouvelles sociétés en commandite, ayant excité de nombreuses réclamations, nous avons pensé qu'il ne serait pas sans opportunité de vous exposer quelques considérations qui nous paraissent devoir jeter plus de jour sur la question, et, par conséquent, pouvoir en faciliter la solution.

» La disposition des esprits et la tendance qui les porte vers les entreprises industrielles sont des faits qui ne sauraient être contestés, et il n'est pas moins vrai que le Gouvernement en a favorisé le développement par ceux de ses actes qui ont eu pour effet d'imprimer plus de rapidité à la circulation des capitaux et de mobiliser, en quelque sorte, tout ce qui constitue la richesse nationale.

» Sous l'empire des principes qui ont présidé à ces actes (principes consacrés eux-mêmes par la législation et qui ne sont que le résultat du progrès et de la diffusion de la science économique), le Gouvernement ne pouvait méconnaître qu'il ne suffisait pas de rendre les capitaux plus mobiles et d'en activer la circulation, mais qu'il fallait encore, pour obtenir de grands résultats, en accroître la puissance en leur donnant la facilité de s'agglomérer et de se concentrer au besoin : c'est ainsi que l'on a pu dire avec raison que l'association des capitaux est le plus puissant levier de l'industrie, comme l'atteste l'expérience chez ceux de nos voisins qui sont plus avancés que nous dans l'application de ces mêmes principes. On doit reconnaître aussi que c'est sous l'influence de ces

6

idées que le Code de commerce a permis plusieurs sortes de sociétés, au nombre desquelles sont la société en commandite et la société anonyme, en leur laissant, à l'une comme à l'autre, la faculté de diviser le capital en actions et d'établir celles-ci sous la forme de titres au porteur.

» Les esprits, ainsi provoqués par les dispositions de la loi et par les actes de l'Autorité à des idées d'ordre, de travail et d'industrie, s'y sont livrés avec d'autant plus d'ardeur qu'ils ont pu espérer d'y trouver les moyens de fonder un état social plus stable, plus tranquille, et, partant, plus heureux, et c'est ainsi que dans l'intervalle de 1814 à 1830, et notamment depuis cette dernière époque, on a vu se former un grand nombre d'associations de cette nature ; mais il ne pouvait manquer d'arriver que des gens entreprenants et cupides ne cherchassent, par des combinaisons frauduleuses, à tirer parti de cette utile impulsion.

» Cet état de choses avait depuis longtemps frappé l'esprit des membres de la Chambre syndicale de la Compagnie des Agents de change de Paris ; mais comme il ne s'était agi d'abord, pour les grandes entreprises, que de sociétés anonymes, et que les autres n'étaient encore que d'une faible importance, la Chambre n'y aperçut aucun danger. En effet, les actions des entreprises exploitées par des sociétés anonymes semblent offrir toutes les garanties que le public a droit d'exiger, puisque ces garanties résultent de l'accomplissement des formalités auxquelles elles sont assujetties par la loi.

» Mais son attention a dû s'éveiller de nouveau, lorsque naguère elle a vu s'accroître sans mesure le nombre des associations industrielles formées en commandite, et leurs actions faire, en quelque sorte, irruption à la Bourse, où

elles venaient réclamer le secours des enchères du parquet.
Elle a craint qu'il ne fût fait abus de ce moyen d'appeler
les capitaux au secours de l'industrie, et que les Agents de
change ne devinssent, à leur insu et contre leur gré, les instruments de combinaisons plus ou moins ingénieuses qui
auraient caché des pièges tendus à la bonne foi et à l'ardeur
du public. D'un autre côté, elle ne pouvait méconnaître
que, depuis quelques années, les actions des entreprises industrielles sont accueillies favorablement sur la place de
Paris ; que la facilité et la promptitude avec lesquelles ces
entreprises ont pu se constituer, en se plaçant sous le
régime de la société en commandite, ont concouru à
mettre à la disposition de l'industrie et du commerce des
capitaux considérables, dont l'étranger (particulièrement
la Suisse, l'Allemagne et la Belgique) a fourni une grande
partie, et que, parmi ces associations, il y en a un grand
nombre dont l'utilité et la sincérité ne pouvaient être
mises en doute. Priver celles-ci des avantages d'une négociation faite avec loyauté, concurrence et publicité (avantages qui ne peuvent être tous obtenus qu'au parquet de
la Bourse), c'était agir contrairement à l'esprit de la loi
commerciale et aux principes de nos institutions politiques ; c'était forcer les compagnies repoussées du parquet
à confier le placement de leurs titres à des intermédiaires
sans caractère légal et n'offrant aucune garantie, et faire
naître pour le public un danger bien plus grand que celui
qu'on voulait prévenir. On pouvait craindre aussi de
paralyser par là l'essor de l'industrie française et de
détourner les esprits ardents de l'heureuse voie de con-
quêtes pacifiques qui leur était ouverte et dans laquelle ils
paraissent disposés à entrer.

» Ce fut dans l'idée d'obvier, autant que possible, aux

inconvénients qu'elle appréhendait, sans détruire un usage qu'elle croyait utile de conserver, que la Chambre syndicale prit un arrêté par lequel elle prescrivait aux Agents de change de ne pas se prêter à la négociation, sur le parquet de la Bourse, des actions émises par de nouvelles compagnies, avant d'avoir pris son agrément.

» Elle pensa, toutefois, que son devoir l'obligeait à vous exposer l'état des choses, à vous faire connaître ses scrupules et à vous rendre compte de ce qu'elle avait fait dans l'intention de prévenir les abus, et c'est dans cet esprit et avec cette intention que vous fut écrite la lettre du 15 septembre dernier. Il ne pouvait, en effet, entrer dans la pensée de la Chambre de frapper d'une interdiction générale, même momentanément, toutes les valeurs mobiles créées par les compagnies industrielles constituées en commandite, et d'arrêter, par une mesure de précaution appliquée d'une manière brusque et absolue, cette heureuse disposition des esprits qui, comme nous vous le disions, favorise le développement de l'industrie, au grand avantage du pays, lorsqu'elle est contenue dans de justes bornes et employée avec discernement. Ne serait-ce pas agir contrairement à ce but que de soumettre toutes les associations formées pour exploiter des branches d'industrie au contrôle administratif et aux formalités qui doivent toujours précéder la constitution d'une société anonyme, et qui, ne pouvant être accomplies qu'après un laps de temps plus ou moins long, font souvent perdre tout l'avantage que l'on s'était promis de l'opportunité et de la promptitude de l'exécution ? D'ailleurs, on ne doit pas perdre de vue que la société en commandite est aussi autorisée par la loi et que son capital peut être divisé en actions : d'où il suit qu'elle a le même droit à jouir de la facilité qu'offre le marché légal de la Bourse pour la négociation de ses actions, l'Autorité ne pouvant intervenir que pour empêcher les abus que l'on pourrait faire de cette facilité.

» Telles sont, Monsieur le Ministre, les considérations que nous avons cru devoir vous exposer et que nous soumettons à votre approbation.

» Nous avons l'honneur d'être respectueusement, etc.

» *Signé*, VANDERMARQ, syndic ; GRIMPREL, BILLAUD, CAILLAT, E. MICHEL, MOREAU et COURPON, adjoints au syndic. »

Le **17** octobre, M. le Ministre fit une deuxième réponse au syndic ; la voici :

« Les nouvelles observations, Monsieur, que la Chambre syndicale m'a adressées le 4 de ce mois sur l'embarras où elle se trouve, au sujet de la négociation des actions émises par les compagnies industrielles constituées sous le régime de la commandite, m'ont confirmé dans l'opinion qu'il ne m'est pas possible d'adhérer à la première proposition qui m'avait été faite, de me charger de l'examen de celles qu'il conviendrait d'admettre ou de refuser. J'ai reconnu, en outre, que les difficultés qui se présentent tiennent surtout à l'insuffisance de la législation sur les sociétés commerciales. Le Gouvernement s'occupe d'un projet de loi sur cette matière, et il espère être en mesure de le présenter aux Chambres au commencement de la prochaine session.

» Je ne puis, en attendant, que me reposer sur la

prudence de votre Compagnie pour concilier l'exécution
des règlements avec ce qu'elle doit au public et à elle-
même (1).

» Je vous renouvelle l'assurance de mes sentiments de
considération.

» Le Ministre des Finances,

Signé, LAPLAGNE. »

Le 21 mars de l'année suivante (1838), la Chambre
eut encore à s'occuper de cette affaire. Le syndic lui
représenta que l'on remarquait que, chaque jour, de
nouvelles actions au porteur d'entreprises industrielles
étaient offertes à la Bourse, sur le parquet, par les Agents
de change chargés de leur placement; que cet état de
choses pouvant avoir des conséquences fâcheuses, il
conviendrait que, lorsqu'un Agent de change est chargé
de présenter sur le parquet un effet nouveau, il en
prévînt le syndic la veille du jour auquel la négociation
devrait être proposée, et que, tout en leur recommandant
de ne jamais omettre de prévenir le syndic, il serait
opportun de leur rappeler que, aux termes des règlements,
les Agents de change ne doivent jamais se charger de
négocier des valeurs de crédit dont le titre ne pourrait
pas être délivré dans le délai prescrit; et enfin, de leur
recommander *de demeurer étrangers à tout ce qui a
trait aux souscriptions d'actions et au payement des
intérêts ou des dividendes.*

(1) On sait que le projet de loi sur les sociétés en commandite a fini
par être abandonné après deux années d'élaboration dans le sein d'une
commission ministérielle et dans les bureaux de la Chambre des Députés.

Pour empêcher qu'il ne se glissât furtivement quelque action de compagnie sur le parquet, la Chambre fit
faire le relevé des compagnies industrielles dont les
actions avaient été présentées à la Bourse pour y être
négociées pendant les années 1837, 1838 et 1839 ; on
transcrit ici ce relevé (1).

La Chambre syndicale , en rendant compte à la
Compagnie réunie en assemblée générale , le 17 décembre
1838, de son administration durant l'année expirante,
avait rappelé les dispositions qu'elle avait prises au sujet
des actions de compagnies dites industrielles ; elle avait
de nouveau recommandé aux Agents de change de ne
jamais se charger de négocier des valeurs dont la livraison
immédiate ne pouvait s'opérer. Cette nouvelle recom-
mandation s'autorisait de l'exemple d'un Agent de change
qui, dans le cours de l'année, avait été victime de la
confiance qu'il avait imprudemment accordée à un de ses
clients, en vendant pour lui des valeurs de cette nature
dont la livraison ne put être effectuée.

(1) Le voir à la page qui suit.

DÉNOMINATION des Sociétés, la plupart en commandite, dont les actions ont été négociées sur le parquet de la Bourse de Paris.	DATES des premières négociations.	ACTIONS CRÉÉES		CAPITAL de chaque entreprise.	OBSERVATIONS.
		nombre.	quotité.		
Chemin de fer de Montpellier à Cette	15 oct. 1837	6.000	500	3,000,000	
Chemin de fer de Mulhouse à Thann	Id.	2,600	500	1,300,000	
Chemin de fer d'Épinac au canal du Centre	Id.	5,000	500	2,500,000	
Canal de Roanne à Digoin	Id.	13,000	600	7,800,000	
Mine de houille du Montet-aux-Moines	Id.	2,600	1,000	2,600,000	
Houillères de la Haute-Loire	Id.	5,200	500	2,600,000	
Saline et Chemin de fer de Citis (Bouches-du-Rh.)	Id.	3,200	1,000	3,200,000	
Remorquage par la vapeur à Paris	Id.	1,200	500	600,000	
Bateaux à vapeur de la Basse-Seine (à Lévrier)	Id.	5,000	500	2,500,000	
— de Paris à Londres par St-Valery (Somme)	Id.	3,000	500	:,500,000	
Gaz portatif comprimé (Bernardet)	Id.	4,000	1,000	4,000,000	
Gaz comprimé, Cie méridionale pour la ville de Marseille	Id.	3,000	500	1,500,000	
Caisse générale du Commerce et de l'Industrie (J. Laffitte et Cie)	Id.	5,000	1,000	5,000,000	
Dito Dito Dito	Id.	10,000	5,000	50,000,000	
Papier Maïs, manufacture de Guise (Aisne)	Id.	4,400	500	2,200,000	
Banque publique du Hâvre.	17 Id.	4,000	2,500	10,000,000	
Pont de Beaucaire	18 Id.	1,600	1,000	1,600,000	
Compagnie générale de dessèchement	19 Id.	6,000	1,000	6,000,000	
Recherches de houilles à Bavay (Nord)	Id.	800	5,000	4,000,000	
Paquebots du Hâvre à Londres	21 Id.	300	500	150,000	
Houilléres de La Theurée-Maillot et des Porots	27 Id.	2,400	1,000	2,400,000	

DÉNOMINATION des Sociétés, la plupart en commandite, dont les actions ont été négociées sur le parquet de la Bourse de Paris.	DATES des premières négociations.	ACTIONS CRÉÉES		CAPITAL de chaque entreprise.	OBSERVATIONS.
		nombre.	quotité.		
Bateaux à vapeur de Paris à Rouen (Cavé).......	28 oct. 1837	1,400	500	700,000	
Messageries Françaises...	2 nov. 1837	3,000	1,000	3,000,000	
Banque de Lille.........	3 Id.	2,000	1,000	2,000,000	
Mines d'asphalte de Pyrimont-Seyssel (Ain).....	7 Id.	1,200	1,000	1,200,000	
Carrières à plâtre........	Id.	1,500	1,000	1,500,000	
Bateaux à vapeur en fer de la Marne (Tavenet et Cie).	14 Id.	1,200	500	600,000	
Mines de La Grand'Combe et Chemin de fer du Gard.	16 Id.	1,600	1,000	1,600,000	
Salines de Briscous (Basses-Pyrénées)............	18 Id.	350	1,000	350,000	
Produits bitumeux Dez-Maurel et Cie........	21 Id.	1,000	1,000	1,000,000	
Voitures Omnibus.......	23 Id.	1,783	1,000	1,783,000	
Chemin de fer de Nantes à Orléans (actions d'études)	27 Id.	320	500	160,000	
Houillères et Fonderies de l'Aveyron............	1er déc. 1837	2,400	3,000	7,200,000	
Entrepôt général des Houilles à La Villette (François et Cie).......	4 Id.	2,000	1,000	2,000,000	
Mines d'or de La Gardette (Isère).............	21 Id.	3,200	1,000	3,200,000	
Houillères de La Chazotte près St-Étienne (Loire).	10 jan. 1838	3,550	1,000	3,550,000	
Lavoir St-Laurent.......	26 Id.	1,000	250	250,000	
Mines de houille de Gémonval (Doubs et Hte-Saône).	Id.	2,000	1,000	2,000,000	
— de Ferques (Pas-de-Calais).............	5 fév. 1838	400	5,000	2,000,000	
Caisse d'escompte de la Boucherie de Paris.....	Id.	4,000	500	2,000,000	
Fonderies et Ateliers de Charenton-le-Pont (Seine).	7 Id.	6,000	250	1,500,000	
Canal de Beaucaire......	Id.	552	5,000	2,760,000	
Chemin de fer d'Aix-la-Chapelle à Cologne....	12 Id.		1,000		
Savonnerie à vapeur de l'Ourcq.............	Id.	4,000	500	2,000,000	

DÉNOMINATION des Sociétés, la plupart en commandite, dont les actions ont été négociées sur le parquet de la Bourse de Paris.	DATES des premières négociations.	ACTIONS CRÉÉES		CAPITAL de chaque entreprise.	OBSERVATIONS
		nombre.	quotité.		
Mines de houille de Saint-Bérain et Saint-Léger...	13 fév. 1838	4,500	1,000	4,500,000	
Moulins de Saint-Maur...	Id.	1,200	1,000	1,200,000	
Bateaux à vapeur de Bordeaux au Hâvre......	15 Id.	2,620	500	1,310,000	
Houillères de Bray-Maurage et Boussoit..........	22 Id.	4,000	500	2,000,000	
— de la Grande-Veine (Belgique).............	28 Id.	1,200	1,000	1,200,000	
Voitures du Chemin de fer de Versailles (rive gauche)...............	2 mars 1838	3,200	500	1,160,000	
Caisse commerciale de St-Quentin............	9 Id.	2,000	1,000	2,000,000	
Société Grimpré (fabrication des bois de fusil)..	10 Id.	3,600	1,000	3,600,000	
Bitumes élastiques (Polonceau)..............	12 Id.	6,000	500	3,000,000	
Asphalte (Société allemande).............	Id.	1,600	500	800,000	
Laines de Verneuil et St-Sulpice (Eure)........	13 Id.	800	1,000	800,000	
Houillères d'Unieux et Fraisse (Loire)........	Id.	2,500	1,000	2,500,000	
Galvanisation du fer (procédé Sorel).........	14 Id.	4,000	500	2,000,000	
Houillères du centre du Flénu (Belgique)......	16 Id.	4,200	1,000	4,200,000	
Verreries de Masnières (Nord).............	Id.	1,500	500	750,000	
Chemin de fer de Bordeaux à La Teste..........	17 Id.	10,000	500	5,000,000	
Brasserie Lyonnaise (Combalot neveu et Cie)....	Id.	1,200	500	600,000	
Fils et Tissus de lin (Maberly).............	Id.	8,000	500	4,000,000	
Mines de Fins, Noyant et Souvigny (Allier)......	19 Id.	700	2,000	1,400,000	
Assurances des intérêts de créances hypothécaires (Fougis et Cie)........	Id.	1,000	1,000	1,000,000	

DÉNOMINATION des Sociétés, la plupart en commandite, dont les actions ont été négociées sur le parquet de la Bourse de Paris.	DATES des premières négociations.	ACTIONS CRÉÉES		CAPITAL de chaque entreprise.	OBSERVATIONS
		nombre.	quotité.		
Filature de lin et de chanvre (Pont-Remy).......	19 mars 1838	1,500	1,000	1,500,000	
Houillère de Pont-de-Loup Sud (Belgique).......	Id.	2,800	1,000	2,800,000	
Mines d'asphalte de Lobsann (Haut-Rhin).....	21 Id.	1,200	1,000	1,200,000	
Savonnerie à vapeur de La Petite-Villette........	Id.	4,800	500	2,400,000	
Banque de Marseille.....	22 Id.	4,000	1,000	4,000,000	
Houillère de Montieux-St-Étienne (Loire).......	23 Id.	2,800	500	1,400,000	
Bitume végéto-minéral et de couleur (Roux et Cie).	24 Id.	1,500	1,000	1,500,000	
Carrières de pierres lithographiques (A. Dupont et C.).	Id.	400	500	200,000	
Bateaux à vapeur en fer inexplosibles de la Loire...............	27 Id.	1,400	500	700,000	
Canal d'irrigation de Pierrelatte (Drôme)........	Id.	3,000	1,000	3,000,000	
Mastic bitumeux végétal..	28 Id.	1,000	1,000	1,000,000	
Houillères de Raguy et de Perrins (Saône-et-Loire).	29 Id.	2,200	1,000	2,200,000	
Bitume minéral (Aulnette et Cie)..............	31 Id.	1,000	1,000	1,000,000	
Zingage du fer (Moreau et Cie)................	2 avril 1838	1,200	500	600,000	
Bougie de l'Étoile et fabrication de savon.......	3 Id.	2,000	500	1,000,000	
Cordages et tissus en soie végétale.	Id.	1,500	1,000	1,500,000	
Bateaux et voitures à vapeur de Paris à Versailles...	Id.	3,000	500	1,500,000	
Chemin de fer de Charleroi à la Meuse...........	4 Id.	25,400	500	12,700,000	''
Affinage de la fonte (Didier et Cie).	5 Id.	2,000	1,000	2,000,000	
Houillères de Layon et Loire..............	Id.	1,850	1,000	1,850,000	
Asphaltes et Bitumes des mines de la Haute-Loire.	6 Id.	3,000	500	1,500,000	

DÉNOMINATION des Sociétés, la plupart en commandite, dont les actions ont été négociées sur le parquet de la Bourse de Paris.	DATES des premières négociations.	ACTIONS CRÉÉES		CAPITAL de chaque entreprise.	OBSERVATIONS
		nombre.	quotité.		
Recherche de houille (Fléchey et Cie)	7 avril 1838	2,000	1,000	2,000,000	
Asphalte de Bastennes (Debray et Cie)	9 Id.	1,200	1,000	1,200,000	
Asphalte Guibert (de Missy et Cie)	10 Id.	3,200	500	1,600,000	
Ponts réunis (Bayard de la Vingtrie et de Vergès)	Id.	3,000	1,000	3,000,000	
Charbonnières de Fiennes.	12 Id.	600	3,000	1,800,000	
Mines de houille du Pas-de-Calais	Id.	2,500	1,000	2,500,000	
Caisse du Commerce de Valenciennes (Lacan et Cie)	13 Id.	10,000	1,000	10,000,000	
Le Réparateur, Cie d'assurances contre l'incendie.	Id.	10,000	1,000	10,000,000	
Clouterie mécanique (A. Clavaud et Cie)	Id.	2,000	1,000	2,000,000	
Bateaux à vapeur de Bordeaux à Toulouse	17 Id.	8,400	500	4,200,000	
Pierres à meules de Pringy.	24 Id.	600	1,000	600,000	
Bougie de l'Éclair	Id.	1,000	500	500,000	
Bitume de Bastennes anglais	Id.	12,500	500	6,250,000	
Cuirs vernis et Toiles cirées.	Id.	600	600	360,000	
Houillères de Meons (Loire)	Id.	500	6,000	3,000,000	
Stéarinerie de Vaugirard	Id.	800	500	400,000	
Charbonnage de Cayelette	Id.	600	2,500	1,500,000	
Savonnerie des Batignolles	Id.	1,200	500	600,000	
Houillères du Chaney-St-Étienne	Id.	2,700	1,000	2,700,000	
Bougie Parisienne	27 Id.	1,600	500	800,000	
Comptoir d'escompte à Marseille (Lançon et Cie)	Id.	3,000	1,000	3,000,000	
Revue universelle	28 Id.	100	1,000	100,000	
Forges d'Olisy-sur-Chiers	Id.	675	1,000	675,000	
Tuyaux et corps creux de bitume	2 mai 1838	4,000	500	2,000,000	
Mines de cuivre argentifère du Valais	Id.	900	1,000	900,000	
Bougie du Phénix	Id.	1,800	500	900,000	

DÉNOMINATION des Sociétés, la plupart en commandite, dont les actions ont été négociées sur le parque de la Bourse de Paris.	DATES des premières négociations.	ACTIONS CRÉÉES		CAPITAL de chaque entreprise.	OBSERV TIONS
		nombre.	quotité.		
Éclairage par le gaz de résine..............	2 mai 1838	3,000	1,000	3,000,000	
Bougie royale..........	3 Id.	1,200	500	600,000	
Fabrique d'alun et de sulfate de fer...........	Id.	500	500	250,000	
Obligations du Chemin de fer de Paris à St-Germain.	5 Id.	10,000	1,000	10,000,000	
Bougie de l'Arc-en-ciel...	Id.	500	500	250,000	
Velours gravés et Cuirs vénitiens..............	8 Id.	3,600	500	1,800,000	
Papeterie Weynen.......	Id.	800	500	400,000	
Fabrication de sucre de betterave (Lesnier et Cie).	9 Id.	1,200	1,000	1,200,000	
Mines de houille de Rive-de-Gier...........	Id.	12,000	1,000	12,000,000	
Banque commerciale d'Anvers..............	11 Id.	25,000	1,000	25,000,000	
Bougies-Chandelles du Soleil................	12 Id.	2,400	500	1,200,000	
Bains Vigier...........	Id.	1,800	500	900,000	
Produits bitumeux Dez-Maurel (Nord).......	Id.	2,400	500	1,200,000	
Manufacture de faïence fine (lithocéramie) de Briare.	16 Id.	1,000	1,000	1,000,000	
Produits chimiques de Grenelle...............	Id.	1,000	1,000	1,000,000	
Bitume vitrifié.........	Id.	1,000	1,000	1,000,000	
Bourse militaire (Henri Leclerc et Cie).........	17 Id.	1,000	1,000	1,000,000	
Produits chimiques d'Amiens..............	18 Id.	600	500	300,000	
Chandelles-Bougies de l'Union.	Id.	6,000	500	3,000,000	
Hauts-Fourneaux et Forges de la Maison-Neuve et de Rozé.	Id.	3,200	1,000	3,200,000	
Fabrication de l'Acier de fusion et de la Fonte malléable.	19 Id.	6,000	500	3,000,000	
Pêche de la Morue.......	21 Id.	1,200	1,000	1,200,000	

DÉNOMINATION des Sociétés, la plupart en commandite, dont les actions ont été négociées sur le parquet de la Bourse de Paris.	DATES des premières négociations.	ACTIONS CRÉÉES		CAPITAL de chaque entreprise.	OBSERVATIONS
		nombre.	quotité.		
Pêche et commerce des huîtres (Roblin et Cie)..	21 mai 1838	1,080 540	250 500	540,000	
Chemin de fer de Naples à Nocera.............	26 Id.	12,500	1,000	12,500,000	
Manufacture des Bougies du Phare...........	28 Id.	1,000	500	500,000	
Lignites et Houilles de Luzarches (Seine-et-Oise).	29 Id.	9,000	250	2,250,000	
Bitume Polonceau (Cie Anglaise)..............	Id.	10,000	Lst.20	Lst.200,000	
Fers creux étirés et soudés à chaud............	6 juin 1838	3,000	500	1,500,000	
Remorqueurs à vapeur de la Haute-Seine.......	Id.	1,000	500	500,000	
Exploitation générale de parfumerie..........	9 Id.	1,200	500	600,000	
Usines de Pont (Haute-Saône)..............	Id.	2,400	1,000	2,400,000	
Imprimerie lithographique (Lemercier, Bénard et Cie)................	14 Id.	1,000	500	500,000	
Amidonnerie, Vermicellerie et Brasserie de Paris , Lille et St-Quentin................	16 Id.	3,200	500	1,600,000	
Savonnerie à la vapeur du pont de Flandre.......	20 Id.	1,400	500	700,000	
Filature de lin et de chanvre du Blanc (Indre)...	25 Id.	2,400	500	1,200,000	
Asphalte de Seyssel (Cie des Etats-Unis américains)..............	26 Id.	10,000	Lst.20	Lst.200,000	
Sucrerie de Laverdine (Cher).............	29 Id.	250	1,000	250,000	
Filature de lin et fabrication de toile (Cie continentale)............	2 juill. 1838	2,000	625	1,250,000	
Mines de houille de la Taupe, Grigues et Arrest-sur-l'Allier........	3 Id.	2,500	1,000	2,500,000	

DÉNOMINATION des Sociétés, la plupart en commandite, dont les actions ont été négociées sur le parquet de la Bourse de Paris.	DATES des premières negociations.	ACTIONS CRÉÉES		CAPITAL de chaque entreprise.	OBSERVATIONS
		nombre.	quotité.		
L'Incombustible.........	6 juill. 1838	2,000	500	1,000,000	
Bateaux à vapeur en fer de l'Oise et de l'Aisne.....	17 août 1838	3,000	500	1,500,000	
Houillère de Bonne-Espérance sur Lambussart...		300	5,000	1,500,000	
Chemin de fer de Paris à la mer.............		72,000	500	36,000,000	
— de Paris à Orléans.....	7 sept. 1838	80,000	500	40,000,000	
Savonnerie de l'Elbe.....	22 oct. 1838	1,600	500	800,000	
L'Omni - Tolle - Machines et Echafauds Journet (Crampel et Cie)......	26 Id.	2,000	1,000	2,000,000	
Société plâtrière de Paris.	29 Id.	4,000	1,000	4,000,000	
Théâtre de la Renaissance.	30 Id.	90	5,000	450,000	
Compagnie Générale des voitures de place......	1er déc. 1838	12,000	500	6,000,000	
Papeterie de Lacourade...	3 mai 1839	900	500	450,000	
Halle franche du clos St-Charles.............	12 déc. 1839	870	1,000	870,000	(1)

---

(1) OBSERVATION. — La plupart de ces Compagnies industrielles ont péri presqu'à leur naissance, mais non sans porter sur la place une fâcheuse perturbation. Il est important de faire remarquer que ce Relevé ne contient que les seules Sociétés qui avaient présenté leurs actions à la Bourse pour y être négociées par les Agents de change; d'autres actions, en plus grand nombre, ont été placées par les fondateurs directement ou par l'intermédiaire des courtiers-marrons. Si l'on voulait connaître, d'une manière exacte, la totalité des Sociétés industrielles constituées sous le régime de la commandite et par actions dans le cours des années 1837, 1838 et 1839, il faudrait faire

le dépouillement du registre des publications de Sociétés tenu au Tribunal de commerce du département de la Seine. Ce travail serait curieux et utile , s'il était accompagné du Relevé des Sociétés industrielles déclarées en faillite.

VI.

NOTE

SUR LA NÉGOCIATION DES FONDS ESPAGNOLS

A LA BOURSE

DE PARIS (1).

Le premier fonds espagnol, négocié dans ces derniers temps, sur la place de Paris, est l'emprunt des Cortès de 1820.

Il n'avait pas paru d'Effets espagnols à la Bourse de Paris depuis les actions de la banque de Saint-Charles (2), qui furent en partie la cause de l'édit du Conseil du 7 août 1785.

Par un décret du 12 octobre 1820, les Cortès espagnoles autorisèrent le ministre des Finances de ce royaume à consentir un emprunt, dont cette assemblée détermina elle-même les bases.

(1) M. G. Paul, secrétaire de la Chambre syndicale, est auteur de ce travail.

(2) La banque de Saint-Charles avait été instituée à Madrid, en 1782, par Cabarus, depuis ministre des Finances du roi d'Espagne.

La valeur nominale des actions de la banque de Saint-Charles était de 500 livres tournois. L'emportement des joueurs en avait presque doublé le prix.

Le cours s'en fixait en Espagne d'après Paris, et non à Paris d'après l'Espagne : l'agiotage s'était tellement acharné sur les actions de la banque de Saint-Charles, qu'elles étaient toujours plus recherchées en France qu'à Madrid.

L'emprunt fut fixé à 15 millions de piastres fortes, qui, évaluées sur le pied de 5 francs 40 cent., équivalaient à un capital de 81 millions de francs, représenté par cent cinquante mille obligations au porteur, chacune de 100 piastres fortes, portant intérêt à 5 p. cent l'an, payable le 1ᵉʳ mai et le 1ᵉʳ novembre de chaque année.

Cet emprunt, approuvé par S. M. Catholique, fut adjugé, le 6 novembre 1820, aux maisons de banque de Paris Jacques Laffitte et compagnie et Ardoin Hubard et compagnie, à 70 p. cent.

Les Cortès, par leur décret du 7 novembre 1820, sanctionnèrent le traité.

La première émission des obligations de cet emprunt ayant eu lieu le 2 janvier 1821, MM. Jacques Laffitte et Ardoin Hubard et compagnie écrivirent, le 4 du même mois, à la Chambre syndicale des Agents de change de Paris, pour demander que la cote en fût autorisée.

La Chambre, par sa lettre du 6 du même mois, en référa au ministre des Finances, qui, par sa réponse à la date du 12, cotée division du mouvement général des fonds, n° 12, demanda la communication des pièces relatives à la conclusion de cet emprunt, afin de pouvoir, disait-il, prendre une décision en parfaite connaissance de cause.

Les maisons de banque contractantes n'ayant produit aucune pièce, leur demande n'eut pas de suite.

Par un autre traité du 22 novembre 1821, le ministre des Finances d'Espagne, autorisé par un nouveau décret des Cortès, du 27 juin précédent, sanctionné par le Roi, conclut un autre emprunt avec la même compagnie, qui s'était adjointe, pour cette nouvelle opération, la maison A.-F. Haldiman et fils, de Londres. Cet emprunt fut de

14 millions de piastres, représentant, à 5 francs 40 cent., un capital de 75 millions de francs.

L'importance de ces deux emprunts était ainsi de 156 millions de francs, soit 7,830,000 francs de rente 5 pour cent.

A cette époque, le bulletin du cours des effets publics, imprimé et publié sous la surveillance de la Compagnie des Agents de change, n'était authentique, d'après les dispositions de l'édit du Conseil du 7 août 1785, que pour les effets publics français, autrefois dénommés *effets royaux*.

L'insertion et la cote des effets publics étrangers dans le bulletin authentique de la Bourse étaient alors assujetties à une autorisation préalable du Gouvernement.

Les négociations des obligations de l'emprunt des Cortès n'en prirent pas moins un très-grand accroissement, et l'on sait quelle en a été la conséquence funeste pour la place de Paris, notamment pour les petits capitalistes, par suite du renversement du gouvernement des Cortès espagnoles en 1823.

Le roi d'Espagne, rentré à Madrid, annula, par un décret du 1ᵉʳ octobre de cette année, tous ses actes à partir du 7 mars 1820, et dès-lors les semestres des emprunts des Cortès cessèrent d'être payés.

Par un traité en date des 16 juillet et 20 septembre 1823, fait avec M. de Erro, alors ministre des Finances de la régence royale d'Espagne, M. L. Guébhard, banquier à Paris, se chargea de la négociation d'un emprunt (1) de

---

(1) Si l'on en croit les journaux et divers écrits du temps, l'annulation des emprunts des Cortès aurait été une des conditions imposées par les soumissionnaires de ce nouvel emprunt. On assure que cet emprunt fut fait à 55 °/₀.

16,700,000 piastres fortes (environ 90,000,000 fr)., réparti en 83,500 obligations au porteur de 200 piastres fortes chancune, portant intérêt annuel à 5 p. cent payables au 1er janvier et au 1er juillet; ce traité obtint la sanction royale le 15 octobre de la même année.

M. L. Guébhard ne tarda pas à publier le prospectus de cet emprunt, et, dès le 8 novembre, il informa la Chambre syndicale qu'il avait sollicité du ministre des Finances la faveur. de le faire coter sur le bulletin officiel de la Bourse.

En effet, peu de jours après, le ministre des Finances, par sa lettre en date du 12 novembre 1823 (cabinet du ministre), adressa à la Chambre syndicale une ampliation d'une ordonnance royale, en date du même jour, portant autorisation de coter sur le cours authentique de la Bourse de Paris les emprunts des Gouvernements étrangers, en l'invitant à prendre les mesures nécessaires pour assurer son exécution.

Les obligations de l'emprunt Guébhard, de même que les autres effets publics espagnols négociés sur la place de Paris, furent cotées dès le lendemain, 13 novembre, sur le bulletin officiel des cours authentiques de la Bourse, et la Chambre en informa officiellement le ministre des Finances par sa réponse à la date du 15 du même mois.

En l'année 1825, le 12 novembre, le ministre des Finances, par sa lettre sous le numéro 300 de la direction générale du mouvement des fonds, informa la Chambre syndicale qu'une demande lui avait été faite par M. le duc de Villa-Hermosa, ambassadeur d'Espagne à Paris, tendante à obtenir que les *valès royaux* consolidés d'Espagne fussent cotés sur le bulletin officiel de la Bourse, et qu'il avait cru devoir accueillir cette demande, attendu qu'elle ne lui paraissait avoir rien de contraire à l'ordonnance du 12 novembre 1823 ; le ministre assujettissait cependant l'insertion demandée à la condition , « que les valès » donneraient lieu à des opérations faites avec concurrence » et publicité, et en assez grand nombre pour produire un » cours véritable et tel que le public ne pût jamais être » induit en erreur sur leur valeur réelle. » Le ministre recommandait, en outre, expressément à la Chambre , par un *post-scriptum* écrit de sa main, *« que cette précaution • devait être prise pour tous les effets, avant de les » coter officiellement* (1). »

En même temps que la Chambre recevait du ministre cette autorisation conditionnelle, elle était assiégée de sollicitations tendantes au même but, de la part des banquiers qui avaient conçu le projet d'introduire les valès royaux d'Espagne à la Bourse de Paris , et , d'un autre côté, le public était inondé d'annonces imprimées et lithographiées qui exaltaient les prétendus avantages des placements en cette valeur.

Pendant que l'on s'agitait ainsi autour d'elle, la Chambre syndicale ne perdait pas de vue la condition à laquelle le ministre avait sagement assujetti son autorisation. D'une part, elle observait attentivement les manœuvres des personnes qui avaient intérêt à négocier à la Bourse les valès royaux ; de l'autre, elle cherchait à connaître les dispositions des capitalistes, et ne prenant pour guide de sa conduite que l'intérêt public, *elle ne crut pas devoir faire usage de l'autorisation du ministre.*

(1) C'est une règle générale qui est observée par la Chambre syndicale, avec la plus sérieuse attention.

Les valès royaux ne furent pas cotés, et bientôt il n'en fut plus question (1).

En 1826, au mois d'avril, M. Aguado, banquier du Gouvernement espagnol à Paris, conjointement avec M. Xavier de Burgos, commissaire à Paris de la caisse d'amortissement d'Espagne, firent connaître par la voie des journaux, aux porteurs des obligations de l'emprunt royal de 1823, qu'ils étaient autorisés, par une ordonnance du roi d'Espagne du 15 décembre 1825, à les convertir en rente perpétuelle 5 p. cent, en accordant une prime de 5 p. cent à ceux qui accepteraient la conversion ; ils publièrent en même temps un prospectus imprimé qui tendait à démontrer les avantages de cette conversion.

De nouvelles démarches, fondées sur l'ordonnance du Roi du 12 novembre 1823, furent faites auprès de la Chambre syndicale, pour parvenir à faire coter sur le bulletin officiel de la Bourse la rente perpétuelle espagnole que l'on se proposait de créer, et de donner en échange des obligations converties ; la Chambre en délibéra, et, se renfermant dans les termes de la lettre du ministre du 12 novembre 1823, toujours animée du même esprit qui avait dicté ses précédentes décisions, elle *refusa l'insertion demandée.*

On fit alors agir de nouveau l'ambassadeur d'Espagne auprès du ministre des Finances, et ce ministre, en informant la Chambre, par sa lettre du 18 mai 1826 (cabinet du ministre), des nouvelles réclamations de M. le duc de Villa-Hermosa, lui fit observer qu'elle ne pouvait se refuser à l'insertion réclamée que « dans le cas où elle

---

(1) Ce papier était tombé dans un tel discrédit, à Madrid, qu'on pouvait le considérer comme n'ayant aucune valeur.

» aurait lieu de penser que les opérations en cette valeur
» seraient fictives, ou bien, si le nombre des négociations
» était trop peu considérable pour qu'il fût possible d'en
» constater le cours d'une manière authentique. »

La Chambre répondit au ministre, le 23 du même mois,
que le refus dont on s'était plaint avait été motivé par les
principes rappelés par sa lettre du 12 novembre 1823 ,
dont elle avait fait naguère l'application aux valès royaux.
La Chambre ajoutait que, jusqu'alors, la rente perpétuelle
espagnole provenant de la conversion de l'emprunt royal
de 1823 n'avait été à la Bourse de Paris l'objet que de très-
peu de transactions ; que, dans son opinion, ces transactions ne pouvaient pas produire un cours véritable, et que
le public, paraissant vouloir demeurer étranger à cet Effet,
n'avait aucun intérêt à ce qu'il fût coté officiellement.

Le 19 juin de la même année, plusieurs des premières
maisons de banque de Paris renouvelèrent les mêmes instances auprès de la Chambre syndicale. Elles représentaient « que la rente perpétuelle d'Espagne convertie était,
» chaque jour, l'objet de nombreuses et importantes trans-
» actions, et que ces transactions étaient entravées, parce
» que le cours de cette valeur n'était pas porté sur le bul-
» letin authentique. » La Chambre crut devoir prendre en
considération une réclamation qui lui était faite collective-
ment par plusieurs des premières maisons de banque de
Paris ; elle en délibéra de nouveau dans sa séance du 27
juin 1826 et *accorda l'insertion demandée*, c'est-à-dire
*l'insertion de la rente perpétuelle provenant , comme
on l'affirmait, de la conversion des obligations de l'emprunt royal de* 1823.

On voit en effet, que, pour la première fois, le cours de
la rente perpétuelle d'Espagne 5 p. cent est constaté par le

bulletin authentique du même jour 27 juin 1826 (44 $^3/_4$ — 45 (1).

De nombreuses réclamations ne tardèrent pas à s'élever contre l'insertion de la rente perpétuelle d'Espagne au bulletin officiel de la Bourse de Paris. On la représentait comme un moyen dont le Gouvernement espagnol se servait pour continuer à exploiter les capitalistes français, après avoir échoué l'année précédente dans la tentative d'introduire sur la place la négociation des valès royaux. On manifestait la crainte que ce gouvernement, à la faveur de la conversion des obligations Guébhard en rente perpétuelle 5 p. cent, ne jetât sur la place, sans contrôle et sans publicité, une quantité indéterminée de cette nouvelle valeur, et ne parvînt ainsi à soutirer une grande quantité de capitaux (2).

Le 30 mars 1829, M. le ministre des Finances écrivit à M. Vandermarq, comme Agent de change du Trésor, pour lui demander divers renseignements relatifs aux négociations des fonds espagnols qui étaient opérées sur la place de Paris.

(1) Le 29 avril 1830, la rente perpétuelle a été cotée à 83 $^5/_8$; elle fut cotée à 35 $^1/_2$ en octobre et à 50 $^1/_2$ en décembre de la même année. Elle se maintint entre 50 et 60 pendant les deux années suivantes (1831 et 1832); elle continua à s'élever jusqu'à 71 pendant l'année 1833, et fut cotée 79 $^3/_4$ en juin 1834. Depuis lors, les cours baissèrent progressivement, et le 30 août elle était cotée 26 $^3/_4$; les variations des cours ont été fréquemment de 10 % d'une bourse à l'autre; à la fin de 1834, les cours s'étaient fixés entre 40 et 45; ils flottèrent entre 35 et 50 en 1835. La rente perpétuelle cessa d'être cotée à la fin de janvier 1836. Le dernier cours fut 38 $^1/_4$, le 27 janvier.

(2) M. Alexandre Delaborde, député du département de la Seine, dans divers articles qu'il publia dans les journaux de l'époque, affirma que le banquier de la cour d'Espagne à Paris s'était chargé de la négociation de la rente perpétuelle, vis-à-vis du Trésor espagnol, sur le pied de 40 %.

M. Vandermarq adressa ces renseignements au ministre le 13 avril 1829.

Des pétitions contenant des plaintes sur les émissions des fonds espagnols furent adressées aux Chambres législatives. A la même époque, la commission des pétitions ayant demandé des renseignements à ce sujet au ministre des Finances, M. le Directeur du mouvement des fonds écrivit à la Chambre syndicale le 29 mai 1829 pour lui demander, au nom des ministre, des copies, certifiées par elle, des ordres ou autorisations qui lui avaient été donnés pour faire coter sur le cours authentique de la Bourse l'emprunt royal d'Espagne de 1823 et la rente perpétuelle de 1826. La Chambre satisfit à la demande du ministre par sa réponse du même jour, adressée à M. le Directeur général du mouvement des fonds.

Ainsi qu'on l'a vu par ce qui précède, c'est au mois de juin 1826 que la rente perpétuelle d'Espagne commença à être cotée sur le bulletin officiel de la Bourse de Paris : il ne s'agissait alors que de faciliter la négociation des obligations de l'emprunt royal espagnol de 1823, converties en rente perpétuelle, conformément à la demande qui en avait été faite au ministre des Finances par l'ambassadeur d'Espagne, et à la déclaration faite par M. Aguado à la Chambre syndicale. Il s'agissait uniquement, disait-on, d'un changement, sur le bulletin officiel, dans la dénomination d'un emprunt déjà connu et réalisé sous le titre d'obligations royales, et puisque la cote desdites obligations avait été autorisée, on ne pouvait, disait-on encore, se refuser à l'insertion des rentes perpétuelles provenant de leur conversion.

On s'aperçut bientôt qu'il ne s'opérait presque

pas de conversions d'obligations royales en rente perpétuelle, quoique le banquier espagnol fût toujours prêt à
satisfaire aux demandes de rente perpétuelle que l'on
provoquait de tous côtés.

On se rappela alors que le décret du roi d'Espagne du
15 décembre 1825, qui avait autorisé la conversion, avait
promis que l'on ferait connaître, tous les six mois, au
public, le montant des obligations de l'emprunt converties
en rente perpétuelle, ainsi que le montant de ces dernières
qui auraient été amorties.

On s'étonna qu'aucune publication de ce genre n'eût
encore été faite, et les yeux furent complètement dessillés
lorsqu'on apprit (1) que le Gouvernement espagnol venait
de négocier, à forfait, à des banquiers de Paris, sur le pied
de 47 p. cent, un capital de 240 millions de réaux (2)
constitué en rente perpétuelle 5 p. cent, représentant, en
francs, un capital de 29,328,000 fr., destinés, en grande
partie, à acquitter des engagements de l'Espagne envers
l'Angleterre ; que les *certificats au porteur* de cette
partie de rente avaient été imprimés à Paris, et que
M. Xavier Burgos, directeur de la caisse d'amortissement
d'Espagne, y était arrivé tout exprès pour signer ces
certificats. (3)

Les choses étaient dans cet état, lorsqu'on lut dans le
Moniteur du 1er novembre 1829 une note par laquelle

(1) Juillet 1829.

(2) Vingt réaux font une piastre, quatre réaux un franc. La piastre est
évaluée à 5 fr. 40 dans les divers emprunts espagnols négociés à Paris.

(3) On avait adopté cette forme, parce que, la propriété des titres au porteur se transmettant par la simple tradition du titre, le placement de la
rente devenait ainsi plus facile.

le Gouvernement portait, à la connaissance du public, les renseignements qui avaient été donnés par l'ambassadeur de S. M. C. à Paris (M. le comte d'Offalia) au sujet de l'emprunt royal et de la rente perpétuelle d'Espagne négociés sur la place de Paris.

On apprit, pour la première fois, par cette publication officielle, que le roi d'Espagne, *par un décret du 8 mars 1824* (1), avait ouvert à son ministre des Finances un crédit de 2 millions de piastres de rente perpétuelle, représentant, à 5 fr. 40 c. la piastre, un capital de 216 millions de francs ; que, par suite des autorisations de S. M., il avait été employé sur ce crédit :

> 2,877 piastres de rente, à la conversion de 274 obligations de l'emprunt Guébhard ;
> et que
> 1,263,623 piastres de rente avaient été négociées sur la place (2).

Total, 1,266,500 piastres de rente, représentant en francs, à raison de 5 fr. 40 c. la piastre, une rente annuelle de 6,839,100 fr. et un capital nominal de 136,782,000 fr.

Ce fut aussi, pour la première fois, que les numéros des obligations Guébhard converties en rente perpétuelle furent portés à la connaissance du public, quoique le

(1) Ce décret n'a jamais été publié en France ; il n'en avait jamais été question avant cette époque (novembre 1829) : il est intitulé, dans la *Gazette de Madrid*, *Décret organique de la Caisse d'amortissement.*

Il n'est mention, dans les certificats de rente perpétuelle négociés à Paris, que du décret du 15 décembre 1825, qui a autorisé la conversion des obligations de l'emprunt Guébhard en rente perpétuelle.

(2) Cette négociation, faite, dit-on, à 40 %, aurait produit 54,588,600 f au Gouvernement espagnol

décret royal qui avait autorisé la conversion l'eût soumise à cette précaution salutaire.

Cette note officielle renfermait un aveu qui , malheureusement, ne justifia que trop les réclamations dont la négociaton de ce nouveau fonds espagnol avait été l'objet : on y avouait que les certificats au porteur s'appliquant aux 1,263,623 piastres de rente perpétuelle 5 p. cent, négociés jusqu'à ce jour, mentionnaient, comme ceux relatifs aux 2,877 piastres de rente émis en échange des obligations converties, le décret du roi d'Espagne du 15 décembre 1825, qui avait autorisé la conversion de l'emprunt Guébhard : de telle sorte qu'on pouvait induire de cette mention que toute cette quantité de rente avait remplacé dans la circulation une somme égale de l'emprunt Guébhard, et qu'il n'y avait eu qu'un échange de valeurs, tandis que, par la même note, on était forcé de déclarer que, en réalité, la somme des obligations converties égalait à peine 2,877 piastres de rente. Il suivait encore de là que, sur l'énorme capital de 136,782,000 fr. représentant les rentes perpétuelles négociées jusqu'alors, 310,700 fr. seulement s'appliquaient aux obligations converties.

Il était évident, d'après ce résultat, que la conversion en rente perpétuelle des obligations de l'emprunt royal de 1823 n'avait été qu'un moyen imaginé pour placer, à Paris, une quantité indéfinie de rente perpétuelle et de se procurer ainsi de nouveaux capitaux , au lieu d'être , comme on l'avait annoncé, un simple changement de forme dans le titre d'une même dette.

La sollicitude du Gouvernement fut fortement éveillée par ces publications, et le ministre des Finances, écrivant à la Chambre syndicale le 25 novembre 1829, sous le numéro 368 de la première section de la division du mouvement général des fonds, pour l'autoriser à faire afficher, à la Bourse, la somme de rente perpétuelle d'Espagne rachetée chaque jour, par le ministère des Agents de change, pour le compte de la Caisse d'amortissement espagnole, lui adressa une ampliation officielle de la note publiée par M. d'Offalia, en lui recommandant, dans le cas où de nouvelles émissions de rente perpétuelle seraient annoncées, de lui en référer, avant la cote sur le bulletin officiel, et de veiller à ce que les Agents de change, employés au rachat de la rente perpétuelle, eussent soin de frapper *eux-mêmes* du mot *amorti* les certificats rachetés par leur ministère.

La Chambre crut devoir représenter à ce sujet au ministre des Finances, par une réponse à la date du 9 février 1830, que les Agents de change ne pourraient consentir à accepter la responsabilité dont il semblait vouloir les charger, aux termes de sa lettre, qu'autant que cette responsabilité leur serait imposée par des règlements d'administration publique qui leur feraient connaître nécessairement les moyens à employer pour ne pas engager leur responsabilité et pour assurer la sécurité du public et la leur dans cette circonstance.

Depuis lors, les rachats de la rente perpétuelle d'Espagne continuèrent à être faits par les Agents de change, chacun opérant à tour de rôle pendant une semaine; et la Chambre a lieu de croire que la formalité de l'application du timbre a toujours été accomplie par l'Agent de change qui a opéré le rachat.

La puissance amortissante de la rente perpétuelle espagnole cinq pour cent a dû être, à partir du 1er janvier 1830, de 253,000 piastres par an, représentant,

en francs, un capital de 1,367,820 fr., et c'est au moyen
de ce fonds d'amortissement, accru par les rachats, que
5,000 fr. environ furent employés, chaque jour de
bourse, à cette opération.

Le 22 mars 1831, M. Uriarte, commissaire royal de
la caisse d'amortissement d'Espagne à Paris, annonça au
public, par la voie des journaux, que, en exécution d'un
décret de S. M. Catholique du 21 février précédent, une
émission de 20 *millions de réaux de rente* 3 *p. cent*,
avec jouissance du premier avril suivant, devait avoir
lieu, et que M. Aguado, banquier de la cour d'Espagne à
Paris, était chargé de négocier cette rente et était autorisé à donner, pour un bon des emprunts des Cortès de
1,000 piastres de rente, 200 piastres de rente 3 p. cent,
et 800 piastres en certificats de dette sans intérêts divisés
en quarante séries et remboursables par la voie d'un tirage
au sort qui devrait se faire, chaque année, à Paris (1).

A peine cette disposition du roi d'Espagne fut-elle
connue, qu'elle devint l'objet de nombreuses réclamations de la part des porteurs des bons des Cortès, adressées au ministre, à la Chambre syndicale, et, ensuite,
à la Chambre des Députés par voie de pétition : on
demandait que ce nouveau fonds ne fût pas porté sur le
bulletin officiel de la Bourse.

On prétendait que cette émission n'était autre chose
qu'un nouveau leurre imaginé par le Gouvernement espagnol pour continuer à exploiter la place de Paris, contrarié qu'il était par les précautions prises relativement
à la négociation de la rente perpétuelle.

---

(1) Ceci tendait à augmenter progressivement la masse de la rente
3 % sur la place.

Les réclamants (1) intentèrent même un procès, en police correctionnelle, à M. Uriarte et à M. Aguado, qui, sur la sommation qui leur fut faite, dûrent déposer chez un notaire (Mᵉ Lhuillier, rue du Mail) l'original du décret du roi d'Espagne du 21 février 1831 (2).

Cette communication judiciaire révéla que la conversion du 3 p. cent espagnol n'était autorisée que pour les bons créés en 1821, par les Cortès, pour acquitter la dette hollandaise, s'élevant en capital à environ 50 millions de francs, tandis que les 20 millions de réaux de rente 3 p. cent, dont l'émission était annoncée en exécution de ce décret, représentaient au pair un capital de 180 *millions de francs*(3).

Le ministre des Finances, par sa lettre du 14 mai 1831 (cabinet du ministre), adressée au syndic de la Compagnie, renvoya la réclamation des porteurs des bons des Cortès à la Chambre syndicale, en manifestant le désir de connaître ses observations sur cette réclamation. La Chambre en prit connaissance dans la séance du 16 mai, et chargea le syndic de répondre en son nom au

(1) Le sieur Poisson en décembre 1832.

(2) Ce n'est point l'original de ce décret qui est déposé chez Mᵉ Lhuillier, notaire, c'est une copie certifiée par M. Uriarte, en sa qualité de Directeur de la Caisse d'amortissement espagnole.

Ce décret ne *détermine pas une quantité de rente à émettre*; il porte que le Roi autorise l'émission de la rente 3 °/₀ pour servir à la conversion des bons des Cortès, dans la proportion du cinquième, et fixe un délai de six mois pour opérer cette conversion

(3) 20 millions de réaux égalent 1 million de piastres, qui, à 5 f. 40 c., égalent 5,400,000 fr., et 5,400,000 fr. de rente constitués en 3 °/₀ représentent un capital de 180,000,000 fr. (Il faut multiplier la rente par 33 ⅓).

ministre que, d'une part, personne n'ayant encore, à sa connaissance, demandé que le 3 p. cent espagnol fût coté, et, de l'autre, aucune négociation en cette valeur n'ayant encore été faite par le ministère des Agents de change, *elle ne pensait pas qu'il y eût lieu de sa part à aucune observation sur l'opportunité ou l'inopportunité de son insertion au bulletin officiel de la Bourse.* Ce fut en effet, dans ce sens, que M. le syndic répondit au ministre des Finances le lendemain 17 mai.

Les choses demeurèrent dans cet état, jusqu'au mois de septembre de l'année 1832. La Chambre reçut, le 14 de ce mois, une lettre signée de quatorze des principales maisons de banque de Paris, par laquelle ils lui représentaient «qu'il » se faisait, depuis quelque temps, des affaires sur le 3 p. cent » espagnol, et que les Agents de change eux-mêmes avaient » exécuté leurs ordres pour des sommes importantes en » cette valeur, sans que le cours en eût été coté ; que le » défaut de cote occasionnait de grandes irrégularités et » entraînait la nécessité d'employer l'intermédiaire abusif » des courtiers marrons ; ils demandaient, en conséquence, » que la cote en fût autorisée à la Bourse de Paris , en » vertu de l'ordonnance royale du 12 novembre 1823 , » qui autorisait la cote des emprunts étrangers , ils ajou- » taient que les fonds espagnols étaient cotés sur les » places d'Anvers, d'Amsterdam, de Berlin.»

La Chambre crut devoir se borner à porter cette demande à la connaissance du ministre des Finances, et à lui deman- der ses ordres à ce sujet.

Le ministre, par sa lettre à la Chambre syndicale, datée..... (1) octobre 1832, direction de la dette inscrite,

---

(1) La date est omise sur la lettre du Ministre.

bureau central, répondit à la Chambre syndicale que
« si les caractères de concurrence, publicité et impor-
» tance, exigés par l'ordonnance du 12 novembre 1823,
» se trouvaient réunis dans les négociations journalières de
» la rente espagnole 3 pour cent, *il ne pouvait s'opposer* à
» ce que l'application des dispositions de ladite ordon-
» nance leur fût faite. »

La Chambre, à qui la lettre du ministre fut communi-
quée dans sa séance du 29 octobre, reconnaissant que le
3 p. cent espagnol était réellement devenu l'objet d'opérations journalières faites avec concurrence et publicité, et
assez considérables pour produire un cours dont la fixation
éclairerait le public sur la véritable valeur de cet effet, fit
les dispositions nécessaires pour que le 3 p. cent (1) espagnol fût coté dès le lendemain, et en informa le ministre
par sa lettre du même jour.

Pour compléter l'historique des fonds espagnols présentés à la négociation sur la place de Paris depuis 1820,
et achever de démontrer que la Compagnie des Agents de
change a fait tout ce qui dépendait d'elle pour combattre
cette tendance qui porte toujours les esprits aventureux
sur les Effets offerts à bas prix, il ne sera pas sans opportunité de rappeler ici les principales mesures prises dans
ce but par la Chambre syndicale.

En l'année 1823, au mois d'octobre, les obligations
royales de l'emprunt Ghébhard étaient tombées presque
subitement de 45 à 30. Le 15 du même mois, la Chambre
syndicale prit un arrêté par lequel elle soumit les Agents
de change qui avaient contracté des marchés à terme sur
cette valeur à en garantir l'exécution par un dépôt repré-

(1) Il fut coté à 29 ¹/₂, pour la première fois, le 30 octobre 1832.

8 *

sentant 15 p. cent de variation dans les cours, soit en hausse, soit en baisse.

Au moyen de cette précaution, tous les marchés fin octobre furent liquidés, et la spéculation abandonna les fonds espagnols.

En 1826, au mois d'avril, lors de l'apparition sur la place de la rente perpétuelle 5 p. cent présentée comme devant remplacer les obligations de l'emprunt Ghéblhard, la spéculation s'empara de ce nouvel effet émis furtivement par le Gouvernement espagnol (ainsi qu'on l'a vu dans l'historique qui précède); — cette émission fit naître de nouveaux embarras : le bas prix (44 et demi) avait alléché les acheteurs ; la Chambre remit en vigueur son arrêté de 1823, et en régla l'exécution par ses arrêtés des 23 décembre 1829, 11 janvier et 19 février 1830 : cette mesure arrêta les progrès du mal.

En 1832, au mois d'octobre, le bulletin officiel de la Bourse révéla l'introduction sur la place d'un nouveau fonds espagnol (le 3 p. cent) : le bas prix auquel il fut émis (29 et demi) attira encore la spéculation sur cet effet ; elle ne tarda pas à présenter des caractères alarmants, et la Chambre, par un arrêté du 6 novembre 1833, prescrivit qu'il serait fait deux liquidations par mois (le 10 et le 25) des marchés à terme en 3 p. cent espagnol, et que le terme n'excèderait jamais un mois.

En 1834, le semestre du 3 p. cent espagnol échu le 30 septembre n'ayant pas été payé, et le public ayant été informé que, par une nouvelle mesure financière, le Gouvernement espagnol avait annulé une partie de sa dette étrangère et réduit l'intérêt d'une autre partie, la Chambre syndicale rendit le 6 octobre un arrêté par lequel les Agents de change, acheteurs ou vendeurs de fonds espagnols par marchés à terme, devaient effectuer un dépôt de garantie dans la caisse de la Compagnie et faire viser et enregistrer leurs engagements à son secrétariat.

En 1838, au mois d'avril, les journaux annoncèrent que le Gouvernement espagnol avait contracté, par l'entremise de son banquier à Paris (M. Aguado), un nouvel emprunt dont les titres devaient être présentés très-prochainement à la Bourse pour y être négociés ; cette annonce provoqua de vives réclamations de la part des porteurs des titres non payés des précédents emprunts espagnols ; des oppositions furent même notifiées, par huissier, à la Chambre syndicale, à la requête de quelques uns de ces porteurs : ils protestaient contre la négociation de ces nouveaux titres sur le parquet de la Bourse et contre la cote des cours au bulletin officiel, « dans une circon- » stance, disaient-ils, qui présentait le phénomène d'un » État en banqueroute depuis bientôt deux ans, ayant la » prétention de négocier de nouvelles valeurs de crédit. »

La Chambre syndicale porta ce fait à la connaissance du ministre des Finances, par sa lettre du 4 avril 1838 ; elle lui signalait le nouveau danger qui menaçait la place, le suppliait de ne pas permettre que de nouvelles valeurs de crédit espagnoles fussent apportées à la Bourse de Paris pour y être négociées, avant que le Gouvernement espagnol n'eût rempli tous ses précédents engagements. Elle lui représentait que l'insolvabilité de l'Espagne et son infidélité aux engagements contractés envers les particuliers qui ont eu le malheur de lui prêter leurs capitaux étaient des faits trop notoires pour que l'on pût ajouter la moindre confiance à ses nouvelles promesses : il est évident, en effet, que la négociation de nouvelles valeurs émanées de la même source ne faisait que rendre plus profonde la plaie faite à nos capitalistes, surtout à ceux d'entre eux que l'exagération de leurs besoins ou la modicité de leurs économies dispose plus particulièrement à se laisser leurrer par l'appât d'un fort intérêt.

« Les Agents de change de Paris, disait la Chambre » syndicale au ministre (1), appelés, par leur position, à » être les négociateurs des valeurs de crédit, nationales » ou étrangères, présentées à la Bourse pour y être né- » gociées, ont fait tout ce qui pouvait dépendre d'eux » pour atténuer un mal dont il ne leur appartenait pas » d'anéantir la cause ; les mesures qu'elle a prises dans ce » but ont obtenu l'approbation de vos prédécesseurs et » l'assentiment de tout ce que la place de Paris renferme » de personnes honorables, qui, toutes, ont reconnu que » ces mesures avaient prévenu de grands désastres. »

Les mesures prises par la Chambre syndicale au sujet des fonds espagnols étaient fondées sur ce principe qu'*on ne peut négocier à terme, à la Bourse de Paris, les effets émis par les gouvernements étrangers, que lorsque l'intérêt de ces effets est payé régulièrement.*

C'est par une application de ce principe que l'on ne fait plus actuellement, à la Bourse de Paris, de marchés à terme en fonds espagnols et portugais, et cette mesure a eu pour conséquence de mettre les Gouvernements de ces deux pays dans l'impossibilité d'y négocier aucun emprunt.

---

(1) Lettre de la Chambre syndicale au ministre des Finances du 4 avril 1838.

VII.
RELEVÉ
de la dette publique de la France, dite Dette consolidée.
INSCRITE AU GRAND-LIVRE (1).

ANNÉES inscées	PRIX des négociations		5 0/0	4 1/2 0/0	4 0/0	3 0/0
14	. . . .	1er avril.—A l'époque de la chute du Gouvernement impérial, la dette inscrite s'élevait à	65,307,637			
16	58 55	Créés par la loi du 22 avr. 1816.	6,000,000			
17	57 51	— du 25 mars 1817.	50,000,000			
18	66 59	— du 9 mai 1818	14,925,500			
	67 »	— d.i 9 oct. 1818.	12,315,435			
21	87 07 1/2	— du juin 1821.	401,942			
	85 55	— du 9 août 1821.	12,514,220			
23	89 55	— du 10 juill. 1823.	25,114,516			
25	. . . .	Créés par la loi du 27 avr. 1825, pour l'indemnité des émigrés	»			50,000 000
30	102 07 1/2	Créés par la loi du 12 janv. 1830.			3,134,950	
31	84 »	— du 19 avril 1831.	7,142,857			
32	98 50	— du 8 avril 1832.	7,614.213			
41	78 52 1/2	— du 25 juin 1841.	»			5,730,659
			177,554,318			
		Déduire le montant des rentes)0/0 converties en 3 p. 0/0 à 75 fr., en exécution a loi du 1er mai 1825.	30 574,116		*ajouter*	24,459,035
			146,760,202			
		Déduire le montant des rentes)0/0 converties en 4 1/2 p. 0/0, au pair, en exé-on de la loi du 1er mai 1825.	1,140,666	1,026,600		
			146,619,556	1,026,600	5,134,950	60,189,694
				209,970,780		
			(2)	(3)		
	Budget de 1843, la dette consolidée se répartit nnsi :		147,042,988	1,026 600	22,507,375	47,070,885
	.', 1843, Total de la dette inscrite en rente. . . .			217,647,848 f. de rente.		
	— *Capital* de chaque espèce de rente, au pair.		2,940,859,760	22 813,533	562.684,575	1,569,029,500
	— Capital représenté par toutes les rentes inscrites.			5,095,386,968 fr.		
	.ota. Dans le projet de budget pour 1844, la ee consolidée est ainsi répartie : . . .		147,040,055	1,026,600	22,507,375	49,754,684

Par G. Paul, secrétaire de la Chambre syndicale de la Compagnie des Agents de change de Paris.
Le 4 p. 0/0 s'est accru des rentes inscrites au nom de la Caisse des dépôts et consignations, en exécution de la loi du 31 mars relative aux Caisses d'épargnes.
Depuis la loi du 1er mai 1825, qui a défendu le rachat au-dessus du pair et réparti l'amortissement, il n'a plus été racheté n 5 et du 4 0,0.

DEUXIÈME PARTIE.

I.

FORMULES DES MARCHÉS A TERME

SUR LES EFFETS PUBLICS.

Engagement entre Agents de change (1).

Liquidation ℱ *5,000 Rente* 5 p. 100 *a* ℱ
d

——————— Paris, le 184 ———————

(2)

Cinq Mille francs de Rente 5 p. 100
français, jouissance courante (3), *livrables*
fin fixe, ou plustôt, à volonté,
contre le payement de la Somme de

Fait double.

(Signature de l'Agent de change)

(1) Ces engagements sont frappés du timbre de la Compagnie.

(2) La partie laissée en blanc sert à inscrire la vente ou l'achat, selon que l'engagement est signé par le vendeur ou par l'acheteur.

(3) La formule est la même pour les autres valeurs et les quotités diverses

ENGAGEMENTS ENTRE L'AGENT DE CHANGE ET LE CLIENT,
en cas de vente.

Liquidation

d

———————— Paris, le   184 ————————

Vendu d'ordre et pour compte de M

(Ici, la somme de rente et sa nature.)   *jouissance*

ouvrante, livrables fin   fixe

ou plus tôt à volonté, contre le payement

la somme de

Fait double.

(Ici, la signature de l'Agent de change.)

Liquidation   F   Rente   p. 100 à   F

d

———————— Paris, le   184 ————————

Vendu par le ministère de M

Agent de change,   (ici la somme et la nature de la rente).

jouissance courante, livrables fin

fixe ou plus tôt à volonté, contre le paye-

ment de la somme de

Fait double.

Ici, la signature du client.)

ENGAGEMENTS ENTRE L'AGENT·DE CHANGE ET LE CLIENT.
en cas d'achat.

Liquidation

———————— Paris, le   181 ————————

Acheté d'ordre et pour compte de M

    (Ici la somme de rente et sa nature.)   *jouissance*

courante, livrables fin   *fixe ou*

plus tôt à volonté, contre le payement de

somme de

              Fait double.

      (Ici, la signature de l'Agent de change.)

―――――――――――――――――――――――――――

Liquidation   F   Rente   p. 100 à   F

d

———————— Paris, le   181 ————————

Acheté par le ministère de M

Agent de change,   (I i la quantité et la nature de la rente.)

pour cent français, jouissance courante,

livrables fin   fixe ou plus tôt, à volonté,

contre le payement de la somme de

           Fait double.

      (Ici, la signature du client.)

II.

PARÈRE

SUR LES MARCHÉS A TERME D'EFFETS PUBLICS

FAITS A LA BOURSE DE PARIS

PAR LE MINISTÈRE DES AGENTS DE CHANGE.

Le Parère commence par rappeler, en ces termes, la Formule d'un engagement :

$\mathcal{S}$. 10,000 de rente 5 p. 100 a 100 f. 50 c $\mathcal{S}$. 201,000 »

Le 31 octobre prochain, ou plus tôt à volonté, je transférerai à M la somme de Dix Mille francs de rente 5 p. 100 consolidés, contre le payement qu'il me fera de la somme de Deux-Cent-Un Mille francs.

Fait double à Paris, ce

Signé   (l'Agent de change du vendeur.)

Le Parère continue ainsi :

Paris, le 15 novembre 1824.

Nous, banquiers, négociants, commerçants et capitalistes, soussignés,

Certifions :

1° Que la formule d'engagement énoncée ci-dessus est

la seule en usage pour les opérations faites à la Bourse sous la désignation de marchés *fermes* ou opérations à *terme ;*

2° Que dans toutes ces opérations, sans en excepter aucune, le vendeur seul accorde terme à l'acheteur, et que celui-ci peut se faire livrer les effets par lui achetés à sa première réquisition ;

3° Que les marchés dont il s'agit se liquident par la livraison des effets vendus, soit qu'ils existent dans les mains du vendeur au moment où la livraison est exigée par l'acheteur, soit que le vendeur les fasse acheter pour en opérer la livraison ;

4° Que, dans tous les cas, il y a toujours, d'un côté, l'achat d'une chose qui doit être payée, et, de l'autre, la vente d'une chose qui doit être livrée, ce qui ne permet pas d'envisager ces sortes d'opérations comme des paris sur le cours des effets publics ;

5° Que les marchés à terme appelés *marchés fermes,* tels qu'ils sont en usage aujourd'hui à la Bourse de Paris, c'est-à-dire restreints au terme de soixante jours et soumis à la condition de la livraison anticipée, lorsqu'elle est réclamée par l'acheteur, sont également dans l'intérêt du Gouvernement et du commerce :

Du Gouvernement, parce que l'État ne pourrait faire les négociations de rente nécessitées par le système de finances adopté maintenant, sans le secours de ces sortes de marchés, et cependant le système des finances basé sur le crédit est une des conditions principales de la force et de la puissance des gouvernements modernes ;

Du *commerce,* parce que ces marchés donnent aux porteurs de rente un moyen certain, expéditif et peu onéreux de se procurer, aussitôt qu'ils le veulent, les fonds dont ils ont besoin, en donnant pour garantie ces mêmes rentes ; que, d'un autre côté, les capitalistes y trouvent le moyen de placer leurs fonds pour aussi peu de temps qu'ils le veulent et avec la certitude d'y rentrer à leur volonté. Ainsi, d'un côté, les rentes deviennent un véritable signe représentatif et augmentent la masse des capitaux, et, de l'autre, tous les capitaux inactifs trouvent un emploi d'autant et d'aussi peu de durée qu'il convient à leurs possesseurs. Cette augmentation du signe représentatif et des capitaux circulants tend nécessairement à en faire baisser le prix, c'est-à-dire l'intérêt, et par là rend au commerce le plus utile de tous les services.

Par ces motifs, les soussignés estiment que les marchés dont il est question sont indispensables dans la situation présente de la France, et que la jurisprudence adoptée par la Cour royale (*qui s'appuie sur d'anciens arrêts du Conseil, rendus à une époque et dans des circonstances qui ne peuvent être assimilées en aucune manière à celles où nous nous trouvons*) est en opposition avec les véritables intérêts politiques et commerciaux de notre pays.

Signés : J. LAFFITTE, MALLET frères, PÉRIER frères, ROUGEMONT DE LOWEMBERG, PILLET-WILL, GUÉRIN DE FONCIN, L. DURAND, J. LEFEBVRE, GONTARD, THURET, DE CHAPEAUROUGE, CÉSAR DELAPANOUZE, J.-P. CHEVALS, ARDOIN HUBBARD, OPPERMANN MANDROT, R. VASSAL, JONAS HAGERMANN, ANDRÉ COTTIER, A. ODIER, J.-A. BLANC-COLIN, J.-G. CACCIA, G. ODIER et compagnie, J. LABAT et compagnie, P.-F. PARAVEY et compagnie.

Paris, ce 12 juin 1842.

Nous, soussignés, banquiers et capitalistes, après avoir pris connaissance de la déclaration faite en 1824 par les principales maisons de la place de Paris, nous empressons de la confirmer de la manière la plus explicite, et croyons devoir appeler l'attention du ministère sur la difficulté et même l'impossibilité qu'éprouveraient les grandes opérations financières qui se rattachent au crédit public, si ce mode de négociation, consacré par les habitudes et les nécessités de la place, devait être entravé.

Signés BAGUENAULT, HOTTINGUER, DE ROTHSCHILD, FOULD, CH. LAFFITTE et BLOUNT, CALLAGHAN, DE GOURCUF, FERRÈRE-LAFFITTE, LARIEU, LAVAREILLE.

III.

Explications et Parère

SUR LES REPORTS (1).

On parle beaucoup de reports, et le plus souvent on ne les comprend pas. Essayons de présenter des idées nettes sur ce genre d'opérations.

Le *report* est une opération qui consiste à acheter au comptant une certaine quantité de rentes, et à la revendre dans le même moment à terme, pour obtenir le bénéfice ou la plus-value résultant de la différence des prix.

Le principe du report découle de plusieurs causes : chaque mois, la rente marchant vers l'échéance du semestre de ses arrérages, elle acquiert une valeur qui croît de mois en mois, dans la proportion de la partie échue sur le semestre courant. Le prix de la rente vendue fin du mois courant, ou fin du mois prochain, doit donc être ordinairement plus élevé que le prix de la rente achetée et livrée au comptant. Les autres causes accidentelles sont : l'abondance ou la rareté des capitaux qui viennent chercher de l'emploi à la Bourse ; le plus ou le moins de crédit dont jouissent les rentes ; la manière dont la spéculation sur ces effets se

(1) Cet article est extrait textuellement de l'ouvrage, publié, en 1832, par M. Mollot, avocat à la Cour royale de Paris, sous le titre de *Bourses de commerce*, p. 267 et suiv.

trouve engagée (1). C'est pourquoi le taux du report varie presque à chaque mois.

Exemple d'un report : J'achète 5,000 fr. de rente au comptant sur le taux de 93 fr. par chaque 5 fr. de rente 5 p. cent, et je les revends de suite pour la fin du mois courant à 93 fr. 45 c.; les 45 centimes que je toucherai à la fin du mois par chaque 5 fr. de rente, en réalisant la revente des 5,000 fr., formeront le report de mon opération, c'est-à-dire mon bénéfice.

Il est évident que, dans cette opération, il n'y a point de jeu de bourse ; au contraire, tout y est licite et réel. Je suis vraiment acheteur des 5,000 fr., et j'en ai pris livraison.

Si, d'autre part, je les ai revendus à terme, je l'ai pu, puisque je les avais réellement en ma possession. Cette possession, qui est toujours constante dans la personne de celui qui fait un report, doit même le dispenser de l'obligation du dépôt. Nous en avons déjà dit les raisons; mais il est impossible que la revente à terme ait lieu à un délai qui excède celui de deux mois : la prohibition de l'arrêt du Conseil du 22 septembre 1786 est trop formelle.

En résultat, on voit que le contrat de report qui s'opère sur rentes est une sorte de placement à intérêt sur l'État, et qu'il offre au prêteur l'avantage de pouvoir placer ses

---

(1) Cette dernière cause produit souvent, et surtout à l'approche des jours de liquidation, des effets subits qui contrarient toutes les prévisions. Dans les temps ordinaires le report s'abaisse lorsque les cours des effets publics s'élèvent, et l'inverse a lieu lorsque les cours se détériorent; mais, à l'approche des liquidations, on voit souvent le report fléchir en même temps que le cours des effets baisse. Cela provient de ce que la spéculation à la baisse a été fortement prononcée, et que les spéculateurs qui agissent dans ce sens reportent leurs opérations aux mois suivants; l'affluence des vendeurs à fin de mois fait baisser les prix pour ce terme en même temps que les ventes en liquidation ont dû faciliter les reports.

(Note de l'auteur de l'ouvrage intitulé *Bourses de commerce*.)

fonds de cette manière , sans se rendre propriétaire des effets servant à l'opération. Revendant au même instant les effets qu'il achète, le prêteur devient étranger à la baisse qu'ils pourraient subir dans l'intervalle de la revente à l'échéance du terme. Cette baisse tombe à la charge de l'acquéreur ou de l'emprunteur, qui est obligé de prendre livraison au prix convenu. Le reporteur qui a vendu les rentes ne supporterait la perte qu'autant que l'acheteur, devenu insolvable dans l'intervalle, ne serait pas en mesure d'en payer le prix, et par conséquent de les lever.

Pour prévenir ce risque, il est loisible au prêteur de se faire remettre à l'avance par son acheteur une prime de tant pour cent, qui sera imputée sur le prix lors de la livraison , et qu'il retiendra jusqu'à concurrence de la perte éprouvée par suite de la baisse, faute par l'acheteur de prendre livraison contre le payement du prix. Une pareille stipulation n'a rien d'usuraire , puisqu'elle ne tend qu'à rendre le prêteur indemne. *Vice versâ,* si la rente vient à hausser avant l'échéance du terme, il est clair que le bénéfice de la hausse appartient à l'acheteur seul, parce qu'il est, en réalité, propriétaire de la rente dès le jour où la revente lui en a été consentie.

L'utilité du contrat de report est tellement reconnue aujourd'hui, que les personnes les plus étrangères aux opérations de bourse en recherchent l'emploi , comme un moyen aussi sûr que facile de placer leurs capitaux. Il convient surtout à celles qui, ayant besoin de réaliser des payements à une époque prochaine, veulent tenir leurs fonds à disposition, tout en les faisant fructifier. C'est par suite de la multiplicité des opérations de ce genre que les reports ont un cours à la Bourse.

Si , au terme fixé pour la revente (fin du mois

courant ou fin du mois prochain), on veut continuer le report de la même quantité de rentes pour le mois ou les deux
mois suivants, — il y a deux manières d'opérer, également
régulières et licites : — la première consiste à consommer
l'opération existante, en transférant la rente vendue à
terme au profit de l'acheteur qui en paye le prix convenu,
et puis à opérer à nouveau, comme par le passé, c'est-à-
dire à acheter au comptant une inscription nouvelle de
même somme, que l'on se fait transférer ; d'autre part, à
la revendre aussitôt à terme, fin de mois courant ou fin de
mois prochain. On conçoit sans peine ce premier moyen
de continuer un report ; il se renouvelle d'une échéance à
l'autre, aussi longtemps qu'il convient à celui qui opère
de la sorte pour employer ses fonds.

Dans l'autre système, l'opération est encore plus simple
en réalité, bien qu'elle semble plus compliquée, et c'est
ici que l'on reconnaît toujours l'utilité des marchés à
terme et des liquidations qui ont lieu à la fin de chaque
mois entre tous les Agents de change. Celui pour qui le
report se continue commence aussi par acheter une rente
semblable, au comptant, et par la revendre à terme fin
courant ou du mois prochain. Mais, au lieu de retransférer
la rente qui a été inscrite en son nom lors de la première
opération, il la conserve, et charge celui qui vient de lui
vendre une nouvelle rente de la transférer pour lui à son
acquéreur ; il le paye ensuite avec le prix que ce dernier
aurait dû lui remettre à lui-même : de telle façon que la
continuation du report, quoique s'opérant, dans ce cas,
par une substitution de rentes, est tout aussi réelle que
dans le premier cas. En effet, celui qui reporte est libéré
de la revente à terme qu'il avait faite, et il reste obligé,
bien entendu, à livrer sa rente à l'échéance du nouveau

terme fixé (à moins qu'il ne veuille continuer son report,
ainsi que nous venons de l'indiquer); possédant la rente,
il est toujours en mesure de réaliser la revente : or, c'est
là ce qui constitue la validité du report ainsi continué,
puisqu'il est certain qu'il s'établit sur des valeurs réelles,
à la différence des reports sur simples jeux de Bourse.

Exemple : j'ai opéré un premier report, pour fin du mois
de septembre, sur 5,000 francs de rente 5 p. cent. Au 30
septembre, je dois livrer à Mathieu, Agent de change, les
5,000 francs qui ont été inscrits en mon nom. Au lieu d'o-
pérer ce transfert, je rachète pareille somme de 5,000 fr.
de rente de Paul, autre Agent de change, et je dis à celui-
ci de les livrer à Mathieu, contre le prix que Mathieu devrait me donner : voilà ma libération consommée, quoique
je conserve mon inscription de 5,000 francs. D'un autre
côté, je revends cette rente dans le même moment à
Charles, troisième Agent de change, fin de mois, avec un
nouveau bénéfice, qui est la différence entre le rachat au
comptant et la revente à terme : voilà le report continué.
A l'échéance de cette nouvelle vente, je pourrai proroger
le report, en procédant de la même manière, et cela indéfiniment.

Au premier aperçu, nous le répétons, ce deuxième mode
de procéder peut paraître compliqué; la réflexion et la
pratique en rendent néanmoins l'intelligence et l'exécution
faciles. Ce qui semble plus singulier, c'est que, dans l'espèce donnée, je puisse me dispenser de livrer la rente que
j'ai vendue en lui substituant celle que j'achète moi-même
à nouveau, pour remplir mon obligation. Mais telle est l'affluence des opérations sur la rente, que l'on trouve presque
constamment le moyen d'effectuer ces sortes de substitu-
tions. D'autre part, la rente étant une chose de *genre*,

une sorte de monnaie, il importe peu à mon acquéreur que je lui livre la rente qui était inscrite en mon nom, ou celle que j'acquiers d'un tiers.

Lorsque ce rachat est fait par moi à un prix plus élevé que celui que je reçois de mon acquéreur, il est entendu que je dois payer de suite cette différence, sauf à la retrouver, avec le bénéfice de mon report, dans le prix de la nouvelle revente que je consens à terme au même moment. Par la même raison, si je rachète à un prix moins élevé, je profite de la différence pour en tenir compte plus tard à mon nouvel acheteur, qui me payera lui-même un prix d'autant moindre.

Si le taux du report excède l'intérêt légal de 5 ou de 6 p. cent, le prêteur est-il tenu de remettre l'excédant comme usuraire ? Non. Le taux du report n'est pas réellement l'intérêt d'un capital prêté, mais le bénéfice obtenu sur la revente des effets achetés par celui qui opère le report. Si le report a les avantages du prêt sur gage, il n'en a pas moins le caractère essentiel et les effets du contrat de revente, au moyen duquel il se réalise. Le bénéfice acquis par la revente est donc tout-à-fait légitime, à quelque somme qu'il puisse s'élever.

Quoique les reports s'établissent le plus souvent sur les rentes, ils peuvent avoir lieu de même sur les actions de la Banque, les fonds étrangers ou autres effets qui portent intérêt.

PARÈRE

SUR LES REPORTS (1).

—◦◦◦◦◦◦◦◦◦—

Sur la question de savoir si une personne qui achète des rentes au comptant, et au cours du jour, les fait transcrire sur le grand-livre en son nom ou au nom de ses ayants cause, se fait livrer les inscriptions, les paye et les revend à terme, est propriétaire des rentes qui lui sont ainsi transférées, ou si elle ne peut être considérée que comme un créancier nanti.

Paul a acheté de divers, par l'intermédiaire de L. J., Agent de change, 50,000 fr. de rente. Il les a payées au cours du jour ; il les a fait transférer sur le grand-livre en son nom ou aux noms de ses ayants cause, et s'en est fait délivrer les inscriptions.

Cette première opération terminée, il revend à divers, par la même entremise, le même jour et au même prix, la même quantité de rentes, livrables à six mois de terme. Il se fait payer comptant 2 et demi pour la plus-value de la rente pendant ces six mois, et de plus un à-compte sur le prix de la revente, pour en assurer l'exécution.

On demande si Paul, qui a acheté ces 50,000 fr. de rente, qui les a payés, qui les a fait transcrire en son nom, qui s'en est fait délivrer les inscriptions, qui a pu en disposer sans cesse, doit être considéré comme propriétaire incontestable de la rente, ou simplement comme un créancier nanti ?

(1) Appendice *des Bourses de commerce*, n. 14.

Nous soussignés, Banquiers, Négociants et Agents de change, domiciliés à Paris, certifions que, dans le cas de l'exemple proposé, Paul ne saurait être considéré comme un simple créancier nanti.

1° Il a acheté les **50,000 fr.** de rente.

2° Il les a payées.

3° Le transfert de la rente a été fait à son profit, et l'inscription lui a été délivrée.

Paul est donc vrai et légitime propriétaire des **50,000 fr.** de rente. Il l'est au même titre que le sont tous les propriétaires.

En les revendant à terme, il a fait acte de propriété.

Son opération se compose de deux opérations distinctes :

1° Il a acheté au comptant ;

2° Il a revendu à terme.

Le payement fait par Paul, le transfert en son nom sur le grand-livre, la remise de l'inscription, ne permettent point de douter qu'il ne soit réellement propriétaire de cette inscription.

Les différentes conventions pour la revente ne sauraient infirmer le contrat d'achat et en dénaturer l'essence. Paul, en revendant les **50,000 fr.** de rente à terme, a pu recevoir un à-compte plus ou moins considérable sur le prix de la revente : c'est une précaution que prend ordinairement le vendeur à long terme, pour s'assurer que l'acheteur exécutera son engagement.

En résultat, Paul a acheté la rente, il l'a payée, l'a fait inscrire en son nom, en a pris livraison, et l'a revendue à terme ; il a fait ce que font habituellement les Banquiers, les Négociants, les Capitalistes. Cette opération est la seule qui attire sur les effets publics les fonds indispensables à leur crédit. Si on faisait naître la moindre crainte sur une opération aussi utile au Gouvernement, nous sommes convaincus qu'on frapperait son crédit du coup le plus funeste.

Nous pensons donc qu'il y aurait le plus grand danger à élever le moindre doute sur une propriété acquise, dans la forme usitée, garantie par la foi publique, et consacrée par toutes les lois relatives aux rentes sur l'État, qui déclarent, de la manière la plus expresse, que l'inscription de la rente sur le grand-livre et son payement suffisent pour assurer, de la manière la plus absolue, la propriété de la rente à celui au nom de qui elle est inscrite.

NOMS DES SIGNATAIRES.

Banquiers et Négociants : MM. André et Cottier, Ardoin Hubbard et compagnie, Baguenault et compagnie, F. Bellangé, J.-A. Blanc-Colin et compagnie, Carrette et Minguet, Cavallier, Chevals, J.-Ch. Davilliers, Delessert et compagnie, Gros-Davilliers, Odier et compagnie, Guérin de Foncin et compagnie, Jonas Hagermann, Hottinguer, J. Labat, Jacques Laffitte, J. Lefebvre et compagnie, Mallet frères, Gabriel Odier et compagnie, C. Ollivier, J.-J. Outrequin et Jauge, César de Lapanouze, P.-F. Paravey et compagnie, Louis Péréc, Perrier frères, de Rothschild frères, Rougemont de Lowemberg, Ternaux et fils, Thuret et compagnie, Vital Roux et compagnie.

IV.

EXTRAIT DU PLAIDOYER

PRONONCÉ

Par M. Perdonnet, Agent de change,

DEVANT LA COUR DE CASSATION,

DANS L'AFFAIRE FORBIN-JANSON,

A L'AUDIENCE DE LA SECTION CIVILE, DU 11 AOUT 1824.

———⊰⊱———

Le premier acte règlementaire qui ait parlé des marchés à terme d'effets publics est l'arrêt du Conseil du 7 août 1785, dont l'art. 7 « déclare nuls les marchés et compro-
» mis d'effets royaux et autres quelconques qui se feraient
» à terme sans livraison desdits effets, ou sans le *dépôt*
» *réel d'iceux*, constaté par acte dûment contrôlé au mo-
» ment même de la signature de l'engagement. »

Il paraît que cet arrêt, quoiqu'il n'interdise pas les marchés à terme, mais qu'il se borne à les soumettre à la condition de la livraison actuelle ou du dépôt préalable, n'a pas été exécuté : car, dès le 2 octobre suivant, c'est-à-dire moins de deux mois après, on vit paraître un second arrêt qui signale de nouveau le même genre d'abus et la nécessité d'accélérer l'effet de la disposition de l'arrêt du 7 août précédent, qui a eu pour but de distinguer les contractants en état de remplir leurs engagements d'avec ceux à qui la livraison de ce qu'ils ont vendu serait impossible dans tous les cas.

L'article 6 de ce second arrêt dispose qu'il pourra être suppléé au dépôt exigé par l'article 7 de l'arrêt du 7 août 1785 par ceux qui, étant propriétaires des effets qu'ils voudraient vendre, et que néanmoins ils n'auraient pas entre les mains, *déposeraient chez un notaire les pièces probantes de leur propriété.*

Le troisième arrêt du Conseil, en date du 22 septembre 1786, semble attester aussi l'inefficacité des deux premiers ; il en rappelle les dispositions et veut, en outre, qu'il ne puisse être fait à l'avenir aucun marché d'effets royaux et autres effets publics ayant cours à la Bourse, pour être livrés à un terme plus éloigné *que celui de deux mois* à compter du jour de la date. Du reste, il est à remarquer que ce troisième arrêt, à l'imitation du précédent, prononce l'évocation au Conseil de toutes les contestations relatives aux marchés à terme, ce qui explique pourquoi on ne trouve pas un seul arrêt du Parlement qui prononce sur la validité ou l'invalidité de ces sortes de marchés. Mais, d'un autre côté, toutes les fois que le Gouvernement, qui s'était réservé la connaissance des négociations de cette espèce, a usé de son droit, loin de les déclarer *nulles* ou *abusives*, en conformité de ses propres arrêts, il a toujours eu grand soin d'en ordonner la *liquidation ;* et cela, dans les cas même où l'excès du mal semblait commander avec plus de rigueur l'emploi de ce remède extraordinaire.

C'est ce qui arriva notamment dans l'affaire du fameux abbé d'Espagnac, dont le Gouvernement ne se contenta pas d'ordonner la liquidation ; il s'en chargea pour son propre compte, en promettant même à d'Espagnac de le rembourser de ses avances.

« Attendu (porte l'arrêt) que, dans ce moment de crise,
» il est *naturel*, même *indispensable*, de favoriser la *pré-*
» *pondérance des joueurs à la hausse.* »

Lors de la retraite de Calonne, un quatrième arrêt du
Conseil fut porté par le nouveau ministère le 14 juillet
1787.

Après avoir visé les précédents par leur date, il avoue
que, malgré les dispositions desdits arrêts, le genre d'opération qu'on avait voulu réprimer *se perpétue et s'étend
encore tous les jours.*

Mais quel sera le remède ?..... Sera-ce de proscrire sans
distinction les marchés à terme ? de tenir sévèrement la
main aux précédentes dispositions ? Loin de là, l'arrêt fait
dire au Roi que « Sa Majesté a cru devoir *changer* quel-
» ques-unes des dispositions desdits arrêts. » On n'y
retrouve aucune des imprécations prononcées *contre les
marchés à terme :* cette qualification ne s'y rencontre
même pas.

Ce dernier arrêt, au surplus, n'a pas plus que les autres
reçu son exécution.

Ainsi, les marchés à terme ne sont pas déclarés nuls par
les arrêts sans distinction ; leur validité est, au contraire,
consacrée en principe général ; ils ont d'ailleurs continué
publiquement.

Là, s'arrêtent les anciens règlements sur les marchés à
terme. Si l'on envisage ces actes sous le point de vue législatif, on trouve qu'ils n'ont jamais été enregistrés au
Parlement ni dans les Cours souveraines, formalité indispensable, dans les principes constitutifs de notre ancienne
monarchie, pour leur donner le caractère et la puissance
de la loi. En fait, ils n'ont jamais été exécutés, même à
l'époque où ils furent portés : tous ont péri par désuétude.

On ne trouve dans les recueils, avant la Révolution, aucun arrêt du Conseil d'État, chargé par évocation d'assurer l'exécution de ses propres arrêts, qui ait prononcé la nullité d'un seul marché à terme. Ajoutons que, dans tous les cas, ces arrêts n'étaient point applicables aux rentes sur l'État, qui, à l'époque dont nous parlons, ne se négociaient pas à la Bourse par le ministère des Agents de change, mais qui, suivant la législation d'alors, constituaient des immeubles fictifs, susceptibles d'hypothèque et de saisie réelle, et dont la propriété, ainsi que la mutation, étaient constatées par actes devant notaires ; à plus forte raison, ne peut-on les exhumer pour les appliquer à des rentes nouvelles, à des valeurs qui n'existaient pas alors et qui ont pris naissance dans un autre ordre de choses, lorsque le temps, la forme du Gouvernement, le mouvement toujours croissant du crédit, ont créé de nouveaux besoins, de nouveaux rapports et un système de finances tout différent.

La loi du 8 mai 1791 a supprimé les offices d'Agent de change, mais à la charge de se conformer aux dispositions des règlements qui seraient incessamment décrétés ; et cependant, ajoute la loi, les anciens Agents de change continueront d'exercer leurs fonctions, conformément aux anciens règlements, jusqu'à la promulgation des nouveaux règlements qui seront incessamment décrétés.

La loi, comme on voit, n'impose qu'aux anciens Agents de change l'obligation de se conformer aux anciens règlements ; quant aux autres individus, ils seront soumis aux règlements qui *seront incessamment décrétés*.

Et même, à l'égard des anciens Agents de change, il était douteux que l'obligation de se conformer aux anciens règlements comprît les quatre arrêts du Conseil sus-énoncés ; du moins il est certain que les tribunaux avaient fait difficulté d'appliquer ces arrêts, en se fondant sur ce qu'ils n'avaient pas été enregistrés au Parlement. De là le décret du 20 juillet de la même année, par lequel l'Assemblée Nationale décrète « que le défaut d'enregistrement au ci-» devant Parlement ne peut être opposé aux règlements qui, » jusqu'au décret de l'Assemblée Constituante du 8 mai » 1791, ont réglé les conditions et l'exercice des fonctions » des Agents de change, et que ces règlements auront leur » plein et entier effet pour tous les engagements et négocia-» tions qui ont eu lieu sur la foi de leur exécution. »

Ce décret n'est évidemment que transitoire ; il ne dispose que pour le passé antérieur au décret du 8 mai. Il ne statue rien pour les négociations qui auront lieu à l'avenir, parce que, pour ces derniers, le décret du 8 mai suffira provisoirement.

On prétend que la loi du 28 vendémiaire an IV, sur la *police de la Bourse*, a fait revivre et a confirmé les arrêts du Conseil ; on se fonde sur l'article 4, chapitre 2, de cette loi, ainsi conçu : « Attendu que les marchés à terme ont déjà été interdits par de précédentes lois, tous ceux contractés antérieurement au précédent décret sont annullés ; il est défendu d'y donner aucune suite, sous les mêmes peines portées contre les infracteurs de l'article précédent. »

Mais cet article est placé, non sous la rubrique des Agents de change que renferme cette loi, mais sous celle de la négociation des lettres de change en France : il n'a donc rapport qu'à cette espèce de négociation et nullement à la négociation des fonds publics. Quelle que soit la généralité apparente de ses expressions, s'il parle de l'ancienne prohibition des marchés à terme, ce n'est qu'énonciativement ;

il ne renouvelle même cette prohibition que pour le passé.

Depuis lors jusqu'en l'an x, on trouve différents décrets concernant la Bourse et les Agents de change; mais il n'y est point parlé des marchés à terme; seulement, dans l'arrêté du 27 prairial an x, on lit un article portant : « Chaque Agent de change devant avoir reçu de ses clients » les effets qu'il vend, ou les sommes pour payer ceux » qu'il achète, est responsable de la livraison et du paye- » ment de ce qu'il aura vendu et acheté. »

On a aussi voulu voir là un renouvellement de l'ancienne prohibition des marchés à terme, ou du moins une présomption que l'arrêté avait voulu reproduire la prohibition; mais déclarer l'Agent de change responsable, quoiqu'il n'ait pas réellement reçu les sommes, n'est-ce pas, au contraire, reconnaître la validité du marché? n'est-ce pas substituer la responsabilité de l'Agent de change à la nullité de la négociation?

Les cinq Codes ont été publiés : loin de défendre les marchés à terme, le Code civil les autorise de la manière la plus formelle, lorsqu'il dit que : « La vente sera parfaite » entre les parties, dès qu'on sera convenu de la chose et » du prix, quoique la chose n'ait pas été livrée, ni le prix » payé (Article 1583). » Trouve-t-on dans le Code de commerce quelque disposition spéciale dont l'effet soit de soustraire les marchés à terme aux principes du droit commun et de créer pour eux une prohibition exceptionnelle? Nullement, bien qu'il s'occupe des Agents de change et de leurs obligations. L'article 90 se borne à dire qu'il sera pourvu, par des règlements d'administration publique, à tout ce qui est relatif à la négociation et transmission des effets publics. Ainsi, plus de renvoi à des règlements surannés, plus de retour vers le passé; c'est pour l'avenir que la loi annonce et promet, et cela était commandé par la nature des choses.

L'article 421 de ce Code range les paris qui auraient été faits sur la hausse et sur la baisse des effets publics au rang des délits ; et l'article 422 déclare pari de ce genre « toute » convention de vendre ou d'acheter des effets publics, » qui ne seront pas prouvés par le vendeur avoir existé » à sa disposition au temps de la convention, ou avoir dû » s'y trouver au temps de la livraison. »

Pour qu'un marché à terme rentre dans l'application de ces articles, il faut nécessairement le concours de ces deux circonstances :

1° Que les effets vendus ne soient pas à la disposition du vendeur ;

2° Qu'ils ne doivent pas s'y trouver au temps de la livraison : c'est-à-dire, il faut que le vendeur et l'acheteur ne conviennent d'autre chose que de régler entre eux, d'après le cours du jour de la convention, le bénéfice et la perte résultant de l'opération. Alors, il y aurait véritablement jeu à la hausse et à la baisse (1).

Mais tels ne sont pas les marchés qui se font à la Bourse de Paris.

A la Bourse de Paris, les marchés ne peuvent avoir pour terme une époque dépassant deux mois. De plus, pour constater que le vendeur a ou doit avoir à sa disposition les effets qu'il vend, le terme est uniquement accordé dans l'intérêt de l'acheteur ; le vendeur s'oblige toujours, et sans qu'aucune exception lui soit jamais permise, à livrer les

---

(1) C'est précisément ce qui se passait parmi les *marrons*, lorsqu'ils liquidaient au cours moyen de la fin du mois.

effets vendus, au moment même où il en sera requis par l'acheteur.

Ces marchés n'ont rien de fictif; ils ne se liquident pas par de simples différences à payer. Aussitôt que l'acheteur l'exige, ils sont suivis d'une réalisation parfaite, de laquelle il résulte que le vendeur livre réellement les effets vendus par lui, et que l'acheteur en paye réellement le prix convenu. En réalité, c'est ainsi qu'on procède constamment à la Bourse; il ne s'y fait aucun marché à terme fixe. L'acheteur peut toujours exiger la livraison anticipée et convertir son marché à terme en un marché au comptant; ou, pour mieux dire, tous les marchés qui se font sont de véritables marchés au comptant, dont la réalisation est seulement suspendue jusqu'au moment où l'acheteur aura réuni les fonds nécessaires au payement de la chose à lui vendue.

Ce qui caractérise le marché à terme, c'est que le créancier ne puisse pas poursuivre le débiteur avant l'échéance.

De ce qui précède on doit tirer la conséquence :

1° Que, dans la législation postérieure à 1791, les articles 421 et 422 du Code pénal étaient les seules dispositions relatives aux marchés à terme, ou plutôt aux opérations illicites qui sont improprement appelées marchés à terme;

2° Que ces articles étaient inconciliables avec les anciens arrêts du Conseil et les auraient virtuellement abrogés, si ces arrêts n'étaient tombés d'eux-mêmes en désuétude.

Depuis trente ans, les marchés à terme sont devenus d'un usage de plus en plus général. A chaque Bourse, on vend à terme plus encore qu'au comptant; ces ventes à terme se font au vu et su du Gouvernement. Ces opérations ne sont pas secrètes ; tout se fait à la Bourse, tout s'y fait à haute voix et publiquement.

Si cet usage eût été contraire à la loi ; s'il n'eût été qu'un abus, les tribunaux auraient sévi dès le principe ; mais non, leur voix s'est élevée à côté de la tolérance du Gouvernement, pour proclamer elle-même que les marchés à terme ont cessé d'être prohibés. En effet, jusqu'à ces derniers temps, où la Cour royale de Paris, séduite par on ne sait quelles considérations qu'elle a cru d'ordre public, a réformé sa propre jurisprudence (1), non-seulement on ne trouve pas un seul arrêt qui ait annullé des marchés de cette nature, mais dans toutes les contestations suscitées par la mauvaise foi contre des engagements qui paraissaient avoir le caractère de marchés à terme, toutes les décisions ont été pour le maintien et l'exécution des contrats.

On peut citer notamment les arrêts de la Cour royale de Paris, des 13 fructidor an XIII, 29 mai 1810, 7 mars 1811, 11 janvier 1821, et les arrêts de la Cour de cassation des 18 février 1806 et 15 novembre 1813 portant rejet de pourvois formés contre d'autres arrêts de la Cour royale de Paris (2).

Tous les auteurs s'accordent à reconnaître que lorsque le temps et les circonstances amènent des mœurs, des idées nouvelles et des besoins nouveaux, les statuts qui perdent leur utilité perdent souvent aussi leur force obligatoire ; que les usages nouveaux, lorsqu'ils sont établis par l'assentiment universel, tolérés par le Gouvernement,

---

(1) 1823.

(2) Voir Dalloz. volume de 1811, p. 103, et dans le vol. de son *Répert.* aux mots *Agents de change* et *Effets publics.*

consacrés par les tribunaux, acquièrent force de loi ; qu'ainsi cette loi tacite succède à la loi écrite ; qu'elle s'établit sur ses ruines et la remplace.

Dans les cas ordinaires, la désuétude est un fait purement négatif ; mais ici quelle différence ! On fait précisément le contraire de ce que la loi avait ordonné, et le Gouvernement lui-même sanctionne cette abrogation des lois anciennes, soit par l'insertion, qu'il permet dans tous les papiers publics, des cours journaliers des marchés à terme, soit par ses propres opérations en ce genre, opérations pour lesquelles il ne s'est jamais conformé aux conditions prescrites par les arrêts du Conseil : témoin la Caisse d'amortissement, qui, achetant tous les jours, ne livre jamais l'argent d'avance et ne paye que sur la remise de l'inscription. Disons-le donc : fussent-ils applicables à la négociation des rentes actuelles sur l'État, les anciens règlements se trouveraient abrogés.

Ainsi, lorsque la Cour royale de Paris a dit : « Qu'il » résultait de l'ensemble des lois et règlements sur la né- » gociation des effets publics et sur les obligations impo- » sées aux Agents de change, que la volonté constante du » législateur avait été de prohiber les marchés de la nature dont il s'agit, » elle s'est évidemment trompée.

En supposant que les marchés à terme fussent réellement prohibés et nuls, la question de nullité d'un tel marché ne pouvait s'agiter qu'entre le vendeur et l'acheteur, et non entre l'acheteur et son propre Agent de change. En effet, comme cet Agent de change n'était pas le vendeur à l'égard de son client, mais bien acquéreur par ordre et pour compte de son client, il n'y avait à régler entre eux que le compte d'exécution de ce mandat.

On veut assimiler les marchés à terme au jeu ! Mais que

l'on recoure aux lois sur le jeu, et l'on verra si elles ont organisé le jeu, si elles ont pris soin d'en régler les formes, et si elles subordonnent l'action en payement de la perte ou du gain à la condition de mettre au jeu ou de faire contrôler les cartes. Non, la défense est absolue : elle porte sur le jeu : c'est le jeu comme jeu qui est défendu. Les marchés à terme, au contraire, sont permis : seulement on exigeait autrefois, comme condition de leur validité, que le terme de leur livraison ne fût pas plus éloigné que celui de deux mois ; qu'il y eût livraison, ou dépôt réel des effets vendus, constatée par un acte dûment contrôlé, ou simplement dépôt chez un notaire des pièces probantes de la propriété. On exige seulement aujourd'hui que le vendeur ait ces effets à sa disposition, sinon au temps de la convention, au moins au temps de la livraison (article 422 du Code pénal). — En observant ces conditions, les marchés à terme sont valables ; si l'on a négligé de les observer, les marchés sont nuls, c'est-à-dire qu'une action ou une exception en nullité sont ouvertes aux parties intéressées. Si les marchés à terme avaient été défendus comme jeu, dans l'intérêt des bonnes mœurs, si la nullité de ces marchés avait été absolue et d'ordre public, l'arrêt du 2 octobre 1785 n'aurait pas ordonné la liquidation des marchés à terme faits au mépris de la nullité prononcée par l'arrêt du 7 août précédent ; les arrêts subséquents n'auraient pas eu la même indulgence. On ne compose pas ainsi avec l'immoralité. Mais le législateur n'a vu là qu'un vice de forme, dont il a relevé les contractants, sans qu'il paraisse même que ceux à qui l'action en nullité était acquise se soient plaints de ce qu'elle leur avait été enlevée.

Les marchés que la Cour royale a voulu proscrire, comme un mal, sont nécessaires au Gouvernement et à la Société.

10

Le premier besoin des Gouvernements actuels, c'est le crédit : le crédit seul les met à même de supporter l'énorme fardeau de ces dettes colossales que les temps et les révolutions ont accumulées ; le crédit seul leur fournit les moyens de subvenir aux besoins multipliés d'une administration étendue et d'une civilisation avancée ; le crédit seul leur permet, dans les moments de crise, de recourir à des emprunts qui ne sont plus aujourd'hui une faculté qu'on puisse remplacer par une autre, un système auquel on puisse substituer des combinaisons différentes, mais un besoin, résultat impérieux de l'état des choses en Europe : à tel point que le Gouvernement qui laisserait entre les mains des autres ce levier puissant, sans vouloir ou sans pouvoir en user lui-même, resterait en arrière et compromettrait peut-être son existence.

Or, un des plus grands moyens de crédit, c'est l'active circulation des valeurs, c'est la facilité des spéculations.

On n'entend pas nier, assurément, toute l'influence qu'a eue dans l'accroissement de notre crédit la bonne foi du Gouvernement, sa fidélité à remplir ses engagements, le bon ordre de sa comptabilité. Mais il y aurait injustice à méconnaître toute la part qu'ont eue dans ce grand développement financier le mouvement imprimé aux négociations de la Bourse, en général, et les marchés à terme en particulier. Sans le secours de ces marchés, le Gouvernement n'eût pu trouver à réaliser ses emprunts ; sans ces marchés, la rente ne fût point montée au pair ; et lorsque le Gouvernement recueille aujourd'hui le bénéfice de ces opérations, il serait à la fois injuste et impolitique de les proscrire. Ajoutons que si les marchés à terme devaient être soumis aux conditions mentionnées dans les arrêts du Conseil, les étrangers et même les Français ne s'intéresse-

raient dans nos fonds qu'avec une réserve extrême. Le
Gouvernement serait privé des ressources en ce genre que
lui présente l'Europe entière, et le commerce français perdrait les avantages en commission et autres produits de
toute nature qu'il retire, par cette voie, de l'étranger. Paris devrait supporter presque seul le fardeau de plus de
deux cents millions de rente!

On objecte l'ordre et la morale qu'on dit être compromis
par les marchés à terme, sans dépôt préalable; on parle
sans cesse de réprimer les spéculations hasardeuses de la
Bourse. Ici nous rappellerons les paroles de M. le Président
du Conseil des Ministres dans la séance de la Chambre des
Députés du 30 avril 1824 :

« Nul doute, disait Son Excellence, que l'agiotage n'ait
» ses inconvénients et ses dangers; mais comment, avec la
» nécessité que nous impose notre système financier, de
» soutenir le crédit public pour se ménager la faculté d'em-
» prunter dans des cas extraordinaires, comment, dis-je,
» est-il possible de concevoir une nature d'effets public
» qui ne donne pas prise à l'agiotage? Qu'est-ce qui
» produit l'agiotage? Ce sont les deux chances de hausse
» et de baisse. Si vous tuez ces chances, vous tuez le
» crédit.

» On ne peut tuer l'agiotage qu'en renonçant au sys-
» tème de crédit adopté, *qu'en éteignant la dette.* Mais
» tant qu'on sentira la nécessité, pour un pays comme la
» France, de pouvoir recourir à des emprunts le jour où
» sa sûreté peut l'exiger, ou même sa prospérité le deman-
» der, il faudra bien conserver tous les moyens de crédit.
» Tant qu'on reconnaîtra la nécessité de conserver cette
» ressource extraordinaire, on sera soumis à la pénible
» condition d'en subir les conséquences, celle de l'agio-

» tage ; c'est un mal, j'en conviens, mais un mal qui porte
» avec lui son remède. »

Le moyen de proscrire les spéculations hasardées et excessives serait indubitablement de soumettre les spéculateurs à toute la rigueur des lois concernant les dettes commerciales, de les effrayer par les conséquences inévitables
des engagements qu'ils contractent, au lieu de les rassurer
et de les enhardir par une impunité qui ne leur laisse que
les avantages de l'opération, sans les soumettre aux risques, et qui joint le scandale d'une obligation violée au
danger d'une spéculation chanceuse et téméraire.

Au reste, les spéculations sur les effets publics n'ont
rien d'immoral en elles-mêmes ; elles ne sont condamnables qu'à l'égard de celui-là qui n'en proportionne pas
l'importance à ses facultés. Elles causent moins de désastres, ruinent moins de monde, amènent moins de catastrophes que les spéculations ordinaires du commerce :
dans les hautes spéculations du commerce, tout est marché
à terme ; ces marchés sont d'une nature toute semblable,
quoique d'une forme différente, à ceux qu'on fait sur les
effets publics ; pour être licites, ils ne sont soumis à aucune justification de faculté et de propriété. Cependant,
malgré cette similitude, il n'est jamais arrivé qu'on ait
tenté de faire prononcer la nullité des engagements d'un
négociant tombé en faillite et resté débiteur de plusieurs
millions par l'effet de ces marchés à terme, soit qu'ils aient
eu pour objet des marchandises à livrer ou de l'argent à
remettre pour faire les fonds de ses traites. Il n'existe aucun motif raisonnable d'établir une exception au détriment des effets publics.

V.

OPINION

DE M. MOLLOT,

Avocat à la Cour royale de Paris,

SUR LES MARCHÉS A TERME (1).

OBSERVATIONS SUR LES LOIS ET ARRÊTS (2).

Quelles que soient les dispositions des lois et des arrêts dont nous venons de présenter l'analyse, il n'est pas douteux qu'elles doivent être exécutées tant qu'elles subsisteront, et nous allons en examiner l'application dans le paragraphe suivant : *Dura lex, sed lex*. Nous croyons cependant qu'il nous est permis de proposer au législateur les améliorations importantes dont leur système nous paraît susceptible. Voici sur ce point notre manière de voir. Elle

(1) Elle est extraite textuellement de son ouvrage sur les *Bourses de commerce*, pag. 242 et suiv. Elle a conservé toute son actualité.

(2) Depuis la publication de cet ouvrage (1832), la jurisprudence, tout en maintenant son principe de sévérité contre les marchés à terme, a, néanmoins, consacré l'opinion de l'auteur sur plusieurs points très-importants, comme on pourra le voir en lisant les arrêts rapportés ci-après, n° VII : 1° Elle a reconnu, en principe, la validité des marchés à terme ; 2° elle n'exige pas de la part du vendeur la formalité du dépôt des effets ni des pièces prouvant sa propriété ; 3° elle admet que l'acheteur ne doit pas consigner les fonds, au moment de la conclusion du marché, etc.

N. B. Les numéros de renvoi qui se trouvent dans le passage rapporté, s'appliquent au livre de M. Mollot.

peut être erronée ; on ne doutera pas du moins qu'elle soit consciencieuse et réfléchie.

Assurément, les lois et les arrêts ont proscrit avec grande raison les marchés qui constituent des jeux de Bourse. Il ne se trouvera personne qui ose élever la voix pour défendre de pareilles opérations, parce qu'elles sont immorales, et peuvent entraîner à leur suite les abus les plus déplorables, la ruine des familles, la perte du crédit de l'État.

Mais ce qu'il importerait de déterminer autrement que le font les dispositions actuelles, ce sont les caractères auxquels on puisse avec certitude distinguer les jeux de Bourse à réprimer, des marchés à terme qu'il est nécessaire de maintenir. Les lois et les arrêts réputent jeux de Bourse et annullent comme tels les marchés à terme qui n'ont pas été accompagnés du dépôt des effets vendus ou du dépôt de leurs titres de propriété ; nous dirons tout à l'heure que cette disposition ne nous semble pas irritante, que, dans l'état actuel de la législation, le dépôt peut se suppléer par la preuve que le vendeur était propriétaire des effets au moment où il a souscrit le marché à terme ; ce n'est point assez, et si la législation était revisée, nous pensons qu'il conviendrait d'adopter une règle plus exacte et plus large pour apprécier la nature et le mérite des marchés à terme. A notre avis, les marchés à terme devraient être déclarés valables toutes les fois qu'il serait prouvé que les parties ont été de bonne foi en les concluant ; qu'elles ont eu l'intention et les moyens de les exécuter, soit que le vendeur ait possédé ou non, lors du marché, les effets vendus. L'examen du fait et la décision de la question seraient abandonnés à la prudence des tribunaux, qui jugeraient alors d'après les principes ordinaires du droit.

Les considérations les plus graves se réunissent, suivant nous, pour justifier cette opinion. Elles dérivent à l'envi du changement des temps, de l'utilité actuelle des marchés à terme, du droit commun, de la nature du contrat, et de la publicité qui préside à son exécution.

En effet, 1° les arrêts de l'ancien Conseil d'État ont été rendus dans des temps qui sont bien différents des circonstances présentes. C'était peu d'années avant la révolution de 1789, à une époque où la théorie du crédit était encore mal connue, où la marche du Gouvernement, qui différait du nôtre presqu'en tout, était entravée par des obstacles divers, où la monarchie était déjà compromise par l'existence d'un énorme déficit dans ses finances, où le ministère de Calonne cherchait enfin à rejeter sur l'agiotage la défaveur mortelle qui s'attachait aux effets publics. Aussi voiton que les arrêts expriment ce dernier motif dans les termes les plus alarmants.

D'un autre côté, le dépôt exigé par ces arrêts avait moins d'inconvénients qu'aujourd'hui, en ce qu'il ne s'appliquait qu'à quelques-uns des effets publics, tels que les actions de la Compagnie des Indes, les actions des eaux, etc. Les rentes sur l'État ne se négociaient point à la Bourse par le ministère d'un Agent de change : étant réputées immeubles fictifs, elles se transmettaient par actes devant notaires, de même que les immeubles réels. Il n'était pas non plus question des fonds étrangers, puisque les règlements défendaient de les coter à la Bourse (*V. supra*, n° 265.) Mais, dans l'état actuel des choses, le système a complètement changé. Tous les effets publics se négocient à la Bourse; les plus nombreux et les plus considérables sont ceux qui constituent la dette de l'État. Soumettre leur négociation à la formalité d'un dépôt, ou à toute autre condition presque aussi gênante, c'est donc en entraver la circulation d'une manière fâcheuse pour le commerce et le crédit de l'État lui-même.

2° Nos finances sont dans un état prospère, et, loin que les marchés à terme sur les effets publics puissent compromettre cette prospérité, nous la devons principalement à leur influence. Par eux le cours des effets se soutient et s'élève chaque jour ; par eux l'État acquiert la facilité avec laquelle il amortit sa dette et réalise les emprunts dont il peut avoir besoin, ainsi que nous l'avons fait observer dans l'introduction. N'admettez que les marchés au comptant, ou réclamez avec rigueur le dépôt pour les marchés à terme, et vous verrez bientôt disparaître ce mouvement extraordinaire qui vivifie la Bourse, qui appuie si fortement le crédit public.

Et qu'on ne dise pas que ce sont là des résultats factices, produits éphémères et dangereux d'un agiotage déguisé ! Le commerce et l'industrie retirent eux-mêmes un immense profit des opérations à terme, car, en accréditant la valeur des effets publics, elles procurent au commerce et à l'industrie un nouveau signe représentatif, un accroissement et un emploi faciles de leurs capitaux. L'argent devenant plus commun, il en résulte encore que l'intérêt doit baisser dans la même proportion : c'est ce qu'une expérience de près de seize années nous a démontré ; c'est ce qu'attestait déjà l'opinion des commerçants les plus notables de la Capitale, en 1824, dans le procès Perdonnet ; c'est ce qu'a reconnu le Tribunal de commerce par son jugement du 27 février 1830, cité plus haut, n° 316. Or, qui peut douter qu'aujourd'hui ces vérités soient mieux senties que jamais ? que le vœu du nouveau Gouvernement le porte à protéger des transactions qui touchent de si près à l'intérêt public et à la liberté du commerce ?

3° On est forcé de confesser que, d'après le droit commun, les marchés à terme devraient être permis sur les effets, de même que sur les marchandises ou autres objets, sans aucune espèce de restriction. En effet, ce principe général est écrit dans l'art. 1583 du Code civil (*V. suprà*, n° 126). Si, par des considérations qui tenaient aux circonstances particulières d'une époque à présent surannée, au système étroit d'un Gouvernement absolu, quelques dispositions spéciales ont dérogé à cette règle relativement aux effets publics, la mesure a pu être admissible tant que les mêmes circonstances ont subsisté ; elle cesse d'être nécessaire, elle tournerait contre le but proposé, dès qu'il est constant que les choses ont totalement changé.

Le Code pénal, dont on argumentait en 1824 sur la question des jeux de bourse, rentre lui-même dans le principe général, qui est favorable aux marchés à terme, puisqu'il se refuse à voir un jeu de bourse dans l'opération où le vendeur à terme peut prouver *qu'il était en mesure* de livrer les effets au temps de la livraison.

4° Dans ces marchés, l'acheteur doit être présumé de bonne foi, dès que les dispositions actuelles reconnaissent qu'il n'est pas possible de lui imposer l'obligation de prouver qu'il a ses fonds prêts pour exécuter le marché à l'échéance. D'autre part, s'il demandait à vérifier l'existence du dépôt ou la solvabilité du vendeur, il en résulterait une violation du secret que la loi commande essentiellement à l'Agent de change dans l'exercice de son ministère (*V. suprà*, n° 180).

Lorsque le marché à terme contient la clause que les effets vendus sont *livrables à volonté* (*V. suprà*, n° 128), le marché peut devenir d'un moment à l'autre un marché au comptant ; il suffit pour cela que l'acheteur manifeste l'intention de se faire livrer de suite, et dans l'usage une telle clause se réalise assez fréquemment. Le même marché peut encore passer dans plusieurs mains. Ainsi Paul, qui a fait acheter 5,000 francs de rentes pour la fin du mois, les fait revendre avant l'échéance du terme ; ils sont acquis pour compte de Pierre, qui lui-même donne ordre à son Agent de change de les rétrocéder ; ils passent après dans les mains de Jacques, de Bernard, etc. On se demande comment les sous-acquéreurs seront à portée d'en vérifier l'origine au milieu de la rapidité des diverses négociations ? Ne peuvent-ils pas croire que l'exécution suivra, lorsqu'ils sont eux-mêmes disposés et préparés à la consommer pour ce qui les regarde ? La liquidation générale qui s'opère à la fin de chaque mois, et qui règle tous les marchés tombant à cette échéance, démontre enfin la réalité du plus grand nombre des opérations faites. Il n'est pas rare qu'un seul Agent de change prenne livraison d'effets vendus à terme contre le payement réel de plusieurs millions. Si tel autre ne livre ou ne lève pas les effets, et au lieu de cela se borne à encaisser ou à payer les différences, on n'en doit point conclure que les marchés n'auront été que des jeux de bourse : il peut avoir convenu à ses clients de résoudre ainsi leurs marchés. La liquidation est une combinaison ingénieuse à l'aide de laquelle tous les marchés à terme s'exécutent et se règlent de la manière la plus simple et la plus utile à tous les intéressés.

5° Ajoutons que les marchés à terme s'opèrent publiquement, avec une grande exactitude, et par le ministère d'officiers publics qui sont investis de la confiance du Gouvernement : la fraude paraît donc impossible.

Un fait plus fort que tous les raisonnements semble démontrer, au surplus, l'utilité et, nous dirons même, la nécessité des marchés à terme : c'est que, malgré les derniers arrêts, ces marchés n'ont pas cessé d'avoir cours, et que nous leur devons encore l'accroissement de la prospérité financière auquel nous sommes parvenus. L'Autorité en est tellement convaincue, que, loin de s'opposer à ce qui se passe, en réclamant l'exécution sévère des anciens arrêts du Conseil, elle autorise et encourage cet état de choses, puisqu'elle exige que chaque jour le syndic des Agents de change adresse au ministre des Finances le bulletin des cours à terme. Si elle approuvait le système actuel de la législation, concevrait-on qu'elle se mît en contradiction ouverte avec lui?

Objectera-t-on que la loi nouvelle qui donnerait aux marchés à terme une aussi grande latitude favoriserait l'agiotage et ramènerait les excès que les arrêts du Conseil ont eu pour objet de prévenir? Non, un pareil abus n'est plus à craindre, du moment où l'on remet aux tribunaux le droit de juger la nature des marchés d'après les faits et circonstances. Si les tribunaux n'y reconnaissent que des jeux de bourse déguisés, ils les anéantiront ; mais s'ils les jugent de bonne foi et sérieux, pourquoi ne les maintiendraient-ils pas? Laissons les arbitres souverains du fait, et soyons assurés que leur amour pour l'ordre, leur pénétration, leur sagesse et, disons-le, leur préoccupation habituelle sur ces sortes d'affaires, déjoueront bien facilement toutes les fraudes qu'on serait tenté de commettre. Qui ne sait que dans les choses les meilleures le mal peut quelquefois s'introduire? Faut-il qu'une règle sage et utile soit détruite par l'abus qui n'est que l'exception ?

Pour terminer sur cette grave question, nous dirons que l'insuffisance et les inconvénients de la législation sur les

effets publics ne peuvent être ignorés du législateur. Le
Code de commerce les a révélés le premier, en déclarant,
art. 90, « qu'il serait incessamment statué par des règlements sur la négociation et la transmission des effets publics. » Depuis, tout en faisant l'application des anciens
arrêts du Conseil et des autres lois subséquentes, la Cour
de cassation a paru énumérer à dessein les griefs qu'on
leur oppose. On lit dans son arrêt sur l'affaire Perdonnet :
« que leur abrogation ne peut résulter que d'une autre loi;
» qu'ainsi, si, comme on le prétend, celle dont il s'agit *ne*
» *peut se concilier avec les besoins du commerce, avec*
» *le système actuel des finances et du crédit public*, le
» Gouvernement seul a le droit de peser ces considérations
» et de les juger. » La Compagnie des Agents de change de
Paris, qui se trouve placée sous le poids d'une énorme responsabilité, entre l'observation ponctuelle des anciens règlements et l'irrésistible impulsion des affaires, s'est vainement autorisée de cet arrêt pour solliciter près du dernier Gouvernement la loi nouvelle promise dès 1807 ; il
ne lui a été fait aucune réponse. Les difficultés à résoudre
sont sérieuses, sans contredit ; mais il faut un terme aux
hésitations les plus louables ; et ici, le législateur ne peut
tarder plus longtemps à se prononcer. Cette partie de la
matière est d'un si grand intérêt, qu'il y a urgence de la
fixer, pour dissiper les incertitudes toujours funestes au
commerce et au crédit public (1).

---

(1) C'est encore ce réglement, que la Compagnie des Agents de change
vient demander aujourd'hui.

VI.

OPINION

DE M. PERROT DE CHEZELLES,

AVOCAT-GÉNÉRAL,

Portant la parole dans l'affaire de la contribution du sieur Bureaux

(EX-AGENT DE CHANGE),

A L'AUDIENCE DE LA 1ʳᵉ CHAMBRE DE LA COUR ROYALE
DE PARIS, LE 4 JUILLET 1836 (1).

———— ❦ ————

Les appelants ont soutenu que les fonds prêtés par la caisse commune de la Compagnie des Agents de change (2) avaient servi à solder des dettes de jeu, pour lesquelles la loi eût dénié action. Ils ont dit : « Suivant l'article 1965 » du Code civil, il n'y a point action pour les dettes de jeu » et paris. Les marchés à terme non précédés de dépôts » des effets et valeurs, et non suivis d'une livraison réelle, » sont essentiellement des jeux et des paris : de tels marchés » à terme sont prohibés par les arrêts du Conseil des 24 » septembre 1724, article 29 ; 7 août 1785, article 7, et » 22 septembre 1786 ; ils sont érigés en délits par les » articles 421 et 422 du Code pénal. Une jurisprudence

---

(1) On a dû se borner à rapporter ces conclusions, par extrait, parce qu'elles portaient sur d'autres questions.

(2) Voir, sur la *Caisse commune*, la note rapportée *suprà*, p. 61 de l'Appendice, 1ʳᵉ partie.

» sévère les a justement proscrits. Les délibérations de
» la Compagnie relatives aux prêts établissent qu'ils ont
» été effectués pour solder des différences de bourse, des
» différences se rattachant essentiellement à des marchés à
» terme non suivis de réalisation : pures spéculations, purs
» paris, opérations illicites entre joueurs ; des prêts faits
» fictivement par les joueurs eux-mêmes, pour se solder,
» n'ont point établi de novation dans leur titre originai-
» rement vicieux, n'ont pu faire acquérir aux joueurs et
» à des tiers, complices de leur fraude, une action que la
» loi leur avait justement refusée. »

Nous croyons qu'il n'est pas établi que les sommes
empruntées aient réellement servi à solder des dettes de
jeu.

Si nous nous attachons, d'abord, à reconnaître les règlements qui peuvent avoir de l'influence sur l'appréciation
des faits, nous y voyons qu'ils n'interdisent pas d'une
manière absolue les marchés à terme, souvent utiles au
Gouvernement pour l'écoulement des emprunts considérables, aux capitalistes pour le placement de leurs
capitaux, et aux citoyens dont les intérêts et les besoins
sont si variés. Les règlements ne prohibent pas les spéculations à ceux qui ont des rentes et des fonds, ils les défendent seulement à ceux qui vendent ou achètent sans
avoir de quoi livrer ou payer ; ils défendent de jouer à la
Bourse seulement à ceux qui le font d'une manière particulièrement immorale, sans pouvoir donner prise aux chances
défavorables, prétendant aux chances de gagner le bien
d'autrui sans risquer autre chose que ce qu'ils n'ont pas.

L'article 29 de l'arrêt du 24 septembre 1724, ne défend
pas de stipuler un terme pour la livraison ; il dispose
seulement que les clients devront, avant l'heure de la

Bourse, remettre aux Agents de change l'argent ou les effets.

L'article 7 de l'arrêt du 7 août 1785, dit :

« Déclare nuls Sa Majesté les marchés et compromis
» d'effets royaux et autres quelconques qui se feraient à
» terme et sans livraison desdits effets, ou sans dépôt réel
» d'iceux, constaté par acte dûment contrôlé au moment
» de la signature de l'engagement. »

Permettre le marché sans livraison simultanée, sur un simple dépôt, c'est implicitement autoriser le marché, avec stipulation de terme pour la livraison.

L'article 6 de l'arrêt du 2 octobre 1785 est plus formel dans ce sens : « Il pourra être suppléé au dépôt par ceux
» qui étant constamment propriétaires des effets qu'ils
» voudraient vendre, et ne les ayant pas alors entre leurs
» mains, déposeront chez un notaire les pièces probantes
» de leur libre propriété. »

L'arrêt du 22 septembre 1786 est plus clair encore :
« Les arrêts des 7 août et 2 octobre 1785 seront exécutés,
» et notamment l'article 7 du premier desdits arrêts, qui
» déclare nuls les marchés et compromis d'effets royaux
» et autres quelconques qui se feraient à terme sans livraison
» desdits effets ou sans le dépôt réel d'iceux. Veut en outre
» sa Majesté qu'il ne puisse être fait, à l'avenir, aucuns
» marchés d'effets royaux ou autres effets publics, ayant
» cours à la Bourse, pour être livrés à un terme plus éloigné
» que celui de deux mois à compter du jour de sa date. »
Ici, les marchés à terme sont expressément autorisés, sous la double condition que le terme stipulé ne sera pas de plus de deux mois, et qu'à défaut de livraison, il y aura dépôt de titres.

Les articles 421 et 422 du Code pénal sont moins

rigoureux que les anciens règlements : ils punissent toute convention de vendre ou de livrer des effets publics qui ne seront pas prouvés par le vendeur avoir existé à sa disposition au temps de la convention ou avoir dû s'y trouver au temps de la livraison.

Pour échapper à l'application du Code pénal, il n'est pas nécessaire que le vendeur prouve sa propriété au moment de la vente; il suffit qu'il prouve qu'il devait avoir l'effet vendu à sa disposition au moment de la livraison. On a, sans doute à tort, prétendu que le Code pénal avait implicitement abrogé tous les anciens règlements, sur les marchés à terme. On peut seulement y trouver un nouvel argument pour établir que notre législation ne prohibe pas d'une manière absolue tous marchés à terme ; il est évident du reste, que de ce que la loi pénale se borne à punir certains faits, on ne peut conclure qu'elle ait implicitement abrogé toute une législation spéciale qui défendait, outre ces faits, d'autres faits qui peuvent rester illégaux et donner lieu à des nullités, quoique non jugés assez graves pour entraîner des peines.

Les règlements qui nous apprennent que les marchés à terme sont licites sous certaines conditions nous enseignent aussi qu'ils peuvent être nuls d'un côté sans l'être de l'autre, et même qu'à titre de peine, l'Agent de change qui a traité pour un individu non en règle avec un collègue dont les clients l'étaient, est personnellement responsable.

Si un Agent de change, ayant l'inscription de son client, vend à un autre Agent de change n'ayant pas les fonds, ou, au contraire, si un Agent de change ayant les fonds achète à un collègue n'ayant pas les effets publics dont il promet la livraison, celui qui est en règle, qui a fait loyalement un marché qu'il est en mesure d'exécuter, ne peut

souffrir de ce que celui avec lequel il traite n'a pas obéi aux règlements; au client qui a nanti son Agent de change, à l'Agent de change qui a été couvert par le dépôt des effets ou fonds de son client, il n'y a aucun reproche à adresser. En effet, chaque Agent de change ne connaît que le nom de son propre client et doit ignorer celui du client du collègue avec lequel il traite, et, par suite, les justifications que ce client a dû faire. Une des premières obligations imposées aux Agents de change est de taire le nom des personnes auxquelles ils prêtent leur entremise. L'article 36 de l'arrêt du 24 septembre 1724 est ainsi conçu :
« Les Agents de change ne peuvent nommer, dans aucun
» cas, les personnes qui les auront chargés de négociations,
» auxquelles ils seront tenus de garder un secret invio-
» lable. »

L'article 19 de l'arrêté du 27 prairial an x, renouvelle cette proposition. Il est évident qu'il serait injuste de refuser action à celui qui est en règle contre celui qui ne l'est pas, à raison d'irrégularités que le premier ne pouvait vérifier. Diverses peines sont prononcées contre l'Agent de change qui a agi pour un client non en règle.

L'arrêt du 22 septembre 1786 prononçait 10,000 fr. d'amende et l'interdiction.

La jurisprudence, par une foule d'arrêts, a justement dénié action à l'Agent de change contre son client, quand il n'a fait que prêter son entremise à un jeu illicite, sans exiger que son client se conformât aux règlements.

Une autre peine encore est portée par la législation contre l'Agent de change qui s'est fait complice d'un jeu illicite : personnellement, il est responsable et engagé vis-à-vis le client de son collègue si celui-ci était lui-même en règle.

Nous lisons dans l'article 13 de l'arrêté du 27 prairial

11

an x : « Chaque Agent de change devant avoir reçu de
» ses clients les effets qu'il vend ou les sommes nécessaires
» pour payer ceux qu'il achète, est responsable de la li-
» vraison et du payement de ce qu'il aura vendu et ache-
» té. » L'article 86 du Code de commerce ne déroge pas
à ces dispositions en disant : « L'Agent de change ne peut
» se rendre garant de l'exécution des marchés dans les-
» quels il s'entremet. » De cet article il résulte seulement
que l'Agent de change ne peut se porter, envers son client,
garant du client de son collègue et de son collègue. Ceci
n'abroge point la sévère mais juste disposition qui veut
que l'Agent de change soit responsable de son client. Au
lieu de se faire l'intermédiaire d'une négociation régulière
et assurée, il s'est rendu le complice d'un jeu et d'une dé-
ception, en agissant pour des hommes disposés à profiter
des chances heureuses, mais ne présentant aucune prise
aux chances défavorables. C'est ainsi que la législation est
entendue par les Agents de change eux-mêmes. Nous lisons dans l'article 2 de l'arrêté de la Chambre syndicale
du 12 janvier 1819 : « En exécution de l'article 86 du
» Code de commerce, les Agents de change ne peuvent,
» en aucun cas et sous aucun prétexte, se rendre garants
» de leurs collègues envers leurs clients. » Cet article reconnaît implicitement que l'Agent de change est, par l'effet de la loi même, garant de son client, duquel il doit
toujours exiger, avant d'agir, un dépôt des effets ou fonds
sur lesquels doit porter la négociation, dont ce dépôt seul,
aux yeux de la loi, garantit la sincérité.

Déjà, Messieurs, vous avez porté au jeu des coups bien
sensibles, en déclarant que l'Agent de change qui a prêté
son entremise à un joueur n'ayant effectué entre ses mains
aucun dépôt est sans action contre son client ; vous lui

en porterez de non moins efficaces, propres à achever de
le bannir de la Bourse, en proclamant que les Agents de
change sont, vis-à-vis des hommes de bonne foi qui seuls
peuvent avoir action, responsables des engagements des
joueurs auxquels ils ont illégalement prêté leur assistance.

Dans les règlements nous trouvons encore un autre principe qui peut être d'un grand poids dans la cause, celui-
ci : que les Agents de change ne peuvent faire aucune opération pour leur propre compte ; les articles 29 et 34 de
l'arrêt du 24 septembre 1724 le leur défendent sous peine
d'interdiction et de 3,000 francs d'amende ; l'article 14
de la loi du 28 vendémiaire an IV le leur interdit sous
peine de cinq ans de fers ; une conséquence de cette règle,
de première nécessité (sans laquelle les Agents de change
pourraient, avec une inégalité évidente et des avantages
certains, se livrer contre des clients sans défense à l'agiotage le plus effréné ; sans laquelle la Bourse serait un véritable coupe-gorge), est que ce que les Agents de change reçoivent par suite d'opérations de bourse, leurs courtages
exceptés, est toujours reçu pour leurs clients et non pour
leur propre compte.

Après avoir vérifié les règlements sur la Bourse, nous
avons dû aussi nous enquérir de ses usages.

Il est inexact de prétendre que des différences dues supposent nécessairement à la Bourse des marchés fictifs et
illégaux : des différences sont dues en cas de reports successifs. Des reports sont essentiellement des placements de
capitalistes ne voulant courir aucune chance ; ils se font
ainsi : on achète et on paye de la rente au comptant, et
immédiatement on la revend livrable et payable fin de
mois, avec le léger bénéfice qui résulte de ce que fin de
mois il y a un peu plus d'intérêt couru, et de ce que celui

qui achète à terme, dans la prévision d'une hausse, sans pouvoir solder immédiatement, paye en général un peu plus cher. Le report présente toujours à celui qui ne veut pas rester dans la rente un bénéfice assez borné, mais certain, de la différence entre le prix de ses achats et celui de ses ventes ; celui qui fait des reports a cette première différence à recevoir. Il en a souvent de plus importantes à toucher ou à payer. La fin du mois arrivée, si le capitaliste qui a fait un précédent report veut continuer le même placement, faire un nouvel achat au comptant, suivi d'une nouvelle vente à terme, pour opérer sur une quantité identique de rente, il a à recevoir ou à payer une deuxième différence souvent plus forte : la différence du cours auquel il a fait sa première vente à terme à celui auquel il fait le deuxième achat au comptant, qu'il doit aussi faire suivre d'une nouvelle vente à terme. Aussi, en cas de report, deux espèces de différences sont légitimement dues pour des marchés réels et licites, faits souvent pour s'abstenir de courir des chances. Des différences sont dues aussi légitimement en cas de résiliation volontaire ou fortuite de marchés à terme sincères, faits d'abord avec intention de les faire suivre de réalisation ; par exemple, les cessations de payements de plusieurs des clients de Bureaux et de Cheronnet, son associé, ont pu obliger des clients d'Agents de change ayant traité avec Bureaux à accepter, à la place d'effets dont ils eussent demandé la livraison réelle, le montant des différences entre le taux de leur achat et celui du cours au moment où devait s'effectuer la livraison, différence dont le payement et la retenue n'ont fait que les mettre à même d'acheter sans lésion, à d'autres, des rentes qu'une force majeure empêchait Bureaux de leur livrer. Des différences sont encore dues légitimement.

quand un Agent de change a fait, pour un même individu, diverses opérations en sens contraire, des ventes et achats de même quantité de rentes ou effets, mais à des taux différents.

J'ai, par exemple, acheté un immeuble, le règlement provisoire arrêté, j'espère pouvoir bientôt me libérer ; je crains une baisse, je ne veux pas perdre un mois d'intérêt, pour payer, je vends des rentes fin de mois. On conteste le règlement provisoire, une baisse est effectivement survenue, que je juge devoir être momentanée ; je trouve avantage à rentrer dans la rente pour ne pas perdre mes intérêts jusqu'à la fin du procès sur l'ordre, et pour profiter de la variation du cours qui me permet de racheter et me fait espérer de pouvoir revendre à bénéfice à la fin du mois. Vendeur et acheteur de quantités égales de rente, je n'aurai en rente rien à livrer ou à recevoir, mais une différence en argent me sera due ou sera due par moi, suivant les taux divers de mes ventes et achats effectués à des cours non semblables. D'autres exemples pourraient être cités de différences légalement dues pour des opérations sérieuses.

Il convient encore de vous expliquer comment les Agents de change procèdent pour les marchés à terme et pour ce qu'ils appellent la liquidation générale ou mensuelle : les marchés à terme se font malheureusement à la Bourse en bien plus grand nombre que les marchés au comptant, ce qui dénote qu'il s'y fait bien plus d'opérations résultant de spéculations aventureuses que d'opérations nécessitées par des transactions naturelles et les besoins du public. Les marchés à terme se constatent d'abord par des bons ou engagements que les Agents de change échangent entre eux, qui ne font pas connaître les noms des clients, pour observer la loi de secret dont nous avons déjà parlé ; en outre, par des engagements que les Agents de change remettent à leurs clients et reçoivent d'eux : ces divers engagements constatent les quantités d'effets vendus, le prix de vente, l'époque de la livraison qui est toujours de moins de deux mois, suivant les dispositions de l'arrêt du 22 septembre 1786, et toujours aussi la condition que nous y trouvons imprimée, que l'acheteur pourra prendre livraison plus tôt s'il le juge convenable. Ainsi, l'acheteur est toujours libre de demander la tradition de la chose vendue, même avant l'expiration du terme stipulé, ce qui semble une garantie de la vérité du marché et de la possession de l'objet vendu par le vendeur ; celui-ci, de son côté, n'est obligé qu'à la livraison effective de la rente vendue.

Les Agents de change ont, de plus, pour les marchés à terme, deux espèces de carnets : des carnets constatant leurs opérations pour des clients et leur situation avec ceux-ci, et des carnets spéciaux destinés à constater les opérations à terme de chaque Agent avec ses collègues, et leur situation respective entre eux, relativement à ses marchés, sans égard ni distinction des divers clients pour lesquels ils ont pu traiter. Sur ces derniers carnets, dits des Agents, chaque Agent de change a un compte ouvert par doit et avoir avec chacun de ses collègues.

Ce compte mentionne toujours, sur des colonnes distinctes, les quantités de rentes vendues ou achetées et les prix d'achat et vente. A la fin du mois, chaque Agent de change balance chacun de ces comptes, et les quantités égales de rentes à livrer ne se livrent que par compensation ; pour éviter des transmissions multipliées, on tend toujours à se rapprocher de cette compensation qui simplifie les opérations et diminue toujours les risques : à cet effet, on fait le plus possible dans le courant du mois au-

tant de ventes que d'achats avec le même collègue ; souvent on arrive à cette compensation le jour de la liquidation, soit par des délégations aux Agents de change créanciers de rentes sur les Agents de change débiteurs de rentes,
soit (quand les clients ne demandent pas des livraisons
effectives et désirent, au contraire, réaliser par des ventes
immédiates les bénéfices par eux obtenus,) par des ventes
de rentes aux Agents débiteurs de rentes ; ventes qui , cotées au cours du jour de la liquidation, résolvent alors la
livraison en simples payements de différences, et terminent par une résiliation volontaire des marchés que chacune des parties avait le droit de faire suivre d'une exécution effective. De la différence entre les prix des mêmes
quantités de rentes achetées, transférées ou vendues à des
cours divers dans le courant du mois ou le jour de la liquidation, ressort une différence en argent que (pour ses divers clients avec lesquels il s'en entend particulièrement)
chaque Agent de change a à toucher ou recevoir de chacun
de ses collègues.

Suivant plusieurs de ces carnets qui nous sont produits,
Bureaux faisait ainsi, chaque mois, de six cents à neuf cents
marchés à terme. Pour la liquidation d'un si grand nombre
de marchés, qu'il serait difficile de liquider et exécuter
particulièrement, les Agents de change obtiennent une
première simplification fort importante en établissant sur
leurs carnets une balance entre la totalité des opérations
faites par chacun d'eux avec chacun de ses collègues, sans
compliquer cette balance par la distinction des divers
clients pour lesquels ils ont opéré : ainsi, la liquidation de
chaque Agent de change se réduit d'abord à un compte
général avec chacun de ses collègues. Si l'on s'en fût tenu
là , quoique déjà on eût obtenu une grande simplification.

chaque Agent de change eût eu encore à envoyer, le jour
de la liquidation, vérifier son compte par chacun de ses
collègues ; à envoyer chez ses collègues recevoir ou faire
des payements : une idée aussi ingénieuse qu'utile a donné
le moyen de régler chaque mois la position de tous les
Agents de change pour les marchés à terme, par un compte
unique, et de réduire les payements à recevoir ou à faire
à un seul pour chaque Agent de change. Voici comment
on procède pour le règlement mensuel des payements en
argent pour les marchés à terme : le 5 de chaque mois (ou le
6 si le 5 est jour férié), il y a réunion générale, à la Bourse, de
tous les Agents de change ou de leurs commis principaux.
Chacun dresse une feuille où il porte ce qui, d'après le relevé de son carnet et les balances des comptes ouverts sur
le carnet avec chacun de ses collègues, est dû par lui à
divers, et ce qui lui est dû par d'autres, et la différence
unique qu'en définitive il aura à payer ou à recevoir.

A la Banque de France et à la Bourse est ouvert un
compte dit de liquidation centrale des Agents de change ;
sur ce compte, le jour de la liquidation, après la vérification faite en commun, chaque Agent de change est porté
comme créancier ou débiteur de la liquidation générale du
montant de la différence unique qu'il a à recevoir ou à
payer en argent, par suite de la balance générale de ses
comptes avec tous ses collègues. Le lendemain de la liquidation, chaque Agent de change débiteur fait, avant midi,
porter à la Banque en espèces ou en un bon de virement,
ce qu'il doit pour être libéré envers ses collègues, et de
midi à deux heures chaque Agent de change créancier fait
recevoir à la Banque ce qui lui est dû pour solde de toutes
les opérations à terme du mois : ainsi se termine avec facilité et rapidité, par un compte unique et un seul paye-

ment à faire ou recevoir par chacun des Agents de change ,
une liquidation qui semble présenter d'énormes difficultés
et qui, dans tout autre système, exigerait beaucoup plus de
temps, de nombreux comptes et de nombreux déplacements de valeurs. On opère de même pour la livraison et
la réception des effets publics à livrer ou recevoir, chaque
mois, par suite des marchés à terme : on compense les
quantités de rentes que chacun doit recevoir de divers de
ses collègues avec celles qu'il a à livrer à d'autres, et chacun livre ou reçoit, par l'intermédiaire de l'agent comp-
table de la Compagnie, les effets qui n'ont pu être compensés, qu'il a à livrer, ou qui doivent lui être remis
par suite de sa balance générale.

Armés de ces renseignements sur les règlements et les
usages de la Bourse, il nous sera maintenant plus facile
d'apprécier les divers emprunts, objets du litige.

Le premier de 180,000 francs, arrêté le 6 octobre
1830, effectué le 7, suivant que le constatent deux bons
sur la Banque qui l'ont réalisé , et la quittance de Bureaux,
nous paraît incontestablement valable. La liquidation générale du 5 octobre présentait Bureaux débiteur envers
trente trois de ses collègues, représentant leurs clients, de
272,845 fr. 62 c. ; ce, compensation et déduction faites ,
sur plus forte somme, de 171,504 fr. 25 c. à lui dûs pour
divers de ses clients par vingt de ses confrères. Le 5 octobre, suivant le bon de virement sur la Banque représenté,
et suivant la déclaration concordante consignée dans l'arrêté qui a consenti ce prêt, Bureaux s'était intégralement
libéré envers ses confrères. Il a postérieurement emprunté
180,000 francs, comme le dit l'arrêté, pour faire honneur
à ses engagements envers ses clients ; envers ceux qui
avaient profité des marchés pour lesquels il s'était trouvé

créancier de vingt collègues de 171,504 francs, dont il lui
avait été tenu compte, mais qui ne lui avaient été payés
que par voie de compensation dans la liquidation générale.
Nous ne pouvons voir là un prêt fait par des joueurs pour
se solder à eux-mêmes une dette de jeu. Comment perdre
de vue qu'ici les Agents de change n'ont prêté que deux
jours après avoir été eux-mêmes soldés; qu'ils ne l'ont fait
que pour payer des clients de Bureaux, qu'ils savaient
créanciers de celui-ci, d'après la liquidation générale, et
dont cependant les noms ne leur avaient pas été révélés;
qui eussent pu être sans action contre Bureaux, sans que
ses confrères en fussent instruits, Bureaux ayant seul dû
connaître les garanties présentées par eux comme leurs
noms; que Bureaux n'eût pu, du reste, refuser de payer,
ayant reçu pour eux, comme leur mandataire, par la
compensation à lui accordée jusqu'à due concurrence dans
la liquidation générale? Il y a, pour valider ce premier
prêt, ces motifs particuliers, tranchants, qu'il a été fait
par les Agents de change antérieurement payés, pour solder des clients de Bureaux, de la validité des titres desquels
ils ne pouvaient être juges, et pour lesquels Bureaux avait
lui-même reçu payement de ses confrères par voie de compensation.

Nous avons déjà vu que le deuxième prêt de **90,000** fr.
a été arrêté le 2 mai 1831 et effectué le **3**, en un bon de
virement sur la Banque; qu'il a été fait pour les besoins
de la liquidation qu'il a servi à solder; vous vous rappe-
lez quel était le résultat de la liquidation des opérations
d'avril : Bureaux devait **126,205** fr. 25 c.; 54,205 fr.
25 c. pour différences sur les marchés à terme, **72,000** fr.
pour effets à lui réellement livrés. Y a-t-il lieu de déclarer cet emprunt nul, comme ayant soldé des dettes de jeu.

pour lesquelles il ne pouvait y avoir action? Nous ne le pensons pas. D'abord, nous remarquons que 72,000 fr. étaient dus par Bureaux pour effets à lui livrés, pour des marchés qui n'étaient point de simples paris, puisqu'ils ont été suivis de livraison; ensuite, nous vous rappelons que les marchés à terme ne sont pas essentiellement nuls; qu'ils sont valables quand ils réunissent certaines conditions; qu'ils peuvent être nuls d'un côté, sans l'être de l'autre, quand d'un seul côté il y a eu irrégularité et désobéissance à la loi. Que font les adversaires de la caisse commune? Ils se bornent à alléguer que, pour les opérations à terme d'avril, Bureaux et ses collègues ont prêté leur assistance à des joueurs; mais, pour l'établir, ils ne produisent aucune pièce probante. Vainement, ce qu'ils ne font pas, ils prouveraient que, du côté des clients de Bureaux, il y a eu jeu (puisque, suivant la loi, l'Agent de change est responsable du joueur auquel il a prêté son entremise), si, pour ceux-ci, il a traité avec des Agents de change dont les clients étaient en règle. Il faut avouer que la caisse commune n'a pas, en sens contraire, fait, pour justifier la légalité des marchés, plus de productions que ses adversaires pour les faire anéantir; cependant, dans les livres ou relevés qui nous ont été communiqués par quelques Agents de change, nous voyons figurer des noms honorables qui semblent attester que, pour ceux qui les portent, on n'a pu faire que des marchés sérieux. On sent qu'après cinq ans il serait assez difficile de demander les preuves de quelques milliers de dépôts qui auraient dû précéder les marchés à terme conclus; la présomption, en cas d'absence de pièces produites, ne doit-elle pas être pour la légalité et la régularité des opérations?

Messieurs, ce vous paraîtra, sans doute, chose grave que

de venir, après plusieurs années, quand les intéressés principaux se sont, dans l'origine, soumis sans exception à
l'exécution, sur la seule prononciation de ces mots, marchés à terme et différence (qui sonnent mal à nos oreilles,
parce que souvent ils indiquent le jeu, mais qui cependant
peuvent, dans une foule de cas, s'appliquer à des opérations licites), annuler en masse les 6 à 900 marchés à
terme faits avec Bureaux, en avril 1831 ; les 1800 à 2700
marchés à terme, faits en septembre 1830, avril 1831 et
décembre 1832, entre Bureaux et ses collègues ; marchés
dont plusieurs, ainsi que le constatent les livres même de
Bureaux, ont été réalisés par des escomptes et demandes
de livraisons anticipées (1), dont la plupart, entre les
Agents de change, ont été exécutés par des compensations
de quantités égales d'effets à livrer ; marchés dont un grand
nombre a pu n'aboutir à de simples calculs de différences
que par suite des mauvaises affaires de Bureaux et de ses
clients personnels ; marchés contre lesquels n'ont réclamé
aucun des clients intéressés pour qui les Agents de change
les ont faits comme simples intermédiaires.

Le troisième prêt de 220,000 du 4 janvier 1833, a été
plus particulièrement attaqué, à raison de cette circonstance qu'il a été, pour la majeure partie, effectué par compensation, pour éteindre la dette constatée par la liquidation des opérations de décembre 1832 ; cette liquidation
présentait Bureaux débiteur de 245,731 fr., créancier de
46,183 fr. 50 c., redevant en définitive 199,547 fr. 50 c. ;

(1) Dans le courant du mois d'avril 1831, il a été escompté, à la
Bourse de Paris, c'est-à-dire on a demandé livraison effective anticipée
de 1,240,000 fr. de rente 5 p. cent et 2,702,000 de rente trois pour cent
vendus à terme, représentant, au cours d'alors, un capital de soixante-
dix millions.

plus 1,000 fr. pour le montant d'une délégation faite sur lui au profit d'un de ses collègues ; 200,547 fr. 50 c. sur le montant du prêt ont été simplement compensés par le compte de liquidation générale avec pareille somme due par Bureaux, et il a reçu à la Banque, par l'intermédiaire de la liquidation générale, seulement le surplus, c'est-à-dire 19,452 fr. 50 c.

Nous sommes peu touchés de cette circonstance que ce prêt n'a été effectué que par un payement par la Banque de France de 19,452 fr. 50 c. et pour le surplus par simple voie de balance et compensation dans un compte. Rien de plus commun dans la Banque et le commerce que des payements faits ainsi par compensation et par des virements d'écritures. Une quittance donnée à un débiteur équivaut à une remise d'argent. Du reste, tout ce que nous venons de dire sur le deuxième emprunt est applicable à celui-ci comme aux autres ; sur tous les emprunts, une chose que vous ne perdrez pas de vue et qui est tranchante, c'est que ce ne sont pas les Agents de change créanciers qui ont prêté, mais la caisse commune ayant légalement une existence et des intérêts bien distincts ; que parmi les Agents de change il n'y avait pas, à proprement parler, de créanciers personnels de Bureaux, que ceux-même que la liquidation présentait comme créanciers ne l'étaient point en réalité, ne l'étaient qu'aux noms de leurs clients, envers lesquels la loi ne leur permettait pas de se porter garants de Bureaux.

Quand au quatrième prêt de 35,000 fr., du 4 février 1833, il nous paraît hors de discussion. Lorsqu'il a été fait, Bureaux ne devait rien à ses confrères, ni aux clients de ceux-ci ; on le lui a consenti pour apaiser ses créanciers personnels ; pour éviter sa mise en faillite ; pour faciliter des transactions ; il est motivé sur les besoins et affaires de l'emprunteur ; sous aucun rapport, il ne nous paraît possible de dire qu'il a eu une cause illicite ; mais les Agents de change contre lesquels on n'établit pas que les prêts aient servi à solder des dettes de jeu, devraient-ils, par cela seul qu'on le ferait, les voir déclarer nuls ? Nous ne le pensons pas.

Les défenseurs des adversaires des Agents de change ont soutenu que les dettes de jeux de bourse constituant des délits, aux termes des articles 421 et 422 du Code pénal, sont moins favorables que les dettes de jeux ordinaires, et qu'en conséquence, l'article 1967, qui ne permet pas la répétition des sommes payées pour dettes de jeux ordinaires, ne leur est pas applicable : Sur ce point, comme sur plusieurs autres, ils sont tombés dans l'erreur. D'abord, il faut remarquer que les articles 421 et 422 du Code pénal ne punissent point tous les jeux de bourse que vous annuleriez, mais seulement ceux reposant sur des effets que le vendeur ne prouve pas avoir existé à sa disposition au moment de la convention, ou avoir dû s'y trouver au moment de la livraison, et qu'il serait difficile en fait d'établir que, pour les marchés ayant donné lieu aux emprunts, les Agents de change et leurs clients se trouvaient dans le cas de l'application de la loi pénale. La jurisprudence a plusieurs fois décidé que les payements pour jeux de bourse ne sauraient, au contraire, donner lieu à répétition. Vous trouverez dans le recueil de Sirey plusieurs arrêts dans ce sens : Tome 27, première partie page 122, un arrêt de la Cour de cassation, du 25 janvier, 1827 ; tome 32, deuxième partie, page 431, un arrêt de la Cour royale de Paris, 2ᵉ chambre, du 22 mars 1832, sur la question analogue de savoir si on peut après la livraison demander la nullité d'un marché à terme nul dans le principe ; Merlin s'exprimait ainsi, dans un plaidoyer du 23 floréal an ix, dont la Cour suprême a admis les conclusions par un arrêt du même jour : « Une » fois le marché conclu et lorsqu'il ne s'agit plus que de » savoir s'il sera exécuté ou non, la loi n'a plus le même » intérêt de s'opposer à la renonciation que chacune des » parties peut faire au droit d'en demander l'annulation. » Le mal auquel la loi a voulu remédier est fait ; il est » consommé par le marché lui-même ; que, dans la suite, » l'acquéreur, paye ou ne paye pas le prix des effets qu'il » a achetés à terme, l'intérêt public ne sera ni plus ni » moins blessé, il ne s'agit plus alors que de l'intérêt » privé de l'acquéreur, et l'acquéreur est bien le maître de » sacrifier son intérêt privé.» (Merlin, *Questions* de droit, article *Effets publics*). Une autre règle consacrée par la loi romaine s'oppose à la répétition, c'est celle-ci : Lorsqu'il y a honte de part et d'autre, celui qui possède doit être préféré : *Cum utriusque turpido versatur, melior causa possidentis ;* à titre de peine, la loi ne permet pas d'exciper de sa honte pour se créer un droit et de puiser une action dans un fait contraire à l'honnêteté ou à la loi.

Si un payement fait pour jeu de bourse ne peut être annulé, il nous paraît qu'à plus forte raison on ne peut déclarer nuls des emprunts faits à des tiers pour solder des dettes résultats de jeux de bourse.

On a objecté : Que la Caisse syndicale et les Agents de change ne forment qu'une seule et même personne ; qu'il n'y a à proprement parler qu'une reconnaissance de dettes de jeu envers des joueurs ; une simple promesse de payer, plutôt qu'un payement, partant, une obligation, sans cause licite. Qu'est-ce, a-t-on-dit, qu'un créancier qui prête lui-même de quoi le payer? Dans la nouvelle obligation faite en fraude de la loi, il n'y a point de lien de droit, point de novation.

Il nous semble qu'on répond avec avantage que la caisse commune ou syndicale a, comme nous l'avons démontré, une existence légale; que, comme toute société, elle forme un être distinct des associés; que le prêteur n'est pas, en général, obligé de connaître et de suivre la destination des fonds qu'il prête; qu'à son égard le versement de fonds, fait de bonne foi, donne toujours à l'obligation une cause licite.

En fait, il n'est pas juste et exact de prétendre que la majorité des Agents de change était intéressée aux prêts. Le premier de 180,000 fr., effectué le 7 octobre 1830, donne, pour chacun des membres de la Compagnie au nombre de 60, un prêt de 3,000 fr.; le 5 octobre 1830, trente trois Agents de change seulement avaient eu des créances à répéter comme intermédiaires de leurs clients, sept en avaient eu de moins de 3,000 fr., et auraient eu, par conséquent, plutôt intérêt à ce qu'on ne fit pas le prêt qu'à ce qu'il eût lieu; vingt six, formant la minorité de la Compagnie, auraient pu seuls avoir originairement intérêt au prêt pour que leurs clients fussent désintéressés, mais nous ne pouvons oublier, relativement à ce prêt, qu'il a eu lieu pour payer des clients de Bureaux 48 heures après que tous ses collègues avaient été soldés de ce qui était dû à leurs clients, suivant que le constatent les bons sur la Banque et la délibération relative au premier prêt.

Lors du deuxième prêt de 90,000 fr., chaque Agent de change a été prêteur de 1,500 fr.; sur trente et un qui étaient créanciers, non en leurs noms personnels, mais pour leurs clients, treize créanciers, de moins de 1,500 fr. devaient

contribuer au prêt pour une somme plus forte que celle
qu'il devait procurer à leurs clients ; restait une minorité
de dix-huit, moins du tiers de la Compagnie. Pour le
troisième prêt de 220,000 fr., chaque Agent de change a
été prêteur de 3,666 fr. 66 c. Sur trente-huit créanciers de
Bureaux, dix-sept l'étaient de moins de 3,666 fr., montant
de leur part dans le prêt ; vingt-et-un seulement devaient
recevoir plus qu'ils ne prêtaient. Sur ce point domine
toujours ce fait important, que les Agents de change, dont
on ne peut surtout confondre la minorité avec la Caisse
commune ayant une existence distincte de celle de ses
membres, n'étaient en aucune manière créanciers de
Bureaux lors du premier et du dernier prêt ; que si des
Agents de change en minorité étaient, lors du deuxième
et du troisième prêt, créanciers de Bureaux, ils ne l'é-
taient pas en leurs noms personnels, n'ayant pu faire pour
eux-mêmes des opérations ; ils ne l'étaient que pour des
clients envers lesquels ils n'avaient pu se porter garants de
Bureaux.

Si la Compagnie a été déterminée aux prêts attaqués
par un intérêt, c'est par un intérêt tout-à-fait honorable,
celui de maintenir l'honneur de la corporation, de conserver la confiance des citoyens et de soutenir le crédit
public. Dans les conseils d'un semblable intérêt nous ne
voyons pas une cause illicite ni un motif d'annuler les
prêts ; ainsi, nous arrivons à cette seconde solution que
quand les dettes soldées par Bureaux eussent été des dettes
de jeu (ce qu'il faudrait prouver et ce que l'on ne fait pas),
la caisse commune, distincte des joueurs, distincte des
Agents de change, n'ayant pas eu même un intérêt personnel aux prêts. ayant fourni des fonds dont elle n'était
point obligée de suivre la destination, et que l'on ne pour-

12

rait répéter des joueurs eux-mêmes, n'en aurait pas moins fait des prêts valables et de nature à engendrer une action utile.

On a vivement insisté, Messieurs, pour vous déterminer à considérer et suivre comme un précédent le jugement rendu dans l'affaire Laborie de Campagne : vous ne pourrez perdre de vue que, dans cette affaire, il y a eu simple jugement suivi de transaction, et non arrêt ; que les faits qui ont donné lieu à ce jugement n'étaient pas les mêmes précisément que dans l'affaire Bureaux ; que ce jugement énonce que les prêts avaient été faits par les Agents de change personnellement, et non par la caisse commune tierce-personne ; que, dans l'affaire Laborie de Campagne, les juges avaient déclaré que le jeu résultait manifestement de l'énormité des sommes sur lesquelles Laborie avait opéré : 180,000,000 de francs ; de la quotité des différences dont il s'était trouvé débiteur : 1,239,000 francs, réduits, par des créances de même nature, à 515,254 francs, et spécialement des bordereaux des opérations qui leur avaient été soumis, ce qui n'a pas été fait dans cette cause.

Dans ces circonstances, et par ces considérations, nous estimons qu'il y a lieu d'émender le jugement dont est appel, et d'ordonner l'exécution du règlement provisoire qu'il a mal à propos modifié.

VII.

COLLECTION

DES MONUMENTS LES PLUS IMPORTANTS DE LA JURISPRUDENCE

SUR LES MARCHÉS A TERME (1)

·DE 1822 A 1842.

------- ·∞♦∞· -- ..

Affaire du sieur MARTIN DE LONGCHAMP, Agent de change, Contre le sieur COUTTE, son client (De 1822 à 1824).

Jugement du Tribunal de commerce de Paris (10 *avril* 1822).

LE TRIBUNAL : — Attendu qu'il résulte des faits de la cause et des aveux des parties, que le sieur Coutte se livrait habituellement à des opérations de vente et achat de fonds publics à la Bourse, et pour des sommes très-importantes;

Attendu qu'il est constant, pour le Tribunal, qu'il avait parfaite connaissance des usages et règlements qui régissent ces sortes d'opérations, pour lesquelles il employait un grand nombre d'Agents de change;

(1) On a suivi l'ordre chronologique des décisions, sans séparer toutefois celles qui appartiennent à la même affaire. — C'est aux soins de M. G^ue Paul, secrétaire de la Chambre syndicale, qu'est due cette collection.

Attendu qu'il est constant, pour le Tribunal, que le sieur Martin de Longchamp a agi régulièrement en faisant opérer la vente des rentes dont il est question ;

PAR CES MOTIFS, — le Tribunal, jugeant en premier ressort, et sans avoir égard au rapport de l'arbitre, condamne le sieur Coutte à payer au demandeur la somme de 26,389 francs ; à quoi faire sera ledit sieur Coutte contraint par toutes les voies de droit et même par corps, conformément aux lois des 24 ventôse an v et 15 germinal an vi, etc.

Arrêt de la Cour royale de Paris (2ᵉ chambre).

(23 mai 1822.)

LA COUR : — Faisant droit sur l'appel interjeté par Coutte du jugement rendu par le Tribunal de commerce de la Seine le 10 avril dernier, et adoptant les motifs des premiers juges,

Met l'appellation au néant ;

Ordonne que ce dont est appel sortira son plein et entier effet.

Arrêt de la Cour de cassation et renvoi à la Cour royale d'Orléans.

(11 août 1824.)

LA COUR : — Sur les conclusions conformes de M. Jourde, avocat-général ;

Vu l'article 7 de la loi du 20 avril 1810 :

Considérant qu'en première instance et en appel, les

questions qui ont été soumises aux Tribunaux, et qui ont constitué le procès, étaient de savoir : si le sieur de Longchamp avait eu le droit de procéder à la revente des rentes dont il s'agit, soit en qualité de mandataire, soit en qualité d'Agent de change; si, en tout cas, il avait pu y procéder sans avoir mis son client en demeure de prendre livraison de ces rentes;

Que le jugement et l'arrêt qui s'y réfère ne s'expliquant sur aucune de ces questions, on ne peut apercevoir sur quelles considérations de fait ou de droit ils sont fondés, et par conséquent qu'aux termes de l'article ci-dessus cité, l'arrêt attaqué est nul à défaut de motifs : — CASSE, etc.

La Cour royale d'Orléans, à laquelle la cause a été renvoyée, a rendu en décembre 1825 un arrêt qui a débouté l'Agent de change, par le motif qu'il s'agissait dans la cause de marchés à terme prohibés. L'affaire en est restée là. Cet arrêt ne se trouve dans aucun recueil.

Voir ci-après l'arrêt de la Cour royale de Paris (affaire Perdonnet), sur lequel celui d'Orléans paraît avoir été, en quelque sorte, calqué.

Affaire du sieur GUBLIN, Agent de change, Contre le sieur AUDIN-ROUVIÈRE, son client (De 1821 à 1827).

Jugement du Tribunal de commerce du département de la Seine, séant à Paris.

(*mars* 1821).

Au commencement du mois d'octobre 1818, M. Gublin, Agent de change, achète, par ordre d'un sieur Audin-Ronvière, médecin, 30,000 fr. de rente 5 p. cent, et 115,000 francs de reconnaissances de liquidation ; le tout montant à 547,782 francs livrables fin du mois.

Après l'expiration du jour accordé pour prendre livraison des valeurs, l'Agent de change n'ayant reçu aucun payement de son commettant, fit revendre sur le parquet les 30,000 francs de rente et les reconnaissances de liquidation. La baisse était arrivée. Rouvière se trouva en perte de 34,436 francs 25 c., sur laquelle somme il paya un à-compte à Gublin. Celui-ci occupait un appartement dans la maison du médecin, qui lui envoya successivement les quittances des termes échus jusqu'au mois de janvier 1821.

Un arrangement fut proposé par l'Agent de change ; mais il ne put se réaliser. Au mois de mars 1821, le sieur Rouvière est assigné devant le Tribunal de commerce de Paris, en payement du reliquat du compte présenté. Le défendeur décline la juridiction consulaire ; mais cette exception est rejetée en première instance et en appel. Au fond, le sieur Rouvière demande l'annulation des marchés à terme, comme contraires aux lois et réprouvés par la morale. Subsidiairement, dit-il, l'action de l'Agent de change est mal fondée dans tous les cas, parce qu'il a procédé aux reventes sans avoir préalablement sommé son client de prendre livraison.

Ces moyens ne furent pas accueillis par le Tribunal de commerce.

Arrêt de la Cour royale de Paris.

Sur l'appel, on agita les mêmes questions, et la Cour : Considérant que les parties avaient fixé elles-mêmes leur position et que, d'après le compte établi, Rouvière s'était constitué débiteur de 21,119 francs, toutes déductions faites ; qu'il fallait en déduire sept termes de loyers échus depuis, ce qui, en définitive, réduisait la dette à 16,919 francs ;

Condamne Rouvière au payement de cette somme, avec intérêts et dépens.

Arrêt de la Cour de cassation et renvoi à la Cour royale d'Orléans.

(11 *août* 1824.)

Un pourvoi fut formé par Rouvière, et, le 11 août 1824, la Cour de cassation prononça l'annulation de l'arrêt de la Cour royale de Paris, par les motifs suivants :

Vu l'article 7 de la loi du 20 avril 1810 ;

Attendu que le débat des parties devant la Cour royale présentait à juger les questions de savoir si le marché des rentes dont il s'agit était valable, et si, comme mandataire ou Agent de change, Gublin avait pu procéder à la revente de ces rentes, et, en tout cas, sans que le client ait été mis en demeure d'en prendre livraison ; si, enfin, l'Agent de change pouvait justifier ses opérations par le fait seul qu'elles avaient été, ainsi qu'il le prétend, ratifiées par son client ; que l'arrêt ne s'étant expliqué sur aucune de ces questions, on ne pouvait apercevoir sur quelles considérations de fait ou de droit il était fondé, et que, par conséquent, il était nul à défaut de motifs ;

La Cour casse, etc., et renvoie la cause à la Cour royale d'Orléans.

Arrêt de la Cour royale d'Orléans.

(30 *novembre* 1825.)

La Cour : — Considérant que Rouvière, en fondant son appel sur ce qu'il avait fourni au-delà des sommes nécessaires au payement des effets publics achetés pour lui par Gublin, ce qui le rendait plutôt créancier que débiteur, et sur autres motifs à déduire, a interjeté un appel indéfini, au soutien duquel, sans encourir aucune fin de non-recevoir à cet égard, il a pu proposer comme défense à la demande en payement d'un règlement de compte entre eux toute nullité résultant de l'objet de la demande au fond ; que l'achat fait les 1er et 3 octobre 1818 par Gublin, comme Agent de change, à la charge de prendre livraison fin du mois, porte le caractère d'un marché à terme, encore qu'il soit dit dans les bordereaux que ces effets seraient aussi livrables à volonté ; que la réalité de ce marché ne pouvait être justifiée, qu'autant qu'aux époques indiquées il y aurait eu livraison du payement des effets achetés ou dépôt, soit des valeurs, soit de leurs titres, et ce, conformément aux dispositions des arrêts du Conseil des années 1785 et 1786 et de la loi du 28 vendémiaire an IV ; que, dans l'espèce, aucune de ces conditions n'a été remplie, et qu'on ne peut déroger par des conventions particulières aux lois qui intéressent l'ordre public ;

Considérant qu'il n'apparaît dans la cause aucun acte formel de ratification, et que, dans tous les cas, il n'eût pu valider une négociation contraire aux dispositions des lois ;

En ce qui touche la demande reconventionnelle :

Considérant que Rouvière ne justifie pas que les remises qu'il a faites à Gublin aient eu d'autre destination qu'un payement à-compte sur la différence des cours ; que cette remise est justifiée comme payement volontaire, et par la nature des effets et par l'aveu judiciaire de Gublin, qui ne peut être divisé, et sans lequel même cette remise eût pu n'être pas connue ; que Rouvière, en recourant au ministère d'un Agent de change, a provoqué l'opération de jeu à la hausse et à la baisse, et qu'en excipant de la nullité de cette opération, il s'est exposé à subir les conséquences attachées à une contravention : d'où il suit qu'aux termes de l'article 1967 du Code civil, il n'a pas plus de droit à répéter contre Gublin ce qu'il lui a volontairement payé comme perdant, que celui-ci n'a d'action contre lui pour raison de la différence résultant de l'opération (article 1965 du Code civil) ;

Considérant qu'il est justifié au procès que Rouvière a satisfait, comme contraint et forcé, aux condamnations prononcées par le jugement dont est appel, et qu'il a droit d'en faire répétition en deniers ou quittances valables ; qu'au moyen de la nullité de l'opération, comme négociation commerciale, l'intérêt du reliquat ne doit être qu'à 5 p. cent, comme en matière ordinaire ;

Par ces motifs, rejette la fin de non-recevoir ;

Au principal, déclare nul et de nul effet le marché à terme ; déclare Gublin non recevable en sa demande en payement du reliquat de compte établi par lui, en renvoie Rouvière ;

Rejette également la demande reconventionnelle en restitution des sommes volontairement remises par Rouvière à Gublin ; condamne celui-ci aux deux tiers des dépens, aux frais du coût et de la signification de l'arrêt; le surplus à la charge de Rouvière.

2ᵉ *Arrêt de la Cour de cassation.*

(25 *janvier* 1827.)

LA COUR, — Sur les premier et troisième moyens :

Attendu en droit que si la loi n'accorde aucune action pour une dette de jeu ou pour le payement d'un pari, dans aucun cas le perdant ne peut répéter ce qu'il a volontairement payé, à moins qu'il n'y ait eu de la part du gagnant dol, supercherie ou escroquerie ;

Et attendu qu'il est constant et reconnu en fait qu'aucun moyen de dol, de supercherie ou escroquerie, n'a même été articulé par le demandeur en cassation ; qu'au contraire c'est lui seul qui a provoqué l'opération du jeu à la hausse et à la baisse, et qu'il a volontairement donné des effets comme payement à-compte sur la différence du cours ;

Que dans ces circonstances, en décidant que s'il n'était pas permis à Gublin d'exercer une action contre le demandeur en cassation, en payement de la différence entière du cours, il n'était pas permis non plus à ce dernier d'exercer une action en répétition des sommes en question par lui volontairement payées à-compte sur cette même différence, l'arrêt attaqué ne s'est mis en opposition avec aucune loi ;

Attendu que le jugement du 27 novembre 1786, rendu entre des particuliers par les commissaires-généraux du Conseil, lors même qu'il existerait tel qu'il a été mentionné par le demandeur en cassation , ne pourrait aucunement l'emporter sur la loi ; il ne serait que *res inter alios judicata*, et il demeurerait par conséquent tout-à-fait étranger à l'espèce : aussi ce moyen n'a pas été proposé aux juges de la cause.

Sur le deuxième moyen :

Attendu en droit, que si l'aveu judiciaire fait pleine foi contre celui qui l'a fait, il ne peut être divisé contre lui.

Qu'ainsi, en refusant de diviser l'aveu de Gublin, les juges n'ont fait qu'exécuter la loi ;

Attendu, au surplus , que ce n'est pas cet aveu , mais bien des pièces et circonstances de la cause, que les mêmes juges ont tiré la preuve des faits sur lesquels ils ont fondé leur décision ;

Sur le quatrième moyen :

Attendu, en droit, que lorsque les parties succombent respectivement sur quelques chefs , les juges peuvent et doivent leur faire supporter les dépens à proportion du gain et de la perte du procès, et que, l'ayant ainsi décidé, l'arrêt attaqué s'est parfaitement conformé au vœu de la loi ; — REJETTE , etc.

Affaire des sieurs AUGÉ, SANDRIÉ-VINCOURT et MUSSART, Agents de change , contre le sieur COUTTE , leur client commun.

(1822 à 1824.)

Jugements du Tribunal de commerce de Paris.

(12 *mars et* 1er *août* 1822.)

En novembre et décembre 1821 , les sieurs Augé

Sandrié-Vincourt et Mussart, Agents de change, achetèrent pour le compte du sieur Coutte, diverses parties de rentes sur l'état, s'élevant ensemble à 60,000 fr. livrables fin du mois de décembre, ou plutôt, à volonté.

A l'échéance, le sieur Coutte ne prit pas livraison des rentes, il ne fournit pas non plus, les fonds nécessaires pour les lever. En conséquence, à la Bourse du 2 janvier 1822, les Agents de change firent vendre, par le ministère de leur syndic, les diverses parties de rentes qu'ils avaient acquises par ordre et pour le compte de leur client. Cette revente produisit des différences assez considérables, dont ils voulurent rendre le sieur Coutte, passible.

Celui-ci ayant refusé de leur faire compte de ces différences ou pertes, se vit traduit, à la requête des Agents de change, ci-dessus nommés, devant le Tribunal de commerce de Paris qui, par trois jugements des 12 mars et 1er août 1822, rendus contre le sieur Coutte, faute de plaider, le condamnèrent au payement des sommes réclamées.

Arrêt de la Cour royale de Paris (1re Chambre).

(18 *février* 1823.)

LA COUR ; — Vu l'arrêt du conseil d'État du roi du 24 septembre 1724, portant établissement de la Bourse de Paris et création d'Agents de change pour la négociation de papiers commerçables publics et privés ;

Vu les arrêts du dit conseil des 7 août, 2 octobre 1785 et 22 septembre 1786, et l'arrêté du Gouvernement du 27 prairial an x (1802) inséré au *Bulletin des lois* n° 1550 ;

Considérant, en droit, que par l'article 29 de l'arrêt du conseil de 1824, il est statué que les particuliers qui voudront acheter ou vendre des papiers commerçables, remettront l'argent ou les effets aux Agents de change, avant l'heure de la Bourse, sur leur reconnaissance portant promesse de rendre compte dans le jour ;

Que cette disposition fondamentale qui limite la responsabilité des Agents de change, dans leur intérêt, est, en même temps, une disposition d'ordre public, pour interdire les négociations fictives qui reposent sur des effets et sur des moyens de payement imaginaires, dégénéreraient en jeu ou en pari, que toute législation réprouve ;

Qu'en se conformant à la loi de leur création, les Agents de change, comme mandataires, n'ont besoin, dans aucun cas, du secours d'une action contre leurs commettants ; que, comme officiers public, ils remplissent un devoir en prémunissant les particuliers contre les séductions d'un jeu d'autant plus dangereux, qu'il n'exige point de mise actuelle d'argent ;

Considérant que les négociations à termes et les négociations au comptant des effets publics sont soumises aux mêmes règles ;

Que, dans les unes, comme dans les autres, il y a vente, et par conséquent, égale nécessité d'assurer la livraison de la chose par le vendeur, et le payement du prix par l'acheteur ;

Considérant qu'en 1785, un agiotage effréné s'étant manifesté par des ventes et des achats à terme, trois arrêts du conseil d'État du roi, des 7 août, 2 octobre 1785, et 22 septembre 1786, ont rappelé les dispositions de celui du 24 septembre 1724, et prohibé tous marchés à terme qui seraient faits sans le dépôt réel des effets vendus, au moment même de la signature de l'engagement, ou qui, même avec le dépôt, excéderaient le délai de deux mois;

Qu'ainsi, pour la validité des négociations soit au comptant, soit à terme, il doit y avoir garantie de l'exécution par les deux contractants;

Considérant que les principes de la législation ancienne, fondé sur la nature même des fonctions des Agents de change, ont été reconnus et maintenus par l'article 13 de l'arrêté du Gouvernement, du 27 prairial an x (1802), portant que chaque Agent de change « devant avoir reçu » de ses clients les effets qu'il vend, ou les sommes » nécessaires pour payer ceux qu'il achète, est responsable » de la livraison ou du payement de ce qu'il aura vendu » ou acheté ; »

D'où résulte la présomption nécessaire et légale que l'Agent de change ayant contracté, pour son commettant, ne l'a fait que les mains garnies, et que toute action contre ce commettant est légalement inadmissible ;

Considérant que l'Agent de change qui, au mépris de sa propre sûreté et des devoirs de sa profession, n'exige pas la remise ou le dépôt préalable pour assurer la réalité du contrat, devient volontairement l'instrument d'un jeu ou pari qui, ni à raison de la convention principale, ni à raison des engagements accessoires, ne peut fonder une action judiciaire ;

Que l'Agent de change alléguant qu'il a payé pour son commettant dont il se serait reconnu garant, se constitue contrevenant à l'article 86 du Code de commerce, lequel Code, par l'article 90, se réfère aux règlements subsistants, jusqu'à ce que le législateur y ait autrement pourvu ;

Considérant, en fait, qu'il n'est justifié dans la cause d'aucune offre de livraison des rentes faite, soit à l'Agent de change, soit à son commettant; d'aucune mise en demeure de payer le prix des rentes pendant la durée des marchés ;

Qu'il est devenu constant, par cette double circonstance, que les Agents de change vendeurs n'étaient pas plus nantis des rentes vendues que le acheteurs ne l'étaient, eux-mêmes, des sommes nécessaires pour en payer le prix ;

Qu'ainsi, la négociation dont il s'agit n'a été qu'un jeu sur la hausse ou la baisse présumée des rentes dont les Agents de change ont été sciemment les instruments ;

Que la considération de la mauvaise foi de Coutte, appelant, n'autorise pas le juge à concéder une action que la loi refuse ;

A mis et met les appellations et ce dont est appel au néant ; décharge Coutte, partie de Coffinières, des condamnations contre elle prononcées ;

Au principal, déclare Sandrié-Vincourt, Mussart et Augé, non recevables dans leurs demandes ;

Ordonne la restitution de l'amende consignée sur l'appel ; condamne les sieurs Sandrié-Vincourt, Augé et Mussart aux dépens des causes principales et d'appel ;

Faisant droit sur le réquisitoire du procureur-général du roi, ordonne qu'à sa diligence le présent arrêt sera imprimé et affiché.

Arrêt de la Cour de cassation (Section civile).
(11 *août* 1824).

La Cour, après une délibération en la Chambre du conseil et sur les conclusions conformes de M. Jourde, avocat général; — Considérant qu'il résulte des arrêts du Conseil des 7 août, 2 octobre 1785 et 22 septembre 1786, que les marchés à terme d'effets publics sont nuls, lorsque le dépôt de ces effets, ou les formalités qui peuvent y suppléer aux termes desdits règlements n'ont pas été exécutés; que la prohibition de ces sortes de marchés et les motifs d'intérêt public sur lesquels elle est fondée, ont été reproduits, et par conséquent confirmés, maintenus par la loi du 28 vendémiaire an IV ;

Considérant, 1° qu'en faisant les marchés à terme de rente dont il s'agit, les parties ne se sont pas conformées aux dispositions des arrêts du Conseil ci-dessus indiqués.

2° Que la Cour royale a jugé, d'après des faits qu'elle avait seule droit d'apprécier et qui ne peuvent, dès-lors, être remis en discussion, « que ces marchés n'étaient pas » sérieux; que la négociation n'a été qu'un jeu sur la » hausse et la baisse présumée des rentes, dont les Agents » de change ont été sciemment les instruments ; »

Qu'il résulte de ces faits, des lois ci-dessus rappelées et de l'article 1965 du Code civil, que les marchés passés entre les parties, et, par suite, que tous les actes auxquels ils ont donné lieu, sont illicites et nuls; qu'ils n'est pas plus permis aux Agents de change de concourir à des opérations de ce genre, qu'à l'une des parties d'en profiter au préjudice de l'autre;

Que les Agents de change ne peuvent pas plus que leurs clients, demander aux tribunaux l'exécution de ces actes; et, par conséquent, qu'en déclarant non recevable la demande des sieurs Augé, Sandrié-Vincourt et Mussart, la Cour royale s'est conformée aux lois et aux principes de la matière ; — REJETTE, etc. (M. Zangiacomi, rapp.)

Affaire du sieur OUVRARD, négociant, contre les sieurs BUZONI, GOUPY
et COMPAGNIE, Banquiers à Paris.

Arrêt de la Cour royale de Paris (3ᵉ Chambre).

(7 *mai* 1823.)

LA COUR : — Après avoir entendu, aux audiences des
23-30 avril dernier, 2 mai présent mois et de ce jour, en
leurs conclusions et plaidoiries respectives, lesquelles ont
été reprises, Berryer fils, avocat d'Ouvrard, assisté de Le-
cointe, son avoué, et Tripier, avocat de Buzoni, Goupy et
compagnie, assisté de Bouchet, leur avoué, et après en avoir
délibéré ;

Joint les appels respectifs de la sentence arbitrale, en
date des 23 mai 1821 et 9 octobre 1822, déposée le 14 au
greffe et rendue exécutoire par ordonnance du président
du Tribunal de commerce de Paris, en date du 15 dudit
mois d'octobre 1822.

Faisant droit sur lesdits appels ;

En ce qui touche l'appel d'Ouvrard :

Considérant que si la maison Buzoni, Goupy et compagnie a effectivement acheté, les 12 et 13 octobre 1818, une
partie de 1,250,000 francs de rentes sur le grand-livre
de la dette publique, pour le compte de la Société en participation qu'elle avait formée avec Ouvrard le 31 août
précédent, elle ne peut prouver avoir fait cet achat pour le
compte de la participation, ni par sa correspondance, ni
par ses livres, ni par les carnets des Agents de change

15

qu'elle avait employés ; et que les présomptions qu'elle présente ne sont pas assez graves pour suppléer au défaut entier de preuves écrites et dénégations absolues d'Ouvrard :

Qu'en conséquence, Ouvrard ne peut être tenu de participer aux pertes que cette opération a entraînées ;

Considérant, d'autre part, sur la demande d'Ouvrard en payement de la somme de 340,887 fr. 75 c. pour sa moitié sur les bénéfices sur les rentes sociales vendues en liquidation d'octobre, qu'il n'est pas contesté par la maison Buzoni, Goupy et compagnie, qu'elle avait effectivement vendu, tant ferme qu'à prime, pour le compte de la participation, une partie d'un million de rentes livrable fin octobre ; qu'il est constant qu'à la fin de ce mois les rentes avaient subi une baisse, et qu'en conséquence il a dû en résulter pour Ouvrard un bénéfice quelconque : met l'appellation et ce dont est appel au néant ;

Émendant, décharge Ouvrard des condamnations contre lui prononcées ; au principal, déboute Buzoni, Goupy et compagnie de leur demande contre Ouvrard, à fin de contribution d'une somme de 470,563 fr. 65 c. en principal et intérêts pour sa part ;

Et avant faire droit sur la demande d'Ouvrard en payement de la somme de 340,887 fr. 75 c. pour sa part dans les bénéfices résultant des ventes faites par la Société en participation en liquidation d'octobre,

Renvoie les parties devant le syndic des Agents de change, à l'effet par lui de déterminer, d'après le cours de la place, le montant de ces bénéfices, pour, règlement du syndic des Agents de change rapporté, être par les parties conclu et par la Cour ordonné ce qu'il appartiendra ;

En ce qui touche les appels de la maison Buzoni, Goupy et compagnie :

Attendu qu'au moyen des dispositions ci-dessus, ces appels deviennent sans objet ; met, à cet égard, comme sur le surplus des demandes, fins et conclusions, les parties hors de cause ;

Ordonne la restitution des amendes ; condamne Buzoni, Goupy et compagnie en la moitié des dépens, l'autre moitié réservée.

Affaire du sieur PERDONNET, Agent de change , contre LE COMTE de FORBIN-JANSON, son client. (De 1823 à 1824.)

Jugement du Tribunal de commerce de Paris.

(20 *mai et* 26 *juin* 1823.)

Le 28 décembre 1822 , le sieur Perdonet , Agent de change, avait acheté, par ordre et pour le compte du sieur de Forbin-Janson , 150,000 francs de rentes sur l'État , livrables et payables à la fin de janvier 1823, ou plutôt à volonté.

Mais il faut remarquer que ces rentes, achetées au taux moyen de 89 francs, avaient subi dans le courant de janvier une baisse considérable.

Quoi qu'il en soit, le 30 du même mois, le sieur Perdonet fit sommation au sieur de Forbin-Janson : « de
» lui remettre, dans vingt-quatre heures, la somme de
» **2,668,975** francs, nécessaire pour le payement des
» 150,000 francs de rente, ou, s'il ne voulait pas en
» prendre livraison, de lui donner l'ordre, par écrit, de
» revendre lesdites rentes à la Bourse du 1ᵉʳ février pro-
» chain. »

L'ordre fut donné et littéralement exécuté ; mais il se trouva entre le prix d'achat et celui de la revente une différence en perte de **341,325** francs.

Néanmoins, le sieur de Forbin-Janson, après avoir reçu du sieur Perdonet le compte de liquidation, répondit qu'il était parfaitement exact, et autorisa cet Agent de change à vendre **300** actions qui lui appartenaient sur le canal de Bourgogne, et que ce dernier avait déjà dans les mains à titre de couverture ou de nantissement.

Effectivement les **300** actions furent vendues, mais elles ne produisirent que **60,000** francs ; en sorte que la dette du sieur de Forbin-Janson envers le sieur Perdonet se trouva encore être de **281,325** francs.

Le sieur Perdonet ayant été obligé de traduire le sieur de Forbin-Janson devant le Tribunal de commerce de Paris, en payement de cette somme, deux jugements, à la date des **20** mai et **6** juin **1823**, condamnèrent ce dernier par corps à faire ce payement.

Arrêt de la Cour royale de Paris (deux Chambres réunies).

(9 *août* **1823**).

LA COUR (sur l'appel de Forbin-Janson) : — En ce qui touche le moyen d'incompétence,

Attendu qu'il s'agit d'une opération commerciale ;

En ce qui touche l'appel au fond,

Considérant qu'il résulte de l'ensemble des lois et règlements sur la négociation des effets publics, et sur les obligations imposées aux Agents de change, que la volonté constante du législateur, depuis l'établissement de la Bourse, a été de prévenir les conséquences désastreuses qu'entraînerait, pour la société, le jeu ou le pari sur la variation du cours des effets publics ;

Que, dans les marchés à terme, le caractère du jeu et du pari sur les effets publics se manifeste principalement par la circonstance que la livraison des effets vendus n'a pas été faite entre les mains des Agents de change, et que le dépôt des mêmes effets n'a pas été régulièrement constaté au moment de la signature de l'engagement;

Que le caractère du jeu ainsi défini, il s'ensuit que les marchés entachés de ce vice sont entièrement nuls, et que la ratification qui en aurait été postérieurement faite, ainsi que l'obligation à laquelle elle aurait donné naissance, n'ayant pour cause que des opérations illicites, ne peut servir de base à une action judiciaire;

Considérant qu'en aucun cas l'Agent de change ne peut avoir d'action contre son client, puisqu'il est tenu d'avoir ses mains garnies en opérant pour lui ;

Que la stricte exécution des lois et règlements, en cette matière, peut seule mettre un frein à cette ardeur immodérée de s'enrichir qui s'est emparée des pères de familles qui, au lieu de se livrer à des professions honnêtes et utiles, se précipitent dans des opérations désavouées par la morale, et toujours suivies d'une ruine complète ou d'une fortune scandaleuse;

Considérant, en fait, que Perdonet, contrevenant aux devoirs de sa profession, n'a jamais fait d'offres réelles de livrer au comte de Forbin-Janson tout ou partie des 150,000 francs de rentes; qu'il ne les a pas désignées par les numéros d'ordre et de série ;

Qu'il s'est borné à lui faire une sommation, le 30 janvier.

de lui fournir la somme nécessaire au payement des 150,000 francs de rentes, ou bien la différence du prix d'achat au prix de revente : d'où il résulte la preuve que Perdonet n'avait pas réellement acquis pour son client une pareille quantité de rentes ;

Que le dépôt des trois cents actions du canal de Bourgogne, exigé à titre de couverture, prouve que Perdonet n'ignorait point que l'intention du comte de Forbin-Janson était de jouer sur des différences de Bourse ;

Considérant que la mauvaise foi du comte de Forbin-Janson, qui, après avoir touché en novembre le produit de ses opérations illicites, refuse de rembourser la perte résultante en janvier de la continuation de ces mêmes opérations, ne peut motiver en faveur de Perdonet une action que la loi lui dénie ;

Met l'appellation et ce dont est appel au néant ; émendant, décharge le comte de Forbin-Janson des condamnations contre lui prononcées ;

Déclare Perdonet non recevable dans sa demande et le condamne aux dépens. (Pourvoi de Perdonet.)

Arrêt de la Cour de cassation (Section civile).

(11 *août* 1824.)

La Cour, après un long délibéré en la Chambre du Conseil, et sur les conclusions conformes de M. Jourde, avocat-général :

Considérant qu'il résulte des arrêts du Conseil des 7 août, 2 octobre 1785 et 22 septembre 1786, que les marchés à terme d'effets publics sont nuls lorsque le dépôt de ces effets, ou les formalités qui peuvent y suppléer, aux termes desdits règlements, n'ont pas été exécutés ;

Que cette mesure est fondée, ainsi qu'il est dit dans le préambule du premier de ces arrêts du Conseil, sur ce que ces sortes de marchés, « sont des engagements qui, dé-
» pourvus de cause et de réalité, n'ont, suivant la loi, au-
» cune valeur ; occasionnent une infinité de manœuvres
» insidieuses tendantes à dénaturer momentanément le
» cours des effets publics ; à donner aux uns une valeur
» exagérée, à faire des autres un emploi capable de les dé-
» crier ; qu'il en résulte un agiotage désordonné qui met
» au hasard la fortune de ceux qui ont l'imprudence de
» s'y livrer, excite la cupidité à poursuivre des gains im-
» modérés et suspects, substitue un trafic illicite aux né-
» gociations permises ; »

Que ces motifs et la prohibition de ces sortes de marchés sont reproduits, et, par conséquent, confirmés, mainte-nus par la loi du 28 vendémiaire an IV ;

Que les décisions judiciaires que l'on oppose, pour prou-ver que ces dispositions sont tombées en désuétude, ne sont concluantes ni en fait ni en droit :

En fait, parce que dans le nombre des décisions pro-duites il en est plusieurs qui reconnaissent, dans leurs mo-tifs, que les lois contre les marchés à terme d'effets pu-blics n'ont pas cessé d'être en vigueur, et qu'elles n'en ont écarté l'application que par des circonstances parti-culières tirées des espèces jugées ;

En droit, parce que l'on ne peut prescrire contre l'exé-cution des lois que le législateur signale lui-même, en les publiant, comme étant indispensables au bien de l'État et au maintien de la morale publique ; que leur abrogation ne peut résulter que d'une autre loi ; qu'ainsi, si, comme on le prétend, celle dont il s'agit ne peut se concilier avec les besoins du commerce, avec le système actuel des finances et du crédit public, le Gouvernement seul a droit de peser ces considérations et de les juger ;

Que l'on n'est pas mieux fondé à soutenir que cette loi a été abrogée, soit par l'article 90 du Code de commerce, soit par l'article 422 du Code pénal ;

Que l'objet de l'article 90 du Code de commerce a été de donner au Gouvernement le droit de faire des règlements d'administration publique sur la négociation des effets publics, et nullement de révoquer et d'annuler les lois et règlements qui existaient alors à ce sujet ;

Que, quant à l'article 422 du Code pénal, il est certain que les arrêts du Conseil de 1785 et 1786 n'ont pas été explicitement rapportés par cet article ; que cela est évident et non contesté ;

Que l'on ne pourrait en induire une abrogation implicite qu'autant que sa disposition serait inconciliable avec celle des arrêts du Conseil, en telle sorte que l'une et l'autre ne pussent être simultanément exécutées ;

Mais qu'il en est autrement, puisque, d'une part, rien ne s'oppose à ce que, conformément aux arrêts du Conseil, les marchés à terme d'effets publics soient annulés lorsqu'ils n'ont pas été précédés du dépôt prescrit, et d'autre part, à ce que, conformément au Code pénal, il y ait lieu à l'application de la peine qu'il inflige, lorsque le vendeur n'a pas à sa disposition au moment du contrat les effets qu'il vend ou qu'il ne doit pas les avoir au temps de la livraison ;

Qu'ainsi les arrêts du Conseil ne prononcent que dans un intérêt purement civil sur l'acte passé entre les parties, et que le Code pénal, qui n'avait à s'occuper ni de cet

acte, ni de cet intérêt, ne prononce, dans le cas qu'il prévoit, que sur la personne des contractants, d'où résultent
deux dispositions différentes, mais non contraires, et dont
par conséquent l'une n'a pas pour effet nécessaire de
révoquer l'autre ;

Considérant enfin qu'une ordonnance du 12 novembre
1833, en permettant, article 1er, de coter le cours des effets publics étrangers, déclare, article 2, « que l'arrêt du
» Conseil du 7 août 1785 est rapporté en ce qu'il ren-
» ferme de contraire à la présente, » autre preuve que cet
arrêt du Conseil est obligatoire et qu'il doit être exécuté
dans toutes celles de ses dispositions qui ne sont pas légalement rapportées ;

Considérant dans l'espèce, qu'en faisant le marché à
terme des 150,000 francs de rentes dont il s'agit, les parties ne se sont pas conformées aux dispositions des arrêts
du Conseil de 1785 et 1786 ;

Et, de plus, que la Cour royale a jugé, d'après des faits
qu'elle avait seule droit d'apprécier, et qui ne peuvent plus
dès-lors être remis en discussion ; « que cet acte n'était
» pas sérieux ; que Perdonnet n'avait pas réellement acquis
» pour son client une pareille partie de rentes, et qu'il
» n'ignorait pas que l'intention de Forbin-Janson était seu-
» lement de jouer sur des différences de cours ; »

Qu'il résulte de ces faits, des lois ci-dessus rappelées, et
de l'article 1965 du Code civil, que le marché passé entre
les parties, et, par suite, que tous les actes auxquels il a
donné lieu, sont illicites et nuls ; qu'il n'est pas plus permis aux Agents de change de concourir à des opérations de
ce genre, qu'à l'une des parties d'en profiter au préjudice
de l'autre ; que les Agents de change ne peuvent, pas plus
que leurs clients, demander aux tribunaux l'exécution de

ces actes, et, par conséquent, qu'en déclarant non recevable la demande du sieur Perdonet, la Cour royale s'est
conformée aux lois et aux principes de la matière;

Quant au moyen tiré des ratifications qui ont eu lieu de
la part du sieur de Forbin-Janson :

Considérant qu'aux termes de l'article 6 du Code civil,
on ne peut déroger par des conventions particulières aux
lois qui intéressent l'ordre public ;

Qu'une loi qui a pour objet de régler la négociation des
effets publics et de réprimer des manœuvres qu'elle déclare
illicites, tient éminemment à l'ordre public, et que les
actes qu'elle défend et annulle ne peuvent, d'après l'article ci-dessus cité, être validés par aucune convention ni
ratification ; — REJETTE, etc.

Affaire du sieur LALLIER, agent de change, contre le sieur COURTIER,
son client (De 1825 à 1827).

Jugement du Tribunal de commerce de Paris.

(29 mars 1825).

LE TRIBUNAL, vidant son délibéré du 26 février dernier, lecture faite du rapport de la Chambre syndicale des
Agents de change, et attendu qu'il résulte de ce rapport et
des plaidoiries que, suivant le dire de Lallier, il aurait,
d'après les ordres verbaux de courtier :

1° Vendu, à la Bourse du 6 mars 1824, les cinq cents
ducats de rente de Naples, dont il s'agit, à 90 fr. 38 c.
p. cent ;

2° Acheté le même jour, 6 mars, 5,000 francs de rente 5 p. cent à 102 fr. 85 p. cent ;

3° Et vendu, le 9 du même mois, la même rente de 5,000 fr. à 99 fr. 45 c. p. cent, coupon détaché ;

Attendu que le résultat de ces diverses opérations et de celles antérieures, sur lesquelles il n'existe pas de contestations, constitue le sieur Courtier débiteur du sieur Lallier, au lieu d'être son créancier ;

Attendu qu'à la vérité, il n'est pas prouvé que le sieur Lallier ait reçu du sieur Courtier l'ordre de faire les trois opérations susdites, mais qu'il existe en faveur dudit sieur Lallier un commencement de preuve, résultant tant de sa qualité d'Agent de change que de l'exactitude et de la bonne tenue de ses livres où ses opérations sont portées, et que, d'ailleurs, il est de notoriété que les Agents de change reçoivent verbalement la plupart des ordres de leurs clients ;

Attendu que, dans ces circonstances, c'est le cas, pour donner plus de force et d'autorité à ces présomptions et à ce commencement de preuve, de déférer le serment au sieur Lallier, conformément à l'article 1366 du Code civil, et de faire dépendre de ce serment le jugement à intervenir sur la contestation ;

PAR CES MOTIFS :

Le Tribunal, avant faire droit, ordonne que Lallier sera tenu de prêter serment qu'il a reçu du sieur Courtier l'ordre verbal de faire pour son compte les trois opérations signalées ci-dessus, et, à l'effet de recevoir ledit serment, le tribunal continue la cause à quinzaine ;

Et ledit jour, 29 mars, après que le sieur Lallier eut

prêté en personne le serment ordonné, le jugement suivant
a été rendu :

Le Tribunal, après en avoir délibéré conformément à la
loi, donne acte au sieur Lallier de son serment ;

En conséquence déclare le sieur Courtier non recevable
dans sa demande contre le sieur Lallier,

Et condamne le sieur Courtier aux dépens.

Arrêt de la Cour royale de Paris (1re Chambre).

(16 *août* 1825.)

La Cour : — Faisant droit sur l'appel interjeté par Courtier de deux sentences du Tribunal de commerce de Paris
des 15 et 29 mars 1825 ;

Considérant que les opérations dont s'agit sont un jeu,
pour le résultat duquel aucune des parties n'a action, soit
pour la répétition de gains quelconques, soit pour celle de
la somme fournie volontairement comme garantie ; qu'en
telle espèce, il n'y avait pas lieu à déférer le serment déci-
soire à l'une ou à l'autre des parties ; sans qu'il soit besoin
de statuer sur la fin de non-recevoir proposée par Courtier,

A mis et met les appellations au néant ;

Ordonne que ce dont est appel sortira son plein et entier effet ; condamne l'appelant en l'amende et aux dépens
des causes d'appel et demandes, liquidés à 49 fr. 65 c.
en ce non compris le droit de qualités, l'enregistrement
sur minute, les coûts et signification du présent arrêt, etc.

Affaire des sieurs COURET-PLÉVILLE, ARCHDÉACON et TATTET, Agents de change, contre les syndics du sieur CLÉRET, ex-Agent de change.

Jugement du Tribunal de commerce de Paris.

(26 mai 1824.)

Nonobstant la nouvelle jurisprudence adoptée par diverses Cours royales et par la Cour de cassation au sujet des marchés à terme d'effets publics, quelques Agents de change, créanciers de leur confrère Cléret, par suite de la liquidation des affaires qu'ils avaient faites avec lui, croyant apercevoir un cas tout particulier dans la position respective des Agents de change, liquidant entre eux les marchés contractés pour leurs clients dont ils avaient dû taire les noms (cas auquel les principes qui avaient déterminé les Cours à refuser aux Agents de change l'action judiciaire contre leurs clients ne leur paraissaient pas applicable), ne craignirent pas de soumettre cette espèce nouvelle à l'épreuve d'un appel en Cour royale.

Leur demande en admission au passif de la faillite Cléret avait été rejetée par un jugement du Tribunal de commerce du département de la Seine, dont la teneur suit :

« Lecture faite des exploits de demande et jugements susdatés et énoncés ;

» Lecture également faite du rapport de M. le juge-commissaire ;

» Après avoir entendu les défenseurs des parties et en avoir délibéré conformément à la loi ;

» Ayant égard au susdit rapport de M. le juge-commissaire ;

» Et attendu : 1° que la vente et l'achat des effets publics qui eurent lieu entre les demandeurs et le sieur Cléret, et qui servent de base au compte courant dont le solde est réclamé par les demandeurs dans la faillite du sieur Cléret, n'ont été suivis ni de la livraison ni du dépôt des rentes qui en étaient l'objet ;

2° Que de semblables marchés sont déclarés nuls par les lois anciennes et nouvelles, notamment par les arrêts du Conseil des 7 août et 2 octobre 1785, 22 septembre 1786, par la loi du 28 vendémiaire an IV, et par l'arrêté du 27 prairial an X ;

3° Que cette législation a reçu son application par les Cours supérieures, qui ont prononcé constamment la nullité des marchés à terme non suivis de la livraison ou du dépôt des valeurs qui en font l'objet ;

4° Que les Agents de change n'étant que des intermédiaires, qui ne peuvent agir pour leur compte personnel, n'opèrent, au contraire, et ne doivent toujours opérer que dans l'intérêt des tiers ; que, par conséquent, ils ne peuvent avoir d'action directe à exercer, mais bien ces tiers, pour raison des opérations ainsi légalement faites, et constatées l'avoir été pour leur compte ;

PAR CES MOTIFS :

LE TRIBUNAL homologue le rapport de M. le juge-commissaire de la faillite Cléret; en conséquence, déclare les sieurs Archdéacon et consorts non recevables en leur demande à fin d'admission au passif de la faillite du sieur Cléret, et condamne les sieurs Couret-Pléville, Tattet et

Archdéacon aux dépens, même au coût du présent jugement et de son enregistrement.

Arrêt de la Cour royale de Paris (3ᵉ Chambre).

(30 juillet 1825.)

LA COUR : — Faisant droit sur l'appel interjeté par Couret-Pléville, Tattet et Archdéacon, du jugement rendu par le Tribunal de commerce de Paris le 26 mai 1824 ;

Considérant que, si un agent de change est responsable de la livraison et du payement de ce qu'il a vendu ou acheté, c'est que, devant avoir reçu de ses clients, aux termes de l'arrêté du 27 prairial an x, les effets qu'il vend ou la somme nécessaire pour payer ce qu'il achète, il a concouru, comme officier public, à une opération qui porte en elle-même les conditions de la réalité ; mais s'il arrive, comme dans l'espèce, que l'Agent de change ne puisse prouver que lorsqu'il a acheté il avait entre les mains les sommes nécessaires pour acquérir, et que lorsqu'il vendait il avait à sa disposition les effets qu'il devait livrer, ayant cessé alors de remplir le devoir de sa charge, il ne peut plus en invoquer les privilèges ; rentre dans la classe de simple particulier, et s'est abandonné, comme toute autre personne, à une opération que les lois anciennes ont proscrite, que les lois intermédiaires et les lois nouvelles réprouvent également, et à laquelle elle n'accorde pas plus d'action qu'au jeu ou au pari ;

Met l'appellation au néant, ordonne que ce dont est appel sortira son plein et entier effet ;

Condamne les appelants en l'amende et aux dépens de leur appel, liquidés à 98 fr. 80 c., etc.

Arrêt de la Cour de cassation (Section des requêtes).

(2 mai 1827.)

Ouï le rapport de M. L. J. Rousseau, conseiller, les observations de Cochin, avocat des demandeurs, et M. de Vatimesnil, avocat-général, en ses conclusions;

Sur le premier moyen :

Attendu qu'il est de jurisprudence constante que l'article 422 du Code pénal ne concerne que la partie criminelle et ne fait point d'obstacle à l'application des anciens et nouveaux règlements sur la matière au civil dont il s'agit;

Attendu qu'il est constaté que les demandeurs n'ont pas prouvé que lorsque l'Agent de change achetait il avait entre les mains les sommes nécessaires pour l'achat, et que lorsqu'il vendait il avait à sa disposition les effets qu'il devait livrer, ainsi que le prescrivent les règlements, ce qui suffit pour écarter le premier moyen;

Sur le deuxième moyen :

Attendu qu'il résulte de l'arrêté du 27 prairial an x, ainsi que de l'arrêt du Conseil du 7 août 1785, que les marchés à terme ne sont valides que lorsqu'ils sont accompagnés de la livraison ou du dépôt réel des effets; que ces règlements ne font aucune exception en faveur de la personne des Agents de change entre eux : — LA COUR REJETTE LE POURVOI.

Affaire des sieurs ORR, GOLDSMITH et COMPAGNIE, contre les sieurs
PROBY BOWLES. (De 1830 à 1834.)

Jugement du Tribunal de commerce de Paris.

(6 mai 1830.)

« Attendu que, si la législation actuelle sur les marchés
» à terme laisse l'Agent de change à la merci de son
» client de mauvaise foi, on ne peut assimiler, dans l'es-
» pèce, à des opérations de bourse, et à la nullité dont
» elles sont entachées, l'action d'une maison de banque
» qui opère pour le compte de son commettant ;

» Que, dans ce cas, la contestation n'a lieu qu'à l'oc-
» casion d'un mandat commercial, et que le Tribunal
» est compétent pour en connaître ;

» PAR CES MOTIFS :

» Le Tribunal retient la cause ;
» Au fond,
» Attendu que l'article 1353 du Code civil a abandonné
» à la lumière et à la prudence des magistrats les pré-
» somptions qui ne sont pas déterminées par la loi, pourvu
« qu'elles soient précises, graves et concordantes ;

» Attendu qu'il est constant, pour le Tribunal, que le
» sieur Bowles a donné mandat verbal aux sieurs Orr,
» Goldsmith et compagnie, de faire des opérations de
» bourse pour son compte ;

» Que ce fait résulte de l'absence d'intérêts prélevés
» sur le dépôt des sommes portées au débit aux époques

14

» des liquidations, sur lesquelles le sieur Bowles n'a pas
» réclamé ;

» Attendu que le fait du mandat donné par lui est en-
» core corroboré par la correspondance, où, répondant à
» celle de la maison Orr, Goldsmith et compagnie, qui
» lui annonçait un achat de 90,000 fr. de rente, il se
» borne à en accuser réception, ce qu'il n'aurait certaine-
» ment pas fait, si une affaire de cette importance lui eût
» été étrangère. »

Arrêt de la Cour royale de Paris.

(23 *mai* 1832.)

« La Cour : — Adoptant les motifs des premiers juges,
» Confirme, etc. »

Pourvoi en cassation,

Fondé :

1º Sur la violation des lois prohibitives des jeux de
bourse et pour fausse application des règles du mandat ;

2º Sur la violation des articles 1341, 1347, 1353 et
1985 du Code civil, sur la preuve des obligations.

Le développement donné au premier moyen peut se
résumer dans les termes suivants :

Les marchés à terme sur les effets publics ne sont pas
défendus lorsqu'ils doivent être réalisés ; mais le législateur a frappé de sa réprobation les marchés fictifs, qui ne
sont autre chose que des paris à la hausse ou à la baisse,
qui n'ont aucune base et se résolvent en ce qu'on appelle
des différences dans le langage des joueurs et de l'agiotage.

Ces spéculations hasardeuses sont nulles; la loi refuse son appui à leur exécution (Arrêts du Conseil de 1724, 1785 et 1786; loi du 28 vendémiaire an IV; arrêt notable de la Cour de cassation du 4 août 1824.) Il y a plus, la loi pénale (article 421) met au nombre des délits les jeux de bourse, et les punit des peines portées en l'article 419.

Si donc il est prouvé que les opérations qui ont eu lieu entre Proby Bowles et la maison, Orr, Goldsmith et compagnie n'étaient que des jeux de cette espèce, il sera évident que l'arrêt attaqué, en condamnant le premier à payer aux seconds le reliquat d'un compte relatif à ces opérations, a violé les lois invoquées à l'appui du premier moyen de cassation.

Or, l'arrêt attaqué fournit lui-même la preuve que les négociations qui se sont opérées entre les parties n'étaient, en réalité, que des marchés fictifs à terme sur les effets publics. On lit, en effet, dans la partie narrative de cet arrêt que, vers la fin de février 1830, Proby Bowles « s'était » livré à des opérations de bourse, et que la maison Orr, » Goldsmith et compagnie, en exécution du mandat ver- » bal qui lui avait été donné par Bowles, avait fait, par le » ministère de divers Agents de change, des spéculations » sur les fonds publics pour le compte de ces derniers.»

Ces expressions, et beaucoup d'autres, tout aussi formelles qu'on pourrait relever, ne laissent aucun doute sur la nature des relations qui ont existé entre les parties. Évidemment, ces relations tombaient sous la prohibition de la loi et ne donnaient ouverture à aucune action.

La Cour royale n'a pas méconnu, à la vérité, les principes de la législation sur les marchés fictifs, mais elle en a éludé l'application en faisant une distinction. Elle a dit qu'on ne pouvait assimiler dans l'espèce à des opérations de bourse celle d'une maison de banque qui opère pour le compte de son commettant. Cette distinction, si elle pouvait être admise, aurait pour résultat de permettre de jouer à la Bourse par l'entremise d'un mandataire, et d'admettre l'action du mandat contre le commettant. On pourrait ainsi faire indirectement, par l'entremise d'une maison de banque, ce qu'on ne pourrait faire directement par le ministère d'un Agent de change. Le moyen d'éluder la loi serait trop facile.

Du moment que les marchés à terme et toute espèce d'agiotage constituent un délit, impossible de leur donner aucun effet civil sans violer la loi prohibitive.

Mais c'est d'ailleurs abuser étrangement de la faveur due au mandat, que de l'invoquer pour échapper à l'application des lois sur l'agiotage.

Aucune action ne peut avoir pour base un délit. Cette règle générale est écrite dans toutes les législations; elle est spéciale au mandat. La loi romaine porte en effet : *Rei turpis nullum mandatum est ; et ideo hac actione non agetur*, L. 6, § 3, au Dig. *Mandati vel contra.*

Le Code civil, articles 1131 et 1133, consacre ce principe pour tous les contrats ; il frappe de nullité toute obligation qui repose sur une cause illicite, c'est-à-dire sur ce qui est défendu par la loi, contraire aux bonnes mœurs ou à l'ordre public. Or, les jeux de bourse sont prohibés par la loi ; ils ont même le caractère de délit : ils ne peuvent former la cause d'un mandat.

Ainsi se trouve justifié le premier moyen.

Sur le second moyen, le raisonnement des demandeurs était celui-ci :

La Cour royale parle d'un mandat verbal, et elle le considère comme suffisamment prouvé par la correspondance, en se fondant sur ce qu'il s'agit d'une matière commerciale, et qu'en pareil cas toutes sortes de preuves sont admissibles.

Mais s'agissait-il bien d'une matière commerciale? Ne s'agissait-il pas plutôt d'un contrat civil à l'occasion d'un délit ou quasi-délit?

D'ailleurs, dans la première hypothèse même, comment nier qu'il ne fallût, pour chaque opération, une preuve légale de sa vérité et du *quantum* des bénéfices ou des pertes? Il ne suffisait pas de dire vaguement, comme l'a fait l'arrêt attaqué, qu'il y avait mandat verbal ; il fallait en administrer la preuve pour chaque négociation. Cette preuve n'a pas été établie, et son absence justifie le moyen pris des articles 1341, 1347, 1353 et 1685 du Code civil, ainsi que de la violation de l'article 7 de la loi du 20 avril 1810, pour défaut de motifs.

6 mars 1834. — LA COUR (sect. des Requêtes), sur les conclusions conformes de M. Tarbé, avocat-général, a rejeté le pourvoi par les motifs suivants :

« Sur le moyen résultant de la prétendue violation des » articles 1341 et suivants du Code civil, sur la preuve » des obligations ;

» Attendu que dans les faits de la cause, dans la cor- » respondance entre les parties, le Tribunal de commerce » et la Cour royale, qui a adopté les motifs du jugement » de première instance, ont puisé la preuve d'un mandat » commercial donné à la maison de banque Orr, Goldsmith » et compagnie, par le demandeur, pour des achats et ventes » de rentes; faire ou faire faire des opérations de bourse

» pour son compte personnel, et dans lesquelles les ban-
» quiers restaient sans intérêt, mandat au surplus que n'a-
» vait pas dénié le demandeur lorsqu'il lui avait été donné
» avis de son exécution et du compte en débet en résultant
» à sa charge : d'où suit que, d'une part, l'arrêt n'a pu vio-
» ler, dans une pareille appréciation, en matière commer-
» ciale, de faits et d'actes entre les parties, les articles du
» Code civil invoqués par le demandeur, comme aussi il
» n'a pas omis de motiver la condamnation au reliquat du
» compte, prononcée contre le demandeur, puisqu'elle ré-
» sultait des motifs mêmes sur lesquels se trouvait reconnue
» l'existence du mandat donné par le demandeur, comme
» elle se trouvait suffisamment justifiée par les éléments du
» compte produit, dont aucuns des actes n'étaient contestés
» par le demandeur ;

  » Sur le moyen qu'on veut puiser dans les lois, les règle-
» ments et les principes de la jurisprudence sur les mar-
» chés à terme d'effets publics :

  » Attendu qu'une fois admise (comme contenant un
» mandat commercial), la mission donnée aux banquiers
» par le demandeur d'acheter ou faire acheter et revendre
» (pour son compte personnel, à ses frais, sans intérêt ni
» profit pour eux) des rentes à la Bourse, il ne pouvait en
» résulter qu'un véritable contrat de compte courant entre
» lui et les banquiers, qu'il n'était pas permis d'assimiler
» à des jeux de bourse entre des joueurs respectifs, aux-
» quels se trouve déniée toute action réciproque les uns
» envers les autres. » — REJETTE.

Affaire du sieur DABRIN, Agent de change, contre le sieur DELATOMBELLE, son client.

Jugement du Tribunal de commerce de Paris.
(27 *avril* 1831.)

Le Tribunal, attendu que, si la jurisprudence, en l'absence de loi positive sur la matière, a assimilé les opérations de bourse à des engagements de jeu, il importe, dans l'intérêt de l'équité, d'examiner si, en certaines circonstances, ces opérations ne sont pas réelles et ne doivent pas jouir de la protection de la loi ;

Attendu, dans l'espèce, que le défendeur, par sa correspondance, et à la date du 6 juillet, a chargé le demandeur de divers ordres d'achats et de ventes de fonds publics français et étrangers; qu'il a confirmé ses ordres à la date du 10, et qu'il entendait si bien solder la valeur de ces achats, qu'il autorisait le demandeur à y appliquer le produit de 1,500 fr. de rente 3 p. cent, dont celui-ci était détenteur pour son compte ; qu'un semblable marché était ferme et conforme au vœu de la loi ;

Attendu, en outre, qu'il résulte des livres du demandeur et des pièces produites par lui, qu'il a régulièrement exécuté les ordres qui lui ont été donnés; que le défendeur ne peut donc exciper aujourd'hui, soit de l'inexécution desdits ordres, soit de la rigueur de la loi dans les marchés fictifs, pour se soustraire à l'exécution d'une convention licite ;

PAR CES MOTIFS,

Lecture faite du rapport de l'arbitre et y ayant égard en partie :

Le tribunal jugeant en premier ressort :

Ordonne que le défendeur sera tenu de prendre livraison, dans la huitaine de ce jour, des vingt-cinq obligations royales achetées pour son compte, à la Bourse, le 13 juillet dernier, contre le payement de la somme de 22,950 fr., prix d'icelles, avec les intérêts suivant la loi, à compter du jour de la demande ; et, faute par le défendeur de ce faire dans ledit délai et icelui passé, autorise le demandeur, dès à présent, comme pour lors, par le présent jugement et sans qu'il en soit besoin d'autre, à faire vendre, par le ministère du syndic des Agents de change près la Bourse de Paris, que le Tribunal commet d'office à cet effet, lesdites vingt-cinq obligations royales, et ce, aux risques, périls et fortune du défendeur, et, dans le cas où le prix de la revente serait inférieur à celui d'achat, condamne le défendeur au payement de la différence et aux intérêts, aussi suivant la loi.

A satisfaire à tout ce que dessus, sera le défendeur contraint par toutes les voies de droit, et même par corps, conformément aux lois des 24 ventôse an v et 15 germinal an vi.

Arrêt de la Cour royale de Paris (1re Chambre).

(26 *mai* 1832.)

LA COUR : — Adoptant les motifs des premiers juges, a mis et met l'appellation au néant ; ordonne que ce dont

est appel sortira son plein et entier effet ; et condamne, etc.
(Me Mollot, plaidant pour le sieur Dabrin.)

Affaire du sieur LOUBERS, Agent de change, contre le sieur VERRIER,
son client. (De 1851 à 1852.)

Jugement du Tribunal de commerce de Paris.

(25 *juillet* 1831.)

LE TRIBUNAL : — Attendu qu'il résulte des débats de la
cause, des explications des parties et des engagements verbaux reconnus par le sieur Verrier lui-même, qu'il a chargé
le sieur Loubers, Agent de change, d'achats et ventes de
rentes françaises et étrangères ; que le résultat de ces diverses opérations se balance par une somme de 5,878 fr.,
restant due par Verrier ; que ce compte, régulièrement
établi, est conforme aux livres du sieur Loubers ;

Attendu qu'il résulte des déclarations verbales des sieurs
Maurenq, Clément et Fournier, Agents de change, qu'ils
étaient détenteurs des rentes achetées par le sieur Loubers, pour le compte du sieur Verrier, au moment de
l'achat ; que ce fait se trouve confirmé par les engagements
du sieur Verrier, portant que la rente achetée fin de mois
est livrable immédiatement si l'acheteur l'exige ; qu'une
semblable opération, conforme aux usages du commerce,
indique un achat réel et non pas fictif, comme le prétend
vainement le sieur Verrier ;

Attendu que la présence en mains du sieur Loubers
d'une inscription de rente de 1,500 fr. 3 p. 100 au nom

du sieur Verrier constate bien qu'au moment de la remise de ce titre, les parties entendaient que ladite inscription dût servir de garantie aux opérations à faire, mais que, comme le transfert n'en a pas été effectué à l'Agent de change et la garantie régularisée, la propriété de ladite inscription est restée au sieur Verrier ; que le sieur Loubers ne peut donc prétendre aujourd'hui se payer sur le capital de la rente de la somme qui lui est due ;

Mais attendu que, dépositaire de l'inscription, il était maître d'en toucher les arrérages et que, sur ces arrérages, il peut retenir le montant de la somme dont il est créancier ;

PAR CES MOTIFS,

Reçoit Verrier opposant, pour la forme, au jugement du 30 décembre dernier (1), et statuant sur ladite opposition, ordonne que ledit jugement sera exécuté selon sa forme et teneur pour la somme de 5,878 francs, et autorise le sieur Loubers à se payer, jusqu'à concurrence de ladite somme, sur les arrérages de la rente déposée en ses mains, pour ne la rendre et restituer au sieur Verrier qu'après parfait payement en capitaux et frais, à quoi faire le caissier du Trésor est autorisé ; quoi faisant, bien et valablement quitte et déchargé, comme le Tribunal l'en décharge par le présent jugement et condamne Verrier aux dépens.

Arrêt de la Cour royale de Paris (2e Chambre).

(**29** *mars* 1832.)

LA COUR : — En ce qui touche l'incompétence du Tribunal de commerce :

(1) Ce jugement a statué sur la compétence.

Considérant que Verrier n'a point pris de conclusions formelles sur ce chef; adoptant, au surplus, les motifs des premiers juges ;

En ce qui touche la demande des 5,878 fr. réclamés par Loubers contre Verrier :

Considérant qu'il résulte des faits et circonstances de la cause et des livres tenus par Loubers, qu'au mois de mai 1830, Loubers, pour le compte de Verrier, et par son ordre, a acheté 3,000 fr. de rentes et 1,000 ducats de Naples, livrables par les vendeurs fin du mois, ou même plus tôt à la volonté de l'acheteur; qu'il est également établi que la rente de 3,000 fr. et les 1,000 ducats étaient en la possession de MM. Clément et Fournier, Agents de change des vendeurs, au jour de la vente; que Loubers avait, à la même époque, entre les mains une inscription de rente de 1,500 fr., 3 p. 100, à lui remise par Verrier comme représentant une partie du prix que celui-ci s'obligeait de payer, et que Loubers a dû croire que Verrier réaliserait le restant de son prix à la fin de mai, époque convenue entre les parties ;

Que cette vente, faite à terme, d'un objet certain et déterminé, moyennant un prix dont une partie était présentement déposée aux mains du mandataire de l'acheteur, ne diffère pas de toute autre vente faite avec stipulation de terme ;

Considérant qu'aucune disposition de loi ne frappe de nullité les marchés à terme d'effets publics, par cela seul que le prix d'achat n'a pas été, à l'époque du contrat, déposé entre les mains de l'Agent de change de l'acheteur;

Que du défaut de consignation du prix peut résulter, seulement en certains cas, une présomption que le contrat n'était pas sérieux et ne servait qu'à déguiser une opération de jeu, laquelle ne donne lieu à aucune action en justice, mais que cette présomption ne peut être admise dans la cause, et qu'elle est détruite par les faits particuliers du procès;

Considérant que la perte de 5,878 fr., résultant de la vente des 3,000 fr. de rente et de 1,000 ducats, n'a eu lieu que faute par Verrier de satisfaire à ses engagements, et qu'il doit supporter le préjudice qui en résulte;

Qu'il n'établit pas que Loubers ait, en aucune façon, manqué à l'exécution de son mandat;

En ce qui touche la remise de l'inscription de rente déposée aux mains de Loubers par Verrier :

Considérant que ladite inscription de rente de 1,500 fr., 3 p. 100, n'a été remise par Verrier à Loubers qu'à l'effet, par ce dernier, d'en toucher les arrérages et les appliquer successivement en déduction de sa créance, dans le cas où Verrier ne s'acquitterait pas en totalité, et par tout autre moyen, du prix par lui dû par suite de la négociation du mois de mai; que Verrier est sans droit pour contester aujourd'hui l'effet d'une délégation à laquelle il a volontairement consenti;

Met, sur l'appel des jugements rendus par le Tribunal de commerce, l'appellation au néant;

Ordonne que lesdits jugements sortiront leur plein et entier effet; condamne Verrier en l'amende de son appel et en tous les dépens (M⁰ Mollot plaidant pour M. Loubers).

Affaire du sieur AUBERNON, Agent de change, contre le sieur PARENT, son client. (De 1853 à 1834.)

Jugement du Tribunal civil de 1ʳᵉ Instance de Paris. (9 mai 1833.)

M. Parent s'était livré à des affaires de Bourse avec plusieurs Agents de change. Par suite il avait contracté, et bientôt sa femme avec lui, plusieurs obligations envers eux.

Parmi ces obligations figure celle souscrite au profit du sieur Laborie de Campagne pour une somme de 9,000 fr., sous le nom du sieur Aubernon, depuis Agent de change, alors commis intéressé chez M. Laborie de Campagne : elle est causée pour prêt fait dès avant ce jour ; et malgré l'époque indéterminée du remboursement (18 mois après la mort du sieur Parent, qui alors était malade), la somme prêtée, de convention expresse, ne produisit pas d'intérêts.

Le 25 août 1830, décès de Parent.

Les 21 et 25 septembre suivant, transport de cette obligation par le sieur Aubernon, au profit du syndic de la Compagnie des Agents de change, stipulant au nom de cette Compagnie ; peu de jours après, signification au sieur Parent dudit transport.

Alors la veuve et les enfants Parent attaquent l'obligation et le transport.

Le 9 mai 1833, jugement qui, à l'égard d'Aubernon et de Laborie de Campagne, annulle l'obligation :

« Attendu que l'allégation des veuve et héritiers Parent, que cette obligation n'avait pour cause qu'une dette résultant de jeux de bourse prohibés par la loi, pouvait, dans l'espèce, être examinée, à raison d'un commencement de preuve par écrit existant dans la cause et résultant des bordereaux de liquidation des opérations de bourse, et que cette allégation se trouvait justifiée en fait ;

» Que vainement Laborie de Campagne et Aubernon prétendent que l'obligation notariée, avec affectation hypothécaire et constitution nouvelle, constituait une novation par laquelle la première dette aurait été éteinte et remplacée par une nouvelle qui serait purgée du vice de la première ;

» Qu'en admettant même cette novation, la nouvelle obligation ayant besoin d'une cause pour sa validité et ne trouvant cette cause que dans la première dette, serait viciée comme celle-ci ; que le système contraire anéantirait les dispositions de la loi contre les dettes de jeu, si nécessaire à l'ordre public et au repos des familles. »

Mais, à l'égard de la Compagnie des Agents de change, cessionnaire, le jugement maintient l'obligation et le transport, par les motifs :

» En fait, qu'il n'est pas établi que le cessionnaire ait eu connaissance, au moment du transport, des vices dont était infectée l'obligation cédée ;

» En droit, que le principe qui soumet le cessionnaire aux mêmes conditions que le cédant, et lui refuse plus de droits que ce dernier, ne saurait s'appliquer aux conséquences d'une fraude à laquelle a participé celui-là même qui l'invoque, comme dans l'espèce ; que ce dernier a à s'imputer d'avoir consenti à la simulation qui lui porte préjudice.»

Arrêt de la Cour royale de Paris (3e Chambre).

(5 *février* 1834.)

Sur l'appel interjeté par toutes les parties,

LA COUR : — En ce qui touche l'appel interjeté par Laborie de Campagne et par Aubernon, du chef du jugement qui déclare nulle, à leur égard, l'obligation souscrite à leur profit par Parent et sa femme,

Adoptant les motifs des premiers juges, confirme ;

En ce qui touche l'appel interjeté par les veuve et héritiers Parent, du chef dudit jugement qui déclare bonne et valable, à l'égard de la Compagnie des Agents de change, l'obligation sus-énoncée, ainsi que le transport qui en a été fait par Aubernon à ladite Compagnie ;

Considérant qu'il résulte des faits et circonstances du procès, et notamment des diverses stipulations de l'acte de transport, que la Compagnie des Agents de change n'ignorait pas que ladite obligation avait pour véritable cause un résultat de jeu de bourse, et que, par conséquent, cette cause, qui rend ladite obligation nulle à l'égard d'Aubernon, la rend également nulle à l'égard de la Compagnie des Agents de change :

Infirme ; au principal, déclare nul et de nul effet, à l'égard de la compagnie des Agents de change, tant l'obligation que le transport de ladite obligation fait par Aubernon à la compagnie des Agents de change. (Me Mollot, plaidant pour le sieur Aubernon.)

Affaire du sieur MOULE, Agent de change, contre LE GÉNÉRAL ESTÈVE, son client.

Jugement du Tribunal civil de 1re instance de Paris.

(1833.)

M. le général Estève, à la suite de pertes assez considérables, notifia à M. Moule, son Agent de change, qu'il désirait cesser de pareilles spéculations. Il paya les différences résultant de ventes à primes d'un franc, mais il refusa de payer les différences résultant d'autres ventes à primes de cinquante centimes ; comme il prétendait son compte soldé par la remise d'une somme en argent, M. le général Estève refusa de payer un billet de 3,000 francs souscrit par lui à titre de garantie ou de couverture, non pas à M. Moule lui-même, mais à M. Gille, son associé.

Un jugement du Tribunal de première instance condamnait M. le général Estève au payement des 3,000 francs, comme paraissant le résultat, non d'une opération de bourse, mais d'un prêt particulier fait par M. Gille.

———

Arrêt de la Cour royale de Paris (3ᵉ Chambre).
(28 et 29 août 1833.)

LA COUR, — Considérant que la souscription d'un billet ne constate pas un payement, mais accuse seulement la reconnaissance d'une dette; que la question de savoir si cette dette est légitime ou si elle a une cause illicite reste tout entière;

Attendu qu'il résulte des faits, des circonstances et documents, et notamment des dates comparées du titre souscrit par Estève et du versement constaté sur les livres de l'Agent de change, et qu'il résulte aussi de lettres produites que la cause du billet était relative à des opérations de bourse, et avait pour but d'autoriser le payement de différences; qu'aux termes des lois, et notamment de l'article 1965 du Code civil, aucune action n'est ouverte pour des dettes de jeu et de pari, et pour des spéculations de bourse à la hausse ou à la baisse;

Met l'appellation et ce dont est appel au néant;

Émendant, décharge le sieur Estève des condamnations contre lui prononcées;

Condamne le sieur Gille aux dépens.

Affaire du sieur Bouzain, contre le sieur Didier, Agent de change.

(De 1833 à 1834.)

Jugement du Tribunal de commerce de Paris.

En 1833, le sieur Bouzain, marchand de vins en détail, remit au sieur Didier, Agent de change, la somme de 6,000, francs à titre de couverture. Ce dernier fit, jusqu'au 3 juillet, des achats et ventes qui s'élevèrent à la somme de 459,580 francs. Un premier compte fut passé entre lui et Bouzain, et, malgré les pertes déjà éprouvées, ce dernier donna à Didier l'ordre de continuer les opérations.

Celui-ci acheta, à fin de mois, pour son client, 550 piastres de rente, représentant au cours d'achat, une valeur de 53,392 francs; mais, au résultat, le capital avancé par Bouzain fut absorbé, et il resta débiteur envers son Agent de change de 1,020 francs.

Cité devant le Tribunal de commerce de Paris, Bouzain prétendit qu'il n'avait donné mandat à l'Agent de change de l'engager que pour la somme de 6,000 fr.; qu'il n'avait pas entendu courir de risques au-delà; que, du reste, ces marchés étaient fictifs et constituaient un jeu de bourse qui ne pouvait donner lieu à une action en justice.

Jugement qui reconnaît le mandat, déclare l'opération sérieuse, condamne par corps le sieur Bouzain à payer la somme de 1,020 fr. réclamée par Didier.

Arrêt de la Cour royale de Paris (3ᵉ chambre).

(11 *juin* 1834.)

La Cour (sur l'appel de Bouzain) : — Considérant que des bordereaux précédemment fournis par Didier, et constatant ses opérations antérieures avec Bouzain, ainsi que du bordereau même dont le solde fait l'objet du procès actuel, résulte la preuve que les acquisitions de fonds espagnols faites à terme par Didier, pour le compte de Bouzain, constituaient, de la part de celui-ci, non pas une opération sérieuse, mais un véritable jeu de bourse, ayant pour objet des valeurs capitales excédant évidemment les facultés de Bouzain, différences pour sûreté desquelles avait été fournie, à l'Agent de change, une couverture depuis réalisée, et qui n'a pas été suffisante pour couvrir les pertes ;

Considérant que la dette résultant du jeu de bourse, ne peut donner lieu à aucune action en justice ;

Met l'appellation et ce dont est appel au néant ; au principal, déboute Didier de sa demande et le condamne aux dépens.

Affaire du sieur PONTCHEVRON, contre le sieur BUREAUX, Agent de change.

(De 1833 à 1835.)

Jugement du Tribunal de commerce de Paris.

(1 *septembre* 1833.)

Au nombre des clients de M. Bureaux, était un sieur Pontchevron avec lequel il faisait habituellement des affaires de peu d'importance, à en juger du moins par la faiblesse de la somme que Bureaux avait reçue de son client pour couverture de ses opérations : cette somme en effet n'était que de 1187 fr.; cependant les opérations d'achat et de vente auxquelles le sieur Pontchevron s'était livré dans le seul mois de décembre 1832 représentaient en rentes de toutes natures un capital de plus d'un million, dont la liquidation établissait en sa faveur, en solde, 6,837 fr.

M. Bureaux se refusa au payement de ce solde, par le motif que les opérations qui y avaient donné lieu n'étaient que le résultat des manoeuvres frauduleuses dont son commis associé s'était rendu coupable ; il en référa même à la Chambre syndicale, qui le dispensa de payer le sieur Pontchevron. Celui-ci forma alors une demande devant le Tribunal de commerce et obtint un jugement qui condamna Bureaux, par corps, au payement du solde de la liquidation.

Ce jugement fut frappé d'appel ; mais, avant la décision de la Cour, le sieur Pontchevron avait produit à la contribution ouverte sur Bureaux. Sa créance, admise par le juge commissaire, avait été contestée et maintenue par jugement dont il n'y avait point eu d'appel.

Arrêt de la Cour royale de Paris (2ᶜ Chambre).

(7 *décembre* 1835.)

LA COUR : — En ce qui touche la fin de non-recevoir tirée de l'autorité de la chose jugée :

Considérant que Bureaux ayant, dans le délai légal, in-

terjeté appel du jugement du Tribunal de commerce du
2 septembre 1833, on ne peut faire résulter contre lui
une fin de non-recevoir de ce qu'il ne se serait pas pourvu
contre le jugement qui a colloqué Pontchevron dans la
distribution, puisque l'exception de chose jugée ne saurait
avoir lieu qu'à l'égard de ce qui a fait l'objet de ce dernier
jugement ;

Considérant, au fond, que la créance dont Pontchevron
réclame le payement contre Bureaux n'a pour cause que
des opérations de bourse sur des différences, sans qu'il y
ait eu de remise de titres de la part du vendeur, et sans
que l'acheteur ait eu, en sa possession, somme suffisante
pour acquitter le montant de ses achats ; que ces ventes et
achats fictifs constituent un jeu et un pari, pour lesquels la
loi n'accorde point d'action;

Infirme, en ce que Bureaux a été condamné par corps à
payer à l'intimé la somme demandée.

Affaire des Créanciers de M. Bureaux , ex-Agent de change,
contre la Compagnie des Agents de change.

(De 1835 à 1838.)

Jugement du Tribunal civil de 1re instance de Paris
(2e Chambre).

(25 *juillet* 1835.)

M. Bureaux avait emprunté à la Compagnie des
Agents de change, dont il était membre , une somme
de 180,000 fr. ; pour sûreté de ce prêt, M. Bureaux

avait souscrit, le 29 novembre 1830, devant Mc Aumont, notaire, une déclaration de propriété de son cautionnement au profit de M. Vandermarq, syndic des Agents de change, représentant la société du fonds commun de la Compagnie. Cette déclaration avait été inscrite au Trésor, le 19 mars 1831. Divers prêts successifs de 130,000 fr., 90,000 fr., 220,000 fr. et 35,000 fr. avaient encore été faits, par la Compagnie des Agents de change, au profit de M. Bureaux.

En 1833, la charge de M. Bureaux est vendue moyennant la somme de 550,000 fr., et un ordre est ouvert pour la distribution de ce prix. La Compagnie des Agents de change, se fondant sur l'acte du 29 novembre 1830, réclame un privilège sur le montant du cautionnement. Ce privilège lui est refusé; mais elle obtient d'être colloquée, à raison des divers prêts qu'elle a faits à Bureaux, malgré l'opposition des autres créanciers, qui soutiennent que ces prêts sont nuls, attendu qu'ils ont été faits pour acquitter des différences provenant de jeux de bourse.

Voici la disposition du jugement qui a trait à la Compagnie des Agents de change :

Sur le moyen de nullité tiré de ce que la demande de la Compagnie des Agents de change aurait pour principe des jeux de bourse :

Attendu que si la loi refuse toute action à celui qui a gagné au jeu contre celui qui a perdu, elle refuse aussi toute répétition au perdant qui a payé; qu'il résulte de là que la dette de jeu est une obligation naturelle; qu'il en résulte aussi que le tiers qui, connaissant même la destination des deniers, a prêté au perdant les fonds nécessaires pour payer sa dette, ou qui a payé directement cette dette par les ordres ou à la demande du perdant, a contre lui, pour se faire rembourser des deniers prêtés ou avancés, une action dérivant du contrat de prêt ou du contrat de mandat ; qu'on ne peut pas dire que l'un ou l'autre de ces contrats résulte, soit du prêt fait, soit de l'ordre donné ou conseillé, puisqu'il a eu pour objet le payement d'une dette naturelle ;

Attendu que la Compagnie des Agents de change est une personne morale, distincte de ceux de ses membres qui étaient créanciers de Bureaux ;

Attendu qu'on ne pourrait refuser action en justice à ladite Compagnie, qu'en supposant que les prêts par elle faits à Bureaux sont une combinaison frauduleuse imaginée pour éluder les dispositions de la loi sur les dettes de jeu, et pour masquer une cession faite à la Compagnie, par les Agents de change créanciers de Bureaux, de leur action contre cet individu ;

Attendu que cette supposition, qui ne pourrait guère se concilier avec l'intervention dans les actes de prêt des Agents de change qui ne sont ni créanciers ni débiteurs de l'emprunteur, est repoussée par les circonstances particulières de la cause ;

Attendu qu'il résulte des faits et documents du procès que la première partie de la créance a été versée directement à Bureaux, et que la seconde partie n'a été avancée par la caisse commune que sur la demande formelle de Bureaux : d'où il suit que la créance de la Compagnie des Agents de change contre Bureaux a pour cause un prêt sérieux et sincère fait par la Compagnie au sieur Bureaux, et que, quelle que soit la cause de la créance qu'avaient contre Bureaux, les Agents de change qui ont été payés, la cause de la créance de la Compagnie est licite.

Arrêt de la Cour royale de Paris (1ʳᵉ Chambre) (1).

(11 *juillet* 1836.)

La Cour (sur l'appel des créanciers Bureaux) : — En ce qui concerne la Compagnie des Agents de change :

Considérant que les lois et réglements prohibent toute opération de bourse qui ne repose pas sur une livraison réelle des rentes vendues et une réception effective des rentes achetées ;

Que si les marchés à terme ne sont pas défendus, c'est sous la condition formelle qu'au terme fixé ils seront réalisés, ainsi qu'il vient d'être dit, et ne se résoudront pas en payement de simples différences ;

Considérant que l'Agent de change qui ne se livre qu'à des opérations licites ne peut jamais être constitué débiteur, puisque, d'une part, pour les ventes même à terme qui sont faites par son entremise, il doit être nanti, dès le jour même de la vente, de la rente livrable à l'échéance du terme ou plus tôt si l'acheteur l'exige, et qu'il ne doit livrer qu'en en recevant immédiatement le prix ; que, d'autre part, pour les ventes même à terme, il doit être, dès le jour de l'opération, nanti des valeurs destinées à assurer, à l'échéance du terme, le payement du prix de la vente, valeur qu'il ne doit livrer qu'en échange, soit du titre de la rente vendue, si elle est au porteur, soit de la signature du transfert de ladite rente par le vendeur ;

Considérant que Bureaux, aux diverses époques aux-

---

(1) Voir ci-dessus, page 178, les conclusions contraires de **M.** Perrot de Chezelles, avocat-général.

quelles la Compagnie des Agents de change lui a fait des avances, n'a pu être débiteur en liquidation que par suite des opérations de vente ou d'achat non garanties par l'existence en ses mains des rentes ou valeurs à livrer, conséquemment, par suite d'opérations illicites ;

Considérant que la Compagnie des Agents de change, en se substituant soit à divers Agents de change, soit à des tiers auxquels la loi aurait refusé toute action devant les tribunaux, n'a pu éluder une disposition d'ordre public ;

Considérant qu'elle n'a pas ignoré que les fonds par elle avancés dussent servir à couvrir le déficit de Bureaux, résultant d'opérations illicites ; qu'elle a même livré ses fonds avec la destination spéciale de couvrir ce dont Bureaux était débiteur en liquidation, et dont il n'aurait pu, en aucun cas, être débiteur s'il ne se fût livré qu'à des opérations réelles, même à terme ;

Que, si des faits et documents de la cause, notamment de ceux émanés de la Compagnie, il résulte que, lors de l'avance faite en octobre 1830, il a été dit que la somme indiquée était avancée pour être appliquée aux besoins et affaires de Bureaux, il en résulte également que c'était pour le payement des différences, ainsi que les avances postérieures ;

Que, spécialement, lors de la liquidation du commencement de janvier 1833, Bureaux était vendeur de 123,000 francs de rentes 3 p. cent, dont il n'avait pas l'inscription ;

Considérant, néanmoins, quant aux dernières avances, montant ensemble à 35,000 fr., que si 25,000 fr. ont encore été avancés pour solder la liquidation de janvier, 10,000 fr. ont été avancés pour arrêter les poursuites de deux créanciers, pour causes tout-à-fait étrangères aux opérations de bourse, et même à l'exercice des fonctions d'Agent de change ;

Que ce prêt, jusqu'à concurrence de ladite somme de 10,000 fr., n'a rien d'illicite ;

Met l'appellation et ce dont est appel au néant en ce qu'il a été ordonné :

1° Que la Compagnie des Agents de change serait colloquée pour une somme, en capital, excédant 10,000 fr. ;

2° Qu'elle serait colloquée par privilège sur les fonds du cautionnement ;

3° Que les parties de Lobgeois, West, Hubert, Gibert et Dobignie (les associés) seraient colloquées pour le montant intégral de leurs mises de fonds, sans aucune déduction ; émendant, quant à ce, dit que la Compagnie des Agents de change ne sera colloquée qu'au marc le franc, et seulement pour une somme principale de 10,000 fr., les intérêts tels que de droit et les frais de production ; maintient, à l'égard des associés, le règlement provisoire, sauf, bien entendu, la réduction, en principal, à 10,000 fr. de la perte résultant de la créance de la Compagnie des Agents de change ; — Déclare Chastenet-Beaulieu non recevable en son appel incident ; le condamne en l'amende et aux dépens dudit appel ; condamne la Compagnie des Agents de change aux trois quarts des dépens de la cause d'appel ; en ce qui les concerne, compense entre les parties tous les autres dépens de la cause d'appel, que Permangles et consorts pourront employer en frais privilégiés de poursuite de contribution, comme ayant été faits dans l'intérêt de la masse, etc.; le jugement, au résidu, et par les motifs y exprimés, sortissant effet. (Me Mollot plaidant pour la Compagnie.)

Arrêt de la Cour de cassation (Chambre des requêtes).

(30 *mai* 1838.)

La Cour : — Au rapport de M. le conseiller Bayeux, et sur les conclusions conformes de M. Hervé, avocat-général ;

Sur le premier moyen pris de la violation des articles 1902, 1967, 1138, 1915 du Code civil :

Attendu que l'arrêt n'a pas jugé, en thèse générale, que tout marché à terme était nul, mais bien que tout marché qui, dès l'origine, avait pour unique objet un payement de différences constituait un jeu, un pari, défendu par la loi;

Attendu que cette décision est conforme à tous les principes de la matière ;

Attendu que l'arrêt a reconnu que les opérations auxquelles s'était livré Bureaux, et qui avaient donné naissance aux créances remboursées depuis, par la Compagnie des Agents de change, n'étaient que des jeux de bourse, des actes illicites, contraires à l'ordre public, prohibés et punis par la loi, ne pouvant, dès-lors, donner ouverture à aucune action civile ;

Attendu que le débiteur peut sans doute, au moyen de fonds qu'il possède, acquitter une dette naturelle, et ne saurait être restitué contre le payement qu'il en aurait fait ; mais si c'est un tiers qui, connaissant la nature de la créance, l'a payée, il ne peut acquérir un droit que n'avait pas le créancier primitif, et changer le titre originairement dépouillé d'action, pour lui en créer une dont le résultat serait de priver de légitimes créanciers d'un gage qui leur était affecté ;

Attendu que l'arrêt a déclaré, en fait, que la Compagnie

des Agents de change avait connu la nature des créances qu'il s'agissait de rembourser avec les fonds qu'elle prêtait, et qu'en se substituant à ceux de ses membres qui se trouvaient ainsi payés, elle n'avait pu acquérir plus de droits qu'eux ; que cette décision, loin de violer la loi, en a fait la plus juste application ;

Sur le deuxième moyen relatif à la violation de la loi du 25 nivôse an XIII et des décrets des 28 août 1808 et 22 décembre 1812 :

Attendu que la loi du 25 nivôse an XIII a établi deux sortes de privilèges sur les cautionnements ; ceux de premier ordre, se rattachant aux faits de charge ; ceux de deuxième ordre, qui appartiennent aux bailleurs de fonds de ces cautionnements ; qu'elle a entendu si bien restreindre le privilège du second ordre aux bailleurs de fonds, qu'elle a exigé que la déclaration fût faite à l'instant même où on déposait le cautionnement ;

Si plus tard, et par les décrets des 28 août 1808 et 22 décembre 1812, l'époque où la déclaration pouvait être faite a été changée, au moins le législateur n'a rien innové à l'unique genre du prêt qui pouvait donner ouverture au privilège, puisqu'il prescrit qu'il n'aura lieu qu'en faveur des prêteurs qui apporteront la preuve de leurs qualités de bailleurs de fonds du cautionnement ;

Attendu qu'il a été reconnu, en fait, que le cautionnement de Bureaux existait et avait été complété avec l'aide d'autres fonds avant les conventions intervenues entre lui et la Compagnie : d'où suit que celle-ci ne se trouvait pas dans le cas prévu par la loi spéciale, et qu'on ne peut faire un reproche à l'arrêt de s'être strictement conformé aux prescriptions de la loi ;

Attendu que l'attribution faite, par Bureaux, à la Compagnie, d'un privilège du deuxième ordre sur son cautionnement, ne peut être assimilée à une cession de ce même cautionnement: d'abord, parce que les parties n'ont pas voulu faire une cession; qu'elles ne l'ont pas dit et n'ont rempli aucune des formalités, ni souscrit aucun des actes qui eussent pu constituer ce genre de contrat;

Que, d'autre côté, les parties ont si peu entendu, l'une transporter, et l'autre acquérir la propriété du cautionnement, que le prêt n'avait lieu que pour conserver à Bureaux sa charge d'Agent de change;

Attendu que Bureaux ne pouvait conserver cette charge s'il avait disposé de tout ou partie de son cautionnement, car il ne serait rien resté pour servir de garantie aux faits de charge qui pouvaient survenir pendant le temps qui a suivi les premiers prêts et la prétendue cession : d'où suit que cette cession du cautionnement n'a point existé et que, sous ce nouveau rapport, l'arrêt n'a pas plus violé la loi que sous le premier; — REJETTE, etc.

Affaire du sieur DABRIN, Agent de change, contre le sieur MÈNE, son client (De 1835 à 1836.)

Jugement du Tribunal civil de 1re instance de Paris (1re chambre).

(5 *décembre* 1835.)

M. Dabrin, Agent de change, avait acheté et levé, par ordre de M. Mène, médecin à Mont-Rouge, des effets espagnols pour 25,000 fr. environ. Le 9 juillet 1834, M. Mène le chargea de lui acheter à la bourse du même jour, pour

en prendre livraison à la liquidation du 25 courant,
250 piastres espagnoles 5 p. cent et 600 piastres 3 p. cent;
cet ordre fut exécuté au prix de 71 1/2 et 47 3/4, ce qui
portait à 70,532 fr. 50 c. le solde à payer lors de l'é-
chéance. Mène annonçait à son Agent de change l'intention de lever les effets, et celui-ci devait le croire en
mesure, car Mène possédait, outre les valeurs livrées précédemment, une maison à Mont-Rouge d'environ 30,000 fr. ;
il disait avoir d'autres propriétés près de Toulouse, son
pays, et il avait une clientelle assez nombreuse. Il lui remit enfin 96 piastres 3 p. cent, valant de 5 à 6,000 fr.,
pour les vendre plus tard, et en appliquer le produit à
valoir sur le prix des effets achetés. Le 24 juillet, veille de
la livraison, Mène n'ayant pas les fonds prêts, vint prier
Dabrin de reporter ses achats à la liquidation suivante du
10 août, et de lui avancer la somme nécessaire pour liquider la première opération, attendu la baisse survenue
dans l'intervalle du 9 au 25 ; Dabrin y consentit, et, le
lendemain 25, il réalisa le report en revendant au comptant, et rachetant les effets pour le 10 août; il paya
13,866 fr. 25 c. en l'acquit de Mène pour couvrir la perte
éprouvée par la revente; il l'informa aussitôt de cette
double opération ; Mène ne revint plus pour signer l'engagement du report et arrêter le décompte. Dabrin lui
écrivit vainement une deuxième fois; il lui fit alors, les 4
et 9 août, deux sommations extrajudiciaires pour qu'il eût
à lui rembourser les 13,866 fr. 25 c. déjà payés et à lui
fournir les fonds nécessaires, pour lever les effets reportés
au 10 ; Mène n'obéit pas, et alors Dabrin fit revendre par
la Chambre syndicale, le 11 août, ces effets, ainsi que les
96 piastres remises à valoir sur le prix des achats du
9 juillet. Il se trouva finalement en avance de 14,869 fr,

80 c., et il en demanda contre Mène le remboursement devant le Tribunal civil. Un jugement du 5 décembre 1835 lui adjugea ses conclusions, ainsi qu'il suit :

« En ce qui touche le moyen de ce que la dette de Mène envers Dabrin prendrait sa source dans un jeu de bourse, et qu'il suffirait pour le démontrer que l'opération eût été faite à terme, sans que les fonds nécessaires à sa réalisation eussent été préalablement consignés entre les mains de Dabrin :

» Attendu que la loi ne prohibe les marchés à terme sur les effets publics, que lorsqu'ils portent uniquement sur la différence entre les cours futurs de ces objets, mais qu'elle protège ces marchés lorsqu'ils ont été contractés sérieusement et de bonne foi;

» Attendu que, si l'article 422 du Code pénal, établit une présomption légale de paris et de jeux de bourse contre la vente d'effets publics que le vendeur ne prouverait pas avoir existé à sa disposition au moment de la convention ou de la livraison, la même présomption légale n'en ressort pas nécessairement par analogie contre l'acheteur qui n'aurait pas été nanti des fonds suffisants au jour de l'achat ou de la prise de livraison;

» Que loin de là, on peut dire que le silence de la loi à cet égard autorise implicitement ceux qui traitent avec l'acheteur à suivre leur foi dans sa moralité, aussi bien que dans les ressources que peuvent lui faire supposer sa position sociale et sa fortune apparente, et que, dans le cas d'acquisition d'effets publics, la preuve du caractère aléatoire ou sérieux du marché ne saurait résulter que de l'ensemble des circonstances dans lesquelles il a été conclu;

» Attendu, en fait, qu'il résulte des documents de la

cause que, le 6 juillet 1834, Mène a chargé Dabrin d'acheter pour son compte, les piastres dont il s'agit et qu'il s'est obligé à en prendre livraison le 25 du même mois ; qu'il résulte également des documents de la cause, et notamment du carnet de Dabrin, que ce dernier a exécuté ce mandat en faisant vendre à Mène, par ses propres clients, 300 piastres 3 p. cent et en achetant 550 piastres d'Amet, son collègue ;

» Que Mène ne conteste pas qu'à l'époque du 25 juillet, il n'a pu payer à Dabrin les 76,532 fr. 50 c. auxquels montait le prix total de l'achat;

» Attendu que si les piastres n'ont pas été livrées à Mène ledit jour 25 juillet 1854, le défaut de livraison ne peut être imputé qu'à ce dernier, qui ne s'était pas mis en mesure d'en acquitter le prix ;

» Que Mène ne peut s'autoriser de son propre fait pour soutenir que la vente est tombée dans le cas de résolution prévu par l'art. 1610 du Code civil, puisque cet article n'est applicable qu'au cas où c'est le vendeur qui est en faute de faire la délivrance;

» Que le défaut de payement de la part de Mène explique le report de l'opération qui a été faite sur les livres de Dabrin, pour le 9 août suivant; que ce report n'était, en effet, qu'un terme accordé à Mène pour se libérer ;

» Que si Mène prétend que le report a été fait sans son consentement, le contraire est néanmoins prouvé par les documents de la cause;

» Qu'il est encore établi que Dabrin a levé pour le compte de Mène les piastres dont il s'agit; que le carnet de Dabrin ne laisse aucun doute sur ce point; qu'il n'en existe pas non plus sur la possession que Dabrin et Amet avaient, à l'époque du marché du 9 juillet, des 850 piastres dont Mène devait prendre livraison ;

» Attendu que bien que Mène ait été mis en demeure ledit jour 9 août de payer le prix de l'achat et de prendre livraison des effets, il a cependant laissé les piastres pour le compte de Dabrin ; qu'il y avait nécessité pour ce dernier de les revendre pour s'acquitter envers les vendeurs, puisque, par l'effet des obligations attachées à l'exercice de sa profession, il était directement responsable du prix envers eux ;

» Que la différence entre le prix de l'achat et celui de la revente est une perte qui lui a été causée par l'inexécution des obligations de Mène, et dont ce dernier, qui était son commettant, doit répondre envers lui ;

Que la revente de ces effets, ainsi que celle des 96 piastres qui avaient été remises par Mène à Dabrin, pour servir en partie à le couvrir du prix de l'achat, a été loyalement et régulièrement faite, et que, d'ailleurs, Dabrin a pris, dans cette circonstance, l'autorisation des syndics de la Compagnie ;

» Que Mène peut d'autant moins se plaindre de cette opération, qu'il ne s'est pas mis en mesure de prendre possession des 850 piastres achetées pour son compte, ni de rentrer dans les 96 piastres qui avaient été remises à Dabrin, et qu'il n'offre pas d'ailleurs de rembourser le prix d'achat;

Relativement aux objections prises de ce qu'un Agent de change ne peut rien recevoir ni payer pour le compte de ses commettants, et de ce qu'il ne peut se rendre garant de l'exécution des marchés dans lesquels il s'entremet :

» Attendu que Mène ne saurait s'autoriser d'un crédit

fondé sur la confiance que Dabrin avait pu avoir en lui pour se délier de ses engagements;

Attendu, d'un autre côté, que Dabrin n'est pas intervenu comme caution dans un traité que Mène aurait fait directement avec un tiers, seul cas auquel se rapporte la disposition prohibitive de l'art. 86 du Code de commerce;

Enfin, relativement au moyen tiré de ce que chacun des contractants peut se départir d'une promesse de vente, lorsqu'il a été donné des arrhes, à la charge, par celui qui les a données, d'en subir la perte;

Attendu que si Mène a remis 96 piastres à Dabrin, soit pour garantie du payement de l'achat, soit même, comme le prétend Dabrin, pour servir à l'acquitter, ces 96 piastres ne peuvent être considérées comme des arrhes;

Que, d'abord, rien ne justifie qu'elles aient été données à ce titre; qu'ensuite Dabrin n'était pas le vendeur, mais l'intermédiaire obligé entre les propriétaires des piastres et l'acquéreur Mène, et qu'il est évident que Mène ne s'en est pas dessaisi dans l'intérêt des vendeurs, avec lesquels il ne traitait pas directement, mais dans l'intérêt de Dabrin seul, qui devait être responsable envers eux;

Attendu, enfin, qu'il résulte de tout ce qui précède que Mène doit indemniser Dabrin de la somme de 14,266 fr. montant de la perte faite par ce dernier sur la revente des 850 piastres, déduction faite de la valeur de 96 piastres qui lui avaient été remises par Mène:

PAR CES MOTIFS,

Le Tribunal condamne Mène à payer à Dabrin la somme de 14,266 francs, avec les intérêts tels que de droit et aux dépens. »

16

Arrêt de la Cour royale de Paris (2ᵉ Chambre).

(9 *juin* 1836.)

LA COUR , — sur l'appel de Mène , adoptant les motifs, etc. , CONFIRME (Mᵉ Mollot, plaidant pour M. Dabrin).

Affaire des sieurs GIBERT et BAIGNÈRES, Agents de change , contre la dame DE SAINNEVILLE, leur cliente commune.

(De 1836 à 1838.)

Jugement du Tribunal civil de 1ʳᵉ *instance de Paris* (Chambre).

(6 *août* 1836.)

LE TRIBUNAL : — En ce qui touche le moyen de nullité tiré de ce que l'obligation dont s'agit n'aurait pas une cause licite :

Attendu que ladite obligation énonce qu'elle a eu pour cause des prêts d'argent ; qu'il n'est pas établi que la cause énoncée soit fausse , et que les véritables causes aient été des opérations illicites ou des jeux de bourse ;

Attendu que de tout ce qui précède , il résulte que la dame de Sainneville s'est valablement obligée et a valablement hypothéqué ses biens ;

Déboute la dame de Sainneville de ses demandes , fins et conclusions.

Appel par la dame de Sainneville.

Arrêt de la Cour royale de Paris (1re Chambre).

(30 janvier 1838.)

LA COUR : — En ce qui concerne Gibert et Baignères ; Agents de change :

Considérant, quant à Baignères, que la cause de l'obligation est véritable et licite ;

Quant à Gibert :

Qu'il résulte des documents de la cause, et des explications même données par lui, que les 66,000 fr. exprimés au contrat comme étant actuellement prêtés par Gibert à de Sainneville et dont la tradition a eu lieu à la vue du notaire, ne constituaient cependant pas, au profit de Gibert, une créance nouvelle prenant son origine dans le contrat, mais qu'ils servaient, en majeure partie, à éteindre diverses créances antérieures de Gibert contre de Sainneville ; qu'ainsi le prêt n'ayant pas été réel, il est permis de rechercher quelles ont été les créances éteintes et les véritables causes de l'obligation ;

Considérant que les 66,000 fr. en question se composent, d'après la déclaration de Gibert, 1° ...... 2° ...... 3° de 8,081 fr. dus par de Sainneville, pour différences sur des opérations à terme ;

Considérant, à l'égard de ces 8,081 fr., que les jeux de bourse sont prohibés par la loi, et qu'elle refuse toute action pour l'exécution des engagements qui en résultent ;

Qu'il importe peu que l'on poursuive le payement de la dette elle-même ou de l'obligation qui la représente ; que la dette, pour avoir changé de forme dans l'intérêt du créancier, n'a pas changé de nature ; que la justice, qui ne pourrait la reconnaître sous sa forme première, ne le peut davantage lorsqu'elle est convertie en obligation, et que si le titre est plus régulier, il n'en est pas moins vicié dans son principe ; que l'obligation n'est pas un payement, mais une simple promesse de payer, et que, dès-lors, on ne peut pas dire qu'il y ait de la part du débiteur répétition de ce qu'il aurait payé ; qu'ainsi, en ce qui concerne les 8,081 fr., la cause exprimée dans l'obligation n'étant pas véritable, et la cause réelle étant illicite, ils doivent être retranchés de l'obligation ;

Considérant que la femme de Sainneville, caution de son mari, peut opposer à ses créanciers toutes les exceptions inhérentes à la dette qui appartiennent à celui-ci ;

Confirme le jugement à l'égard de toutes les parties sauf, en ce qui touche les huit mille quatre-vingt-un francs réclamés par Gibert, etc. (Mes Berryer et Mollot, plaidant pour MM. Gibert et Baignères.)

Affaire du sieur Decoussy, Agent de change, contre le sieur Becq, son client (De 1839 à 1840).

Jugement du Tribunal civil de 1re instance de Paris (1re Chambre).

(3 *juillet* 1839.)

Le 14 novembre 1838, M. Decoussy, Agent de change, a acheté à la Bourse, pour le compte et d'après les ordres de M. Becq, soixante-quinze actions de la Banque de Belgique au cours de 1490 fr., soit, pour les 75 actions, 111,750 francs. Cette valeur a depuis baissé de près des deux tiers à raison des évènements survenus en Belgique ;

M. Becq a refusé d'en prendre livraison ; une sommation faite par M. Decoussy, dans cet objet, est restée sans résultat. Assignation devant le Tribunal civil de Paris par M. Decoussy à M. Becq en condamnation des 111,750 fr. ; en conséquence, autorisation à M. Decoussy de vendre à la Bourse, au mieux des intérêts de M. Becq, et à ses risques et périls, les soixante-quinze actions, pour se couvrir, jusqu'à due concurrence, sur le prix de la somme par lui avancée pour le compte de Becq, son mandant, lequel serait condamné à payer à M. Decoussy la différence entre le prix à provenir de la vente et les 111,750 fr.

Le sieur Becq fit défaut ; mais un sieur Lantoine, son créancier, intervint, pour demander que le prix à provenir de la vente des 75 actions fût déposé à la caisse des consignations à la conservation des droits de qui il appartiendrait.

Le Tribunal : — Attendu que Decoussy ne peut prétendre à aucun privilège sur les actions dont il s'agit ;

Qu'en effet, il ne peut invoquer le principe du mandat ordinaire qui autorise le mandataire à retenir, sur les sommes qu'il a entre les mains, les sommes déboursées pour accomplir son mandat ; qu'il n'est ici qu'un officier qui n'a dû se charger de l'achat de ces actions qu'après avoir fait déposer par le sieur Becq somme suffisante ;

Que, s'il ne l'a pas fait, c'est une faute dont il doit subir les conséquences ;

Donne défaut contre Becq, reçoit Lantoine intervenant ;

Sursoit à statuer sur la demande de Decoussy à fin de condamnation ;

Autorise Decoussy à faire vendre par le syndic de la Compagnie des Agents de change de Paris, et, en cas d'empêchement, par tel autre qui sera nommé par M. le président, sur simple requête, les 75 actions dont s'agit ;

Ordonne que le prix à provenir de ladite vente sera immédiatement déposé à la Caisse des consignations pour être distribué entre les créanciers de Becq, au marc le franc de leurs créances ;

Compense les dépens.

Arrêt de la Cour royale de Paris (1ere chambre.)

(15 *août* 1839).

Sur l'appel interjeté par Decoussy, est intervenu l'arrêt par défaut dont la teneur suit :

LA COUR : — Considérant que Becq avait chargé Decoussy d'acheter pour son compte 75 actions de la Banque de Belgique, mais qu'il ne lui avait pas remis les fonds nécessaires pour cet achat ;

Considérant qu'aucune loi ne défendait à Decoussy d'acheter ainsi ;

Considérant qu'en cet état, Becq n'avait pas le droit de se faire remettre les actions achetées par Decoussy, sans lui payer les sommes déboursées par celui-ci à raison de cette opération, et que Decoussy aurait incontestablement le droit de les retenir ou de les revendre pour rentrer dans ses déboursés, sauf à régler la différence ;

Considérant que Lantoine, créancier de Becq, ne peut avoir plus de droits que n'en avait celui-ci ;

Infirme le jugement et autorise Decoussy à faire revendre à la Bourse, par la Chambre syndicale des Agents de change, au mieux des intérêts de Becq, et aux risques de ce dernier, les 75 actions de la Banque de Belgique, et à prélever en déduction, ou jusqu'à concurrence de la somme de 111,750 fr., le prix à provenir de ladite vente ;

Condamne Becq à payer la différence qui existerait entre ces deux prix.

Sur l'opposition du sieur Lantoine, la Cour, par un nouvel arrêt, du 14 janvier 1840, a débouté l'opposant et a ordonné l'exécution de celui du 13 août 1839.

Mais, sur l'opposition que Becq avait faite au jugement par défaut du 3 juillet, l'affaire est revenue à l'audience de la première chambre du Tribunal civil de première instance du département de la Seine, qui a prononcé le jugement dont la teneur suit :

Jugement du Tribunal civil de 1ere instance de Paris
(1ere chambre).

(15 *février* 1840.)

Le Tribunal : — En ce qui touche le fond :

Attendu, en droit, que les seuls marchés à terme qui soient illicites sont ceux qui ont pour objet de spéculer sur les différences résultant de la hausse ou de la baisse ;

Attendu, en fait, qu'il n'est pas établi que telle soit l'opération qui a eu lieu entre Becq et Decoussy ; qu'il résulte au contraire des pièces produites par ce dernier, notamment de ses livres que le Tribunal s'est fait représenter et a vérifiés, que l'opération était sérieuse ; que, d'une part, Decoussy, agissant conformément à l'ordre qui lui avait été donné, a réellement et immédiatement acheté les 75 actions belges, faisant l'objet de l'opération, les a payées à son confrère et livrées à la disposition de son client ;

Que, d'autre part, Becq avait moyens suffisants pour payer le montant de l'opération, qui n'avait rien de disproportionné avec sa position de fortune ;

Attendu que cette appréciation de ce qui s'est passé entre les parties et de leur commune intention trouve sa confirmation dans la conduite qu'a tenue Becq dès l'origine du procès; qu'il est constant, en effet, qu'il n'a pas, d'abord, contesté le caractère sérieux du marché; mais, au contraire, a fait intervenir un créancier qui s'est borné à contester le privilège de Decoussy ;

Attendu que ledit Becq ne saurait se prévaloir de ce qu'il a donné une couverture à Decoussy, pour en conclure qu'il entendait ne jouer que sur des différences; qu'en effet la couverture, qui n'est autre chose qu'un nantissement, n'est pas toujours un indice du jeu, et peut se rencontrer dans les marchés les plus sérieux, parce qu'elle a pour objet d'assurer à l'Agent de change partie du payement du prix ;

En ce qui touche les intérêts de la somme de 111,750 fr. :

Attendu qu'ils ne peuvent être dus à Decoussy qu'à partir du jour de la demande ; qu'il ne se trouve dans aucun des cas où les intérêts courent de plein droit;

En ce qui touche l'exécution provisoire de la partie du jugement relative à la vente des actions :

Attendu que l'exécution provisoire est requise hors des termes de l'article 135 du Code de procédure civile;

Reçoit Becq opposant au jugement par défaut rendu contre lui le 3 juillet 1839, et, statuant sur son opposition, dit qu'il n'y a lieu de s'arrêter au moyen de forme tiré de l'article 153 du Code de procédure civile, déboute ledit Becq de son opposition; ordonne, en conséquence, que le jugement qui en est l'objet sera exécuté selon sa forme et teneur, en ce qui concerne la revente de 75 actions de la Banque de Belgique, à la Bourse de Paris, par le ministère des Agents de change, pour, le prix de ladite vente, être retenu par Decoussy, en déduction ou jusqu'à concurrence de 111,750 fr., montant du prix qu'il a payé pour l'achat de 75 actions, et, en outre, des intérêts de cette somme à partir du jour de la demande en date du 2 mars 1839, et ce, en exécution des arrêts des 13 août 1839 et 14 janvier 1840 ;

Condamne Becq en tous dépens avec distraction, etc. (Plaidant Me Delangle pour le sieur Decoussy).

Arrêt de la Cour royale de Paris (1re Chambre).

(10 *avril* 1840.)

Sur l'appel de Becq est intervenu un arrêt qui confirme, et ordonne que le jugement dont est appel sortira son plein et entier effet.

Affaire du sieur PESTY, Agent de change, contre le sieur FAUVERGE, son client (De 1839 à 1840.)

Jugement du Tribunal civil de 1re *instance de Paris* (1e Chambre).

(27 *août* 1839.)

LE TRIBUNAL : — Attendu que si les marchés à terme peuvent être validés, encore que l'Agent de change ne se soit pas fait remettre immédiatement par son confrère les effets achetés, et par son client les fonds nécessaires pour acquitter le prix de l'acquisition, quand il est possible d'accomplir cette double obligation à l'échéance du marché, cela n'empêche pas que de pareils marchés ne puissent être annulés, s'il est démontré qu'ils ne sont que fictifs et que l'opération doit, en définitive, se résoudre en différences de bourse;

Attendu que lorsque la réalité des marchés est contestée, c'est à l'Agent de change à la démontrer, bien qu'il représente des bordereaux énonçant qu'il a acheté d'ordre, et pour le compte du client, telle quantité d'effets publics, livrables à telle époque, contre le prix de telle somme pour valeur de l'effet acheté au cours du jour de l'acquisition; qu'en effet, les marchés à terme, qu'ils soient fictifs ou réels, sont toujours constatés par de semblables bordereaux;

Attendu que c'est donc l'intention des parties qu'il faut rechercher pour connaître la nature du contrat qu'elles ont entendu former; que, dans l'espèce, cette intention est manifestée par les faits antérieurs au marché dont Pesty demande l'exécution, et par ceux qui l'ont accompagné et suivi, comme aussi par la position où se trouvait Fauverge;

Attendu qu'il est constant que, depuis le moment où Fauverge est entré en relations avec Pesty, les opérations faites par ce dernier ont consisté, pour la plus grande partie et pour les valeurs les plus importantes, en achats ou ventes à terme d'effets publics français ou étrangers, qui, à chaque échéance, se résolvaient en différences de bourse; que notamment Fauverge représente onze bordereaux, depuis et compris le 5 octobre 1836 jusques et compris le 4 janvier 1839, desquels il résulte qu'il n'a jamais pris livraison ni remis les valeurs achetées ou vendues pour son compte par Pesty, mais qu'à chaque époque fixée au marché, les conséquences en ont été réglées entre eux, eu égard à la baisse ou à la hausse qu'elles avaient subie;

Attendu que toutes ces opérations ont roulé sur des natures d'effets publics et sur des quotités de valeurs, pour lesquelles ont habituellement lieu les marchés à terme fictifs;

Attendu que le 13 décembre 1838, lendemain de l'achat fait des 25 actions de la Banque belge qui font la matière du procès, Pesty a également acquis 2,500 fr. de rente française 5 p. cent. au prix de 55,050 fr., et le 28 décembre, 500 ducats pour 43,691 fr., lesquels achats ont été également réglés par des différences;

Attendu que, d'après ces faits, il est impossible de ne pas considérer que le marché du 12 décembre 1838, relatif aux 25 de la Banque belge, a eu le même caractère que tous les autres, et que c'est uniquement à cause de la baisse énorme qu'a subie cette valeur que Pesty a voulu le faire considérer comme un marché ferme;

Attendu que Pesty oppose vainement que Fauverge a quelquefois levé ou fourni des valeurs qui avaient été achetées ou vendues par lui; que les marchés dont il s'agit ont été faits au comptant, et pour des valeurs peu importantes; que, même, la presque totalité n'était point pour le compte de Fauverge; que notamment la vente de 2,500 fr. de rente 5 pour cent et l'acquisition de 500 francs de pareille rente ont eu lieu pour le compte de la demoiselle Hubert, quoique par l'intermédiaire de Fauverge, et que Pesty a eu connaissance de ce fait;

Attendu enfin que Pesty, qui ne s'est point fait remettre par Fauverge les fonds nécessaires pour payer les acquisitions qu'il faisait pour lui, n'a jamais dû croire, à raison du peu de fortune de ce dernier, de sa position et des charges dont il est grevé, qu'il fût en état d'acquitter le prix des achats qu'il faisait pour son compte, si ces achats avaient dû être considérés comme réels ; notamment qu'il n'a pu raisonnablement penser à recevoir de lui la somme de 131,867 fr., montant des marchés des 12, 13 et 18 décembre 1838 ; que, dans tous les cas, s'il avait eu cette conviction, il devrait s'imputer de l'avoir conçue trop légèrement ;

PAR CES MOTIFS,

Déclare Pesty non recevable dans sa demande, et en tous cas débouté, et condamne Pesty aux dépens.

Arrêt de la Cour royale de Paris (1ᵉ Chambre).

(1840.)

Sur l'appel de Pesty,

LA COUR : — Adoptant les motifs des premiers juges, a confirmé le jugement.

Affaire du sieur POMME, Agent de change, contre le sieur TURQUOIS, son client (De 1841 à 1842).

Jugement du Tribunal civil de 1ᵉ instance de Paris (3ᵉ Chambre).

(20 *février* 1841.)

En janvier 1840, M. Pomme, Agent de change, a reçu

de M. Turquois aîné l'ordre de vendre 2,500 fr. de rente cinq pour cent sur l'État, livrables fin février suivant ; l'Agent de change, sans exiger la remise préalable du titre, et plein de confiance dans la solvabilité du vendeur, exécuta l'ordre qui lui était donné. Cependant, à l'échéance du terme, M. Turquois étant en voyage, la livraison ne put être effectuée. L'Agent de change crut devoir continuer l'opération en report pendant les mois de mars et d'avril ; mais, à cette époque, M. Turquois s'étant refusé à l'exécution du marché, M. Pomme acheta par l'entremise de la Chambre syndicale des Agents de change, pour le compte de M. Turquois, et pour réaliser l'obligation prise en son nom, une pareille rente de 2,500 francs. Il en résulta une différence en perte de 2,460 fr., en payement de laquelle M. Pomme assigna M. Turquois.

Cette demande fut accueillie par le Tribunal de première instance, par les motifs suivants :

» Attendu qu'il résulte des explications données par Pomme en personne à l'audience, et par Byse, appelé en témoignage par Turquois, et attendu, du consentement de Pomme, que l'acquisition faite le 8 janvier 1840, au nom de Turquois, d'une rente de 2,500 fr., 5 p. cent, livrable fin février suivant, a eu lieu du consentement de Turquois ; que la négociation était réelle, quoique le marché fût fait à terme, et qu'il ait été reporté fin de mars et d'avril ; que dès-lors aucun reproche ne saurait être adressé à Pomme, qui, dans cette opération, ne s'est livré à aucun jeu de bourse ;

Par ces motifs,

Sans s'arrêter aux exceptions présentées par Turquois,

le condamne à payer à Pomme la somme de 2,460 f. 55 c., formant, y compris les frais de la négociation, la différence existant entre la valeur de la rente de 2,500 fr. 5 p. 100 au jour de l'acquisition et celle qu'une pareille rente avait au jour où la Chambre syndicale des Agents de change a acheté pour le compte de Turquois, et pour réaliser l'obligation prise en son nom de livrer une pareille rente de 2,500 fr.,

Et le condamne également aux intérêts de ladite somme du jour de la demande et aux dépens.

Arrêt de la Cour royale de Paris (2ᵉ Chambre).

(17 *février* 1842.)

Sur l'appel de Turquois,

LA COUR : — Considérant que la législation en vigueur sur la négociation des effets publics exige impérieusement que l'Agent de change chargé d'opérer la vente à terme d'une rente sur l'État, comme de toute autre valeur, soit nanti du titre ou puisse justifier du dépôt régulier de pièces établissant la propriété du vendeur ; qu'à défaut de ce dépôt préalable la négociation faite par l'Agent de change ne doit être considérée que comme une vente fictive qui ne donne lieu à aucune action de sa part contre le prétendu vendeur ;

Que si la jurisprudence a permis à l'Agent de change, chargé d'acheter à terme de ne point exiger de son client, à raison de la solvabilité de celui-ci, le versement préalable entre ses mains des fonds destinés à l'acquisition, il ne peut, en aucun cas, s'affranchir de la nécessité d'établir ou le dépôt ou la mise à sa disposition du titre qu'il est appelé à négocier ;

Considérant, en fait, que Pomme, qui a reçu de Turquois, en janvier 1840, le mandat de vendre à terme une inscription de rente sur l'Etat de 2,500 francs, reconnaît lui-même que ladite inscription ne lui a jamais été remise ; qu'il n'établit pas et ne demande pas même à prouver qu'une inscription de rente sur l'État, d'une valeur égale ou supérieure, appartînt alors à Turquois ; que les reports successifs opérés par Pomme en mars et avril rendent encore plus vraisemblable le caractère d'opération fictive qu'avait la négociation d'un effet que l'intimé n'a jamais eu entre les mains ;

Infirme ; au principal, déboute Pomme de sa demande.

Affaire du sieur BAGIEU, contre le sieur DE VILLETTE, son client.

(De 1842 à 1843.)

Jugement du Tribunal de commerce de Paris.

(5 *janvier* 1843.)

Attendu que Bagieu, Agent de change, demande à Jules de Villette le payement d'une somme de 26,325 fr., dont ce dernier est devenu débiteur par suite d'opérations sur les fonds publics ;

Attendu que de Villette déclare n'être pas commerçant, et décline, par ce motif, la compétence du Tribunal de commerce ;

Attendu que, subsidiairement, il se refuse à payer

la somme réclamée, en alléguant qu'elle est due pour différences sur des opérations à terme qu'il qualifie de jeu, à raison desquelles Bagieu ne pourrait, aux termes de l'article 1965 du Code civil, exercer aucune action contre lui ;

En ce qui touche la compétence :

Attendu que, si l'achat ou la vente des fonds publics ne constitue pas un acte de commerce de la part de celui qui ne cherche dans cette opération qu'un emploi accidentel de ses capitaux, il n'en est pas de même lorsque cette opération est répétée et devient l'objet d'une spéculation habituelle ;

Attendu que, dans ce cas, les fonds publics doivent être assimilés à des marchandises qu'on achète pour les revendre avec bénéfice, spéculation qui constitue un acte de commerce ;

Attendu que, dans l'espèce, de Villette s'est livré à une suite d'opérations sur les fonds publics par l'entremise de Bagieu et de plusieurs autres Agents de change ;

Que ce trafic, habituel de sa part, présente tous les caractères des actes de commerce et le soumet, par conséquent, à la juridiction consulaire ;

PAR CES MOTIFS,

Le Tribunal retient la cause ;

En conséquence, déboute de Villette du renvoi par lui proposé, et statuant au fond :

Attendu que de Villette prétend que les opérations à termes auxquelles il se livrait étaient des marchés de jeu : 1° Parce qu'il n'y a pas eu dépôt de titres ou de capitaux au moment des marchés ; 2° parce qu'il n'était pas en posi-

tion de livrer ou de payer les fonds publics que Bagieu
vendait ou achetait pour son compte ;

Sur le premier moyen :

Attendu que si l'ancienne législation prohibait et frappait de nullité toute opération à terme effectuée sans le
dépôt préalable des titres au moment du marché, cette
législation a été modifiée par les articles 421 et 422 du
Code pénal ;

Attendu qu'en assimilant à des paris, dans certains cas
seulement, les opérations à terme effectuées sans dépôt
préalable, ces articles ont, par cela même, consacré en
principe la validité de ces opérations ; qu'il ne faut pas
voir seulement dans ces dispositions de la loi pénale une
mesure politique, mais bien un sage retour à une législation plus en harmonie avec les besoins du commerce et du
crédit public ;

Attendu qu'en effet une longue expérience a démontré
l'influence salutaire et même la nécessité des opérations à
terme librement faites ; que leur usage a été conservé sur
toutes les places commerciales de l'Europe, malgré les
sévérités de la législation et de la jurisprudence ;

Attendu que, dans les circonstances difficiles, elles procurent au commerce et à l'Etat de précieuses ressources :
au commerce, en mettant à chaque instant à la disposition des commerçants, moyennant un intérêt modéré et
contre un transfert momentané de leurs rentes, les capitaux qui leur sont nécessaires ; — à l'Etat, en soutenant
la valeur des rentes par la concurrence des acheteurs, et
en appelant aux emprunts des soumissionnaires qui
ne s'y présenteraient pas s'ils ne pouvaient, à l'aide
des opérations à terme, obtenir le concours des capitalistes ;

17

Attendu que les formalités de dépôt préalable détruiraient tous ces avantages; qu'ainsi, dans l'intérêt général, et conformément à l'esprit des art. 421 et 422 du Code pénal, il importe d'admettre que l'absence du dépôt préalable ne frappe pas de nullité les opérations à terme, et que l'Agent de change, présumé nanti des titres ou des fonds, doit pouvoir faire la preuve contraire; que, par suite, on ne saurait accueillir le premier moyen invoqué par de Villette;

Sur le deuxième moyen :

Attendu que l'art. 422 du Code pénal définit le pari;

Que l'art. 1965 du Code civil refuse toute action pour la créance qui en résulte; qu'il convient donc d'examiner si, dans l'espèce, il y a eu pari dans le sens prévu par la loi;

Attendu que les dispositions de la loi ne doivent pas être appliquées de manière à offrir une prime à la mauvaise foi et un encouragement à l'agiotage : qu'il en serait ainsi si l'on admettait la nullité d'une opération à terme par cela seul qu'elle aurait été un jeu pour l'une des parties contractantes;

Qu'un tel système offrirait en effet l'appât le plus puissant au jeu et à la fraude, puisqu'il donnerait au spéculateur de mauvaise foi le privilège de nier sa dette quand la chance lui est contraire et de recueillir son bénéfice quand elle lui est favorable; qu'il faut donc interpréter les articles de loi précités dans le sens le plus efficace contre l'agiotage; reconnaître qu'entre celui qui vend une rente qu'il n'a pas, et qu'il ne peut avoir, et celui qui achète cette rente pour en prendre livraison, et pour la payer, il n'y a jeu que de la part du vendeur; qu'ainsi, tout en refusant au joueur, conformément à la loi, une

action pour la créance résultant de son pari, il faut déclarer légitime et exigible contre le joueur la créance du spéculateur sérieux;

Attendu que dans l'espèce, si de Villette déclare avoir
joué, il n'allègue même pas que Bagieu ait joué contre lui;
qu'ainsi de Villette s'accuse d'une contravention afin d'en
profiter au détriment de celui qui n'en est pas complice;

Attendu qu'en effet Bagieu n'a rempli à l'égard de de
Villette que le rôle de simple mandataire, rôle auquel
ses fonctions l'obligeaient; qu'en cette qualité il a fait des
avances pour son client, et a exécuté loyalement les marchés qu'il avait contractés en son nom; que, d'après les
renseignements qu'il avait recueillis sur la solvabilité de
de Villette, ces marchés ne paraissaient pas excéder les
ressources pécuniaires de ce dernier, et restaient ainsi dans
les limites d'une spéculation légitime; que de Villette,
en approuvant plusieurs arrêtés de compte dont il promettait toujours de payer le solde, a contribué à maintenir Bagieu dans une sécurité trompeuse, et l'a engagé,
par ce moyen, dans de nouvelles avances; qu'ainsi la
bonne foi de Bagieu a été surprise, et qu'il est bien fondé
à réclamer de de Villette, en vertu de l'art. 1999 du Code
civil, le remboursement de ses avances;

Attendu que, d'après sa défense, de Villette aurait, aux
termes des articles 421 et 422 du Code pénal, commis
le délit de jeu puni par les peines portées à l'article 419
du même Code, délit dont Bagieu n'est pas complice;

Par ces motifs :

Le Tribunal, jugeant en premier ressort, condamne

de Villette, par toutes voies de droit, et même par corps, à payer à Bagieu la somme de **26,325,** fr. montant de la demande, avec les intérêts suivant la loi et aux dépens;

Renvoie d'office de Villette devant les juges compétents pour être statué sur le délit, et ordonne qu'à cet effet une expédition du présent jugement sera transmise à M. le Procureur du Roi;

Ordonne l'exécution provisoire du présent jugement en donnant caution.

Arrêt de la Cour royale de Paris (1re Chambre).

(14 *mars* 1842.)

Sur l'appel de de Villette;

LA COUR : — En ce qui touche la compétence :

Considérant que des ventes fictives d'effets publics ne constituent pas des opérations commerciales;

En ce qui touche le fond :

Considérant que les ventes de cette nature opérées par l'ordre de de Villette par le ministère de Bagieu, Agent de change, qui en connaissait le caractère, ne sont que des opérations de jeu, et que les dettes contractées par de Villette envers Bagieu à l'occasion de ces ventes, ne peuvent, aux termes de l'article 1965 du Code civil, donner lieu à aucune action en justice; que les pièces produites par Bagieu ne portent qu'une reconnaissance de la dette qui n'en change point la nature;

Annule le jugement du Tribunal de commerce, comme incompétemment rendu;

Evoquant le principal, déclare Bagieu non recevable en sa demande et le condamne aux dépens.

Jugement du Tribunal de police correctionelle de Paris.

(8 *juin* 1842.)

Le Ministère public, à qui le Tribunal de commerce avait remis une expédition de son jugement du 5 janvier, pour être statué sur le délit avoué par de Villette, ayant considéré l'Agent de change Bagieu *comme complice* de ce délit, dirigea des poursuites contre l'un et l'autre; l'affaire fut portée devant le Tribunal de police correctionnelle, qui a rendu le jugement dont la teneur suit :

LE TRIBUNAL , — En ce qui touche le délit de pari :

En droit ,

Attendu que le jeu ou le pari sur le cours des effets publics est un délit; que l'article 422 du Code pénal répute pari de ce genre toute convention de vendre ou de livrer des effets publics qui ne sont pas prouvés par le vendeur avoir existé en sa possession au temps de la convention ou au moment déterminé pour la livraison; que de cette définition légale ressort bien manifestement qu'il y a jeu de bourse toutes les fois qu'il n'est pas constant et justifié qu'au jour de la convention, ou à l'époque fixée pour la remise, le vendeur n'était pas nanti ou détenteur des effets promis ;

Attendu qu'il existe deux sortes de marchés d'effets publics, les uns au comptant, et pour lesquels le payement et la remise des effets sont immédiats; les autres à terme, dont les uns sont dits fermes ou définitifs, conséquence

emportant avec elle obligation de payement, et livraison des
effets dans le délai de la stipulation, et les autres à prime,
ou sous condition résolutoire, dès-lors avec faculté de ne
pas exécuter le traité moyennant une indemnité qualifiée
prime ;

Attendu qu'aux termes des arrêts du Conseil des 7 août,
2 novembre 1785 et 22 septembre 1786, les marchés à
terme, quels qu'ils soient, doivent être suivis d'un dépôt,
dûment constaté, des effets publics vendus ou promis ;
que ces arrêts, confirmés par les lois des 8 mai 1791 et
8 vendémiaire an IV, réputent nuls et illicites les marchés
à terme non suivis de dépôt ; qu'ainsi, c'est au principe
de la livraison ou du dépôt des effets que sont principalement et essentiellement attachées la preuve et la garantie
de la réalité, de la sincérité des marchés à terme ; que,
sans livraison ni dépôt, le marché à terme n'existe que de
nom, n'a rien de sérieux ni de légitime, et cache, sous la
dénomination mensongère d'achats fermes ou à prime,
une véritable spéculation de bourse, dont les résultats se
résument en différence, c'est-à-dire en perte ou en gain
coloré du nom de report et liquidation ;

Que de là il suit que l'Agent de change chargé d'opérer
la vente à terme d'une rente sur l'État doit se faire
remettre l'inscription ou les titres constatant la propriété
du vendeur ; qu'il suit encore que si l'Agent de change
s'engage à livrer des effets publics, il doit exiger et recevoir immédiatement les fonds nécessaires ;

Que, d'après ses termes et son esprit, l'article 422 du
Code pénal ne fait que confirmer les prescriptions de l'ancienne législation en ce qui touche la justification imposée
à l'Agent de change sur la remise du titre ou la preuve
de l'existence en ses mains du titre dont il devait opérer

la vente, et que c'est en l'absence de cette justification que l'article 422 imprime à la convention le caractère de pari ou jeu de bourse ;

Attendu que les prescriptions de l'article 422 du Code pénal ont eu en vue d'arrêter et prévenir l'agiotage, en même temps que de protéger la fortune et l'honneur des citoyens contre les périls et les séductions de la Bourse ; qu'enlever ces garanties, si sagement établies, serait indirectement autoriser les spéculations du jeu sur les effets publics, spéculations déjà si difficiles à saisir, et augmenter ainsi les causes de ruine des familles ;

En fait,

Attendu que l'instruction, les débats, ensemble la correspondance et tous les autres documents du procès, constatent que, dans le courant de 1841, de Villette a joué et parié sur la hausse et la baisse des effets publics, à l'aide d'achats de rentes 5 pour cent sur l'État ; qu'il est, en effet, constaté que les divers marchés successifs qui ont eu lieu en janvier, février, mars, avril et mai de ladite année, n'avaient rien de sérieux ni de réel ; que, sous l'apparence de marchés à terme fermes ou à prime, ils déguisaient de véritables jeux de bourse ;

Que les rentes supposées achetées par de Villette n'ont jamais été ni même dû être mises à sa disposition ; qu'elles n'ont jamais été non plus à la disposition réelle du vendeur, soit au moment de la convention, soit au moment déterminé pour la livraison ; qu'aucun dépôt régulier ne constate que le vendeur ait été mis en demeure de livrer lesdites rentes aux différentes époques fixées pour la remise ;

Qu'au contraire, il ressort évidemment des débats et des pièces du procès, que les huit opérations signalées par l'instruction se sont toutes résumées en différences qui sont le caractère du jeu, différences qui, en définitive, ont débité de Villette de 26,325 fr. au profit de Bagieu, indépendamment de 5,000 francs déjà versés audit Bagieu ; qu'il est si vrai que les marchés dont il s'agit étaient simulés et cachaient des spéculations ou jeux de bourse, que de Villette n'a jamais été propriétaire des actions ni possesseur des rentes qu'il a chargé Bagieu de vendre pour son compte ; qu'aussi Bagieu n'a exigé, en aucun temps, la remise des titres constatant la propriété en la personne de de Villette ; qu'il est encore vrai et constant que de Villette était dans l'impuissance absolue d'acquitter, aux époques déterminées, le prix des rentes supposées lui avoir été transmises ;

Que Bagieu n'ignorait pas et ne pouvait pas ignorer l'impuissance de de Villette et son état de gêne, puisque, dès le 5 avril 1841, de Villette lui écrivait pour s'excuser de ne pas pouvoir lui remettre le solde qui formait la différence, c'est-à-dire la perte résultant de l'opération alors accomplie : d'où il suit que de Villette a commis le délit prévu par les articles 421 et 422 du Code pénal ;

Attendu que Bagieu s'est rendu complice de ce délit, en aidant et facilitant de Villette à le commettre ; qu'en effet les opérations constitutives du délit se sont faites par le ministère de Bagieu, qui était parfaitement instruit de la nature et du caractère de ces opérations, qu'il prenait soin de déguiser sous l'apparence de marchés réels et sérieux, pour leur imprimer un cachet de légalité et paraître accomplir les devoirs de sa profession d'Agent de change ;

Attendu que l'Agent de change qui se prête à une

fraude de cette nature s'associe bien évidemment au délit, parce que, sciemment, intentionnellement, il en facilite la consommation ;

Que la participation de l'Agent de change est même d'autant plus grande et plus grave, que, dans la circonstance, il est, en quelque sorte, l'instrument du délit; que c'est lui qui, au lieu d'arrêter le joueur dans ses égarements et ses folles espérances, encourage sa passion pour l'exciter à accomplir la spéculation du jeu, intéressé qu'il est, par bénéfices certains, à ce que la spéculation se réalise et se continue, dût la ruine des spéculateurs s'ensuivre ;

En ce qui touche la contravention prévue par l'article 87 du Code de commerce :

Attendu que toutes les opérations auxquelles Bagieu s'est livré ne rentrent pas sous l'empire des dispositions des articles 85 et 86 du Code de commerce ;

Par ces motifs ,

Renvoie Bagieu des fins de la poursuite relative à l'application de l'article 87 dudit Code de commerce, et faisant application des articles 419, 421, 422 et 59 du Code pénal, néanmoins, ayant égard aux circonstances atténuantes, et usant de la faculté accordée par l'article 463 ;

Condamne de Villette en cinq cents francs d'amende et Bagieu en cinq mille francs d'amende, les condamne tous deux solidairement aux dépens;

Fixe à une année la durée de la contrainte par corps.

Arrêt de la Cour royale de Paris (chambre des appels correctionnels).

(12 *janvier* 1843.)

Sur l'appel de M. Bagieu, est intervenu l'arrêt dont la teneur suit :

LA COUR : — Considérant, en droit, que le jeu ou le pari sur la hausse ou la baisse des effets publics est un délit ;

Considérant que l'article 422 du Code pénal répute pari de ce genre toute convention de vendre ou de livrer des effets publics qui ne sont pas prouvés par le vendeur avoir existé à sa disposition au temps de la convention, ou avoir dû s'y trouver au temps de la livraison ;

Considérant, en fait, que l'instruction, la correspondance, les débats et tous les documents de la cause, constatent que, dans le courant de 1841, de Villette a joué et parié sur la hausse et la baisse des effets publics ;

Qu'il est, en effet, établi que les opérations successives qu'il a faites par le ministère de Bagieu, en janvier, février, mars, avril et mai de ladite année, n'avaient rien de réel, et n'étaient que des spéculations sur marchés fictifs et des jeux de bourse déguisés sous la forme et l'apparence de marchés à terme ;

Que les rentes supposées achetées par de Villette n'ont jamais été ni dû être mises à sa disposition ; qu'il n'a jamais possédé celles qu'il était réputé avoir vendues, et que les huit opérations de bourse signalées par l'instruction n'ont jamais dû ni pu se résoudre autrement qu'en différences payables fin de mois ;

Qu'ainsi de Villette a commis le délit prévu par les articles 421 et 422 du Code pénal;

Considérant que Bagieu a aidé sciemment de Villette à commettre ce délit;

Qu'en effet, les opérations de bourse dont il s'agit se sont toutes faites par son ministère; que cet Agent de change était parfaitement instruit de la nature et du caractère desdites opérations; qu'il connaissait la position de de Villette; qu'il savait que jamais de Villette n'avait dû livrer les rentes par lui vendues, ni prendre livraison de celles qu'il avait achetées;

Considérant que l'Agent de change qui se prête à une fraude de cette nature manque essentiellement aux devoirs de sa profession, et devient le complice du délit dont il est l'instrument nécessaire;

PAR CES MOTIFS (1),

Met l'appellation au néant;

Ordonne que ce dont est appel sortira effet, et néanmoins réduit l'amende à MILLE FRANCS (2).

---

(1) Il est essentiel de remarquer que la Cour, en n'adoptant pas les motifs des premiers juges, rejette implicitement leur doctrine sur le dépôt préalable des effets vendus.

(2) La Collection qui précède se compose des principaux jugements et arrêts relatifs aux Marchés à terme d'effets publics rendus à Paris depuis 1823, époque de laquelle date la nouvelle jurisprudence de la Cour royale. On s'est borné à recueillir les documents judiciaires qui ont décidé la question en principe. Ils prouvent que cette question est loin d'être envisagée par le Tribunal de commerce de la même manière que l'envisage la Cour royale, et sous ce rapport il ne sera pas sans utilité de transcrire ici un jugement que ce Tribunal a rendu récemment dans une affaire de vente de marchandises à livrer, par lequel il manifeste encore plus explicitement son opinion sur les marchés à terme en général.

Jugement du Tribunal de Commerce de Paris.

(8 août 1842.)

LE TRIBUNAL, — Statuant au fond :

Attendu que les défendeurs prétendent qu'ils ont joué et que leurs engagements sont nuls devant la justice ;

Mais attendu que ce moyen, qui flétrit ceux qui l'invoquent, doit être admis contre les joueurs, et non à leur profit ; qu'ainsi les défendeurs ne pourraient opposer avec succès l'article 1965 du Code civil qu'autant que les demandeurs se seraient livrés au jeu et en réclameraient le bénéfice ; qu'il y a donc lieu de rechercher s'il y a eu jeu de la part des demandeurs et si leur créance en est le résultat ;

Que, dans le commerce des défendeurs, les marchés à livrer sont d'un usage général, d'une utilité incontestable ; qu'ils permettent au fabricant de trouver à l'avance le placement des produits de ses usines et d'assurer à son travail la rémunération qui lui est due ;

Que par leur moyen, l'armateur vend avant le départ de ses navires les cargaisons qu'ils vont chercher et évite de fausses spéculations et un emploi infructueux de son industrie ;

Que ces marchés se lient, par l'entremise des commissionnaires, entre les producteurs et les marchands, qui ont eux-mêmes intérêt à acheter à terme pour ne pas laisser au hasard l'approvisionnement de leurs magasins ;

Qu'ainsi, en vendant des huiles à livrer pour les défendeurs, les demandeurs ont effectué une opération régulière, nécessitée par les besoins du commerce, et qui, en principe, ne peut leur être reprochée ;

Attendu que les quantités d'huiles vendues par chacun des demandeurs n'étaient pas excessives, et ne paraissent pas dépasser les ressources des vendeurs ;

Attendu qu'il résulte de ce qui précède que les défendeurs ne peuvent pas valablement soutenir qu'ils avaient vendu des huiles avec l'intention de ne pas les livrer ; qu'il est, au contraire, évident qu'ils les auraient livrées s'ils y avaient trouvé quelque avantage ; qu'ils étaient tous en position de réaliser leurs opérations ; qu'ils les avaient conclues aux conditions usitées dans les marchés sérieux, et qu'il y a eu même, de leur part, exécution d'une partie de leurs engagements ; qu'il ressort également des circonstances de la cause que Bris, Huard et Jazé n'ont pas joué contre les défendeurs ;

Attendu que le concert frauduleux des défendeurs pour opposer à leurs mandataires de bonne foi l'exception de jeu ne saurait trouver appui devant la justice ; que le triomphe d'un tel système jetterait la démoralisation parmi les commerçants, en les habituant à ne plus se considérer comme liés par leurs engagements et en leur offrant la ressource déloyale de nier, en cas de perte, la réalité d'une opération dont ils auraient touché le bénéfice si elle avait réussi ;

Qu'il n'y a donc pas lieu d'admettre la nullité invoquée ;

En ce qui touche la non-recevabilité de la demande :

Attendu que, par suite de la non-exécution des engagements pris par les défendeurs, les demandeurs les ont remplis à leur place ; qu'ainsi les réclamations qu'ils adressent aux défendeurs sont bien fondées ;

PAR CES MOTIFS :

Condamne les défendeurs à payer le montant des marchés, avec dépens.

VIII.

PROPOSITION

FAITE A LA CHAMBRE DES DÉPUTÉS

Par M. HARLÉ fils,

DÉPUTÉ DU PAS-DE-CALAIS,

Relativement aux Marchés à terme sur les Effets publics.

———⦿———

Cette proposition, présentée à la séance du 14 décembre 1832, était ainsi conçue :

Projet de loi sur la négociation des effets publics.

ART. 1er.

Dans le délai de deux mois, à compter de la promulgation de la présente loi, il sera établi à Paris une *Caisse de dépôts,* pour recevoir spécialement les effets publics à vendre et les sommes destinées à les acheter.

Cette caisse sera sous la responsabilité du ministre des Finances.

ART. 2.

Le caissier délivrera aux déposants un récépissé, en double expédition, dont une sera par eux remise à l'Agent de change de leur choix pour consommer la vente et l'achat.

Le caissier remettra directement l'inscription à l'acheteur et le prix au vendeur.

ART. 3.

Les marchés réels à terme sont réputés opération licite.

Leur réalité dépend de la remise à la caisse des dépôts, savoir : par les vendeurs, des titres négociables, et par les acheteurs, des prix approximatifs de l'achat.

ART. 4.

L'Agent de change qui, pour son compte ou pour le compte d'autrui, fera des marchés à terme fictifs, se rendra coupable du délit d'agiotage, et sera justiciable du Tribunal de Police correctionnelle.

Ce Tribunal prononcera, contre le délinquant, la peine de la suspension pendant deux ans au moins et cinq ans au plus.

En cas de récidive, l'Agent de change sera destitué et privé pendant cinq ans au moins et dix ans au plus des droits mentionnés en l'article 42 du Code pénal.

Dans l'un ou l'autre cas, il sera passible d'une amende égale à la moitié de la restitution et des dommages dus aux parties civiles.

Les parties civiles auront le droit de faire vendre la charge judiciairement.

Toutefois l'adjudication ne sera réputée définitive que lorsque l'adjudicataire aura obtenu l'investiture du ministre des Finances.

Elles auront privilège sur le prix de la vente et sur le cautionnement pour le montant des condamnations prononcées à leur profit.

Art. 5.

Dans le cas d'emprunt par l'État, les adjudicataires pourront créer et négocier des *promesses d'inscription*, et les Agents de change prêteront leur ministère à la négociation de ces valeurs, sans qu'il soit nécessaire de remplir les formalités prescrites par les articles 1 et 2.

Le visa du Trésor sera apposé sur lesdites *promesses*, pour la garantie des tiers, et dans les formes que déterminera l'ordonnance royale d'exécution.

Art. 6.

Une ordonnance royale organisera la Caisse de *dépôts* créée par l'article 1er, règlera le mode des transferts et le prélèvement du courtage des Agents de change.

La même ordonnance déterminera la forme des *promesses d'inscription*, et désignera les effets publics français et étrangers et les actions des sociétés anonymes qui peuvent être cotés à la Bourse.

Art. 7.

Toutes dispositions contraires à la présente loi demeureront abrogées.

Avant que la proposition pût être développée et discutée à la Chambre des Députés, M. Vandermarq, syndic des Agents de change de Paris, publia de courtes observations pour éclairer la Chambre et l'opinion publique sur cette question des marchés à terme, si grave et si mal comprise. Nous rapporterons d'abord les deux brochures rédigées par lui à cette époque.

18

1° Observations sur la proposition de M. Harlé fils,
relative aux affaires de bourse.

La proposition de M. Harlé a, dit-il, pour objet d'empêcher l'agiotage, et, pour y parvenir, il propose deux moyens :

Le premier consiste dans la création d'une caisse publique destinée à recevoir l'argent de ceux qui veulent acheter des rentes et les inscriptions de ceux qui veulent les vendre;

Le second, dans la défense qui serait faite aux Agents de change de prêter leur ministère à la négociation de marchés fictifs, sous peine d'être traduits à la police correctionnelle, etc.

La proposition de M. Harlé disposerait à croire qu'il est fort étranger à tout ce qui passe à la Bourse, et n'en connaît ni les usages ni les habitudes.

En effet, quel rapport y a-t-il entre la vente et l'achat des rentes au comptant et l'agiotage ? et que fera à celui-ci l'établissement de la caisse publique proposé par M. Harlé? Rien, sans doute.

Or, l'établissement de cette caisse a deux inconvénients, c'est d'être inutile et inexécutable :

Inutile, puisqu'il a pour objet de mettre le public à couvert d'un risque qui ne lui a occasionné, pour ainsi dire, aucune perte ; car, depuis l'organisation de la Compagnie des Agents de change par l'ordonnance du 29 mai 1816, la partie du public qui vend et achète des rentes au comptant n'a perdu avec les Agents de change qu'environ trois cent mille francs. En effet, depuis cette époque, c'est-à-dire pendant seize ans, il n'y a eu que trois faillites d'Agents de change (Pillot, Cléret et Gallot) dans lesquelles les faits de charge n'ont pas été entièrement payés ; et il résulte des renseignements puisés à de bonnes sources que le montant de la partie des faits de charge restée en souffrance ne s'est pas élevée au-delà de ces trois cent mille francs. Or, depuis cette époque, il a été fait au parquet pour environ un milliard d'affaires au comptant, par année, ce qui donne pour seize années seize milliards, et ce qui établit la proportion des pertes à la masse des affaires à un cinquante-millième.

En comparant ce chiffre à celui des assurances sur l'incendie, qui est de demi pour mille sur les maisons bâties en pierres, on voit que le risque que courent leurs propriétaires est vingt-cinq fois plus grand que celui couru par les gens qui confient leur argent aux Agents de change pour acheter des rentes, et réciproquement.

L'établissement de la caisse proposée est inexécutable par les motifs ci-après :

D'abord, parce que le public, qui se répartit dans les soixante bureaux d'Agents de change ferait souvent un encombrement extrême dans le bureau central que l'on propose. En effet, en supposant que chaque Agent de change ne reçoive par jour que les ordres de dix clients, cela ferait six cents personnes à expédier dans le bureau central, ce qui, à cinq minutes pour chacun, demanderait cinquante heures : il faudrait donc avoir au moins dix bureaux et dix caisses, puisque la partie de la matinée qui s'écoule avant la bourse n'est guère que de cinq heures. Mais comment ces dix bureaux correspondraient-ils avec chaque Agent de change ? Si on divise les Agents de change par bureaux, il y aura des jours où ces mêmes bu-

reaux ne pourront suffire encore ; car, par suite de l'inégalité des mouvements du public, quelquefois un Agent de
change ne reçoit personne, et quelquefois ses deux ou trois
commis peuvent à peine suffire au détail des affaires qui se
présentent.

En second lieu, un client apportera au bureau central
100,000 fr. pour être employés en achat de rentes ; l'A-
gent de change achètera ces rentes de dix de ses confrères,
ce qui arrive presque toujours. Il faudra donc que le client
reçoive dix inscriptions de sommes rompues différentes,
et qui ne feront pas encore le montant exact de la somme
à employer.

De plus, l'Agentde change ne pourra plus faire de masse
et de compensation des rentes qu'il aura à vendreet à acheter dans le même jour ; il faudra qu'il fasse chaque affaire
spécialement, ce qui rendrait sa mission impossible à remplir.

Une difficulté plus grande se présentera encore pour
les ventes : qui fera les transferts? qui fera la recette du
prix des rentes vendues? D'autres difficultés résulteraient
de toutes les circonstances relativement aux ordres limités,
retirés ou exécutés en partie.

Il faudrait au Bureau central, pour mettre d'accord
ces différentes opérations, des écritures égales à celles de
tous les Agents de change ; et alors le mouvement si rapide
des caisses de toutes les maisons de banque et de commerce avec celles des Agents de change, les facilités si
grandes qu'y trouve la place de Paris, seraient entravés,
et l'on perdrait ainsi, sans avantage comme sans nécessité,
les conditions de simplicité, de célérité et du secret indispensable à ces transactions, qui se trouvent remplies par
l'organisation actuelle.

Enfin, nous venons de prouver que l'organisation de la caisse proposée par M. Harlé demanderait un travail à peu près égal à celui qui se fait chez chaque Agent de change; les frais en seraient donc les mêmes. Or, chaque Agent de change a un minimum de frais de bureau d'au moins 10,000 fr., c'est donc une dépense en pure perte d'environ 600,000 fr. , que M. Harlé propose d'ajouter à celle des bureaux actuels du ministère des Finances.

Quant à la défense à faire aux Agents de change de prêter leur ministère à des marchés fictifs, elle aurait aussi peu de résultats sur l'agiotage.

Toutes les personnes qui connaissent la Bourse savent que ce qui peut être véritablement appelé agiotage s'y fait en-dehors des Agents de change, dans ce qu'on nomme la coulisse; c'est là que l'on vend et achète des rentes qui ne doivent ni ne peuvent être ni livrées ni payées. Les personnes qui font ces affaires les font entre elles ou par des intermédiaires appelés marrons, qui se contentent d'un courtage beaucoup moindre que celui attribué aux Agents de change; et il n'y a qu'une très-faible partie de ces affaires qui arrivent au parquet. Or, à moins que M. Harlé ne veuille faire traduire à la police correctionnelle tous ceux qui se parleront à l'oreille dans la Bourse et lieux circonvoisins, on ne sait pas comment il ferait pour empêcher ces opérations.

Quant aux marchés à terme qui se font au parquet, ils sont tous sérieux : car, en définitive, l'acheteur peut toujours, et à chaque instant, demander la livraison des rentes qu'il a achetées, et qui sont toujours livrées, et le vendeur peut toujours se faire payer ses rentes à la fin du mois en en faisant la livraison.

Voilà la règle et la généralité.

Les affaires qui se composent et se résolvent par des différences ne sont que l'exception.

Mais, d'ailleurs, quel est donc l'homme qui connaisse les habitudes de la Bourse de Paris, et dont la tête ne soit pas tout-à-fait vide d'idées d'économie politique et de finances, qui n'admire le mécanisme des opérations qui se font journellement sur cet immense marché d'argent (1), où tous les besoins de capitaux sont si rapidement satisfaits, et avec une ponctualité dont il n'y a pas d'autre exemple dans toutes les transactions connues?

Certes, ce n'est pas M. Casimir Périer qui pensait ainsi, lui qui approuva par sa signature le parère, dans lequel l'utilité des marchés à terme est si bien exprimée; parère qui a été cité dans la *Gazette des Tribunaux de Commerce* du 28 février 1830, et dont l'original se trouve dans les archives de la Compagnie des Agents de change (En voir le texte ci-dessus, page 122).

Est-ce donc en présence de tels principes et de telles autorités que l'on peut venir, en 1832, proposer sérieusement à la Chambre des Députés de France de renchérir sur la législation exceptionnelle des arrêts du Conseil de 1785 et 1786 ?

Qui ne sait que c'est à ces marchés prétendus fictifs que la place de Paris doit, depuis plusieurs années, l'avantage de pouvoir procurer de l'argent à 2 p. cent par an à tous les propriétaires d'inscriptions 5 p. cent, qui en ont voulu ou en veulent encore à ce prix?

Qui ne sait quelle facilité cet état de choses a apporté depuis long temps dans le service du Trésor public?

_____

(1) Money market, expression anglaise.

Comment peut-on avoir l'incroyable pensée de priver le pays de tels avantages, en proposant de n'autoriser de marchés à terme que ceux qui seraient accompagnés du dépôt réel des effets vendus et du prix des effets achetés, comme s'il pouvait y avoir besoin d'accorder un délai pour la réalisation d'un marché dont les effets et leur prix se trouvent ainsi en présence? condition que les arrêts du Conseil de 1785 et 1786 n'avaient pas même eu la volonté d'imposer à ces sortes de contrats, pour la validité desquels ils n'exigeaient que le dépôt des effets, mais non pas celui du prix, ce qui serait absurde.

En définitive, il est difficile de penser que, depuis 1785, le cercle de nos besoins, comme celui de nos idées, ne se soit pas élargi. Loin donc de renchérir sur les exceptions que l'on avait cru nécessaire de faire alors aux règles de notre droit commun, il faut chercher à les faire disparaître le plus possible.

Les effets publics de toute nature composent aujourd'hui une immense partie de la fortune publique : la pensée du législateur doit donc se reporter sur la nécessité d'en faire rentrer les conditions d'aliénation dans les termes du droit relatif à l'aliénation de toutes les autres propriétés.

Ainsi, loin d'empêcher que l'on puisse obtenir des termes pour le payement du prix de ces effets et leur livraison, il serait bien plus utile d'écarter sans retour les dispositions abrogées des arrêts du Conseil de 1785 et 1786, et de rentrer dans les principes du droit commun, sauf, peut-être, la limitation du terme des ventes, que ces arrêts avaient fixé à 60 jours, et qu'il serait convenable de conserver.

Quel motif, en effet, peut empêcher que l'on ne convienne d'un terme pour le payement d'une rente', ainsi qu'on le fait pour le prix de toute autre propriété?

Quand on discuta au Conseil d'État les articles 421 et 422 du Code pénal, sur les dispositions de nos codes relatives aux ventes d'effets publics, on avait proposé de faire considérer les ventes faites sans possession des effets comme un stellionat. L'Empereur, qui présidait le Conseil d'État, y avait fait appeler le syndic des Agents de change (M. Boscary-Villeplaine); il lui demanda son opinion à ce sujet. M. Boscary l'exprima d'une manière pleine de vérité et de simplicité, en lui disant : « Sire, lorsque mon porteur d'eau est à ma porte, commettrait-il un stellionat en me vendant deux tonneaux d'eau au lieu d'un qu'il y a? Non, certainement, puisqu'il est toujours certain de le trouver à la rivière. Eh bien! Sire, il y a à la Bourse, une rivière de rentes. »

L'Empereur fut frappé de la justesse de cette comparaison, et l'article 422 fut rédigé tel qu'il est maintenant, c'est-à-dire : « Sera réputé pari de ce genre toute convention de vendre ou de livrer des effets publics qui ne seront pas prouvés, par le vendeur, avoir existé à sa disposition au temps de la convention, ou *avoir dû s'y trouver au temps de la livraison.* »

Ce qui est bien loin de la proposition de M. Harlé.

Or, depuis 1810, notre place a bien changé de face; bien des intérêts nouveaux s'y sont créés ou développés. La marche de nos finances est bien différente de ce qu'elle était alors ; les besoins du crédit ont été augmentés, par conséquent la nécessité des marchés à terme s'y est aussi bien accrue.

Quant à l'agiotage, ce serait étrangement se méprendre quede penser que ce soit, en prohibant les marchés à terme et en les mettant en-dehors du droit commun, que l'on parviendra à le diminuer.

Les gens qui jouent et qui parient n'ont pas besoin de lois protectrices de leurs contrats ; il y a une pensée d'honneur qui a bien plus d'efficacité pour eux que toutes les dispositions légales ; et cela est si vrai que les dettes les plus exactement payées sont les dettes de jeu, et qu'on voit bien des gens qui payent exactement celles-là, lorsqu'ils ne payent pas celles pour lesquelles il existe une action légale contre eux (1).

C'est, au contraire, en rendant tous les marchés à terme sérieux et légaux qu'on diminuera l'agiotage, et qu'on réduira au plus petit nombre possible les marchés fictifs, qu'il sera cependant impossible de détruire, car ils sont indispensables à la place de Paris. En effet, les marchés réels, c'est-à-dire ceux contractés par les propriétaires d'argent ou de rentes, soit au comptant, soit à terme, ne pouvant jamais se trouver en somme égale, soit de vente, soit d'achat, il faut bien, pour que le mouvement de la place ne soit point entravé, que la spéculation ou les marchés fictifs prêtent chaque jour à la place le solde, soit d'argent, soit d'effets, nécessaire pour que tous les besoins de la journée soient satisfaits.

Au reste, les Tribunaux apprécient chaque jour avec plus de justesse la question des marchés à terme, et leur jurisprudence se rapproche de plus en plus des besoins de la place à ce sujet. La législation existante pourra donc suffire encore longtemps aux besoins du pays à cet égard.

(1) Nous rappelons que M. Vandermarq, syndic des Agents de change, est l'auteur de cet écrit, et de celui n° 2 qu'on va lire dans les pages suivantes.

2° *Explications sur le Crédit public et les Opérations qui se font à la Bourse de Paris, à l'occasion de la proposition de M. Harlé fils.*

On est, chaque jour, plus unanimement d'accord sur ce point, que ce qu'il faut, avant tout, pour faire la guerre avec avantage, c'est de l'argent, et que, dans ces jugements qui se rendent sur les champs de bataille, le bon droit et la raison étant toujours du côté de celui qui a les plus gros bataillons, c'est-à-dire qui peut en lever et en entretenir, autrement dit en payer, le plus grand nombre, il est fort essentiel pour chaque nation d'avoir, lorsque l'occasion s'en présente, l'argent nécessaire pour mettre en campagne la plus grande quantité possible de soldats.

Ce point n'étant pas contesté, reste à résoudre la question de savoir comment se procurer cet argent le plus promptement et avec le moins d'embarras et d'inconvénients que faire se pourra.

Jusqu'à nos jours, on n'avait guère connu en France que les moyens suivants : d'abord on élevait les tarifs des impôts, puis on en augmentait le nombre ; on laissait en arrière les services publics et on ne payait point les fournisseurs.

Voilà ce que nos pères avaient trouvé de mieux : car, quant aux emprunts, ils leur avaient en général procuré peu de ressources, ce qui était la conséquence nécessaire de la manière et des conditions auxquelles ils empruntaient, ainsi que nous le démontrerons plus tard.

L'élévation des tarifs des impôts était loin d'en augmenter les produits dans la même proportion, car, d'une part, toutes les conséquences qu'une guerre entraîne après elle tarissaient les sources où l'on voulait puiser, et, de l'autre, la diminution des transactions et la fraude tendaient incessamment à réduire le produit d'impôts dont la situation des choses rendait encore le poids plus insupportable. L'augmentation du nombre des droits du fisc produisait aussi peu de résultats. Ces nouveaux impôts, établis à la hâte, portaient nécessairement sur de mauvaises bases, excitaient le mécontentement, souvent la résistance, et le Gouvernement était presque toujours obligé de diviser son armée en deux parties, dont l'une faisait la guerre aux contribuables, tandis que l'autre la faisait à l'ennemi.

Les inconvénients résultant de l'arriéré des services publics n'étaient pas moins grands : ils paralysaient toutes les branches de l'administration, et portaient le découragement dans tous ses ressorts, alors qu'on avait besoin, au contraire, d'en redoubler l'énergie. Enfin le non-payement des fournitures occasionnait les marchés les plus onéreux pour le pays et la fourniture des objets de la plus mauvaise qualité.

Quant aux emprunts, comme on en grossissait toujours la masse, que l'on ne remboursait jamais, et que, dans les circonstances fâcheuses, la première mesure était ordinairement le retranchement d'un ou deux quartiers, les prêteurs n'étaient pas nombreux, et cette ressource était à peu près nulle dans les temps difficiles.

Voilà de quelle façon nos pères se procuraient l'argent nécessaire, quand ils avaient une guerre à entreprendre ou à soutenir : aussi ces guerres mettaient-elles presque toujours la nation aux abois, et arrêtaient-elles pour long-temps tout essor de sa prospérité et de son bien-être.

Il était réservé à notre époque de trouver un moyen, à la fois plus puissant et moins onéreux, de subvenir aux dépenses extraordinaires résultant des charges de la guerre.

Ce moyen, c'est le crédit public.

Le système du crédit public consiste à emprunter les sommes nécessaires pour subvenir aux dépenses extraordinaires de la guerre, ou de toute autre nature ; à rembourser ces emprunts dans un temps donné, que les économistes fixent en général à trente-six ans, et à ne rien changer à l'assiette ordinaire des impôts que le pays est accoutumé à payer.

Ce système a deux avantages : le premier, de se procurer promptement les sommes dont on a besoin, et, par là, de rendre bien plus puissants ses moyens d'attaque ou de défense en cas de guerre, et d'exécution dans les autres cas ;

Le second, de ne point troubler les habitudes du pays par des demandes d'argent imprévues, et que les circonstances rendraient encore plus pesantes et plus difficiles à satisfaire.

Quant aux moyens d'exécution, ils consistent à diviser en deux parties le budget du pays qui emprunte : la première comprenant ses recettes et dépenses ordinaires, auxquelles il doit être pourvu par ses produits habituels ; la seconde comprenant ses dépenses extraordinaires, auxquelles il est pourvu par des emprunts.

Mais la condition de payer des intérêts et de rembourser dans un temps donné étant la conséquence inévitable de tout emprunt raisonnable, il faut que le budget ordinaire du pays qui emprunte puisse comprendre dans ses dépenses les intérêts de ses emprunts, plus la partie du remboursement qu'il doit faire chaque année, et qui est d'un pour cent du capital emprunté, dans la supposition que le pays veuille se libérer en trente-six ans ; un pour cent du capital emprunté avec intérêt composé amenant la libération du pays dans ce laps de trente-six ans.

Ainsi, si la France emprunte cent millions à cinq pour cent, il faut que, pendant trente-six ans, elle paye annuellement six millions, au moyen desquels sa dette sera éteinte à la fin de cette période.

Ces six millions serviront, savoir : cinq à payer les intérêts du capital emprunté, et un à former le fonds d'amortissement dont l'action, pendant trente-six ans, avec l'intérêt composé, doit amener sa libération.

On voit que cette méthode a pour objet de répartir, d'une manière peu sensible, sur l'avenir, des charges qu'il est, dans certains cas, impossible d'imposer au présent.

Ces principes une fois établis, il en ressort la conséquence qu'il faut que le pays, qui veut faire usage du crédit ait en lui les conditions nécessaires pour emprunter, et qu'il doit prendre toutes les mesures qui doivent lui faire emprunter au meilleur marché possible,

Or, la condition indispensable pour emprunter avec avantage, c'est-à-dire pour vendre au plus haut prix possible les rentes ou autres valeurs qui servent à se procurer de l'argent, c'est l'établissement d'un centre où puissent se traiter toutes les affaires semblables, et dans lequel viennent se grouper toutes les transactions qui peuvent aider et faciliter l'écoulement et le placement des effets que l'État veut aliéner. C'est ce qui a été réalisé par les Bourses de commerce, qui ne sont en définitive que de grands marchés d'effets publics.

Avant que la France eût adopté le système du crédit,

la Bourse de Paris n'était que la réunion des négociants qui venaient y traiter les négociations de lettres de change et de marchandises qu'ils avaient à effectuer.

Les opérations de ventes et d'achats d'effets publics s'y firent naturellement, aussitôt qu'elles eurent pris quelque extension, et le Gouvernement sentit alors la nécessité de les y concentrer et d'en régler les conditions et la marche, tant dans l'intérêt de la facilité de ces transactions que pour protéger les propriétaires de ces mêmes effets contre les manœuvres de la fraude, en leur donnant, par la publicité et la concurrence des enchères, toutes les garanties qui pouvaient les éclairer sur la valeur la plus véritable de ce qu'ils achetaient ou vendaient.

Des officiers publics furent appelés à présider à ces transactions, et à leur donner les garanties résultant de leur caractère et de leur responsabilité.

Le marché ainsi établi, la force des choses amena successivement, dans les transactions qui s'y passaient, les formes de contrat les plus en harmonie avec les besoins des contractants, et, à côté des opérations qui se faisaient au comptant, vinrent naturellement se placer des opérations à terme, c'est-à-dire des délais accordés par le vendeur à l'acheteur pour le payement de la chose vendue. C'est ce qui se pratique sur tous les marchés, quelle que soit la nature des valeurs ou marchandises qui s'y trafiquent.

Mais, par la raison qu'il se trouve des spéculateurs sur tous les marchés, il s'en trouva aussi sur le marché des effets publics, et la nature des opérations qui s'y faisaient, leur importance et la variabilité de la valeur des choses qui s'y négociaient, durent nécessairement en amener plus que sur tout autre marché.

Du moment où la spéculation s'empara des effets publics, on put prévoir qu'elle en abuserait quelquefois : c'est ce qui arrive dans toutes les choses humaines. Cependant ces abus furent moins nombreux qu'on ne devait le croire, puisque la première Bourse de commerce ayant été établie par l'édit du 24 septembre 1724, ce ne fut que le 7 août 1785 que parut le premier arrêt du Conseil qui fasse mention des abus qui s'introduisaient dans la négociation des effets publics.

Cet arrêt porte, que « ce n'est qu'en éludant les sages » dispositions de l'arrêt du Conseil du 24 septembre 1724, » qui proscrivait toute négociation faite hors la Bourse et » par des personnes sans qualité, que l'on est parvenu à » établir, dans des cafés et autres lieux, ce jeu effréné con- » sistant en paris et compromis clandestins sur les effets » publics. »

Pour remédier à ces abus, l'arrêt ordonne « qu'à l'ave- » nir les négociations d'effets royaux ne pourront être faites » validement que par l'entremise des Agents de change et » à la Bourse, et déclare nuls tous marchés qui se feraient » à terme, sans livraison desdits effets ou sans le dépôt » réel d'iceux. »

Le 2 octobre 1785, il parut un autre arrêt du Conseil qui porte, art. 6 : « Entend Sa Majesté qu'il pourra seule- » ment être suppléé audit dépôt par ceux qui, étant con- » stamment propriétaires des effets qu'ils voudraient ven- » dre, et ne les ayant pas alors entre leurs mains, dépo- » seraient chez un notaire les pièces probantes de leur libre » propriété. »

Un nouvel arrêt du Conseil, du 22 septembre 1786, fit connaître que « l'intérêt, toujours ingénieux à s'affranchir » de ce qui le captive, ayant trouvé moyen d'éluder le

» règlement de l'année précédente qui interdisait tout
» marché d'effets royaux sans livraison ou dépôt réel de
» ceux vendus, Sa Majesté avait jugé à propos, pour ap-
» porter un nouvel obstacle à ces marchés, d'ajouter aux
» prohibitions précédentes celle de faire, à l'avenir, aucuns
» marchés d'effets, ayant cours à la Bourse, dont la
» livraison se trouverait différée au-delà d'un terme
» qu'elle a fixé à deux mois, d'après ce qui s'observe
» dans les plus grandes places de commerce des pays
» étrangers. »

Enfin, un dernier arrêt du Conseil, du 14 juillet 1787,
contient les considérations suivantes :

« Sa Majesté a, en effet, reconnu que ce n'était pas par
» sa surveillance directe et celle de son Conseil que l'agio-
» tage pourrait être arrêté.

» Si ceux qui s'y livrent emploient, pour assurer leur
» gain, des moyens contraires à la probité et proscrits par
» les lois, les tribunaux ordinaires sont leurs juges naturels
» et suffisent pour les réprimer ; s'ils n'emploient pas des
» moyens illicites, ils sont encore condamnables ; mais,
» semblables à ceux dont les actions sont contraires aux
» mœurs sans être contraires aux lois, ils doivent être
» abandonnés aux remords, à la honte et aux malheurs
» que, malgré quelques exemples rares, entraînent tôt ou
» tard des spéculations auxquelles une extrême avidité
» ne permet pas de mettre de mesures. »

Telle est la législation ancienne sur les marchés à terme
d'effets publics. On voit qu'elle n'impose que deux conditions à leur validité : la possession des effets par le vendeur, et la limitation du marché à deux mois ; et alors
on ne regardait comme punissables que les marchés faits
avec fraude, et l'on abandonnait au seul jugement de leur

conscience ceux qui se livraient avec imprudence, mais de bonne foi, à ces sortes de spéculations.

Les articles 421 et 422 du Code pénal, qui seuls, dans notre législation nouvelle, traitent des marchés à terme, sont rédigés à peu près dans le même esprit, c'est-à-dire que le législateur ne voit jamais les inconvénients de la spéculation sur les effets publics, et ne la punit que quand elle a pour objet de faire baisser les effets, en vendant ceux que l'on ne peut livrer.

Nous venons d'indiquer comment les marchés à terme s'étaient établis sur la place de Paris, et de quelle manière ils avaient été considérés jusqu'ici par le législateur.

Nous allons examiner maintenant leur utilité et leurs inconvénients :

1° Sous le rapport du crédit public ;

2° Sous celui de la prospérité de la place de Paris et de la France entière ;

3° Enfin, sous le rapport de la morale et de la législation.

Il est convenable que nous donnions d'abord quelques explications sur la manière dont se font les négociations d'effets publics à la Bourse de Paris.

Ces marchés s'y contractent avec trois échéances différentes :

Ceux au comptant ;

Ceux réalisables à la fin du mois courant ;

Ceux réalisables à la fin du mois prochain.

Le terme d'échéance de ces contrats se trouve donc dans la limite fixée par les arrêts du Conseil, puisqu'ils n'excèdent jamais soixante jours.

De plus, les marchés sont tous faits sous la condition que l'acheteur a seul terme pour payer, et qu'il peut exiger du vendeur la livraison des effets aussitôt qu'il lui convient de les payer.

Les transactions au comptant se font par sommes de toutes quotités, mais les marchés à terme ne se font que sur des quotités déterminées et leurs multiples; ces quotités sont prises sur la valeur de 50,000 fr. de capital au pair de l'effet, c'est-à-dire :

2,500 fr. de 5 p. 100 ;

2,000 fr. de 4 p. 100 ;

1,500 fr. de 3 p. 100 ;

Et dans la même proportion pour tous les autres effets français et étrangers.

Il est facile de comprendre que cette similitude de quotité rend les affaires beaucoup plus faciles et plus rapides : ce qui fait que les gens qui ont à acheter des effets au comptant dans des proportions un peu étendues préfèrent souvent les acheter à terme, sauf à se les faire livrer par anticipation, parce que leurs achats peuvent s'effectuer plus rapidement, ce qui est très-important quand les cours sont très-variables.

Quant aux contractants des marchés, il faut, pour l'appréciation du résultat de ces marchés, les diviser en quatre classes, savoir :

Les *rentiers*, c'est-à-dire ceux qui possèdent des effets ou veulent en acquérir ;

Les *capitalistes*, c'est-à-dire ceux qui veulent des placements qui laissent la constante disposition du capital, sans être soumis aux chances de hausse et de baisse;

Les *spéculateurs*, c'est-à-dire ceux qui cherchent un bénéfice sur la hausse ou sur la baisse ;

Enfin, les *banquiers* ou *commerçants*, qui, propriétaires de rentes ou d'argent, cherchent à la Bourse des moyens d'en tirer parti de la manière laplus en harmonie avec leurs autres affaires.

Toutes les personnes qui usent de la Bourse le font à un de ces titres.

Nous avons dit plus haut que la conséquence nécessaire de l'adoption du systême du crédit public était l'établissement d'un marché sur lequel pussent se traiter toutes les transactions qui se rattacheraient aux effets publics, et qui, concentrant tous les capitaux sur un même point, leur donnait les moyens de s'employer avec le plus de facilité et de promptitude, et par conséquent tendait à trouver le plus d'acheteurs possible pour les effets publics.

Nous ajouterons qu'une des conditions les plus essentielles du crédit de ces effets est la *continuité* du marché, c'est-à-dire la possibilité d'y satisfaire, jour par jour tous les besoins qui s'y présentent, et la certitude donnée par là à tous ceux qui ont ou qui veulent avoir de ces effets, qu'ils pourront les vendre et en obtenir le prix quand ils le voudront.

Personne n'ignore, en effet, que cette facilité d'aliénation est une grande condition de valeur pour toutes les choses susceptibles de s'acheter et se vendre.

Dire qu'une propriété ou une chose est d'une réalisation facile est toujours le meilleur moyen d'en élever le prix; mais cette condition est encore bien plus nécessaire pour les effets publics que pour toute autre valeur, parce que les craintes que les évènements politiques font éprouver aux propriétaires de ces effets sont bien plus grandes que celles qui s'attachent à toute autre espèce de propriété.

Une des choses qui contribuent le plus à rassurer les

porteurs d'effets publics, ou ceux qui veulent le devenir, est donc la certitude entière et complète de pouvoir revendre ces effets, et rentrer dans leur argent le jour où cela leur conviendra. Or, cette certitude, ils ne peuvent l'acquérir que par la continuité du marché, c'est-à-dire lorsqu'il y a toujours à un prix indiqué un acheteur et un vendeur, de telle sorte que personne ne puisse quitter la Bourse sans avoir réalisé l'affaire qu'il voulait y contracter.

Cela est si vrai que des effets publics ayant les mêmes conditions de sécurité se font à des prix tout-à-fait différents, parce que les uns sont facilement réalisables et que d'autres ne le sont pas ; ce qu'il est facile de vérifier en comparant les prix véritables du 5 et du 3 p. cent, dont le marché est toujours courant, avec ceux du 4 p. cent et des canaux, dont la réalisation est plus difficile.

Eh bien ! cette continuité du marché ne peut être obtenue qu'au moyen de la spéculation et des marchés à terme, et cela est bien facile à démontrer.

En effet, par le mouvement naturel des choses, le classement et le déclassement des rentes ne sont jamais dans une proportion égale, c'est-à-dire qu'il y a des temps où le public achète des rentes en plus grande quantité qu'il n'en vend, et d'autres où il en vend plus qu'il n'en achète. Ceci paraît d'abord absurde, puisqu'il doit y avoir en somme autant de vendeurs que d'acheteurs, et réciproquement ; mais on en reconnaîtra la vérité en examinant que le solde en vente ou en achat est fourni chaque jour par la spéculation. Mais comment, dira-t-on, les spéculateurs qui n'ont point de rentes peuvent-ils en fournir ? Voici comment :

Quand la rente se déclasse, c'est-à-dire quand il y a

plus de vendeurs que d'acheteurs, alors arrive le *capitaliste*, qui, en même temps, achète la rente au comptant et la revend immédiatement au *spéculateur* payable fin du mois courant ou fin du mois prochain, avec une différence de prix qui forme l'intérêt de son argent : cet intérêt, que l'on appelle *report*, varie suivant que la place a plus ou moins besoin d'attirer des capitaux.

Ainsi, sans les marchés à terme, c'est-à-dire sans la facilité qui en résulte de faire l'opération que nous venons d'indiquer, dans les moments de crise politique, où l'inquiétude s'empare des esprits, où les vendeurs sont en bien plus grand nombre que les acheteurs, le marché serait interrompu, c'est-à-dire que les vendeurs ne pourraient trouver d'acheteurs. De là redoublement d'inquiétude, terreur panique, que la fraude cherche, par tous les moyens possibles, à augmenter, afin de forcer le rentier à vendre, à tous prix, dans les cafés, les tavernes, où il va chercher un acheteur qu'il n'a pu trouver à la Bourse : de là perturbation du crédit public et de tous les autres crédits qui s'y rattachent.

Ceux qui ont vu la crise financière de 1818 savent quelles impressions naissent de cet état de choses, et tout l'appauvrissement qui en résulte dans les affaires générales du pays.

Il arrive quelquefois à la Bourse, dans les moments de grande crise politique, que les acheteurs se tiennent sur la réserve pendant quelques minutes. Il faut voir quels sentiments se manifestent alors sur les visages, non pas seulement des spéculateurs, mais aussi des rentiers, et combien ces derniers redoublent d'instance auprès de leurs Agents de change pour leur faire trouver des acheteurs à tout prix !

Quand on juge tout cela de loin, on n'y voit qu'une sorte de faiblesse et de crainte puérile dont la raison doit triompher facilement ; mais quand on est sur les lieux, que l'on voit pâlir les figures que les plus grands dangers avaient trouvées impassibles, on juge de la puissance des ressorts que l'intérêt d'argent fait agir dans les âmes, et le législateur, qui doit prendre pour base de ses prévisions bien plus souvent nos faibles que nos qualités, ne peut être indifférent à de telles impressions.

Mais, dira-t-on, comment, dans ces moments de crise et d'effroi, trouve-t-on des *spéculateurs* qui achètent des rentes et qui présentent assez de garanties pour qu'on leur en vende ?

Cela s'explique facilement : dans les moments tranquilles et prospères, il y a toujours certains esprits qui prévoient les malheurs ; il y a aussi de ces esprits parmi les spéculateurs, ce sont ceux qui font des opérations à la baisse. Quand la rente paraît *bonne* à *acheter* aux *rentiers*, ceux-là la trouvent *bonne* à *vendre ;* et, en conséquence, ils en vendent à terme, sans en avoir, avec l'espérance de la racheter plus bas. Dans les moments de baisse, lorsque les événements effrayent tous les esprits, et que personne ne veut acheter, ceux-là peuvent racheter avec sécurité, puisqu'ils ne font que réaliser un bénéfice, et que les évènements à venir ne peuvent leur causer aucun préjudice.

Il nous reste à faire connaître maintenant de quelle manière les choses se passent quand la disposition des esprits ou des évènements est inverse, et que la rente se classe.

Alors les acheteurs sont en plus grand nombre que les vendeurs , et ils s'en iraient souvent de la Bourse sans avoir pu acheter, si le *spéculateur* ne venait à leur aide.

Quand les rentes sont plus demandées au comptant que fin du mois, alors intervient le *banquier ou commerçant*, qui, d'un côté, vend sa rente au comptant et en même temps la rachète à terme, soit avec peu de différence, soit au même prix, quelquefois même avec bénéfice, et qui par là s'assure la jouissance d'un capital qui ne lui coûte rien, et en échange duquel il prête seulement son inscription.

On voit que cette dernière opération ne peut également se faire que par le moyen des marchés à terme, et il est facile d'en reconnaître toute l'utilité.

L'Agent de change qui fait les achats de la caisse d'amortissement peut dire que souvent, pendant plusieurs mois, ce n'est que par suite de cette opération qu'il a pu obtenir les rentes qu'il rachète chaque jour; et cela est tellement vrai, que souvent l'amortissement ne peut employer les fonds destinés au rachat des rentes 4 et demi et 4 pour cent, sur lesquelles il n'y a pas de spéculations et de marchés à terme.

On pourrait donc soutenir, avec quelque raison, qu'il n'y a pas à la Bourse de Paris de marchés à terme auxquels on puisse appliquer avec exactitude le nom de *fictifs*, puisque la réalisation peut et doit toujours s'en opérer.

En effet, le *rentier* vend sa rente au *spéculateur*, et le *spéculateur* la paye en empruntant l'argent du *capitaliste*. Or, le marché n'est pas fictif pour le *rentier*, qui livre son inscription et reçoit son argent; il n'est pas fictif pour le *capitaliste*, qui donne son argent et reçoit une rente en son nom; il ne serait donc fictif que pour le spéculateur. Mais comment un contrat fait entre trois personnes peut-il être réel pour deux d'entre elles et fictif pour la troisième ? cela implique contradiction : et cependant ce contrat n'était pas possible sans l'intervention de ce tiers, car sans lui le rentier ne trouvait point d'acheteur pour sa rente, et le capitaliste de placement pour son argent.

Au reste, notre but n'a point été d'établir que les marchés à terme étaient réels et non fictifs, mais de démontrer que la spéculation et les marchés à terme sont indispensablement nécessaires au crédit public, et que ce n'est que par eux que peuvent marcher régulièrement, et avec le moins de secousse possible, les transactions de la Bourse, autrement dit du marché des effets publics.

Telle est la première question que nous nous étions proposée.

Ces marchés sont-ils utiles aux besoins du pays ? Telle est la seconde.

Nous avons dit que la Bourse avait pour objet de réunir, de concentrer tous les capitaux, de leur donner une grande facilité de mouvement, de présenter à ceux qui les possèdent un moyen facile de les placer pour autant et pour aussi peu de temps qu'ils le veulent ; que par là elle tendait à élever le cours des effets publics et à baisser le taux de l'intérêt : nous ne croyons pas nécessaire d'entrer dans de grands développements pour prouver les avantages de cet état de choses.

Quand les effets publics sont élevés, le Gouvernement emprunte à meilleur marché ; quand les effets publics sont élevés, l'intérêt de l'argent tend à baisser, car le Gouvernement étant le plus grand emprunteur, c'est lui qui donne la mesure commune, et, en effet, la meilleure et la plus habituelle raison que l'on donne pour prêter son argent à un taux élevé est d'établir la comparaison de l'intérêt que l'on demande avec celui que l'on obtiendrait en achetant des rentes. Or, avec de l'argent à meilleur marché, on fabrique à meilleur marché, et, habileté compensée, si on fabrique en Angleterre avec de l'argent à 4 pour cent et en France avec de l'argent à 5, il est évident que l'Angleterre doit avoir l'avantage sur tous les marchés où ses marchandises et les nôtres se présenteront ensemble.

Or, cette facile et libre circulation des capitaux, qui donne de l'argent à bon marché, ne peut être obtenue qu'au moyen des marchés à terme.

En effet, si une maison de banque ou de commerce a besoin d'argent et qu'elle ait des rentes (ce qui est la condition de toute affaire de banque maintenant), elle n'est plus, comme autrefois, dans la nécessité de faire promener sa signature dans Paris, sans savoir si elle la placera et à quel prix, et en donnant la clef de tout ce qu'elle veut faire. Si elle a besoin d'un million, elle dit à son Agent de change : Vous me ferez reporter **50,000** francs de rente **5** pour cent, c'est-à-dire vous les vendrez au comptant et les rachèterez en même temps pour la fin du mois courant ou du mois prochain ; elle est aussi certaine d'avoir son million le surlendemain, à midi, que si elle avait les meilleures signatures de Paris à encaisser. Et pour avoir cette somme ou une plus considérable, elle ne paye presque jamais un intérêt qui s'élève à **3** p. cent par an ; souvent elle n'en paye pas du tout. Par ce moyen, la rente devient un véritable signe représentatif, et la facilité de ces emprunts, comme leur sécurité, a permis de rendre à la circulation une somme considérable de capitaux qui restaient autrefois enfouis en réserve.

Que l'on considère ensuite avec quelle rapidité et quelle

exactitude ces transactions s'accomplissent; qu'on en examine l'importance, que nous allons faire connaître par quelques exemples, et l'on verra si l'on peut imaginer un mécanisme plus ingénieux et dont on puisse tirer de plus grands résultats.

Au mois de janvier 1829, une compagnie de finance était vendeur à terme d'une somme de rente dont le capital s'élevait à 29 millions : en liquidation il lui convint de livrer ses rentes; et en un seul jour, à midi précis, ses 29 millions lui étaient payés sans qu'il y eût un quart d'heure de retard.

D'autre part :

Il est constaté par le registre qui en est tenu à la Chambre syndicale des Agents de change, et qui pourrait être contrôlé par le bureau des transferts du Trésor, que pendant le seul mois d'avril 1831 il a été escompté, c'est-à-dire que l'on a demandé la livraison anticipée de

        1,240,000 fr. de rente 5 p. cent,

et de   2,702,000 fr. de rente 3 p. cent,

ce qui représentait un capital de plus de 70 millions au cours d'alors, qui a été exactement payé.

Enfin, en 1831, il a été escompté ainsi et payé, savoir :

        3,667,500 fr. de rente 5 p. cent,
        4,740,500 fr. de rente 3 p. cent,

Et en 1832 :

        2,025,000 fr. de rente 5 p. cent,
         390,000 fr. de rente 3 p. cent,

qui ont été exactement livrés et payés, ce qui fait environ 200 millions de capital.

Sont-ce là des marchés fictifs, et quel mal n'aurait-on

pas fait au pays en paralysant une telle circulation de capitaux?

Nous avons examiné la question des marchés à terme sous le rapport du crédit public et des avantages qu'ils procuraient à l'industrie et au commerce ; il nous reste à les considérer sous le point de vue de la morale et de la législation.

Nous avons parcouru rapidement, au commencement de cette note, les différentes dispositions législatives rendues sur les marchés à terme.

Nous avons vu qu'un arrêt du Conseil du 7 août 1785 les avait astreints au dépôt des effets vendus ; qu'un autre arrêt du 2 octobre suivant avait réduit cette formalité de la production des pièces probantes de leur libre propriété; qu'un autre arrêt du 22 septembre 1786 avait limité à deux mois leur plus longue échéance; enfin, qu'un autre arrêt du 14 juillet 1787 avait à peu près reconnu que le Roi et son Conseil n'avaient rien de mieux à faire que de ne pas s'en occuper ; que ceux qui étaient faits avec fraude étaient punissables par les tribunaux ordinaires, et que, quant à ceux qui ne portaient pas ce caractère, ils n'étaient justiciables que de la raison de ceux qui les entreprenaient.

En lisant ces dernières dispositions, on ne peut se défendre d'un peu d'étonnement en voyant que le Roi et son Conseil, en 1787, étaient plus libéraux sur les principes de la finance et des transactions privées qu'on ne le serait en 1832.

Hommage soit rendu à la mémoire de M. Laurent de Villedeuil, conseiller ordinaire au Conseil royal des Finances et du Commerce, et contrôleur général des Finances, qui rédigea l'arrêt du Conseil du 14 juillet 1787, et qui avait un

pressentiment des véritables principes de l'économie politique !

Doit-on maintenant être plus difficile qu'alors ? les modifications assez notables que notre état social a éprouvées
depuis cette époque doivent-elles amener plus de restriction ou plus de liberté dans les transactions privées ? Le
commerce, l'industrie, le crédit public, réclament-ils des
entraves à leurs mouvements, en faveur d'une morale
très-controversable sous plusieurs rapports ? Enfin, la société présente éprouve-t-elle le besoin d'une législation
qui laisse moins de latitude aux transactions sur les effets
publics ? Telles sont les questions que nous avons à résoudre.

Nous avons dit que le Code pénal avait réglé la peine
que devraient subir ceux qui vendraient des effets publics
sans les avoir ; en effet, l'art. 421 porte :

« Les paris qui auront été faits sur la hausse ou la baisse
» des effets publics seront punis des peines portées en l'ar-
» ticle 419 (emprisonnement d'un mois à un an et
» amende de 500 fr. à 10,000 fr.). »

Article 422. — « Sera réputée pari de ce genre toute
» convention de vendre ou de livrer des effets publics qui
» ne seront pas prouvés par le vendeur avoir existé à sa
» disposition au temps de la convention, ou avoir dû s'y
» trouver au temps de la livraison. »

D'abord, on voit quel a toujours été l'embarras des législateurs quand ils se sont occupés de cette matière, car
il y a contradiction entre les deux articles du Code que
nous venons de citer : le premier punit les paris faits sur la
hausse et la baisse, et le deuxième s'arrange pour que la
punition ne tombe que sur le vendeur, laissant échapper
celui qui n'aura parié qu'à la hausse. N'importe : Voilà

une législation, et la proposition faite à la Chambre ne nous offre rien de mieux, excepté l'interdiction des droits civils.

Mais cette législation existante est sans doute insuffisante, puisqu'il en faut une autre, et que, dans un moment où la Chambre ne manque certainement pas de projets de lois, celui-ci a dû cependant faire irruption chez elle; sans doute ces articles du Code ont été souvent employés inutilement pour s'opposer aux abus des marchés à terme; et l'année de prison et les 10,000 fr. d'amende ont été vainement mis en œuvre pour arrêter ces délits et ne peuvent suffire.

Pas du tout : il résulte, au contraire, des informations prises par le rédacteur de ces observations qu'il n'a pas été fait usage une seule fois, depuis bientôt vingt-trois ans que le Code pénal a été promulgué, de la disposition qui doit servir à réprimer les abus de la Bourse.

Cependant les marchés à terme se font assez publiquement depuis cette époque, et les gouvernements, comme les procureurs impériaux et royaux, ont dû le savoir.

Pourquoi donc ces dispositions pénales n'ont-elles pas été mises à exécution? Pourquoi? parce qu'elles sont en opposition avec les mœurs du pays, et que la législation est abrogée de fait, lorsque les mœurs du pays la repoussent;

Parce que tout le monde pense maintenant en France à ce sujet, comme pensait M. de Villedeuil en 1787;

Parce que les gens les plus honorables du pays font publiquement des marchés à terme, et que les lois ne peuvent punir ce que font publiquement les citoyens les plus honorables, qui ne le feraient pas si cela était punissable.

Et, en effet, il n'y a aucune raison valable pour soustraire les rentes, c'est-à-dire une notable partie de la fortune publique, aux principes du droit commun.

Que l'on suppose le procureur du Roi présent à une transaction par laquelle une personne vendrait à une autre, livrables fin du mois, 5,000 fr. de rente qu'elle n'aurait pas : le procureur du Roi doit-il, peut-il envoyer ces deux personnes à la police correctionnelle? Nos mœurs, nos habitudes, ne répugnent-elles pas à un acte aussi contraire aux principes de notre époque, à la raison publique et à l'équité?

Il est vrai que l'auteur de la proposition ne s'adresse point aux spéculateurs eux-mêmes, auxquels il laisse, à ce qu'il paraît, la liberté de faire des marchés à terme ; il ne s'en prend qu'aux Agents de change : ainsi, tout le monde, selon lui, aura le droit de faire des marchés à terme, sauf les soixante Agents de change de Paris, qui seront punis comme complices dans une affaire où il n'y aura pas de coupables : ce qui constitue une singulière innovation en justice criminelle.

Enfin, quant à la morale et aux inconvénients qui résultent pour elle des marchés à terme, nous dirons qu'il y a grande exagération dans les reproches que l'on adresse à la Bourse à ce sujet.

Il n'est rien dont les passions n'abusent, et ce serait un bien mauvais raisonnement que celui qui ferait désirer de voir supprimer les choses utiles à cause de l'abus qu'on peut en faire.

Si chacun veut bien examiner ce qu'il connaît de gens qui se sont ruinés à bâtir, à faire des manufactures, des entreprises et des spéculations, et le compare à ceux qui se sont ruinés à la Bourse, on reconnaîtra que la proportion est loin d'être défavorable à cette dernière ; et cependant pourrait-on proposer de défendre de bâtir, de faire des manufactures, sans avoir déposé préalablement les fonds nécessaires dans une caisse publique?

Il serait superflu sans doute de pousser plus loin ces observations.

La place de Paris est, par sa situation géographique, par la supériorité de notre législation, par la protection éclairée que nos tribunaux accordent aux étrangers comme aux nationaux, par les habitudes de probité, de loyauté et d'exactitude qui distinguent le commerce de Paris, enfin par les agréments de notre pays, la douceur de nos mœurs et l'urbanité de notre hospitalité, destinée à devenir le plus grand marché d'effets publics du monde. Ce que le pays en retirera d'avantages est incalculable. Ce qu'il faut donc à cette place, c'est une législation large, prise dans les principes du droit commun ; une législation qui protège tous les intérêts, qui facilite toutes les transactions, qui punisse la fraude, mais qui fasse respecter celles qui sont loyales, régulières et éminemment utiles au pays. Or, cette législation, c'est purement et simplement notre droit commun, qu'il faut appliquer aux transactions sur les effets publics comme à toutes celles qui se font sur les autres propriétés, en l'expliquant par le règlement d'administration publique qu'a promis l'article 90 du Code de commerce.

Voilà ce que l'on ne pourra s'empêcher de reconnaître, quand on examinera sérieusement cette question (1).

_____

(1) On va voir, en lisant la discussion qui suit, que ces observations de M. Vandermarq ont été accueillies favorablement par la Chambre des Députés.

5° *Discussion à la Chambre des Députés sur la proposition de M. Harlé fils.*

(Séance du **18 décembre 1832**) (*Moniteur du 19.*)

M. LE MINISTRE DES FINANCES s'est exprimé ainsi :

« Messieurs, l'agiotage ne saurait trouver de défenseurs dans cette Chambre.

» Je le condamne non moins que l'honorable auteur de la proposition.

» Mais, pour réprimer l'agiotage, il ne faut point proscrire ou rendre impossibles des transactions légales sur les fonds publics.

» L'auteur de la proposition veut que les lois répriment ce que la morale réprouve :

» Je suis entièrement de son avis; mais ce qu'il propose va au-delà : son système est préventif, au lieu d'être répressif.

» Il y aura, quoi qu'on fasse, des opérations abusives à la Bourse : il en est ainsi de toutes les choses humaines. Les progrès du commerce propagent l'envie de s'enrichir. La liberté dégénère quelquefois en licence ; est-ce une raison de la restreindre ? non, sans doute. Et pour l'humanité, le bien n'est que la moindre somme des inconvénients.

» Dans tous les temps et en tous lieux, on a allégué le besoin de prévenir les abus pour justifier la manie de réglementer.

» C'est pour prévenir des abus que l'on a institué à

d'autres époques les règlements de fabrication, de ju-
randes, etc.

» Eh bien ! ces mesures ont fait mille fois plus de mal
qu'elles n'en ont prévenu.

» Dans un pays de l'Allemagne, on voulait prévenir les
faillites, et, dans ce but, on a fait une loi qui oblige quiconque veut faire le commerce en gros de prouver qu'il
est propriétaire d'un capital fixé. La loi est en vigueur,
les faillites ne sont pas moindres; on a, de plus, le scandale
de la fraude des fausses justifications.

» Il ne faut pas croire, Messieurs, que toutes les opérations à terme soient fictives.

» Les banquiers ont des capitaux dont ils ont à payer
les intérêts et qu'ils sont bien obligés de faire valoir.

» Il arrive que ceux qui prévoient des rentrées fin du
mois achètent de la rente fin du mois : si l'argent leur
rentre plus tôt, ils se font livrer par anticipation ; si les
fonds ne rentrent point, ou s'ils ont trouvé à les employer
dans une opération survenue, ils vendent la rente achetée
ou la font reporter au mois prochain. Tout cela est légal,
réel, régulier.

» Prenez garde, Messieurs, qu'en voulant réprimer les
abus, vous n'empêchiez d'user des moyens de répression.

» Et quels moyens de répression propose-t-on?

» Une caisse de la Bourse placée sous la responsabilité du
ministre des Finances ;

» Une machine plus étendue, plus compliquée que celle
qui opère au Trésor les transferts, les mutations et les inscriptions de rentes.

» Celle-ci n'agit, en effet, que sur des opérations consom-
mées ; l'autre embrasserait toutes les opérations projetées
et éventuelles.

20

» On supposera que les commissions d'achats et de ventes puissent être assujetties à des sommes qui constatent que les valeurs existent.

» On admettra que la création d'une Caisse de dépôt puisse donner cette certitude sans entraves pour les intérêts du public; mais la raison se refuse à placer cette Caisse sous la responsabilité du ministre des Finances.

» Messieurs, pour imposer une peine à une infraction de devoirs, il faut définir ces devoirs. Quels pourraient être ceux du ministre des Finances, si l'on appelait son intervention dans des affaires d'intérêt privé? Sans doute on lui ferait une obligation de veiller à la conservation des titres et valeurs déposés, c'est-à-dire de prescrire toutes les mesures qui pourraient en prévenir le détournement; mais pour le rendre responsable de ce détournement, s'il arrivait, il faudrait qu'il fût lui-même constitué gardien des valeurs. Est-ce le rôle d'un ministre des Finances? Peut-on songer à lui donner de semblables attributions?

» Sans doute les malversations dans l'emploi des deniers publics, si elles pouvaient provenir du fait d'un ministre, devraient faire partie des crimes qui attireraient sur lui les conséquences de la responsabilité.

» Mais on ne pourra jamais, avec justice, mettre une caisse, quelle qu'elle soit, sous sa responsabilité; autant vaudrait, dès à présent, le déclarer responsable des soustractions qui pourraient arriver à la Banque de France et à la Caisse des dépôts et consignations, que la loi lui commande de surveiller. Lorsque cette responsabilité ne peut l'atteindre même pour des comptables qui lui sont plus directement subordonnés, parce qu'il serait injuste de prétendre qu'un ministre peut prévenir ce que la loi même, qui ne fait que punir, n'a pas le pouvoir d'empêcher, on voudrait qu'il fût garant d'une Caisse qu'il n'aura pas les moyens d'administrer! cette proposition ne saurait être admise.

» Toutefois je ne m'oppose point à la prise en considération.

» Qu'une commission examine, qu'elle signale des mesures praticables et efficaces, nous les adopterons ; quant à la proposition qui vous est soumise, je déclare que je ne pourrais conseiller au Roi de la sanctionner. »

4° *Continuation de la discussion.*—Séance du 30 janvier 1833 (*Moniteur* du 31).

M. Bailliot. — « Messieurs, j'étais au Conseil général de mon département, lorsque le rapport de notre honorable collègue M. Taillandier, vous a été fait sur la proposition de M. Harlé, et je ne suis de retour que depuis quelques moments.

» J'apprends que la discussion sur ce rapport a eu lieu lundi, que de nouvelles combinaisons ont été présentées par l'auteur de la proposition, et qu'enfin votre commission, à laquelle elles ont été renvoyées, vous a fait hier un second rapport.

» Je regrette, Messieurs, d'avoir été absent de la Chambre, parce que je me serais fait un devoir de vous soumettre en détail toutes les considérations qui devaient faire écarter les diverses propositions de M. Harlé.

» Depuis mon arrivée, j'ai eu à peine le temps de prendre connaissance de ce qui s'est passé à cet égard dans les séances de samedi, lundi et mardi ; toutefois, j'ai cru m'apercevoir que l'opinion était qu'il n'y avait pas lieu à accueillir aucune des propositions de notre honorable collègue M. Harlé.

» Cette question, Messieurs, a déjà absorbé beaucoup de vos moments ; permettez-moi cependant de réclamer encore de vous quelques minutes.

» Je crois que tout ce qui pouvait être prévu au sujet de la négociation des fonds publics a été réglé.

» En toutes choses, il y a des abus qu'il est impossible de réprimer ; mais ce n'est point à la Compagnie des Agents de change qu'il faut les attribuer.

» Cette Compagnie, sauf très-peu d'exceptions, a constamment donné des preuves d'une grande loyauté et d'une grande exactitude, et ceux de ses membres qui ont fait faute ne sont certes pas dans l'opulence.

» Depuis trente-cinq ans que la Compagnie a été créée, la France a éprouvé, à bien des reprises, de grandes vicissitudes, et c'est souvent le crédit qui a été le remède ; combien de fois les Agents de change n'ont-ils pas été sous le couteau des évènements ! Et qu'il me soit permis, entre autres, de vous en citer un qui n'a pas échappé au souvenir de beaucoup de nos honorables collègues ici présents.

» Le Trésor, la Banque et le commerce ne seraient pas sortis sans de grands malheurs de la crise financière et commerciale qui a eu lieu en 1818, si la Compagnie des Agents de 'change n'avait pas montré non-seulement du courage, mais fait abnégation la plus entière de tout intérêt personnel.

» La place allait succomber sous le poids de cette crise épouvantable, amenée principalement par les émissions des gros emprunts successifs que le Gouvernement avait été forcé de faire pour acquitter ses engagements envers les étrangers et rendre libre le sol français,

» Eh bien ! Messieurs, après les plus grands efforts faits, de concert, par le Trésor et par la Banque, tout eût été sans succès si la Compagnie des Agents de change ne s'était pas rendue solidaire, dans cette circonstance, de tous les engagements, et si elle n'avait pas fait un sacrifice de 4,600,000 francs pour soutenir ceux de ses membres qui, très-embarrassés, auraient occasionné la ruine de beaucoup d'autres. C'est par ce moyen que toutes les affaires ont été liquidées, et que le crédit a été garanti de sa perte. (*Par erreur, le Moniteur a dit 46 millions.*)

» Je réclame, Messieurs, pour cette grave circonstance un peu de votre bienveillance en faveur de la Compagnie attaquée, et que je défends avec toute conscience.

» A l'instant même de cette crise, une bourse commune fut établie dans le sein de cette Compagnie, et les produits successifs, fruits du travail de chacun, ont été, depuis, bien souvent employés à aider les Agents malheureux par suite des évènements dont vous n'avez pas perdu la mémoire, et dont, malgré la prudence, il n'a pas toujours été possible de se garantir.

» Si vous connaissiez, Messieurs, les détails des opérations de la Bourse, vous admireriez le mécanisme à l'aide duquel elles se liquident tous les mois.

» Je n'entends point vous parler de ce qu'on appelle les affaires de coulisse faites en-dehors, pas plus que je ne veux vous rappeler ce qui se passait, pendant la Terreur, au Perron du Palais-Royal pour ventes d'or et d'argent, quoiqu'à cette époque il y avait peine de mort contre les agioteurs sur ces métaux. Je dois cependant en tirer cette conséquence que plus on chercherait à entraver les négociations au parquet de la Bourse, plus on favoriserait les agioteurs au-dehors.

» Je reviens au mécanisme dont je viens de vous dire un mot :

» Tous les marchés, soit en achats, soit en ventes, qui se font pendant le cours d'un mois, arrivent, le premier du mois suivant, à une liquidation par compensation générale, qui se fait, dans le cabinet de la Bourse, entre tous les Agents de change.

» Le vendeur apporte en compensation un achat ou une inscription à transférer.

» L'acheteur apporte de même en compensation une vente ou annonce qu'il est prêt à payer, et qu'il prend livraison de la rente achetée.

» Quand la compensation est arrêtée, les inscriptions sont déposées. Les sommes à payer sont versées à la Banque contre un certificat de caisse, qui est rapporté au cabinet où s'est opérée la compensation.

» Alors, tous les effets étant livrés, tous les versements de fonds étant faits, l'acheteur emporte ses inscriptions, le vendeur est crédité à la Banque de la somme qu'il a à recevoir, et à l'instant elle devient pour lui disponible.

» Jamais, cette compensation aussi essentielle n'a éprouvé le moindre retard, elle se fait sous la surveillance de la Chambre syndicale, et cette Chambre ne borne pas sa surveillance à cette opération mensuelle: si elle trouve qu'un Agent de change se livre dans le cours du mois à des opérations qui semblent dépasser les limites de la prudence, elle lui demande des renseignements, et elle peut aussi l'obliger à l'apport de ses livres et carnets.

» Que peut-on faire de plus, Messieurs ? tout autre moyen, selon moi, arrêterait la circulation des négociations, nuirait au public, et conséquemment au crédit.

» Je vois que M. Harlé, après avoir renoncé à la caisse

sous la surveillance du Ministre des Finances, voudrait qu'il en fût établi une dans le sein de la Compagnie des Agents de change.

» Cette caisse existe déjà sous le nom de caisse commune : elle est administrée par la Chambre syndicale ; et, sans qu'aucun règlement oblige la Compagnie à augmenter les attributions de cette caisse, les Agents de change pourraient, sans inconvénient, la charger de recevoir les effets à vendre, comme aussi l'argent destiné aux achats, de la part de ceux qui, faute de confiance, voudraient user de cette faculté ; mais je suis persuadé que cela n'ajouterait pas aux écritures de la caisse commune dix affaires par an.

» Je tiens en main un état qui a dû vous être communiqué, et dont l'exactitude ne peut être contestée. Il en résulte que depuis la nouvelle organisation de la Compagnie en 1816, pour un mouvement de 16 milliards d'espèces, les particuliers n'ont fait qu'une perte d'environ 400,000 fr., à laquelle il leur a été impossible de parer.

» Les Agents de change, toujours empressés d'aider le crédit, ont, à l'époque de notre révolution de juillet, donné de grandes preuves de dévouement.

» Les capitaux ont été momentanément retirés de la circulation, et ces fonctionnaires ont employé tous les moyens nécessaires pour les faire rendre au Trésor, à la Banque et au Commerce ; et, en toute occasion, cette Compagnie a servi le crédit public.

» Je termine, Messieurs, en vous priant de ne point accueillir les diverses propositions de notre honorable collègue M. Harlé, dont je suis d'ailleurs bien loin d'attaquer les intentions.

» Le Ministre des Finances reçoit tous les soirs un rapport sur la Bourse ; le syndic ne manque pas d'aller l'en entretenir tous les matins.

» La surveillance du Ministre, ainsi que la sollicitude de la Chambre syndicale, est tout ce qu'on peut désirer sur cette matière. »

M. DELABORDE. — « La proposition de notre honorable collègue, quoique très-modifiée par son nouvel amendement et le développement qu'il vient de lui donner ; est cependant encore une restriction aux transactions commerciales, une aggravation de rigueur des lois existantes, qu'il me paraît utile de combattre. Un principe de saine morale a dicté cette proposition, des principes d'une saine économie politique doivent la faire rejeter ; et qu'on ne croie pas qu'il n'y a pas un but et un effet moral dans les mesures qui contribuent au bien-être et à la richesse des peuples. On a dit : Rendez les hommes meilleurs, ils seront plus heureux ; et nous, nous disons : Rendez les hommes plus heureux, ils seront meilleurs. Or, l'inconvénient de la proposition est d'aller contre le but même de son estimable auteur, contre le but moral qu'il s'est proposé. Il veut prévenir la fraude, et sa proposition l'encourage ; il veut détruire les marchés à terme, et il provoque les marchés clandestins ; il veut enfin protéger les fortunes privées, et il compromet, en plusieurs points, la fortune de l'Etat, qui n'est autre chose que la réunion des fortunes privées. Voilà ce qu'il faut prouver.

» On considère, Messieurs, trois éléments dans toute production : le travail, la matière première et les capitaux. Mais il en est un quatrième non moins important : c'est le mouvement, la circulation, la mobilisation. Plus une valeur présente ces qualités, plus elle profite à son possesseur ; et plus un Etat sait, par des lois sages, encourager cette mobilisation, plus il parvient promptement à la richesse et à la prospérité. L'Angleterre en est l'exemple, elle est le chef-d'œuvre de la mobilisation : là, toute valeur quelconque, une maison, un vaisseau, une usine, trouve un signe représentatif qui en établit la circulation.

» Ainsi, le cultivateur peut attendre le moment favorable pour vendre sa récolte ; le fabricant, les produits de son industrie ; il trouve partout des consignations. Enfin les fonds publics offrent une variété de placements qui va au-devant de tous les besoins, de tous les caprices, depuis le gigantesque 3 p. 100, qui représente 10 milliards de capital, jusqu'à l'admirable invention des billets de banque de l'échiquier, qui font le double office de placements et de numéraire. Quel est l'état de la France, comparé avec cette situation ? l'usure dévore nos campagnes, parce que la terre, cette précieuse valeur, est frappée de stationnement, d'immobilité, par notre Code hypothécaire, parce que les rémérés sont trop dispendieux et trop peu assurés. Il en est de même de nos marchandises, qui, à l'exception de quelques grandes villes, ne trouvent point de consignation.

» Enfin, nos fonds publics sont entravés par d'anciennes lois depuis l'arrêt de 1724 jusqu'au Code actuel. Et voilà pourtant cet état qu'on voudrait encore compliquer ! et dans quel moment ? lorsque les fonds publics donnent la meilleure idée des avantages de cette mobilisation. Les fonds hors de la spéculation, tels que les 4 p. 100, les actions de la ville ou des canaux, sont stationnaires ; il faut des mois pour en vendre ou en acheter une somme un peu considérable, tandis que le 3 et le 5 p. 100, sur lesquels le jeu, l'agiotage, comme on voudra l'appeler, et que je nomme *mobilisation*, se portent de préférence, viennent de prendre un accroissement éminemment favorable au prix de toutes les autres valeurs.

» Cet accroissement, Messieurs, est non-seulement un gain pour ceux qui possèdent ces valeurs, mais pour l'État qui les émet, qui a encore besoin d'en émettre, et qui ne peut obtenir des fonds à bon marché qu'en laissant subsister tout ce qui rend facile leur débit. En effet, que sont les fonds publics ? Ce sont des lettres de change tirées par le Gouvernement sur la communauté, acceptées par les syndics de la communauté, autrement les Chambres, et passées à l'ordre de ceux qui en donnent la valeur.

» Or, la première qualité d'une lettre de change est la disponibilité, la libre circulation sans transfert, sans entraves, par un simple endos.

» Ces valeurs sont des marchandises comme les eaux-de-vie, les huiles, et plus vous en disposez facilement, plus vous en donnez un prix élevé ; et ici la coutume est au-dessus de la loi, et c'est ainsi que l'ont toujours considéré les hommes les plus versés dans ces matières et les moins suspects à cet égard. On a cité M. Périer : je tiens entre les mains un parère qu'il a signé en 1824 ; voici comment il s'exprime :

« Ces marchés se réalisent par la livraison des effets vendus, soit qu'ils existent dans les mains du vendeur au moment où la livraison est exigée par l'acheteur, soit que le vendeur les fasse acheter pour en opérer la livraison ;

» Que, dans tous les cas, il y a toujours, d'un côté, l'achat d'une chose qui doit être payée, et, de l'autre, la vente d'une chose qui doit être livrée : ce qui ne permet pas d'envisager ces sortes d'opérations comme des paris sur le cours des effets publics.

» Ces marchés sont également dans l'intérêt du Gouver-

nement et du commerce : du Gouvernement, dont il assure
le crédit ; du commerce, dont il facilite les transactions. »
Il conclut ainsi :

« Par ces motifs, les soussignés estiment que les marchés
dont il est ici question sont indispensables dans la situation présente de la France, et que la jurisprudence adoptée par la Cour royale (qui s'appuie sur d'anciens arrêts
du Conseil, rendus à une époque et dans des circonstances
qui ne peuvent être assimilées en aucune manière à celles
où nous nous trouvons) est en opposition avec les véritables
intérêts politiques et commerciaux de notre pays. »

» Et quels sont ces soussignés, Messieurs? Sont-ce des
Agents de change? ou d'autres intéressés dans le jeu? Non :
ce sont MM. Jacques Laffitte, Périer frères, Odier, Mallet, etc.

» Voici pour les marchés à terme; voyons ce qui concerne les marchés au comptant. Ces marchés se font-ils
immédiatement? non, sans doute; l'individu qui doit toucher une somme à la fin d'un mois, et qui a confiance dans
le taux présent de la rente, la vend à terme, et son marché est pourtant considéré au comptant ; il en est de même
du vendeur.

» Si même cette mesure était utile, elle aurait encore
l'inconvénient d'être impraticable : il y aurait souvent par
jour 7 ou 800, quelquefois plus, coupons de rente à inscrire ; et dans quel but? d'éviter une perte de 470,000 fr.
sur un mouvement de 16 milliards, et en seize ans, une
perte moindre que celle que vous allouez proportionnelle-
ment, pour le coulage, aux caissiers des maisons de commerce.

Sans doute, Messieurs, on a vu des Agents de change
faire faillite, comme on a vu des notaires; et si l'on peut

craindre de laisser pendant six jours son titre entre les mains d'un Agent de change, on devrait craindre plus encore lorsqu'on laisse entre les mains des notaires des sommes plus considérables pendant des mois, pendant le temps de la main-levée des hypothèques ou de leur justification.

» J'approuve au surplus, à cet égard, la proposition de la commission de la formation d'une Caisse syndicale facultative ; mais c'est là où il faut se borner.

» Il est, Messieurs, un moyen de détruire l'agiotage, c'est de ne plus emprunter, c'est de diminuer nos dépenses ; et la caisse d'amortissement fera justice de la dette à la fois et de l'agiotage. Mais nous n'en sommes point encore là ; et en attendant, je m'oppose à la proposition de M. Harlé. »

M. HUMANN, MINISTRE DES FINANCES. — « M. Harlé, dans la nouvelle proposition qu'il présente, demande deux choses : l'une consisterait à établir une caisse syndicale dans laquelle les personnes qui voudraient vendre des rentes déposeraient leurs titres, celles qui voudraient acheter déposeraient leur argent.

» Cependant ce dépôt serait facultatif, c'est-à-dire que ceux qui font des affaires en effets publics en useraient ou n'en useraient pas, selon leur volonté. Je n'ai pas d'opinion bien arrêtée sur ce point. Mes impressions sont que l'on peut faire quelque chose ; mais je crois que la commission a dit une chose fort sage en vous exposant qu'il y avait ici matière à règlement public, et non pas matière à législation. Je ne comprendrais pas, en effet, que la loi, qui me semble devoir imposer des obligations, consacrât quelque chose d'entièrement facultatif.

» Il est une autre considération : avant de trancher une semblable question, on ne saurait s'entourer de trop de lumières et de conseils. Je prends vis-à-vis de la Chambre l'engagement de consulter la Chambre de commerce de Paris. Si, après avoir consulté les organes du commerce de Paris, il m'est démontré qu'une telle caisse peut s'établir, elle sera établie.

» La proposition de M. Harlé a un autre objet : c'est d'empêcher que l'on ne vende des effets publics à terme. Il suppose que tous les marchés de cette nature sont des marchés fictifs. Il est dans l'erreur.

» Une portion considérable de rentes se trouve constamment entre les mains de maisons de banque qui ne font pas des placements définitifs, mais des placements à terme.

» Quand une maison de banque prévoit des besoins d'argent, et que, dans son opinion, les évènements pourraient mal tourner, elle vend de la rente ; et comme elle n'a pas besoin de son argent immédiatement, elle vend de la rente à terme.

» D'autres maisons prévoient des rentrées prochaines. Alors, les chefs de ces maisons, qui ont confiance dans l'avenir, achètent de la rente à terme.

» Il est si vrai, Messieurs, que les choses se passent ainsi, que nous remarquons que les opérations de cette nature deviennent plus actives à l'approche des semestres ; et cela par cette raison fort simple qu'une partie de l'argent qui se paye aux rentiers est destiné à se capitaliser. Il n'y a pas là de marchés à terme : toutes ces opérations sont parfaitement régulières, elles n'ont rien de fictif ; et je ne comprendrais pas que la législation intervînt dans les transactions particulières de cette nature.

» Il y a plus : quand le Gouvernement fait un emprunt, ce sont des maisons de banque qui se rendent adjudicataires. Ces maisons de banque donnent des intérêts dans les opérations qu'elles soumissionnent, mais il leur reste une forte partie de rentes ; elles ne veulent pas conserver toutes ces rentes, et alors qu'arrive-t-il ? C'est que lorsqu'elles trouvent que le cours est favorable, quand leur spéculation leur paraît avoir réussi, elles vendent les effets qu'elles doivent recevoir plus tard, elles les vendent à livrer. Les rentes existent, car ces maisons les recevront en échange, et au fur et à mesure des versements qu'elles feront au Trésor. Eh bien ! lorsque le banquier qui n'a pas encore été mis en possession de ses rentes juge convenable, pour réaliser des bénéfices, de vendre ces mêmes rentes, il n'y a dans cette opération rien que de très-légitime et de très-régulier, il n'y a rien de fictif.

» J'arrive aux articles additionnels de M. Harlé. La législation existante a pourvu à tout ce que M. Harlé réclame. Les articles additionnels sont complètement inutiles ; ils n'ajoutent, ils n'ôtent rien à la législation, je ne pense pas qu'il y ait lieu de les adopter.

» Il faut le dire, c'est une vaine prétention que celle de vouloir jouir des avantages du crédit sans subir aucun de ses inconvénients. L'abus est inhérent aux choses humaines, et c'est toujours sous le prétexte de réprimer ou de prévenir des abus que l'on a consacré des mesures plus fâcheuses. La liberté de la presse entraîne des abus ; pour prévenir ces abus, on a établi la censure. Eh bien ! Messieurs, ce que veut M. Harlé n'est autre chose que la censure établie pour les opérations sur les effets publics. Je ne puis adopter sa proposition. »

M. GARNIER-PAGÈS. — « Lorsque je vois un malaise social, je me demande d'abord si on ne peut le traiter à l'aide de la liberté et de l'égalité. Dans les circonstances actuelles, je crois que le meilleur moyen de détruire l'agiotage, ou, au moins, de le diminuer et d'en amoindrir les effets, est de donner de la liberté aux transactions qui se font sur la rente.

» Je n'ignore pas qu'il en est un grand nombre de fictives, mais je n'ignore pas aussi qu'il y en a un grand nombre de réelles ; et la distinction à faire est tellement difficile, qu'il me paraît impossible de fixer la différence qui existe entre ces transactions, et, par suite, impossible d'atteindre l'agiotage par une législation préventive, sans atteindre en même temps des transactions véritablement commerciales. Il n'en est pas des rentes comme des paris, comme des jeux : lorsqu'il s'agit de jeux ou de paris, on ne peut, on ne doit pas permettre l'action devant les tribunaux, car ces jeux et ces paris n'offrent jamais rien d'utile.

» Lorsqu'il s'agit de rentes, au contraire, il y a des transactions réelles qui ne peuvent pas toujours être distinguées des opérations fictives, mais auxquelles la loi doit protection.

» Nous n'avons pas, d'ailleurs, à choisir entre la destruction de l'agiotage et la liberté complète des transactions.

» Si, par des mesures quelconques, nous pouvions empêcher un grand nombre de personnes de prendre part aux spéculations sur les effets publics, nous essayerions, sans doute, de le faire.

» Mais nous ne sommes pas dans cette situation. Nous n'avons qu'à choisir entre l'agiotage tel qu'il est et entre l'agiotage restreint, ce qui, dans tous les cas, offre des garanties réelles.

» Après avoir traité ces questions brièvement, j'examinerai plus brièvement encore si les intermédiaires que l'on emploie dans les opérations de bourse ne sont pas une des sources les plus puissantes de cet agiotage que nous flétrissons tous.

» Les opérations sur les rentes sont de plusieurs natures, et il en est un grand nombre qui sont réelles , et qui cependant échappent à la proposition de notre honorable collègue M. Harlé fils. Le Code pénal dit non-seulement que les marchés sont réels lorsque le vendeur possède les rentes au moment de la vente , mais il reconnaît encore ces opérations lorsque l'un d'eux possède les rentes au moment de la délivrance.

» Or , si vous admettiez avec M. Harlé que le vendeur à terme devra déposer d'avance l'inscription de rente, vous rendriez des opérations réelles souvent impossibles : il en est des rentes comme de toutes les autres marchandises.

» Un exemple vous fera mieux comprendre ma pensée: Je suppose que la place d'Anvers , la place d'Amsterdam ou celle de Londres cotent la rente à un prix moins élevé que la place de Paris , et cela arrive tous les jours : eh bien ! de quel droit viendrez-vous empêcher un banquier qui a donné l'ordre d'acheter à Londres , à Amsterdam ou à Anvers , et qui ne peut ni déposer la rente qui ne lui est point encore arrivée, ni en indiquer le numéro, de quel droit l'empêcherez-vous de vendre cette rente, livrable à l'époque où elle doit lui arriver ?

» L'empêcher de faire cette opération , ce serait le forcer à jouer, puisque ce serait lui faire courir les chances de hausse ou de baisse qui peuvent se présenter dans l'intervalle du moment de l'achat sur une place étrangère au moment où il aura cette valeur entre les mains.

» Les affaires fictives même, Messieurs, se lient telle-

ment aux affaires réelles, que souvent elles se font simultanément. Je vais vous en citer un exemple : un
banquier peut avoir besoin de ses fonds pour une
époque déterminée ; mais, pour que l'exemple soit encore plus saillant, je vais le prendre dans des compagnies que vous connaissez tous, dans les compagnies
d'assurances.

» Eh bien ! ces compagnies sont obligées, quand un
sinistre arrive, c'est-à-dire quand l'objet assuré périt, de
rembourser à l'instant même le prix de la valeur assurée.

» Or, voici ce qui se fait, dans certains cas du moins,
j'en ai la certitude : ces compagnies ont des rentes ou
d'autres effets publics ; elles vendent ces effets fin de mois,
c'est-à-dire qu'elles font un report. Il en résulte que,
quelques jours après, elles sont sûres de rentrer dans leurs
fonds sans avoir à subir aucune chance de baisse, et par
suite aucune perte.

» Et remarquez bien, Messieurs, que ces sortes d'opérations, que personne n'attaque, sont cependant fictives : car
si les compagnies dont j'ai parlé réalisaient fin de mois,
il en résulterait qu'elles seraient obligées de racheter, de
se livrer à une nouvelle opération ; en un mot, de payer
de nouveaux droits de courtage, dont elles trouvent les
moyens de se mettre à couvert, en percevant une différence et en continuant à faire la même opération.

» Nous traitons ici la question des rentes, et, comme on
l'a dit, elle a le plus grand rapport avec le crédit public.

» Quand on contracte un emprunt, on a besoin de
toutes les facilités désirables pour écouler cet emprunt.
Il est donc utile qu'on puisse vendre de deux manières,
c'est-à-dire au comptant et à terme. Eh bien ! celui qui
est dans ce cas dispose plus facilement de la rente qu'il

possède que celui qui ne peut vendre que d'une seule manière.

» Je ne connais pas, dans de certaines circonstances, de moyens plus efficaces que l'emprunt pour subvenir aux besoins du Gouvernement. En effet, l'emprunt prend l'argent là où il est, c'est-à-dire dans la classe riche : l'impôt, au contraire, pèse sur tous, et plus particulièrement sur la classe pauvre, qui est le moins en état de le supporter.

» Ainsi donc, il est dans l'intérêt même du Gouvernement de laisser à la Bourse de Paris la faculté de disposer des deux manières, ce qui rendrait les emprunts plus faciles, et par conséquent moins onéreux.

» S'il vous reste quelque doute sur l'utilité des affaires à livrer sur les effets publics, il vous sera plus facile d'en sentir la n cessité pour les marchandises. Les transactions à terme sur marchandises doivent aussi être libres. Permettez-moi donc de prendre des exemples dans ce genre d'affaires ; ces exemples, d'ailleurs, seront plus facilement saisis. Soit que je remonte à la source des opérations commerciales, soit que je parte d'en-haut ; vous verrez que si vous proscrivez indistinctement les marchés à terme, vous favorisez le jeu :

» Un fabricant d'huile achète une récolte sur pied, il fabrique de l'huile ; il sait à quelle époque elle sera fabriquée. Si vous l'empêchez de vendre à l'avance pour l'époque à laquelle sa marchandise sera fabriquée, vous lui faites courir toutes les chances qui peuvent se présenter depuis le jour de l'achat jusqu'au moment où son produit sera créé ; si, au contraire, le fabricant peut vendre d'avance, il ne jouera pas.

» Je continue : Le fabricant dont j'ai parlé vend son huile à un fabricant de savon ; ce dernier se trouve dans le même cas ; il sait qu'à cette époque cette huile lui aura produit du savon ; il vend le savon à livrer pour cette époque.

» Je sais que la législation actuelle autorise les marchés à terme, lorsqu'on indique la marque et le numéro ; mais si le marchand n'opère pas sur place, si celui qui fabrique à Marseille expédie à Paris, comme il ne peut pas savoir à quelle époque le bâtiment qui est chargé de sa marchandise arrivera, il faut ôter cette difficulté insurmontable de la marque et du numéro, qui s'oppose à toute opération de ce genre ; il faut qu'il puisse livrer ses marchandises dans l'ordre de leur arrivée.

» J'ai parlé des opérations sur marchandises, en les prenant à leur source. Maintenant je descends, et je dis : On s'est engagé à fournir l'éclairage de Paris ou à faire des fournitures pour les hôpitaux ; le marché est régulier et reconnu par la loi. L'homme qui s'est chargé de ces fournitures jouera, si vous ne lui permettez pas d'acheter à l'instant même, pour recevoir à l'époque à laquelle il devra livrer.

» Car jouer, c'est courir des chances, et il y en aura à courir tant qu'on ne sera pas assuré, par un achat fait d'avance, de pouvoir livrer aux époques fixées sans subir les chances de hausse et de baisse.

» Je vous l'ai dit, Messieurs, il est difficile, pour ne pas dire impossible, de distinguer le marché réel de celui qui ne l'est pas, et ici nous convenons que le mode est pour beaucoup dans la question qui nous occupe : nous connaissons tous cet axiôme que le jeu est un malheur, parce que l'on commence par être dupe, et que l'on finit par être fripon. Pour faire hausser ou baisser les fonds publics, on répand de fausses nouvelles, on emploie des manœuvres frauduleuses.

» Je conviens de tout cela, et je le blâme de toutes les forces de mon âme ; mais toute l'immoralité n'est pas là ; l'agiotage présente deux sortes d'immoralités : la première est dans l'inexécution de la loi qui punit ceux qui font des marchés fictifs, et ceux qui se rendent les intermédiaires de ces marchés. La loi dit que l'Agent de change qui prête son ministère à de pareils marchés sera destitué. Eh bien! cette loi n'a jamais été exécutée ; personne n'a jamais songé à en provoquer l'exécution.

» Cette violation perpétuelle, flagrante, de la loi est aussi une immoralité ; il ne faut pas l'oublier.

» Enfin, Messieurs, il est une autre immoralité pour laquelle la connaissance des affaires n'est pas nécessaire : cette immoralité sera bien facile à sentir.

» Un homme joue sur la rente, il perd ; il n'a qu'un mot à dire : *Je ne payerai pas*. Il y a donc en France, en présence du Ministère public, des hommes qui n'ont qu'à dire : J'ai acheté d'un homme qui voulait livrer, je ne prendrai pas livraison ; la perte qui en doit être la conséquence, je ne la subirai point. J'ai perdu, je ne payerai pas !

» Savez-vous ce qui peut résulter d'un tel état de choses? Un homme peut s'adresser à deux Agents de change différents, et dire à l'un : Vous m'achèterez des rentes pour telle époque ; et dire à l'autre : Vous vendrez pour mon compte. Eh bien! cet homme qui a opéré en sens inverse, sur la même quantité de rentes, gère à coup sûr, car il acceptera l'opération qui se trouvera avantageuse, tandis qu'il refusera de payer la différence pour l'autre opération. Voilà le résultat de la législation actuelle !

» Puisqu'il ne nous est pas possible de détruire entièrement le jeu sur les effets publics, je crois qu'on doit régulariser les marchés, en donnant aux vendeurs et acheteurs le droit de poursuivre devant les tribunaux ceux avec qui ils ont contracté, afin que les auteurs de ces opérations ne puissent point, passez-moi cette expression, tourner le dos lorsqu'on vient leur demander compte de leurs engagements.

» Si je crois cette mesure utile, c'est pour empêcher que des hommes ne puissent tarifier leur honneur, en disant : Si les opérations que j'ai entamées me font éprouver une perte qui ne s'élève qu'à telle somme, je payerai, car j'ai intérêt à continuer de jouer ; si je perds davantage, je ne payerai pas.

» Si l'on ne peut faire que l'agiotage cesse, il faut que l'on entre dans le principe de la liberté, qui peut seule en diminuer les abus.

» Je vote contre la proposition de M. Harlé. » (1)

(1) Cette proposition a été rejetée par la Chambre des députés, et n'a pas été reproduite.

Ce rejet était conséquent avec le vote que la Chambre avait émis, quelques temps auparavant, sur la proposition de M. Alby, autre député qui, en soumettant les marchés à un droit de timbre au profit de l'État (séance du 17 décembre 1831), voulait consacrer ces opérations par une disposition qu'il est utile de rapporter : « Art. 1er, à compter du jour de la promulgation de la présente loi, tous les effets publics français et » étrangers, les actions de canaux, de la Banque de France et celles des » Compagnies anonymes autorisées par ordonnances royales, pourront » être vendues et achetées à terme avec l'obligation, de la part du ven- » deur, d'en faire la livraison et de la part de l'acheteur, d'en payer le » montant *à l'époque fixée par le marché.* » — La proposition Alby avait été prise en considération.—Voir la *Notice historique* ci-dessus, page 36, de l'Appendice.

Des pétitions ont encore été présentées à la Chambre sur les marchés à terme. Elles sont restées de même sans solution (Voir pages 41 et 42).

Il paraît résulter toutefois de ces divers incidents, que la Chambre a pensé que le pouvoir législatif ne devait pas intervenir sur la question des marchés à terme, et qu'il appartenait au Gouvernement seul de la régler, en exécution de l'article 90 du Code de commerce.

IX.

OPINION DE LA PRESSE PÉRIODIQUE

SUR LES MARCHÉS A TERME (1).

⸻ ◆ ⸻

Journal des Débats, *du 15 juillet* 1823.

» Il ne peut être établi aucun parallèle raisonnable entre nos fonds publics actuels et ce qu'on désignait sous ce même nom dans l'ancien régime. Le système actuel a pour base la transmission libre et rapide du titre des propriétés, tant capitaux que rentes ; ce n'est qu'à cette circulation des titres, dégagée de formalités gênantes, qu'est due la possibilité de former ces grands emprunts qui donnent une si grande valeur aux capitaux. Les rentes dues par le Roi, dans l'ancien régime, étaient soumises à l'impôt, à l'hypothèque, à la saisie ; elles n'entraient dans le commerce que comme d'autres *immeubles*, tandis que les titres résultant des opérations actuelles entre les gouvernements et la Bourse constituent de véritables effets de commerce.

Donc, les principes et les maximes de l'ancien régime ne peuvent s'appliquer aux fonds publics actuels.

La spéculation sur les effets publics par marchés à terme est tellement inhérente à la nature de ces fonds, que toutes les grandes opérations financières des gouverne-

(1) On a pensé que l'opinion de la *Presse périodique* sur la question des marchés à terme serait suffisamment manifestée ici, par quelques articles extraits des différents journaux, à diverses époques.

ments européens ne sont au fond que des marchés à terme, calculés sur une grande échelle, et assurés par la stabilité de la fortune publique. Une loi qui déclarerait illégaux les marchés à terme sans dépôt de valeurs réelles non-seulement tendrait à tarir les sources des emprunts publics, puisqu'elle soumettrait les transactions les plus nombreuses de la Bourse à des formalités lentes et dispendieuses qui en absorberaient les profits ou même les rendraient inexécutables ; mais cette loi frapperait même d'une réprobation directe les opérations financières de tous les gouvernements, ces opérations étant dans le principe aussi aléatoires que celle des particuliers, et n'étant soustraites aux chances périlleuses que par l'inépuisable solvabilité de l'Etat ; mais réprouver le principe des opérations financières des gouvernements, c'est attaquer le crédit public.

La législation existante comprend des dispositions contradictoires entre elles et opposées aux usages du commerce, usages qui cependant ne sont que les conséquences forcées du système du crédit public, établi, reconnu et journellement mis en pratique par les gouvernements. La question qui aujourd'hui s'agite devant les cours judiciaires est donc d'une portée immense et d'une importance vitale : il ne s'agit pas seulement de décider, entre tant de lois contradictoires, laquelle doit l'emporter ; non ! il s'agit de savoir si les principes financiers suivis par tous les gouvernements qui ont un crédit public sont en opposition ou non avec les principes généraux de la jurisprudence sur la probité en matière de contrat.

Si cette opposition est reconnue, lequel doit un jour succomber, l'ordre législatif ou l'ordre financier ?

Puissent ces observations attirer l'attention de quelque

homme d'État, également versé dans la jurisprudence, dans les finances et dans la haute politique ! Car, sans la réunion de ces connaissances, il serait inutile et même dangereux de discuter ces questions. »

Moniteur, du 3 septembre 1823.

» Permettez-moi, Monsieur, de me servir de la voie de votre journal pour présenter, dans un moment que je crois opportun, quelques considérations *sur les marchés d'effets publics à terme.* Les deux procès en cette matière qu'a jugés, depuis le commencement de la présente année, la Cour royale de Paris, et les faillites d'Agents de change qui se sont déclarées pendant le cours et après le dernier de ces procès, celui de M. Perdonnet avec M. de Forbin-Janson, ont dû appeler l'attention publique, d'abord, sur la législation concernant la négociation et le transfert des effets publics, ensuite sur les lois qui concernent la classe des courtiers qui sont les intermédiaires habituels et, chez nous, *nécessaires,* de ces marchés, celle des Agents de change. Les arrêts rendus dans les deux procès, dérogeant évidemment à une jurisprudence établie depuis plus de vingt ans, ont décidément proscrit les marchés d'effets publics à terme, et remis, à cet égard, en vigueur, peut-être avec uneextension considérable, les dispositions d'un arrêt du conseil rendu le 7 août 1785 sur la matière, pour réprimer la fureur des jeux de bourse, qui, à cette époque, menaçait la place de Paris et les finances publiques, d'une grande catastrophe.

Les arrêts de la Cour royale ont été reçus par le public avec une prévention favorable, qu'a encore accrue l'éclat des faillites de deux Agents de change. On se défend difficilement de l'idée qu'il doit y avoir quelque chose de vicieux dans l'état actuel des choses pour permettre des résultats comme ceux que les faillites et les procès ont révélés; et le public, sans examiner trop scrupuleusement le remède, a applaudi à la proscription judiciaire d'un genre de spéculation qu'il regarde comme un vaste jeu où viennent s'enflammer tous les genres de cupidité, qui attire les capitaux de la France au détriment des autres emplois qui répandent une véritable fécondité dans l'État, et qui menace, enfin, le repos de toutes les familles.

Ces préventions, qui, il faut l'avouer, ont leur source dans des sentiments on ne peut plus louables, sont pourtant susceptibles d'être portées à l'extrême; et si elles ont pu légitimement inspirer les décisions rendues, il n'est pas aussi évident qu'elles puissent ou doivent, dans toute leur étendue au moins, être admises à influer sur les changements que notre législation sur la matière est susceptible de recevoir; en un mot, les arrêts qui proscrivent les marchés à terme peuvent être justes et inattaquables : mais il n'est pas aussi clair qu'une disposition législative qui, levant toutes les incertitudes, toutes les contradictions que présentent, à cet égard, et la jurisprudence et les lois existantes, prononcerait une interdiction et une annullation positives de ces marchés, fût juste dans le sens où doit l'être une loi de cet ordre, c'est-à-dire conforme aux règles générales des contrats, aux intérêts publics, et concordante avec le système de crédit qui est devenu désormais la base de nos finances publiques. Ce qui est sûr, c'est qu'en Angleterre, où il existe des lois fort sévères pour réprimer l'agiotage sur les effets publics, ces lois ont distingué les marchés à terme des contrats de pur agiotage, et ne les ont point confondus avec eux. D'un autre côté, ces mêmes lois offrent avec les nôtres des différences notables en ce qui concerne l'intervention des courtiers de change dans les marchés d'effets publics.

Il ne sera pas sans utilité, dans les circonstances, de faire connaître ces différences des deux législations. C'est ce que je vais essayer de faire brièvement, et en me bornant au petit nombre de réflexions nécessaires pour faire ressortir les contrastes. »

Après avoir cité le texte de la législation anglaise, l'auteur de l'article continue ainsi :

» On voit que cette loi a deux dispositions notablement différentes de notre législation. La première différence concerne les marchés à terme, qui sont expressément reconnus et validés dans les articles 6 et 7 , tandis que l'arrêt du Conseil du 7 août 1785 les proscrit ; la seconde concerne les devoirs des Agents de change, qui sont obligés d'avoir un livre exactement tenu de leurs négociations, avec mention des parties principales dans les marchés dont ils ne doivent être que les intermédiaires : un livre qui devra être exhibé *quand ils en seront légalement requis :* tandis que d'après l'article 27 de l'arrêt du Conseil du 24 septembre 1724, qui probablement sert de règle dans l'exécution de l'article 11 de l'arrêté consulaire du 29 prairial an x, concernant les livres des Agents de change, les livres de ces derniers ne doivent point contenir les noms des parties dans les négociations dont ils sont chargés. En tous cas, les noms sont inutiles, puisque les parties ne doivent jamais se connaître.

Au moyen des dispositions qu'on vient de voir dans la loi anglaise, les agents ou Courtiers de change n'ont point cessé en Angleterre d'être de simples mandataires, tandis que notre législation actuelle les transforme en parties principales dans les négociations; comme on peut le voir à l'article 13 de l'arrêté consulaire du 29 prairial an x, et comme plusieurs arrêts et notamment l'arrêt *Perdonnet*, publié au *Moniteur* du 20 août, l'ont décidé.

La législation anglaise offre encore avec la nôtre une différence extrêmement importante en ce qui concerne le transfert de la dette publique : et, à cet égard, notre législation nouvelle ne diffère pas seulement de celle de nos voisins, mais elle a encore opéré, dans la législation antérieure à 1789 un changement bien important et qui à peine a été aperçu : cette double différence consiste en ce que les Agents de change, par l'article 15 de l'arrêté consulaire du 29 prairial an x, ont été mis en possession du droit d'être les témoins nécessaires des transferts de la dette publique, tandis qu'avant 1789, ces transferts se faisaient sans eux, et qu'en Angleterre ils se font aussi ou du moins ils peuvent se faire sans leur intermédiaire. L'arrêté consulaire, par cette disposition, a abrogé les articles 172, 173, 174, de la loi du 24 août 1793, qui a changé l'ancienne constitution de notre dette publique pour lui donner la forme actuelle. D'après ces articles, et jusqu'à l'an x, tout le monde pouvait transférer sa créance sur le grand-livre par les moyens et dans les formes qui s'y trouvent indiqués : à ces formes et à ces moyens on a substitué la présence de l'Agent de change. Les conséquences de ce changement ont échappé dans le temps à l'attention, sous le double rapport du droit des créanciers publics et des avantages immenses que l'on conférait aux Agents de change. Lorsqu'on avait décidé que la dette publique ne dépasserait pas 50 millions d'intérêts annuels, on ne leur conférait que la propriété d'un courtage sur la portion flottante et mobile de la dette que devait produire une dette d'un milliard de capital. Aujourd'hui combien cette portion flottante est augmentée, et quel capital est gratuitement assuré aux Agents de change par le droit d'intervention nécessaire qu'un simple arrêté administratif leur a conféré !

Les commissions des courtiers de change à Londres leur sont données par le maire de cette ville ; ils sont tenus de fournir un cautionnement de 500 livres sterlings pour la bonne exécution des devoirs de leur charge, et un autre pour assurer le payement annuel à la ville d'une somme de 2 livres sterlings. Cette commission énonce leurs devoirs : ils sont tenus de faire connaître, pour chaque marché, à celui qui les emploie, le nom de la personne avec laquelle ils ont traité pour lui ; obligés de tenir un livre conforme à l'acte du Parlement qu'on vient de lire, et de l'exhiber à ceux qui les emploient, pour prouver la vérité des marchés ; il leur est interdit d'être principaux ou intéressés dans aucun marché de lettres de change ou d'effets publics quelconques.

Ces sages précautions de la loi n'empêchent pas qu'il n'y ait à Londres comme ailleurs des marchés d'agiotage ; mais on ne peut nier que la législation qui vient de passer sous nos yeux n'ait fait tout ce qui était possible pour n'y pas donner des facilités : elle n'annule pas *les marchés à terme,* mais elle annule les *marchés fictifs.* L'annulation des *marchés fictifs* est la limite qu'elle s'est imposée ; et si l'on y réfléchit, si l'on se reporte aux grandes catastrophes dont les deux places de Paris et de Londres ont été le théâtre depuis le commencement du siècle dernier, on verra que ce sont ces marchés qui en ont été les véritables causes. Lors de la chute de la Compagnie de la mer du Sud, qui fut en Angleterre le pendant contemporain du

système de Law, chute qui ébranla le trône de la maison
régnante, on put se convaincre qu'il s'était fait sur les
effets de cette Compagnie des ventes et achats fictifs pour
des sommes immenses. On sait que chez nous, en 1785,
lors de la fureur de l'agiotage sur les effets des Compagnies, il s'était vendu des quantités de ces effets qui dé-
passaient la consistance même de leur création. Après
cela, que la loi en Angleterre n'empêche pas plus qu'à
Paris ces marchés, c'est ce qu'on ne peut nier. Ces sortes
de marchés sont des dettes de jeu, *des dettes d'honneur;*
les courtiers de change qui s'en font les intermédiaires ne
donnent jamais de reçus, ne signent aucun écrit qui puisse
les soumettre aux poursuites. Les parties peuvent les traduire devant une cour d'équité (la chancellerie), les faire
interpeller sous serment : c'est ce que la loi permet, mais
ce que les mœurs ne permettent guère d'exécuter. Cependant nous savons que ces lois gênent les joueurs et leurs
Agents. On lit dans le *Dictionnaire de Jacob,* édition
de 1797, que les *agioteurs* ont souvent délibéré de faire
des tentatives pour faire révoquer l'acte de 1734, mais
qu'ils ont toujours été repoussés dans cette tentative *téméraire* (l'expression est plus forte).

La distinction qu'observent les lois anglaises entre les
marchés fictifs et les marchés à terme paraîtra à quiconque
y réfléchira de près, à quiconque examinera la chose
d'après les principes des contrats, la véritable mesure à
observer par le législateur pour, d'un côté, atteindre et
proscrire les contrats purement aléatoires et, de l'autre,
laisser aux contrats réels d'achats et de ventes toute la
force que le crédit public exige comme le crédit particulier. Les marchés à terme d'effets publics sont autant dans
la nature des choses et dans les conséquences des négocia-

tions de ces sortes de valeurs que les marchés à terme de tout autre objet vénal. C'est ce qui se sent de prime abord ; c'est ce que M. Perdonnet, dans son premier mémoire, a exposé d'une manière propre à convaincre tout le monde. On s'est donc mépris dans l'arrêt du Conseil de 1785, et les arrêts du Conseil postérieurs montrent qu'on s'en était aperçu. Il est donc indispensable que cette partie de notre législation soit retouchée...... »

Journal du Commerce, du 7 octobre 1824.

» L'agiotage se distingue de la spéculation, dont le domaine est infiniment plus étendu, dont l'existence est intimement liée aux intérêts et à l'existence du commerce. Nous sommes parvenus à une définition morale et logique de l'agiotage, qui le sépare de ce qui lui est étranger. La qualification d'agiotage n'est applicable qu'aux actes *qui n'ont pour but unique* que le bénéfice ou la perte résultant de la variation du cours des valeurs commerciales, et qui prennent alors le caractère de jeu ou pari.

Les conséquences de ces premières données sont que la loi doit protéger toute spéculation, même celles sur le cours des denrées ou des effets publics, à moins qu'elles ne consistent en un pari pur et simple. Tel est le principe fondamental de la matière.

Mais l'application est loin d'en être facile, et c'est alors que la question se présente dans toute sa gravité.

L'acte que la loi refusera de sanctionner se déguisera sous une forme étrangère : la spéculation-pari empruntera la forme d'achat et vente, et les contractants se seront mutuellement donné, l'un envers l'autre, l'action en livraison de la chose et en payement du prix à terme fixe ou facultatif.

Divers moyens sont proposés contre ces sortes de simulations ; nous les apprécierons successivement.

Le premier et le plus efficace est de réputer jeu ou pari toute vente à terme des valeurs sur lesquelles l'agiotage s'exerce le plus habituellement : il est vrai qu'on atteindrait ainsi le but proposé, mais au même prix que celui qui, pour châtier avec certitude un coupable confondu parmi plusieurs innocents, les proscrirait en masse : mode expéditif de répression aujourd'hui trop étranger à nos mœurs commerciales, et à nos habitudes d'ordre et de raison, pour qu'il puisse être proposé par une autre voix que celle de l'ignorance.

Exigera-t-on que le vendeur justifie de sa propriété au moment de la vente, et qu'il en dépose les titres ? Ce second expédient entraîne les mêmes conséquences que le premier : il paralyse toute espèce de spéculation, pour atteindre l'agiotage ; disons plus, il ne frappe que sur la spéculation, l'agiotage lui échappe, car, en tout état de légalité, les joueurs peuvent se soustraire à toute formalité par la consignation du *quantum* possible du bénéfice ou de la perte. La loi qui les contraindrait de recourir à ce moyen n'entraverait que bien faiblement leurs opérations, attendu que le peu de crédit dont ils jouissent en général, la défaveur et la défiance qui s'attachent à leurs actes, les placent ordinairement dans la nécessité de consigner des valeurs à l'avance, comme garantie de payement ; tandis que le banquier et le négociant, dont les spéculations tiennent à un ensemble d'opérations commerciales ou financières et ne sauraient être qualifiées de pari ou d'agiotage, dont le crédit et la signature ont toujours offert des garanties suffisantes, se trouveraient dépouillés des avantages qui leur sont acquis par la moralité de leur position : étrangers à l'agiotage, ils supporteraient principalement les rigueurs de la loi contre l'agiotage.

Sous un autre rapport, l'obligation de déposer des titres et de prouver la propriété du vendeur au moment de la vente serait injuste, inexécutable dans les marchés de denrées, et l'on est forcé d'accorder une exception en faveur de ces sortes de transactions. Mais nous avons démontré en principe l'identité de valeur et de propriété des effets publics et des marchandises : si la mesure est inique et désastreuse dans son application aux transactions sur les denrées, elle ne peut être équitable et bienfaisante, appliquée au commerce des actions de la banque; si l'on ne peut interdire la spéculation sur les eaux-de-vie, sans paralyser cette branche de commerce, sans blesser violemment tous les intérêts qui s'y rattachent, on ne peut davantage l'interdire sur des effets publics que sous condition d'en ralentir la circulation, d'en détériorer la qualité, et de compromettre d'un seul coup toutes les industries ; car le commerce des effets publics a pris une telle extension qu'il n'est plus rien parmi nous qui ne soit en rapport avec lui, soit médiatement soit immédiatement. Est-ce à dire, parce que l'une de ces deux opérations a un sujet plus matériel que l'autre, parce qu'on en suit plus facilement les résultats, qu'elles aient des conséquences différentes ? Non certainement, puisqu'au fond elles ont la même réalité, les mêmes raisons d'utilité. Le banquier qui veut placer un capital sur la rente, éprouvera le même préjudice que le négociant qui veut acheter des marchandises, si on leur impose à tous deux l'obligation de faire déposer par leur vendeur, soit des titres de propriété, soit la marchandise

même ; ils perdront également les avantages d'un marché
à livrer , par lequel leur achat, quelque considérable qu'il
dût être, se fût opéré sans commotion , sans épuiser la
place et sans occasionner une hausse subite qui rend la
spéculation désavantageuse par le fait même qui la réalise.
Les possesseurs de ces différentes valeurs en souffriront
également aussi ; car il n'est pas moins nécessaire au propriétaire de rentes qu'au propriétaire de denrées de pouvoir les vendre avec facilité , et , pour l'un comme pour
l'autre, toute entrave est une perte positive. Le propriétaire de créances sur l'état semblerait même en souffrir
plus vivement, en ce que le contrat constitutif de la
créance lui aurait formellement garanti toutes les facilités
de circulation que la mesure lui enleverait ; enfin , dans
des vues plus générales, ce ne sont pas seulement nos lois
sur la mobilisation et la négociation des effets publics qu'il
faudrait invoquer , mais encore des habitudes profondément enracinées, des existences commerciales nombreuses,
puissantes, organisées sur les bases du crédit et de la spéculation, et nécessaires au bien-être de la société.

Reste un troisième et dernier moyen contre l'agiotage :
c'est de décider de la valeur individuelle de chaque transaction par des présomptions tirées de la qualité des personnes et des circonstances de l'affaire. On se demande
d'abord si des présomptions seront jamais concluantes :
l'acheteur, il est vrai, aura dépassé de beaucoup ses facultés pécuniaires; mais il peut avoir agi par commission, par
association, etc. Il ne sera point négociant ; mais n'y a-t-il
que les négociants qui achètent des effets publics sérieusement? Enfin il sera prouvé, malgré tout, que l'une des parties n'a voulu que jouer sur le cours ; mais si l'autre déclare,
le marché à la main, qu'elle a entendu conclure une affaire

22

sérieuse, telle qu'elle est souscrite, pourra-t-on lui faire porter la peine des motifs qui animaient celui avec lequel elle a contracté? Admettre des présomptions en pareille matière aurait pour résultat unique de remettre en question la validité de toutes les transactions ; d'élever le doute où la certitude doit régner ; d'introduire la défiance et la mauvaise foi où la confiance et la bonne foi sont d'une absolue nécessité.

L'impossibilité d'atteindre le pari déguisé sous la forme de vente tient à la nature même des choses, et s'explique par les principes généraux du droit. L'action de la loi ne peut s'étendre hors de la sphère des faits extérieurs; les motifs secrets, la pensée non exprimée, sont soustraits à son empire : elle doit les respecter, parce qu'ils sont inappréciables. Lors donc que deux personnes se seront dit : l'une, je vous achète telle chose et je vous payerai tel prix; l'autre, je vous vends cette chose et je vous la livrerai, elles auront formé une convention que la loi doit tenir pour vente et achat, sans permettre de rechercher l'arrière-pensée des contractants. Sinon, il n'y a plus de transactions commerciales qui ne puissent être tout aussi raisonnablement attaquées que les opérations sur les fonds publics, sous le motif qu'elles ne sont en réalité, et dans la pensée secrète des parties, qu'un mode de jeu. La simulation que l'on reproche à un tel acte est plus qu'une simulation, c'est une véritable novation : les parties sont mues par le désir du jeu, mais elles font plus que de parier ; elles achètent et vendent avec toutes les formes, toutes les conditions qu'y apporteraient des hommes animés d'un pur esprit de trafic.

Peu importe qu'il reste quelque chose d'aléatoire dans le contrat, puisqu'il n'y a pas d'actes commerciaux qui n'aient un côté aléatoire; et il serait facile de montrer que tous les raisonnements qui tendraient à faire ressortir le caractère aléatoire de la vente à terme d'effets publics portent avec la même force sur le marché de sucres bruts que souscrit le raffineur.

Cet examen nous conduit à un résultat simple, et qui ne saurait être repoussé par d'aveugles préventions, savoir : que la législation exceptionnelle que l'on a voulu faire revivre dans ces derniers temps soit formellement abrogée, et que toute spéculation commerciale soit replacée sous la loi générale des conventions et de *leur mode de preuve*.

Quant à l'agiotage en lui-même, l'agiotage tel que nous l'avons moralement défini, notre désir de le voir réformer est trop sincère, notre conviction sur les maux privés qu'il cause journellement est trop profonde, pour se manifester par des déclamations superficielles, et pour adopter contre lui de faux moyens qui souvent n'obtiennent de crédit que parce qu'ils flattent les passions par leur violence. La loi ne saurait l'extirper par son action directe et immédiate ; elle ne pourrait ainsi que porter le désordre, la défiance et la mauvaise foi dans les transactions, et ouvrir une nouvelle carrière à l'immoralité. C'est médiatement et d'une manière indirecte que la loi peut agir avec efficacité sur les mœurs : nous verrons l'agiotage diminuer graduellement à mesure que le crédit commercial, les associations et tous les mobiles de l'industrie et du travail acquerront leur développement naturel sous la protection de lois qui favorisent pleinement la liberté des transactions et en assurent l'exécution.»

Journal de Paris, du 19 *juillet* 1826.

» Nous avons sous les yeux un écrit intitulé : *Mémoire sur les engagements de bourse, dits marchés à terme,* avec cette épigraphe : « Je rêvassais présentement, comme » je fais souvent, sur ce, combien l'humaine raison est un » instrument *libre et vague.* Je vois ordinairement que » les hommes, aux *faits* qu'on leur propose, s'amusent » plus volontiers à en chercher la *raison* qu'à en chercher » la *vérité;* ils passent par-dessus les *présuppositions,* » mais ils examinent curieusement les *conséquences.* Ils » laissent les CHOSES, et courent aux causes. Plaisants » causeurs! » (Montaigne, *des Boiteux.*)

» L'analyse de ce livre n'est pas facile. Cent chapitres, resserrés dans moins de 150 pages, et contenant l'exposé et l'explication de tous les phénomènes et de tous les procédés du commerce, depuis les opérations les plus simples qui signalent partout sa naissance, jusqu'à ces combinaisons vastes et compliquées qui, de nos jours, ont fait de l'Univers un marché unique, et de chaque État un commerçant : voilà ce que l'auteur présente à la curiosité de ses lecteurs. Pour abréger un abrégé déjà si prodigieux, il n'y a esprit d'analyse qui tienne, talent de résumer qui vaille : il faut ou le citer tout entier, ou renoncer à le faire connaître. Nous renvoyons donc le lecteur à l'ouvrage même. Il sera étonné de la masse d'idées répandues dans ce peu de pages, de la force de tête qui a présidé à leur enchaînement, et de la facilité avec laquelle il se trouvera initié à la connaissance du crédit, de ses procédés, de ses avantages et de sa puissance. L'auteur s'accuse, dans sa préface, de ne rien dire de neuf : il peut avoir raison, s'il veut dire par là que chacune des choses qu'il dit se trouve quelque part. Mais, dans son livre, toutes ces choses sont puissamment liées entre elles, et habilement rattachées à un point de vue général, et voilà ce qui est véritablement neuf. Quelque difficile, quelque ardue que soit une science, il n'est presque pas d'esprits qui ne puissent en saisir toutes les idées, présentées une à une. Ce qui est difficile à saisir, c'est l'ensemble : c'est là seulement qu'est la supériorité, et il y en a certainement dans le livre que nous annonçons. Nous ne dirons rien du style : c'est un livre tout composé de choses ; les mots nécessaires pour les exprimer s'y trouvent à peine.

» Obligés de nous en tenir à ce peu de mots, et de ne faire connaître cet ouvrage qu'en communiquant au lecteur l'impression générale qu'il nous a laissée, nous parlerons toutefois de l'idée qui y domine, et du but que l'auteur s'est proposé. En remontant à l'origine du *crédit commercial*, en le suivant dans sa marche en marquant ses phases, ses progrès, l'auteur a voulu faire voir que les lois ont toujours protégé ses actes et reconnu ses engagements. Il établit ensuite avec beaucoup d'habileté, que le *crédit public* a les mêmes besoins ; que ses procédés sont les mêmes ; qu'un engagement de bourse est en tout semblable à un engagement de commerce ; que l'un et l'autre est un instrument de crédit, et qu'ils ont un droit égal à la protection des lois. Il propose de reconnaître ce droit par une loi qui serait ainsi conçue : « Le payement de tout » engagement de bourse, dit marché à terme, et celui des » soldes de comptes auxquels il donne lieu, est obligatoire, » comme celui de la lettre de change. »

» Nous ne saurions nous dissimuler que cette question

mérite une controverse longue et réfléchie, puisqu'elle a divisé jusqu'à présent les meilleurs esprits, et que la jurisprudence des Cours royales s'est constamment montrée en contradiction sur la matière avec celle des Tribunaux de commerce. Plus le crédit a reçu de développements et a pris de consistance dans notre pays, depuis quelques années, et particulièrement sous le ministère actuel, plus cette question est devenue grave, et sa solution urgente. L'auteur du Mémoire que nous annonçons aujourd'hui apporte dans cette discussion les fruits d'une longue expérience et les lumières d'un esprit élevé. Son but principal, son plus ardent désir, c'est d'ouvrir une controverse dans laquelle lui-même, le premier, appelle les contradicteurs. Il s'en présentera. Nous avons accueilli déjà dans le *Journal de Paris* (voir les numéros du 19 et du 25 juillet 1823) deux lettres, l'une favorable, l'autre contraire à la doctrine que professe aujourd'hui l'auteur de ce livre, qui veut égaler l'engagement de bourse à l'engagement commercial, dans un siècle où le crédit est devenu lui-même, pour la prospérité des États, l'égal du commerce.

» Le *Journal des Débats*, qui, en 1823, était le *Journal du Trésor*, combattait, à cette époque, la jurisprudence des Cours royales fondée sur une législation antérieure au crédit, en soutenant : 1° qu'il ne pouvait y avoir de comparaison à établir entre la nature des fonds de l'ancien régime et celle de la rente d'aujourd'hui ; 2° que le crédit public était inhérent au régime constitutionnel, et les marchés à terme inhérents au crédit public, puisque les gouvernements étaient obligés d'y recourir eux-mêmes ; 3° qu'il y avait contradiction entre la législation existante et les usages du commerce, qui ont, dans la pratique, force de loi. Ces vérités, confessées par un journal jus-

tement réputé comme ministériel à cette époque, semble-
raient dès-lors avoir été admises par le Gouvernement, et
nous ne pouvons qu'applaudir au zèle des publicistes qui
viennent presser l'Autorité de leur donner la sanction la
plus manifeste et la plus efficace, celle d'une proposition
d'amendement à une législation devenue incompatible avec
le nouvel ordre de choses légal et financier.

» Si, comme nous n'en doutons pas, le livre sur lequel
nous appelons l'attention du Gouvernement et de nos lecteurs fait naître une controverse désirable, nous nous y
présenterons, armés des hautes considérations et des
axiômes qu'il fournit en abondance aux défenseurs de la
sainteté du contrat, qui sont, dans cette matière, les
véritables amis de la morale, au nom de laquelle on
affecte de flétrir les engagements de bourse. Prouvons
d'abord à l'auteur que notre conviction est toute prête à
soutenir sa doctrine, en rappelant ce que nous imprimions
nous-mêmes sur cette matière, il y a trois ans :

« On fait valoir, disions-nous, des *considérations*
» *d'ordre public et de morale* pour réprouver ce qu'on
» appelle *le jeu de la Bourse.* Nous pouvons faire ob-
» server d'abord qu'il est un peu tard pour invoquer ce
» genre d'argument contre une espèce d'opérations finan-
» cières qui est trop profondément et trop largement éta-
» blie sur toutes les grandes places de l'Europe pour
» qu'on parvienne jamais, par des règlements, à autre
» chose qu'à en faire changer les noms et les formes, sans
» en altérer l'essence, parce que c'est à la fois celle du
» système financier qui s'étend chaque jour davantage,
» avec les principes constitutionnels, et avec le crédit qui
» en découle. Nous remarquerons aussi que s'il s'agit de
» combattre l'esprit du jeu, on pourrait commencer par

» des établissements tels que ceux de la loterie et autres
» maisons plus spécialement consacrées aux joueurs, et
» qui jouissent au contraire de la protection des gouver-
» nements. Mais nous insisterons plus particulièrement
» sur l'erreur fondamentale de la question envisagée mo-
» ralement, erreur qui consiste à flétrir du nom de *jeu* ce
» que dans toute autre branche de commerce on appelle
» honorablement *spéculation*.

    » En admettant ce mot, tout est *jeu* dans le com-
» merce, dans l'industrie, dans tous les développements
» des forces intellectuelles de l'homme, puisqu'on appelle
» *jeu* un pari sur un résultat à venir. Que fait-il donc
» autre chose, le propriétaire agricole qui, d'après les
» symptômes des saisons, conserve ses récoltes ou se
» hâte de vider ses greniers? le commerçant qui vend ou
» achète un navire en mer, qui calcule le profit si aventu-
» reux de l'échange d'une cargaison de retour contre celle
» d'envoi, qui recherche ou qui refuse, sur des données
» purement politiques, telle ou telle espèce de denrées?
» Le commerce des sauvages seulement, ou des peuples
» d'une civilisation peu avancée, se borne à un échange
» matériel de valeurs, transmises d'une main à l'autre.
» Le commerce, tel qu'il doit être conçu par les peuples
» industrieux et actifs, a besoin d'avenir autant que d'é-
» tendue. Sous ce rapport, tout y est *jeu*, et pense-t-on
» sérieusement à y apporter les moindres restrictions?
» Dans l'exercice des facultés intellectuelles, il en est
» ainsi : l'esprit humain ne vit que d'espérances. Quand
» ces espérances sont des illusions, le malheur en retombe
» sur celui qui les a conçues ; mais la société humaine ne
» consentira jamais à s'interdire un bien aussi doux que
» l'espérance, pour se punir des folies de quelques hommes

» qui ont embrassé des erreurs. Ce n'est pas là seulement
» une question de morale, c'est une question d'économie
» politique, en y rattachant les législations qui ont con-
» sacré et qui protègent toute espèce de *spéculation*. Si
» la *morale*, dans toute l'étendue de ce mot, s'introdui-
» sait dans la législation pour interdire l'usage de tout ce
» qui est susceptible d'abus, nous le demandons, quelle
» chose resterait permise ? car, de quelle chose ne peut-on
» pas abuser ? L'abus punit toujours de lui-même celui
» qui s'y est livré ; mais la loi n'en doit pas moins proté-
» ger l'usage. »

» Si nous nous sommes montrés hier rigoureux envers
l'institution des Agents de change, dans leur intérêt bien
entendu, ils jugeront sans doute que nous leur sommes
aujourd'hui plus favorables. Toutefois, un même sentiment nous a dicté nos observations d'hier sur l'affaire du
sieur Roger, et inspire notre conviction d'aujourd'hui sur
la sainteté des engagements de bourse : c'est encore l'a-
mour de la justice qui nous dirige. Les idées de crédit, et
ses véritables intérêts, ne se font pas comprendre si
promptement ; il faut que l'expérience vienne au secours
des théories, et le mérite du livre que nous recommandons, c'est qu'on y trouve à la fois la hauteur de vues
d'un esprit qui a réfléchi sur les lois, et la sagesse praticable d'un homme qui a observé les faits en méditant les
principes. Nous y reviendrons : ce sont là des questions
à l'ordre du dix-neuvième siècle, beaucoup plus que les
disputes religieuses que tant de journaux cherchent à
réveiller. »

Journal le Temps, du 19 *septembre* 1831.

« Qui ne déplore les funestes effets du jeu ! Nous aussi

nous voudrions mettre un terme au triste agiotage dont le
temple est à la Bourse ; mais dans l'impuissance où nous
pensons qu'on est de le détruire, cela nous paraît un bien
d'y mettre au moins des entraves. Sous ce rapport nous
avons goûté la proposition de M. Alby, et nous appre-
nons avec plaisir que la Chambre des Députés a été d'avis
de la prendre en considération. Si quelque chose nous
étonne, c'est que la majorité ait été un instant douteuse.
En effet, dans un moment où les charges sont si excessives où tant de réclamations s'élèvent de toute part contre
la nature et l'énormité des impôts, comment la Chambre
pourrait-elle hésiter à adopter un projet qui ajoutera de
1,500,000 fr. à 2 millions aux recettes de l'État, et qui
permettra par conséquent de dégrever les contribuables
d'une somme équivalente. Il nous semble que c'est une
bonne fortune que de trouver ainsi 2 millions qu'on pré-
lève sur des individus qui payeront sans se plaindre. Qu'on
réfléchisse que c'est l'impôt foncier de deux départements,
et que c'est un peu plus du quart des revenus du gouvernement sous Louis XII. Que de familles d'ouvriers on
soulagerait avec deux millions ! La France, qui attend avec
une si vive impatience la diminution des impôts que
semblait lui garantir le triomphe d'une opposition de
quinze années, ne comprendra pas l'hésitation de ses re-
présentants lorsqu'il s'agit d'adopter une proposition de
cette importance. Nous ne pouvons nous l'expliquer qu'en
pensant que la question n'a pas été bien posée ; essayons
de le faire comprendre à nos lecteurs comme nous le
comprenons nous-mêmes.

» M. Alby propose de déterminer que celui qui aura
acheté ou vendu des rentes à terme sera tenu de les payer
ou de les livrer comme s'il les avait achetées ou vendues

au comptant, pourvu que son engagement soit transcrit sur une espèce de papier timbré. Nous ne voyons rien en cela que de très-simple et de très-équitable. Si cette obligation n'est pas inscrite en termes formels dans nos codes, elle est certainement conforme aux lois de l'honneur et de la délicatesse : c'est donc une disposition de bonne foi. Mais, dira-t-on, le jeu pourra s'en accroître. Nous ne voyons pas trop comment; nous pensons même plutôt tout le contraire. En effet, un point sur lequel tout le monde est d'accord, c'est que l'agiotage est extrême. On ne voit que des déconfitures causées par des affaires de bourse : Agents de change, banquiers, gens du monde, spéculateurs de toutes sortes, disparaissent chaque mois de la place de Paris. Les marchés à terme sont cependant proscrits, la législation les annule. Ce n'est donc pas de prohiber l'agiotage qui l'empêche, et ne serait-ce pas plutôt parce que la loi le défend que le jeu augmente ? Ne serait-ce pas plutôt parce qu'une signature de jeu n'oblige pas qu'on la donne si facilement, et n'est-ce pas au contraire prémunir contre un grand mal que d'ajouter aux risques que l'on court en s'y livrant ? Quand une signature obligera, quand on pourra être poursuivi, conduit à Sainte-Pélagie pour une affaire de bourse, il nous semble qu'on jouera moins, et bien certainement on ne jouera pas davantage. Le père et la mère en détourneront leurs enfants, la femme son mari, la sœur son frère. Examinons maintenant si l'agiotage ne cache pas aussi des affaires réelles.

» L'opinion n'est pas bien fixée sur la nature des opérations du parquet. On ne voit dans les marchés à terme que des paris, et quelques esprits proposent d'interdire ces marchés comme moyen tout naturel d'anéantir le jeu. Il n'en

est pas chez nous comme à Londres, où il se fait effectivement des paris sur le cours des effets. A notre Bourse les
opérations à découvert reposent sur des négociations qu'on
peut dire réelles, puisqu'il y a toujours achat et vente,
que l'acheteur est en droit de réclamer livraison des effets
vendus, et que si cette livraison n'a pas lieu, la vente ou
l'achat ne se balance que par une contre-opération. D'un
autre côté, il ne faut pas s'y tromper, dans les marchés à
terme, beaucoup ne sont que des achats ou des ventes
bien réelles d'effets. Tel banquier reçoit de l'étranger
l'ordre d'acheter 30, 50, 100,000 fr. de rentes ; il n'aurait pas toujours les moyens d'exécuter cet ordre s'il ne
pouvait user de la faculté d'atermoyer la livraison. Qui,
dans ce cas, aidera l'Agent de change à discerner l'opération
fictive de l'opération qui ne l'est pas? Voudrait-on qu'il
demandât des justifications? celles-ci, d'ailleurs, seront-
elles toujours péremptoires? Impossible d'introduire à la
Bourse un pareil système. Force est donc d'y admettre
les opérations à terme, sous peine de hérisser la négociation des effets du Gouvernement d'entraves et de difficultés qui nuiraient essentiellement au crédit public. Ce
qu'il importe, c'est de dégager la Bourse de ces opérations
colossales, gigantesques, dont l'exagération ne dénote que
trop l'agiotage et la fureur du jeu. Nous le répétons, la
proposition de M. Alby nous paraît devoir atteindre ce
but en menaçant des rigueurs de la loi les contractants en
défaut, et en soumettant leurs engagements à un droit
proportionnel qui doit modérer la mesure de leurs opérations, en même temps qu'il peut aider l'autorité à les contrôler au besoin. On pourrait même régler ce droit de telle
sorte, qu'il tendît toujours par son accroissement progressif
à arrêter le trop grand essor des spéculations dangereuses. »

Gazette des Tribunaux, du 29 mars 1832.

» 1° En principe, les marchés à terme sont valables.

» 2° Le dépôt des effets ni la consignation du prix ne sont indispensables pour leur validité; il suffit qu'il soit prouvé, pour la justice, que le vendeur à terme avait en main les effets et les tenait à la disposition de l'acheteur.

» 3° Une inscription de rente remise par l'acheteur à son Agent de change, quoique sans acte, constitue pour celui-ci un nantissement qui l'autorise à percevoir les arrérages jusqu'au remboursement de ses avances.

» Ces questions viennent d'être décidées, après un long délibéré, par la 2e Chambre de la Cour : son arrêt, qui établit la doctrine en termes positifs, est de nature à fixer la jurisprudence sur des points très-graves, qu'elle n'avait pas résolus jusque-là (Voir ci-dessus, p. 217).

» Il est à la Bourse, comme partout, des hommes sans probité qui cherchent des dupes et ne craignent pas, en cas de mauvaise fortune, de renier leur parole, ou leur signature même, pour se soustraire au payement de la dette la plus légitime. C'est toujours sur les Agents de change que retombent ces tentatives de la mauvaise foi, parce que, en effet, la loi les constituant responsables de toutes les opérations, ils doivent en subir, avant tout, les conséquences, sauf à recourir contre leurs clients.

» En 1823, cette espèce de clients, heureusement fort peu nombreuse, fit une première levée de boucliers, prétendant que les marchés à terme par eux souscrits étaient des jeux de bourse et n'avaient rien de sérieux; ils invoquèrent contre les Agents de change les anciens arrêts du Conseil de 1785 et 1786, qui, suivant eux, voulaient, à peine de nullité, que les effets vendus à terme fussent déposés préalablement chez un notaire ou dans les mains du syndic des Agents de change, par suite d'un acte dûment contrôlé. Alors s'éleva la question de savoir si ces anciens arrêts étaient encore en vigueur, s'il ne fallait pas admettre, au contraire, la validité des marchés à terme sans réserves ni formalités. Les négociants les plus notables de la Capitale se prononcèrent dans ce dernier sens ; ils déclarèrent que le crédit public et la prospérité du commerce tenaient essentiellement à ce système de marchés qui donnent un mouvement si prodigieux aux affaires. Cependant les Cours pensèrent que les arrêts du Conseil ayant conservé force de loi, il était impossible de ne pas annuler les marchés à terme qui ne constitueraient que des jeux de bourse, et de ne pas refuser aux Agents l'action en répétition des sommes payées par eux pour différence. Telle est la décision de l'arrêt Forbin-Janson.

» Aujourd'hui nouvelle lutte de la part de ces débiteurs, et c'est en abusant de la disposition des derniers arrêts qu'ils prétendent la soutenir. Suivant eux, tous les marchés à terme sont frappés de nullité, à moins qu'ils ne soient accompagnés de la condition du dépôt, et même de la consignation du prix suivant les anciens arrêts du Conseil ; les Agents de change ne méritent aucune indulgence, s'ils ont consenti à se rendre intermédiaires dans de pareilles opérations ; la justice ne saurait avoir pour eux trop de rigueur : c'est ce que plaidait le sieur Verrier , par l'organe de Me Caubert, son avocat , contre le sieur Loubers, Agent de change, qui, ayant acheté pour lui à terme 3,000 fr. de rente 3 p. cent et 1,000 ducats (liquidation d'avril 1831), avait été forcé de payer à ses confrères vendeurs 5,878 fr., pour différence de cours résultant du refus de prendre livraison fait par le sieur Verrier. Le sieur

Loubers établissait, par l'attestation des Agents de change vendeurs, qu'ils avaient eu les effets lors des marchés, et les avaient mis à sa disposition jusqu'à l'échéance du terme.

» Le sieur Verrier prétendait, en outre, que M. Loubers devait lui restituer une inscription de 1,500 fr. 5 p. cent qu'il lui avait remise, lors des marchés, comme garantie de l'exécution de la négociation, aux termes de la loi du 27 prairial an X; qu'il n'était pas tenu d'en rapporter un acte écrit, et qu'il devait du moins conserver le titre pour en toucher les arrérages jusqu'à entier payement.

» M. Loubers était défendu par Me Mollot, qui a développé devant la Cour les opinions émises dans son ouvrage sur les Bourses de commerce. L'avocat a soutenu qu'en principe, les marchés à terme sont permis sur les effets publics comme sur toutes autres choses qui sont dans le commerce; que les arrêts du Conseil et ceux de 1824 ne contredisent point cette vérité, qu'ils la reconnaissent au contraire, et ne proscrivent que les jeux de bourse faussement appelés marchés à terme. Ces arrêts n'exigent point d'ailleurs, pour la validité des marchés à terme, comme on le suppose à tort, que les effets vendus soient déposés, ni le prix de la négociation consigné. Ils ne veulent qu'une chose, c'est que la preuve de la réalité des marchés soit acquise par les voies légales, quelles qu'elles soient; il suffit, en un mot, qu'il soit certain que les effets se trouvaient aux mains du vendeur lors de la conclusion de l'opération. On conçoit, en effet, 1° que le prix ne peut être consigné par l'acheteur, parce que si celui-ci l'avait eu à sa disposition, il aurait acheté au comptant et à meilleur prix; 2° que le dépôt n'est pas exécutable, à cause des

lenteurs, des frais énormes et des embarras qu'il occasion-
nerait. Les magistrats doivent prendre sous leur protection toutes les opérations faites de bonne foi. L'expérience
de chaque jour leur démontre combien elles importent au
commerce et à la prospérité publique. Nous ajouterons
que Me Mollot est allé plus loin dans son livre : il y établit
que le nouvel état du commerce et de l'industrie appelle,
sur les marchés à terme, un système de législation plus
large ; il pense que l'interprétation de la validité de ces
marchés devraient être remises, sans restriction aucune, à
l'appréciation des tribunaux, qui jugeraient d'après l'intention des parties et les circonstances ; qui valideraient
les marchés toutes les fois qu'ils les reconnaîtraient passés
de bonne foi. Espérons que les vœux de l'auteur ne tar-
deront pas à se réaliser. »

Journal le Droit, du 17 décembre 1835.

» On semble agiter aujourd'hui, sur les marchés à terme,
des questions d'un haut intérêt qu'il importe d'examiner
avec maturité. Y a-t-il lieu de s'alarmer sur le résultat
des marchés à terme? La législation est-elle insuffisante
pour réprimer les abus qui en peuvent découler ? La né-
gative nous paraît certaine, et bien que cette opinion
doive rencontrer des contradicteurs, nous l'exprimerons
franchement : elle n'est ni systématique ; ni intéressée :
elle repose sur une conviction réfléchie. Nous saisirons l'occasion, pour résumer des principes qu'il faut considérer
comme étant aujourd'hui définitivement posés.

» Ceux mêmes qui se constituent les ennemis les plus
déclarés des marchés à terme, sont obligés de reconnaître
qu'il en existe de très-sérieux, de très-licites ; mais préoc-

cupés par une inquiétude dont le principe est louable, ils oublient trop facilement les transactions réelles pour ne voir que celles qui sont vicieuses ; ils les confondent dans leur objet, ils les frappent du même anathème: tout devient *jeu de bourse* à leurs yeux, tout doit être impitoyablement proscrit. Leur erreur procède d'une double cause que nous allons essayer de démontrer, elle vient de ce que l'on ne veut pas s'arrêter à la limite exacte des prohibitions de la loi, de ce que l'on n'apprécie point à leur juste valeur les hautes considérations qui militent pour les effets publics.

Et d'abord, quant à la législation, nous n'hésitons pas à dire que, dans son état actuel, elle suffit largement à la répression des fraudes possibles : il devrait être facile de la comprendre, après les nombreuses décisions qui ont été portées sur cette matière par les Cours souveraines. Trois arrêts de règlement avaient été rendus par l'ancien Conseil d'État, en 1785 et 1786, à une époque où les effets publics se réduisaient à un fort petit nombre; où les rentes dues par l'État, étant réputées immeubles, ne se négociaient point à la Bourse, mais par les voies ordinaires. Ces arrêts défendaient et déclaraient nuls tous les marchés à terme conclus sans l'observation *des conditions prescrites ;* ils refusaient par suite toute action soit aux Agents de change entre eux, soit aux Agents de change contre leurs clients, ou *vice versâ.* Depuis les nouvelles lois intervenues, depuis surtout que la révolution de 1789 et le gouvernement constitutionnel ont créé un système financier tout différent, en augmentant la somme des effets publics dans une proportion extraordinaire, on s'est demandé si les anciens arrêts pouvaient avoir encore force de loi. Quelques tribunaux ont d'abord jugé négativement ; le

23

sentiment contraire a fini par prévaloir : telle a été l'issue du célèbre procès *Forbin-Janson*, dans lequel la justice a donné le rare exemple d'un plaideur de mauvaise foi, *flétri*, tout en gagnant son procès. La jurisprudence a été fixée en ce sens par une foule de sentences postérieures, et l'on ne serait pas reçu à reproduire à présent la controverse, devant les tribunaux; en l'état, il faut se soumettre à leur décision.

Un point très-important restait indécis : il s'agissait de déterminer avec précision la nature des conditions prescrites par la loi pour la validité des marchés à terme, c'est-à-dire à quels caractères on peut distinguer les marchés à terme valables des marchés à terme illicites ou jeux de bourse. Les arrêts du Conseil commandent l'accomplissement de deux conditions : 1° le terme pour la livraison des effets, limité à deux mois au plus ; 2° leur dépôt, constaté par un acte soumis à la formalité du contrôle. Sur le délai, il n'y avait pas de doute à élever : la disposition des arrêts est formelle, elle est d'une évidente nécessité, puisqu'elle a pour but de circonscrire autant que possible les chances énormes de hausse et de baisse que présentent ces sortes de marchés ; mais le dépôt des effets, formalité ruineuse et insolite, devait-il être exigé avec la même rigueur? Non. Lorsque nous nous sommes occupés de la question pour la première fois, nous n'avons pas balancé à la résoudre ainsi, parce qu'il n'existe dans les arrêts aucune disposition qui fasse du dépôt une condition *sacramentelle*, à peine de nullité. Nous avons pensé qu'il suffisait qu'il fût prouvé que les effets vendus étaient à la disposition du vendeur lors de la conclusion du marché ; et c'est ce qui a été décidé en 1832, sur notre plaidoirie, dans les affaires *Loubers* et *Dabrin*, jugées par la première et la deuxième chambres de la Cour royale de Paris. Il a été reconnu de plus, par ces mêmes arrêts, que la loi n'exige nulle part que l'acheteur ait à sa disposition, lors du marché, les fonds nécessaires pour payer les effets achetés. Le bon sens seul indique que si l'acheteur achète à terme, c'est qu'il n'a pas son argent prêt; dans le cas contraire, il aurait acheté au comptant, l'achat au comptant offrant presque toujours plus d'avantage : il en est, à cet égard, des effets publics comme de toutes les autres choses vénales.

Telle est la législation existante, et les tribunaux sont chargés de l'appliquer ; c'est à eux qu'il appartient de séparer les mauvaises des loyales opérations, l'ivraie du bon grain. Or, ne sont-ils pas armés pour cela d'un pouvoir assez étendu? ne font-ils pas preuve chaque jour d'une vigilance assez active? Si le jeu cherche à s'envelopper de détours et de simulations, n'ont-ils pas les lumières et l'expérience qui assurent le triomphe de la vérité? Comment craindre que les fraudes restent impunies? Il est donc évident, ainsi que nous le disions tout à l'heure, que la loi qui nous régit suffit à leur redressement.

Que veut-on cependant? le concours de l'autorité pour maintenir l'exécution de la loi. Mais, encore une fois, les tribunaux n'ont pas besoin de cette intervention, qui ne serait qu'offensante pour eux ; la proposition d'une loi nouvelle, qui soumettrait les marchés à terme à des conditions plus rigoureuses encore, tels que la consignation d'une partie du prix, le transfert anticipé des rentes, des droits considérables fiscaux, etc., ce sont là des idées que, plus d'une fois, en effet, nous avons entendu jeter en avant, sans discussion ni examen. Si nous pensions que ces idées fussent susceptibles de recevoir une application utile, nous serions le premier à les appuyer ; mais nous ne pouvons pas les adopter, par de nombreuses et puissantes raisons. Nous persistons dans l'opinion que nous avons émise déjà ailleurs : s'il convient de recourir à l'autorité, c'est, selon nous, pour réclamer de lui une règle plus large dans l'appréciation des marchés à terme. Nous voudrions que la loi civile fût mise en harmonie avec la loi criminelle ; qu'en un mot, le principe de l'art. 422 du Code pénal fût étendu au civil, et la question réduite au point de savoir si le vendeur était en position de se procurer les effets *pour le terme convenu :* car, dans cette hypothèse, si la livraison n'a pas lieu, il peut y avoir erreur ou imprudence de la part du vendeur ; il n'y a certainement pas jeu. Il voulait vendre et livrer les effets, l'acheteur voulait les recevoir et les payer. Pourquoi donc cette convention ne serait-elle pas exécutée, telle que toute autre faite de bonne foi ? Quel danger y aurait-il, en plaçant cette question dans le domaine des juges ? Ils seraient arbitres souverains, et s'ils avaient un écueil à redouter, ce serait plutôt l'influence d'une prévention involontaire. Je citerai de suite un fait qui vient à l'appui de ma proposition : il est tel Agent de change qui a levé dans une seule liquidation pour 18 millions d'effets achetés à terme. La preuve en existe à la Chambre syndicale.

Mais, au lieu de cette législation si simple, si facile à appliquer, supposez la création de formalités coûteuses, embarrassantes, inexécutables, alors vous dépassez le but tout aussitôt ; en voulant prévenir les marchés illicites, vous les anéantissez tous, les bons comme les mauvais, par l'impossibilité presque absolue d'en contracter aucun. Etrange effet d'un autre sentiment non moins funeste, de la peur qui ne voit rien, ne sait rien embrasser de grand et recule devant son ombre, ou ne réfléchit pas que le remède serait en lui-même inefficace, parce que la fraude est toujours habile à éluder les obstacles ; et c'est ici surtout qu'on ne veut pas considérer l'autre face de la question, les avantages incalculables résultant de ces opérations, qui, pour être mal comprises, rencontrent tant de détracteurs. Ces avantages profitent à toutes les positions sociales, au commerce, à l'industrie, à la propriété. On les a signalés mille fois, et il faut bien rappeler les plus notables, puisqu'on les oublie sans cesse. L'État, qui est le représentant collectif de tous les intérêts, ne pourrait faire la négociation des rentes nécessitées par le système actuel de ses finances sans le secours des marchés à terme ; il doit à leur mouvement perpétuel l'élévation de son crédit, et l'on sait que le crédit est la condition vitale des gouvernements modernes. Ces mêmes marchés fournissent à tous les porteurs de rentes un moyen certain, expéditif et peu onéreux de se procurer, à volonté, les fonds dont ils manquent en donnant ces rentes pour garantie sous la forme du *report*, qui n'est autre chose qu'un marché à terme, susceptible de se renouveler autant de fois que les besoins de l'emprunteur se font sentir. A leur tour, les capitalistes y trouvent le moyen inappréciable de placer leurs fonds, pour aussi peu de temps qu'ils veulent et avec toute certitude. En sorte que, d'un côté, les rentes deviennent un signe représentatif, une espèce de monnaie qui augmente la masse des capitaux ; de l'autre, tous les capitaux inactifs reçoivent un emploi sûr et commode. De là une diminution *dans l'intérêt* de l'argent, qui, en faisant le bien-être de tous les individus, rend au commerce et à l'industrie en particulier les plus immenses services.

Aussi, ce n'est ni le commerce ni l'industrie qui cherchent à révoquer en doute des résultats si positifs. Il est à remarquer que, dans la multitude des plaideurs déhontés qui demandent à briser leurs engagements, en invoquant les lois prohibitives, et s'avouant coupables d'une fraude souvent imaginaire, il s'en est rarement trouvé qui appartiennent à ces deux classes, où sont les vraies sources de la prospérité publique. La controverse vient de cette partie de la société qui, étrangère aux spéculations, quelles qu'elles soient, parce qu'elle n'a pas besoin d'en courir les chances, est disposée, par là même, à redouter ces risques pour les autres ou à en suspecter le but. Elle ne s'aperçoit pas, dans sa timide philanthropie, qu'elle se rend l'écho et la protectrice d'hommes indignes, sans probité, incapables de travail, avides d'argent ou dévorés par le luxe. Elle oublie qu'il existe dans ses propres rangs bon nombre de nos honnêtes adversaires, rentiers ou même magistrats, qui, ayant à employer le prix d'une propriété immobilière, et ne devant le toucher que dans un ou deux mois, regretteraient avec raison qu'il ne leur fût plus permis de se procurer à la Bourse un placement instantané, en achetant des effets à terme *fin courant* ou *fin prochain*, comme on dit dans son langage mal sonnant. Ils ont des rentes dont ils désirent se défaire dans la crainte d'une baisse, et, en attendant l'occasion d'un autre emploi, ils ne trouvent pas moins commode de les vendre à terme : car elle se transforment aussitôt dans leurs mains en un capital exempt de risques et productif d'intérêts. Ils savent que la loi exige, pour la validité de ces marchés, des conditions sévères ; mais, dites-le-moi, pleins de bonne foi qu'ils sont, pouvant conclure une opération sérieuse, auront-ils pris soin de faire vérifier à l'avance par leur Agent de change si leur co-traitant avait la même bonne foi et les mêmes facultés?

Cette autre considération est encore digne de remarque. Au milieu du tourbillon, le temps peut manquer à l'officier public le plus circonspect pour obtenir toutes les vérifications que l'exécution ponctuelle et minutieuse de la loi réclamerait. Dominé par les usages du commerce, qui vit de confiance, il est forcé de s'en remettre à l'espèce de notoriété qui existe dans le monde sur la solvabilité et la moralité de chacun. Qu'est-ce, lorsque les ordres d'acheter ou de vendre lui arrivent en foule de la province ou de l'étranger? Depuis dix ans, les rentes sur l'Etat se répandent dans les départements avec une faveur toujours croissante, et nous pouvons dire avec orgueil qu'il n'est pas de papier national qui ait plus de crédit en Europe. La loi commande de plus, à l'Agent de change, le secret sur ses opérations (art. 19 de l'arrêté du 27 prairial an x); s'il connaît le confrère avec qui il traite, il ne saurait connaître le client de celui-ci. Et cependant, au milieu de ce dédale inextricable, il est obligé, par la même loi, de prêter à tout venant son ministère et sa responsabilité. Semblable à ces marins qui, abandonnés sur une mer orageuse et sans gouvernail, cherchent le port à travers mille écueils sur lesquels ils vont incessamment se briser! Voilà cette position brillante qu'on envie!

Lorsque les anciens arrêts du Conseil furent rendus, le principal danger des marchés à terme avait une cause à présent effacée: il était dans l'accaparement d'une certaine nature d'effets dont le capital public, nous le répétons, s'élevait à une valeur peu considérable. Ainsi, le fameux abbé d'Espagnac ayant acheté à terme toutes les actions de la Compagnie des Indes, et plus qu'il n'en existait en circulation, non-seulement tous ses marchés furent annullés par le Conseil d'Etat, qui évoqua l'affaire, mais le Gouvernement d'alors, celui-là qui *agissait trop*, exila le coupable, en vertu d'une belle lettre de cachet.

Et quel moment choisit-on pour faire entendre des incriminations si vives contre les marchés à terme? C'est alors que nous leur devons une bonne partie de notre prospérité financière, et que cette prospérité même obstrue les capitaux sur la place. N'est-il pas notoire, heureusement, que les caisses publiques regorgent d'argent, que le Trésor refuse d'emprunter à plus de 3 p. cent sur ses effets, que la Banque de France escompte à 4 p. cent, que la Caisse des dépôts n'emprunte à aucun prix? Il ne peut plus être question de placements hypothécaires, tant leur discrédit est effrayant. Chacun n'a pas l'âme assez fortement trempée pour courir les aventures commerciales. Et l'on prétendrait ôter aux capitaux refluant de toutes parts le seul emploi utile qui puisse en quelque sorte leur rester! Mais l'homme est toujours le même : il oublie vite les services rendus, il aime à se bercer dans un calme trompeur. Oui, grâce à Dieu! le temps des agitations politiques s'éloigne; l'État consolidé jouit d'un crédit superbe, et, sans contredit, l'appui des opérations à terme lui est moins nécessaire que jamais; mais supprimez-les, et qu'une crise soudaine arrive, la dépréciation sera subite aussi : vous aurez entr'-ouvert un abîme...

Puisque l'on est en ferveur pour réclamer des améliorations d'économie sociale, certes, les sujets ne manquent pas. Que l'on commence par demander au législateur de réviser le système hypothécaire, système d'où sont découlés de si tristes résultats, défectueux par l'excès même de ses formalités et de ses rigueurs. La leçon est bonne si l'on veut en profiter; elle prouve que la loi la plus salutaire n'est pas celle où l'on a rassemblé le plus de précautions et de pénalités. Que le législateur explore tous les moyens qui, en utilisant les capitaux, doivent améliorer avant tout la condition beaucoup plus intéressante de ceux qui n'en ont pas ; qu'il régularise les entreprises infinies que le génie de l'homme peut embrasser ; qu'il s'occupe, par exemple, des chemins de fer, dont on parle aujourd'hui avec tant de chaleur, et de l'agriculture, dont on a toujours parlé si peu : la raison publique dira qu'il a satisfait aux véritables nécessités de l'époque.

Terminons cette discussion. Il fut une institution bien autrement dangereuse et qui ne s'est maintenue que trop longtemps : la loterie dite *Royale*. Celle-là favorisait la passion du jeu dans toutes les parties de la société, depuis le plus riche jusqu'au plus pauvre, depuis l'homme à 100,000 fr. de rente jusqu'au modeste artisan vivant de son travail au jour le jour. Cette plaie horrible vient enfin de se fermer ! Il en existe d'autres non moins scandaleuses , avec la clandestinité de plus : ce sont ces loteries nomades, importées chez nous par un peuple dont on vante pourtant la flegmatique sagesse, et qui ne craint pas de nous offrir, à nous, quasi-républicains, l'appât d'un gain immense, d'une terre magnifique, d'une *seigneurie* à l'étranger. Qu'on sévisse aussi contre cet autre genre de duperie. Mais la Bourse serait-elle une loterie en grand, comme on le répète si souvent? Elle recèle plus d'un joueur, sans doute ; elle a des inconvénients graves ; mais si ces joueurs ne peuvent pa sen être expulsés sans qu'on fasse violence aux personnes, si ces inconvénients sont inhérents à la nature des choses, si, après tout, la somme des avantages l'emporte incomparablement, cette Bourse

maudite n'est plus, aux yeux de l'observateur, du juris-
consulte, de l'homme d'État, que l'image de tous les établissements humains, pour lesquels on chercherait en
vain la perfection. Nos législateurs, que l'on invoque,
l'ont compris : en abolissant la loterie, ils ont repoussé,
quant à la Bourse, des propositions inutiles, inopportunes ;
ils ont senti que la législation actuelle suffit à la répression
des abus répressibles, et que les tribunaux sont assez forts
pour la faire respecter (1).»

(1) Cet article appartient à M. Mollot. Si l'auteur ne parle pas du rè
glement, promis par l'article 90 du Code de commerce, sur la négociation et la transmission des effets publics, il raisonne, en maintenant la
nécessité de ce règlement qu'il a lui-même réclamé, avec instance, dans
son traité sur les *Bourses de commerce.*—Voir ci-dessus page 156 de
notre Appendice.

TROISIÈME PARTIE.

CORRESPONDANCE

De la Chambre syndicale

AVEC M. LE MINISTRE DES FINANCES,

POUR LA RÉPRESSION

DU COURTAGE ILLICITE.

———————

Cette correspondance se compose, notamment, des quatre documents qui suivent :

I.

Paris, le 19 novembre 1841.

Le Syndic et les Adjoints au Syndic de la Compagnie des Agents de change de Paris

A M. le Ministre Secrétaire d'État au département des Finances.

Monsieur le Ministre,

Les évènements qui sont venus récemment attrister la Compagnie des Agents de change, et répandre des inquiétudes dans les transactions en fonds publics, font sentir, à la Chambre syndicale, le besoin d'appeler votre attention sur les désordres dont la Bourse est, depuis si longtemps, le théâtre par l'effet du *marronage* (1) ; dé-

---

(1) On appelle ainsi, en terme de Bourse, le *courtage illicite*.

sordres que la Chambre syndicale a déjà signalés à la
surveillance de l'Autorité par la note ci-jointe (1), qui a
été remise, depuis 1835, aux divers Préfets de police.

C'est au règne de Charles IX que remonte l'institution
des Agents de change, comprenant, selon les termes de
l'édit de 1572, ceux qui exerçaient « fait de courtage tant
» de change et de deniers que de draps, de soie, etc. »
Depuis cette époque, elle a été réglée et modifiée par de
nombreux édits, et notamment par celui du 24 septembre 1724 : « portant establissement d'une Bourse dans la
» ville de Paris, » lequel a donné aux intermédiaires de
la négociation des papiers commerçables et effets les caractères essentiels qu'ils possèdent aujourd'hui. L'utilité
de ces Agents a toujours été reconnue dans l'intérêt du
commerce et de la régularité des transactions. Aussi, ils
ont reçu de la législation une protection efficace, comme
on peut s'en convaincre par l'édit du 17 juillet 1736, qui
condamne vingt-huit courtiers marrons à 6,000 francs
d'amende chacun et à l'interdiction de la Bourse.

Le développement du crédit public, en rendant les
fonctions des Agents de change plus indispensables, en a
élevé l'importance par les garanties que trouvent, dans
leur intervention, les intérêts qui s'associent à la fortune
de l'État. Les puissantes considérations qui ont rendu
obligatoire l'assistance d'un officier public pour la transmission des titres d'inscription sur le Grand-livre ne
sont aujourd'hui méconnues de personne.

Les transactions dont est l'objet cette nature de propriété, sont de deux espèces : les marchés au comptant, les
marchés à terme.

_____

(1) Voir ci-après n° II.

En ce qui concerne les premiers, nous pouvons dire que le public trouve chez les Agents de change toute sécurité, puisque, depuis vingt ans, sur une somme de 20 milliards environ qu'il a remise entre leurs mains, sans reçus, il ne s'est pas élevé une seule contestation sur le fait du versement ; puisque, sur ces 20 milliards, les pertes qu'il a éprouvées ne dépassent pas 315,000 francs, soit environ un soixante-cinq millième, et que depuis dix ans il n'a pas été perdu un centime.

Les marchés à terme ont été l'objet de vives critiques, et, sous la préoccupation exclusive des abus qu'ils entraînent, on a même tenté de les proscrire lorsqu'ils ne seraient pas accompagnés de la preuve de possession du vendeur (Édit du 7 août 1785, article 422 du Code pénal). Une telle restriction, prise dans toute sa rigueur, équivaudrait à la prohibition absolue d'une foule de transactions dont l'utilité et la légitimité ne sont pas contestables. Pour justifier l'indispensable nécessité des marchés à terme, nous en appelons à l'opinion des hommes les plus compétents, dont la déclaration est ci-annexée ; nous en appelons surtout, Monsieur le Ministre, à votre expérience et à votre sollicitude pour les intérêts du Trésor. Il est inutile de rappeler les usages du commerce en fait de marchandises à livrer, et, mieux que personne, vous savez que le placement des emprunts serait impossible sans les combinaisons diverses qui en facilitent la négociation. Nous ajouterons que les marchés à terme qui se font à la Bourse de Paris, par le ministère des Agents de change, se tiennent, sans aucune exception, dans les termes prescrits par la législation, c'est-à-dire que l'échéance du contrat n'excède jamais deux mois (Arrêt du Conseil du 22 septembre 1786), et que la faculté est toujours réservée à l'acheteur d'exiger la livraison immédiate de la chose contre le payement du prix : ce qui prouve, chez le vendeur, sinon la possession actuelle de la rente, du moins la sérieuse et constante possibilité de se la procurer. Cette faculté de réalisation anticipée du contrat, appelée *escompte*, s'exerce très-fréquemment et pour des sommes importantes. Les écritures du syndicat établissent qu'il a été escompté de cette manière :

En 1831, pour 8,397,500 fr. de rente ;
En 1832, pour 2,415,000   »
Et en 1840, pour 1,564,500   »

lesquelles rentes ont été matériellement livrées d'une part, et payées de l'autre, comme les transferts en font foi. Nous rappelons ici ces livraisons anticipées parce qu'elles font ressortir ce qu'il y a de sérieux dans les marchés à terme, encore mieux que les livraisons de valeurs négociées de cette manière, qui ont lieu chaque mois par nos liquidations et dont le payement se fait par la Banque de France et se trouve consigné sur ses livres.

En définitive, malgré la jurisprudence que paraissent avoir adoptée les tribunaux, et contre laquelle nous ne cessons de réclamer, il est certain que les affaires à terme se traitent encore à la Bourse de Paris avec beaucoup plus de sécurité que sur aucune autre place de l'Europe.

Nous ne prétendons pas, Monsieur le Ministre, que toutes les transactions qui se font à la Bourse par le ministère des Agents de change soient exemptes de l'influence des passions aventureuses, dont les meilleures institutions humaines ne peuvent se garantir ; mais nous pouvons dire hautement que c'est surtout par le *marronage* que ces passions trouvent à s'exercer avec plus de danger pour la société et les individus, avec moins de contrôle et moins de compensations pour les véritables intérêts du pays, auxquels un grand marché des effets publics est indispensable.

C'est dans les opérations du *marronage*, faites par une multitude d'Agents sans caractère, sans responsabilité, sans discipline, opérations qui ne sont astreintes à aucune règle, à aucune limite, qui échappent à toute appréciation et se multiplient sous des formes insaisissables, qu'il faut chercher la cause principale des désordres qui affligent le parquet; cette cause se trouve principalement dans le contact incessant du jeu désordonné fomenté par le *marronage*.

Quand des rapports de cette nature s'établissent, ils ont encore pour conséquence de rendre impuissante la surveillance de la Chambre syndicale, en ne lui permettant plus d'apprécier la véritable situation d'un Agent de change dont les engagements ne sont pas tous avec le parquet.

La vérité de ces observations est attestée par les faits qui viennent de se passer sous nos yeux : c'est dans la coulisse, et en-dehors du parquet, que se sont produits ceux qui viennent d'entraîner la ruine de M. J..... et la mort de M. B..... ; c'est dans la coulisse qu'ont été perdus les deux cent mille francs qui ont été volés, cette année, à un de nos confrères par un de ses commis.

C'est encore, évidemment, dans la coulisse que le caisier de la maison P..... a perdu les sommes qui ont occasionné le crime dont cette maison a été victime.

Il ne peut être douteux pour aucun esprit que là où il n'y a ni règle, ni contrôle, ni responsabilité, les passions aventureuses trouvent plus de moyens de se satisfaire que dans une compagnie dont l'organisation régulière présente à la société toutes les garanties qu'elle a droit d'exiger en pareille matière.

Enfin, les opérations de la Bourse sont indispensables au crédit public et celles du marronage sont sans aucune utilité qui puisse compenser leurs dangers.

En vous portant ces plaintes, Monsieur le Ministre, la Chambre syndicale est animée d'un sentiment plus élevé que celui de l'intérêt personnel : il s'agit de notre honneur et de notre devoir. Nous voudrions conserver intacte la considération que mérite l'institution des Agents de change et la préserver des écarts qui lui portent une si funeste atteinte. Nous recherchons les moyens de remplir les obligations qui nous sont imposées comme syndics et d'exercer dans sa plénitude la surveillance que les règlements nous prescrivent. Cette surveillance devient impossible en présence d'Agents irresponsables, qui nous dérobent la connaissance des opérations que nous avons mission de réprimer.

Ces puissants motifs réclament une réforme immédiate dans la police de la Bourse ; nous invoquons les lois et règlements qui, ramenés à leur exécution, peuvent seuls remédier à une situation devenue intolérable, et déterminer, par la destruction du *marronage*, la cessation des désordres dont s'afflige la morale publique. Veuillez, Monsieur le Ministre, ne pas nous refuser l'appui de votre autorité.

Signé : VANDERMARQ, syndic, et les Adjoints.

II.

NOTE

ADRESSÉE PAR LA CHAMBRE SYNDICALE,

A M. le Préfet de Police,

LE 28 DÉCEMBRE 1835.

Le Gouvernement a toujours senti la nécessité d'entourer des garanties les plus spéciales et les plus précises toutes les transactions qui se rattachent aux mutations de propriété des effets publics.

Ces mutations sont, en effet, celles qui présentent le plus de chances de dol et de fraude, celles dans lesquelles peuvent se pratiquer le plus de ces manœuvres qui ont pour but de tromper ceux qui achètent ou qui vendent, sur la valeur véritable de la chose qu'ils doivent acquérir ou dont ils veulent se défaire.

Pour mettre le public à l'abri de toutes surprises, et protéger la faiblesse et l'ignorance contre les intrigues de ceux qui avaient intérêt à l'abuser dans cette circonstance, la législation a prescrit que toutes les transactions sur effets publics auraient lieu dans un endroit et à des heures déterminées ; qu'elles seraient contractées par le ministère d'officiers publics, et que ces conditions de concurrence et de publicité viendraient y servir de garantie à tous les intérêts.

24

Toute la législation sur cette matière, soit ancienne, soit nouvelle, est empreinte du même esprit et consacre les mêmes dispositions, c'est-à-dire l'unité de lieu et d'heure pour les transactions, et l'intermédiaire d'officiers publics pour en garantir la régularité; par conséquent, la prohibition des réunions qui pourraient avoir lieu, pour le même objet, dans d'autres lieux et à d'autres heures que ceux que l'Autorité y avait affectés, et la défense, aux personnes non désignées par la loi, de s'immiscer dans ces négociations.

Ces dispositions sont spécialement consignées dans les arrêts du Conseil des 10 avril 1706, 3 septembre 1709, 25 octobre 1720, 24 septembre 1724, 17 mai 1740, 30 mars 1774; dans les arrêtés du Gouvernement des 2 ventôse an IV, 28 ventôse an IX; dans l'ordonnance du Préfet de police du 1er thermidor an IX; dans l'arrêté du Gouvernement du 27 prairial an X; enfin, elles sont formellement consacrées par l'article 76 du Code de commerce et ont été rappelées depuis dans les ordonnances du Préfet de police des 14 avril 1819 et 24 janvier 1823.

Malgré ces lois si précises, et dont le but peut être si facilement reconnu et apprécié, à différentes époques, des individus étrangers aux fonctions d'Agents de change ont essayé de se rendre intermédiaires de négociations sur effets publics, et d'en établir dans d'autres lieux que la Bourse et à d'autres heures que celles de sa tenue légale ; l'Autorité est toujours intervenue pour empêcher ces abus et assurer l'exécution des lois rendues sur cette matière.

Mais depuis quelque temps ces infractions aux lois sur la police de la Bourse ont pris un développement qui doit attirer toute l'attention de l'autorité compétente.

Un grand nombre de personnes, connues sous le nom

de *marrons*, se sont faites intermédiaires des négociations sur effets publics qui ont lieu tant à la Bourse qu'à la porte du café *Tortoni*.

Celles de ces négociations qui ont lieu à la Bourse s'y font de la manière la plus patente et qui peut entraîner le plus d'abus : les individus qui se rendent intermédiaires de ces transactions se sont constitués d'une manière ostensible dans les fonctions qu'ils usurpent ; ils reçoivent des commandites et envoient des circulaires ; leurs opérations se font à haute voix, et quelquefois dominent celles du parquet et en influencent les cours.

Ainsi, toutes les garanties résultant des lois précitées se trouvent éludées, et les plus graves inconvénients en résultent tant pour le public que pour la Compagnie des Agents de change.

Pour le public, en ce que cet état de choses a créé un foyer de spéculations dans lequel les passions aventureuses ne trouvent aucun frein, et sont, au contraire, excitées de toutes les manières par des intermédiaires qui ne sont comptables ni envers l'autorité ni envers l'opinion des abus et malheurs qui peuvent en résulter ; en ce qu'il tend à influencer et dénaturer, par moments, les cours résultant des négociations réelles sur les effets publics, et à soustraire ainsi ces négociations à la protection qui leur est assurée par les lois ; enfin, en ce qu'il a pour effet d'établir plusieurs marchés d'effets publics au lieu d'un seul que le législateur avait jugé nécessaire à la sécurité des transactions de cette nature.

Quant à la Compagnie des Agents de change, elle ne peut que souffrir, dans ses intérêts matériels, des empiètements que les individus qui se livrent au *marronage* font, chaque jour, sur les transactions qui lui sont confiées par les lois ; mais elle redoute, surtout, de se voir exposée au blâme qui doit résulter des malheurs éprouvés à la Bourse, par quelques fortunes, dans des spéculations dont les intermédiaires prennent même le titre d'Agents de change.

La Chambre syndicale de la Compagnie des Agents de change, instituée gardienne de la considération de cette Compagnie par l'ordonnance royale du 19 mai 1816, et dont la mission est aussi de signaler à l'Autorité tout ce qui peut troubler l'ordre à la Bourse et donner lieu à la fraude de se glisser dans les transactions qui s'y contractent, vient remplir le devoir qui lui est imposé par l'article 5 de la loi du 27 prairial an x, en portant les faits dont il s'agit à la connaissance de M. le Préfet de police.

III.

RÉPONSE

DE M. LE PRÉFET DE POLICE,

A M. le ministre des Finances,

Paris, le 8 mars 1842.

A M. le Ministre Secrétaire d'État des Finances.

Monsieur le Ministre,

Je n'ai adressé à Votre Excellence, le 14 février dernier, qu'une réponse provisoire à la transmission qu'elle a bien voulu me faire d'une lettre du syndicat des Agents de change signalant les abus du *marronage* et en sollicitant la répression. Je me suis borné à faire pressentir à Votre Excellence les difficultés qui me paraissaient se rattacher à cette affaire, en lui annonçant la prochaine communication du résultat de l'examen sérieux et approfondi qu'elle réclamait, et pour lequel je croyais devoir m'entourer des lumières propres à faciliter la solution des diverses questions de fait et de droit. Je me suis livré à cet examen, dont je vais avoir l'honneur de rendre compte à Votre Excellence.

La Chambre syndicale vient réclamer de l'Autorité la répression d'un délit qu'elle peut poursuivre elle-même, aux termes de la loi, s'il existe en effet.

Pourquoi n'exerce-t-elle pas l'initiative que les règlements lui accordent?

Pourquoi, en réclamant l'application des règlements, ne suit-elle pas la marche que ces règlements ont tracée?

Je crois en trouver le motif dans le mémoire même de la Chambre syndicale.

On remarque en effet, dans ce mémoire, que, loin de préciser les faits caractéristiques du délit qu'elle signale, la Chambre syndicale, en désignant ce délit sous le nom de *marronage*, emploie les termes les plus vagues pour en déterminer la nature.

« C'est, dit-elle, dans les opérations du *marronage*,
» faites par une multitude d'Agents sans caractère, sans
» responsabilité, sans discipline, opérations qui ne sont
» astreintes à aucune règle, à aucune limite, qui échap-
» pent à toute appréciation et se multiplient sous des
» formes insaisissables, qu'il faut chercher la cause prin-
» cipale des désordres qui affligent le parquet ; cette cause
» se trouve principalement dans le contact incessant du
» jeu désordonné fomenté par le *marronage*. »

Mais quand il s'agit de poursuivre contre un individu l'application d'une peine, il ne suffit pas de lui imputer des opérations qui échappent à toute appréciation et se multiplient sous des formes insaisissables ; il faut, au contraire, bien préciser les faits condamnables ; il faut que ces faits se présentent aux tribunaux sous des formes saisissables et qu'ils soient bien reconnus être ceux que la loi a voulu atteindre. Ne serait-ce pas là ce qui fait que la Chambre syndicale s'abstient de toutes poursuites?

Messieurs les Agents de change invoquent, pour les fonctions dont ils sont seuls chargés, la protection efficace que leur accorde la législation ; comme on peut s'en convaincre, disent-ils, par l'édit (c'est une ordonnance ou sentence de police) du 17 juillet 1736, qui condamne 28 *courtiers marrons* à 6,000 fr. d'amende chacun et à l'interdiction de la Bourse. »

Mais on remarque précisément dans cette ordonnance du Lieutenant-général de police, d'abord qu'elle a été rendue sur la requête des Syndic et Adjoints des Agents de change de Paris, et, en second lieu, que ladite requête imputait aux individus dénoncés les faits suivans : « De » s'annoncer dans les maisons de négocians et financiers » sous le titre d'Agents de change; de s'immiscer dans leurs » fonctions; d'y consommer des négociations; de certifier » les signatures des billets ou lettres de change qu'ils négo- » cient; de fournir le mémoire des négociations par eux » faites; d'en recevoir le droit de courtage, et d'en don- » ner quittance de la même manière qu'il se pratique pour » les Agents de change. »

Il ne pouvait y avoir de doute ici sur l'usurpation de fonctions : les actes qui la constituent sont détaillés avec la plus grande précision; ils sont bien de ceux que la loi attribue exclusivement aux Agents de change, point important à constater.

Pour juger s'il en est de même de ceux qui se rattachent à la nouvelle réclamation des Agents de change, il importe de bien se rendre compte de la nature et de l'étendue du privilège que la loi leur accorde.

L'article 76 du Code de commerce est ainsi conçu :

« Les Agents de change, constitués de la manière pres- » crite par la loi, ont seuls le droit de faire les négociations » des effets publics et autres susceptibles d'être cotés; de » faire, pour le compte d'autrui, les négociations des let- » tres de change ou billets et de tous papiers commerçables,

» et d'en constater le cours. — Les Agents de change
» pourront faire, concurremment avec les courtiers de
» marchandises, les négociations et le courtage des ventes
» ou achats de matières métalliques. Ils ont seuls le droit
» d'en constater le cours.

De ces diverses opérations, quelles sont celles que la
Chambre syndicale impute au *marronage?* Elle ne le dit
pas; mais on sait parfaitement que ce n'est pas la négociation des lettres de change ou billets, qui, sans aucune
réclamation de sa part, se fait à Paris par une classe de
marrons que la loi proscrit et que la Chambre tolère. Ce
n'est pas non plus le courtage des matières métalliques dont
elle s'inquiète tout aussi peu; restent les négociations des
effets publics.

Il importe d'examiner ce que sont les fonctions des
Agents de change dans ces négociations.

D'après l'article 13 de l'arrêté des Consuls du 24 prairial an x, l'Agent de change vend les effets *qu'il a reçus
de ses clients;* il achète ceux pour le payement desquels
il a reçu les sommes nécessaires.

Telles sont les opérations dont la loi a donné, en matière d'effets publics, le privilège aux Agents de change,
et qu'elle a placées sous les garanties d'ordre public qui
dérivent de leur institution : la vente d'effets réellement,
matériellement déposés; l'achat d'effets dont le prix a été
réellement, matériellement reçu.

Sont-ce là les opérations dans lesquelles s'immisce le
marronage? Non, sans doute; personne ne s'en avise et
personne ne pourrait le faire sans que la répression s'en-
suivît immédiatement.

En quoi donc consistent les opérations reprochées au
marronage?

Ces opérations n'ont rien des conditions matérielles que la loi a attachées, comme garanties, aux véritables négociations d'effets publics placées sous sa protection, et à titre de privilège, dans les attributions des Agents de change. Ce sont des opérations qui ne reposent que sur des valeurs fictives, imaginaires, purement nominales; des opérations qui n'empruntent, aux négociations légales, que leur vocabulaire commercial et financier, et qui cachent sous cette fausse apparence leur véritable caractère, leur véritable nom : LE JEU.

Dans la forme, on vend ou l'on achète à tel ou tel prix 2,500, 5,000, 10,000, 20,000 fr. de rente 5 p. cent, 1,500, 3,000, 6,000 fr. de rente 3 p. cent, livrables à telle ou telle époque; au fond, au lieu de se terminer par une livraison réelle des effets vendus, l'opération se résout par le payement de la différence entre les prix, résultant du cours auquel l'opération a été conclue et de celui du jour fixé pour la livraison supposée.

Telles sont les seules opérations de la coulisse; telles sont les seules opérations dont le *marronage* se fait l'entremetteur.

La jurisprudence des tribunaux est d'accord avec l'esprit de la législation ancienne et moderne, et aussi avec l'opinion publique, pour ne reconnaître dans ces opérations que des paris déguisés sous des formes commerciales et pour leur refuser la protection de la loi, soit qu'elles soient conclues par l'entremise des Agents de change, qui en ont donné l'exemple, soit qu'elles le soient au moyen du *marronage*. Dès-lors, peut-on dire que ce dernier, comme le prétend la réclamation, s'immisce dans les fonctions des Agents de change, en se faisant l'intermédiaire d'opérations que la loi et la morale désavouent, lorsqu'elles sont faites par les Agents de change eux-mêmes ?

Vainement voudrait-on prétendre qu'il y a une différence (1) entre les mêmes opérations faites par le *marronage* ou par les Agents ; vainement invoquerait-on les garanties que présentent ceux-ci, les désordres qu'entraîne
l'intervention de l'autre, les hautes considérations qui, dans
l'intérêt du crédit public et les convenances de la haute
banque, doivent faire admettre et légitimer les opérations
dont nous venons de parler, pourvu qu'elles soient faites
.par les Agents de change, comme *marchés à terme, fermes
ou non*, et avec une certaine formule d'engagement.

Toutes ces considérations pourraient être présentées à
l'appui d'une législation nouvelle, qui, certes, serait fort
utile. Mais, au point de vue de la législation actuelle, qui
ne donne d'action répressive que contre le fait de s'immiscer dans les fonctions d'Agents de change, la question, je
le répète, me paraît se résoudre à ces termes : Est-ce s'immiscer dans les fonctions des Agents de change que de se
faire, avec eux, l'intermédiaire d'opérations désavouées
par la loi?

Que si l'on voulait appliquer aux opérations de la coulisse l'article 421 du Code pénal, ce n'est pas seulement
contre les *marrons*, mais bien contre tous ceux qui prennent part à ces opérations, soit en-dehors soit en-dedans
du parquet, que l'action publique devrait être dirigée.
Personne n'est plus à même que Votre Excellence d'apprécier la nature des difficultés que soulèveraient de semblables poursuites, et c'est à elle qu'il appartient surtout
de provoquer, s'il est possible, les moyens de concilier,

(1) Voir, pour apprécier cette différence, l'explication de la *liquidation
centrale*, au n° IV de la première partie de l'Appendice.

dans la législation de la Bourse, les hautes considérations qui se rattachent au crédit public et les intérêts, non moins importants, de la morale publique et du respect des lois.

Agréez, Monsieur le Ministre, l'hommage de mon respect.

Le Conseiller d'Etat, Préfet de Police,

Signé : G. DELESSERT.

IV.

Paris, le 30 mars 1842.

Le Syndic et les Adjoints au Syndic de la Compagnie
des Agents de change de Paris

A M. le Ministre des Finances.

Monsieur le Ministre,

Vous avez eu la bonté de nous faire remettre une copie de la lettre que vous venez de recevoir de M. le Préfet de police, en réponse à la communication que vous lui aviez faite de celle que nous avions eu l'honneur de vous adresser, le **19** novembre 1841, relativement aux désordres résultant du *marronage*.

La lettre de M. le Préfet de police peut se résumer ainsi : Que la Chambre syndicale peut poursuivre elle-même, les délits dont elle demande la répression, et que si elle ne le fait pas, en suivant la marche que les règlements lui ont tracée à cet effet, c'est qu'elle ne peut définir les abus dont elle se plaint ;

Qu'elle tolère les *marrons* qui se livrent à la négociation des lettres de change et ceux qui font le courtage des matières métalliques ; que le *marronage* ne se mêle point des affaires en fonds publics qui se négocient au comptant, seules opérations que la loi attribue aux Agents de change, et qu'il n'a lieu que pour les opérations de jeu ou marchés à terme, qui ne se résolvent que par le payement de différences et dans lesquels il n'est jamais question d'affaires réelles ; que la législation ancienne et moderne, d'accord avec l'opinion publique, ne reconnaît dans ces opérations que des paris déguisés auxquels ils refusent également leur protection, qu'ils soient conclus par l'entremise des Agents de change qui en ont donné l'exemple, ou qu'ils le soient au moyen du *marronage ;*

Qu'on ne peut dire, dès-lors, que le *marronage* s'immisce dans les fonctions des Agents de change, en se faisant l'intermédiaire d'opérations que la loi et la morale désavouent lorsqu'elles sont faites par les Agents de change eux-mêmes ;

Que vainement on prétendrait qu'il y a une différence entre les opérations faites par le *marronage* et celles faites par les Agents de change ; que vainement on invoquerait les garanties que présentent ceux-ci et qui pourraient être invoquées en faveur d'une législation nouvelle (qui certes serait fort utile), mais que, dans l'état présent de la législation, ce n'est point s'immiscer dans les fonctions des Agents de change que de se faire avec eux l'intermédiaire d'opérations désavouées par la loi, et que si l'on voulait faire l'application de la législation nouvelle, ce ne serait pas seulement contre les *marrons*, mais bien aussi contre les Agents de change que l'action publique devrait être dirigée ; que personne n'est plus à même que Votre Excellence d'apprécier la nature des difficultés que soulèveraient de semblables poursuites, et surtout de provoquer, s'il est possible, les moyens de concilier, dans la législation de la Bourse, les hautes considérations qui se rattachent au crédit public et les intérêts (non moins importans) de la morale publique et du respect des lois.

Nous croyons, Monsieur le Ministre, n'avoir affaibli en rien les raisons qui vous sont présentées par M. le Préfet de police, et nous allons essayer d'y répondre. Nous le

ferons en nous attachant seulement au fond des choses,
aux véritables intérêts de la morale et du pays, qui justi-
fieront, nous l'espérons, la Compagnie des Agents de
change des reproches qui lui sont adressés par M. le Préfet
de police.

Nous suivrons l'ordre de faits tracé par la lettre à laquelle nous avons à répondre.

Pourquoi la Chambre syndicale de la Compagnie des
Agents de change ne poursuit-elle pas directement devant
les tribunaux les personnes qui se livrent au *marronage ?*

La Chambre syndicale n'a pas cru devoir prendre cette
voie, parce que les abus dont elle réclame la répression
sont encore bien plus nuisibles à la chose publique et aux
intérêts généraux de la société qu'aux Agents de change
eux-mêmes, et que, par conséquent, c'est à l'autorité
publique à les poursuivre et à les réprimer. « Une maison
de banque dépouillée par une infidélité ; un Agent de
change volé par un de ses commis ; un autre perdant
l'actif social appartenant à ses associés ; un autre, enfin,
engloutissant son propre avoir sans que la surveillance de
la Chambre syndicale puisse s'en apercevoir : tels sont
les faits qui ont attiré l'attention de la Chambre syndicale, qu'elle a cru devoir faire connaître à l'Autorité et qui
sont passés inaperçus devant M. le Préfet de police, malgré nos avertissements.

Vous comprendrez, Monsieur le Ministre, que les poursuites que la Chambre syndicale pourrait exercer contre
les individus qui se livrent au marronage seraient bien
impuissantes pour le faire cesser si l'Autorité refuse son
intervention à cet égard.

D'abord, les faits du *marronage* en fonds publics sont
fort difficiles à constater légalement, et en supposant que

la Chambre eût pu se procurer les moyens d'obtenir une condamnation contre quelques individus, il est impossible de penser que cela seul puisse faire cesser l'abus lorsque l'Autorité se montre muette à son égard, et en disant muette, nous croyons être aussi modérés que cela est possible, en présence de la lettre de M. le Préfet de police.

La loi du 27 prairial an x trace clairement à la Chambre syndicale la marche qu'elle doit suivre en pareille circonstance, et c'est aussi celle qu'elle a suivie.

Nous ne connaissons point les règlements dont parle M. le Préfet de police en disant : « Pourquoi, en réclamant l'application des règlements, ne suit-elle pas la marche que ces règlements ont tracée? » et nous regrettons que sa lettre ne les fasse point connaître.

Enfin, la répression du *marronage* à la Bourse est infiniment plus facile que la condamnation par les tribunaux ; les droits et les devoirs de M. le Préfet de police, à cet égard, sont définis par la loi précitée du 27 prairial an x : l'application des dispositions de cette loi a été faite en plusieurs occasions, et cela n'a causé aucune difficulté. Les ordonnances publiées par les prédécesseurs de M. le Préfet de police, notamment les 14 avril 1819 et 24 janvier 1823, sont là pour attester la vérité de ce que nous avançons. M. le Préfet de police ajoute que la Chambre tolère les individus qui se livrent au *marronage* des affaires de change et au courtage des matières métalliques.

La Chambre ne tolère point les *marrons* de change ; mais la question relative à leur existence est une question que l'état des choses rend, chaque jour, plus difficile. La facilité qui résulte du transport des métaux précieux a, pour ainsi dire, anéanti les changes, et la Chambre syndicale ne peut penser à lutter contre la force des choses.

Si vous avez la bonté, Monsieur le Ministre, de vous faire représenter la minute d'une lettre écrite à ce sujet par un de vos prédécesseurs à la Chambre de commerce de Paris le 30 juin 1826 (Division du mouvement des fonds), vous y verrez quel était déjà l'état des choses à cette époque, et, depuis lors, les difficultés n'ont fait que s'accroître. La Compagnie des Agents de change est cependant loin de négliger celles de ces affaires qui sont encore possibles aux Agents de change, et elle fait les sacrifices nécessaires envers plusieurs de ses membres, pour qu'ils puissent s'occuper des soins que demandent ces affaires, et la rédaction de la cote du cours des changes, contre laquelle il n'est pas à notre connaissance qu'aucune plainte se soit élevée.

En ce qui concerne les matières métalliques, nous n'avons pas à poursuivre les *marrons* de ces sortes d'affaires, car il n'en existe plus, et les transactions auxquelles elles donnent lieu se font directement entre les changeurs et les maisons de banque qui s'occupent de ce genre de commerce. L'objection que la Chambre ne s'en inquiète pas est donc seulement l'aveu d'une complète ignorance des faits.

Il nous reste maintenant, Monsieur le Ministre, à parler de la négociation des effets publics : suivant M. le Préfet de police, la loi ne confère, aux Agents de change, de privilège que pour leurs négociations au comptant, et, pour celles-là, les marrons ne s'en mêlent point ; quant aux affaires à terme, ce sont des affaires de jeu, qui ne se résolvent que par des différences que réprouvent les législations ancienne et nouvelle, que désavoue la morale, et qui ne pourraient donner lieu qu'aux mêmes poursuites contre les *marrons* et contre les Agents de change,

Si vous adoptiez cette opinion, Monsieur le Ministre, nous n'aurions rien de mieux à faire que d'abandonner ces marchés condamnables auxquels se livrent, cependant, les plus honnêtes gens du pays lorsque cela est utile à leurs affaires ; permettez-nous un mot d'explication à leur égard.

D'abord, la législation défend-elle ces marchés, et quelle est la législation qui les régit ? et, avant tout, exposons en peu de mots les principes qui les réclament : la France possède une valeur en fonds publics supérieure à cinq milliards (1) ; il est de son intérêt que cette valeur jouisse de toute la faveur possible. Comment comprendre que, dans cette situation, elle place ces valeurs en-dehors de tous les avantages du droit commun, et que, lorsque le droit commun laisse la facilité de vendre ou d'acheter, avec terme pour le payement, toutes les choses, sans exception, dont se compose le capital de la fortune publique, les rentes seules ne puissent se vendre qu'au comptant ? il serait difficile d'expliquer une telle anomalie : aussi, rien de semblable n'est-il entré dans la pensée d'aucun des pouvoirs législatifs qui ont administré le pays, à quelque époque que ce soit. Mais les lumières de son gouvernement lui ont fait reconnaître de bonne heure la nécessité de régler d'une manière convenable les négociations à terme de ses effets publics, de façon à contenir les passions aventureuses qui pouvaient être tentées de se livrer au commerce de ces valeurs.

La première disposition législative qui intervint à ce sujet fut l'arrêt du Conseil du 7 août 1785, portant : « Que ce n'est qu'en éludant les sages dispositions de l'ar-

(1) Voir le n° VII de la première partie de l'Appendice, page 116.

» rêt du Conseil du 24 septembre 1724, qui proscrivait
» toute négociation faite hors de la Bourse et par des per-
» sonnes sans qualité, que l'on est parvenu à établir dans
» les cafés et autres lieux ce jeu effréné consistant en paris
» et compromis clandestins sur les effets publics.

Pour remédier à ces abus, l'arrêt ordonne « qu'à l'ave-
» nir, les négociations d'effets royaux ne pourront être
» faites valablement que par l'entremise des Agents de
» change et à la Bourse, et déclare nuls tous marchés qui
» qui se feraient à terme sans livraison desdits effets ou sans
» le dépôt réel d'iceux. »

Le 2 octobre 1785, il parut un autre arrêt du Conseil
qui porte, art. 6 : «Entend Sa Majesté qu'il pourra seule-
» ment être suppléé audit dépôt par ceux qui, étant con-
» stamment propriétaires des effets qu'ils voudraient ven-
» dre, et ne les ayant pas alors entre les mains, dépo-
» seraient, chez un notaire, les pièces probantes de leur
» libre propriété. »

Un nouvel arrêt du Conseil du 22 septembre 1786 fit
connaître « que l'intérêt, toujours ingénieux à s'affranchir
» de ce qui le captive, ayant trouvé moyen d'éluder le
» règlement de l'année précédente qui interdisait tous
» marchés d'effets royaux sans livraison ou dépôt réel de
» ceux vendus, Sa Majesté avait jugé à propos, pour appor-
» ter un nouvel obstacle à ces marchés, d'ajouter aux pro-
» hibitions précédentes celle de faire à l'avenir aucun
» marché d'effets ayant cours à la Bourse, dont la livrai-
» son se trouverait différée au-delà d'un terme qu'elle a
» fixé à deux mois, d'après ce qui s'observe dans les plus
» grandes places de commerce des pays étrangers. »

Enfin, un dernier arrêt du Conseil du 14 juillet 1787
contient les considérations suivantes :

« Sa Majesté a, en effet, reconnu que ce n'était pas par
» sa surveillance directe et celle de son Conseil que l'agio-
» tage pourrait être arrêté; si ceux qui s'y livrent em-
» ploient, pour assurer leur gain, des moyens contraires à
» la probité et proscrits par les lois, les tribunaux ordi-
» naires sont leurs juges naturels et suffisent pour les ré-
» primer ; s'ils n'emploient pas des moyens illicites, ils
» sont encore condamnables, mais, semblables à ceux dont
» les actions sont contraires aux mœurs sans être con-
» traires aux lois, ils doivent être abandonnés aux remords,
» à la honte et aux malheurs que, malgré quelques exem-
» ples rares, entraînent tôt ou tard des spéculations aux-
» quelles une extrême avidité ne permet pas de mettre
» de mesure. »

Telle est la législation ancienne sur les marchés à
terme d'effets publics ; on voit qu'elle n'impose que
deux conditions à leur validité : la possession des effets
par le vendeur et la limitation du terme du marché
à deux mois; alors, on ne regardait comme punissables
que les marchés faits avec fraude, et l'on abandonnait
au seul jugement de leur conscience ceux qui se livraient
avec imprudence, mais de bonne foi, à ces sortes de
spéculations.

Les articles 421 et 422 du Code pénal, qui seuls, dans
notre législation nouvelle, traitent des marchés à terme,
sont rédigés à peu près dans le même esprit, c'est-à-dire
que le législateur ne voit jamais les inconvénients de la
spéculation sur les effets publics, et ne la punit que quand
elle a pour objet de faire baisser les effets en vendant ceux
que l'on ne peut livrer.

Ces articles du Code pénal sont ainsi conçus :

« ART. 421. Les paris qui auront été faits sur la hausse

» ou la baisse des effets publics seront punis des peines
» portées par l'article 419.

« Art. 422. Sera réputée pari de ce genre toute con-
» vention de vendre ou de livrer des effets publics qui ne
» seront pas prouvés, par le vendeur, avoir existé à sa
» disposition au temps de la convention, ou avoir dû s'y
» trouver au temps de la livraison. »

Tel est l'état actuel de la législation des marchés à
terme, et cette législation est complètement observée à la
Bourse de Paris, car tous les marchés s'y font pour une
époque qui n'excède jamais soixante jours (1), et le vendeur est toujours obligé à la livraison immédiate de la
chose qu'il vend, ce qui implique la conséquence qu'il la
possède ou qu'elle sera à sa disposition au temps où il
devra en faire la livraison ; livraison qui n'a jamais manqué de se faire, si ce n'est dans le cas de déconfiture de
celui qui s'y est engagé, et qui s'opère tous les mois pour
des sommes considérables, qui, en certaines liquidations,
se sont élevées à près de 30 millions (2) ; tandis que les
marchés contractés par l'entremise du *marronage* (que
M. le Préfet de Police annonce être identiques à ceux du
parquet) ne peuvent jamais se résoudre par une livraison
d'effets et leur payement.

Ces faits sont positifs, notoires, incontestables et in-
contestés, et c'est cependant en présence de ces mêmes
faits que M. le Préfet de Police affirme que les marchés à
terme qui se font à la Bourse de Paris par l'entremise

(1) Voir le *Règlement de la Compagnie*, n° II de la première partie de
l'Appendice, page 47, et le n° I de la deuxième partie, *Formules des
marchés à terme*, page 119.

(2) Voir l'explication de la *Liquidation centrale*, n° IV de la première
partie de l'Appendice, page 65.

des Agents de change ne sont que de simples jeux, qui ne se résolvent jamais que par des différences et ne sont que des paris déguisés repoussés par la morale et la législation, et qu'en se référant à cette législation on ne pourrait que poursuivre les Agents de change, officiers publics nommés par le Roi, qui font ces marchés en pleine Bourse et à haute voix depuis trente ans et plus, sans qu'aucune des autorités qui ont passé dans le pays ait jamais pensé à les réprimer.

Si l'opinion d'un magistrat d'un ordre aussi élevé que M. le Préfet de Police a pu s'égarer à ce point, ne doit-on pas en tirer la conséquence de l'impérieuse nécessité de combler enfin la lacune qui existe sur cette partie de notre législation par suite de l'absence des règlements d'administration publique promis par l'article 90 du Code de commerce ?

Pour en revenir aux faits, nous pensons, Monsieur le Ministre, que le Code de commerce, en confiant aux Agents de change la négociation de tous les effets publics et autres susceptibles d'être cotés, leur a également concédé, dans l'intérêt de toutes les transactions, le droit de faire ces négociations soit au comptant soit à terme.

Que l'intérêt public, comme l'intérêt privé des rentiers, exige que, conformément aux lois sur la matière, ces négociations soit au comptant, soit à terme, ne puissent avoir lieu qu'à la Bourse et aux heures déterminées par l'Autorité.

Que, par conséquent, l'autorité doit veiller au maintien de ces dispositions et éloigner de la Bourse, ainsi que la loi du 27 prairial an x lui en fait le devoir, toute personne troublant l'ordre de ce marché et s'immisçant dans les fonctions des officiers publics que la loi a créés pour y présider.

Que la législation spéciale est complète et suffisante, ce qui est prouvé par les jugements que le Tribunal de commerce ne cesse de rendre sur cette matière, malgré la nouvelle jurisprudence de la Cour royale, jurisprudence contre laquelle s'élèvent tous les esprits éclairés de notre époque, ainsi que nous vous en avons donné la preuve dans la déclaration écrite des premières maisons de banque et plus forts capitalistes de la place de Paris (1), et qu'il n'y a donc pas lieu à changer la législation, mais à tâcher qu'elle soit appliquée par la Cour royale avec plus de lumières.

Nous vous remettons, à ce sujet, les copies des derniers jugements sur la matière, et celles des arrêts qui les ont infirmés, afin que vous puissiez juger de la valeur des considérants de chacun d'eux (2).

Nous vous prions de vous souvenir, Monsieur le Ministre, que la Bourse de Paris est celle de toute l'Europe où les affaires se traitent avec le plus de régularité; que les transactions qui s'y opèrent sont un des premiers éléments du crédit public, qui est lui-même le principal ressort de la puissance et de la prospérité des États modernes; que nous pouvons vous donner la preuve que le public n'a pas perdu un centime depuis dix ans avec les Agents de change agissant dans l'exercice de leurs fonctions, et que la tolérance de l'Autorité pour le *marronage* menace de destruction une organisation qui a rendu de si

---

(1) Voir le *Parère*, n⁰ˢ II et III de la première partie de l'Appendice, p. 122.

(2) Voir la *Collection des jugements et arrêts*, n⁰ VII de la deuxième partie de l'Appendice, page 126.

véritables services au pays, principalement dans les moments difficiles.

Nous ne pouvons, Monsieur le Ministre, trouver un
juge plus éclairé que vous sur ces matières encore si peu
comprises, et nous vous demandons votre concours et
votre appui, décidés que nous sommes à les justifier en
continuant à faire, malgré les difficultés si grandes dont
nous venons de vous entretenir, tout ce qui est en notre
pouvoir pour conserver à notre place les avantages qui
résultent de la régularité des transactions qui s'y font.

Nous sommes, avec respect, etc.

TABLE

(1) Voir l'observation page 2, pour l'intelligence de l'Appendice.

TROISIÈME PARTIE.

COURTAGE ILLICITE.

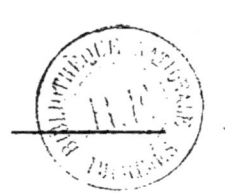

ERRATA

DE L'APPENDICE.

Page 13, ligne 9, *lisez* : jetait, *au lieu de* jetaient.

Page 42, ligne 19, *lisez* : ministre, *au lieu de* ministère.

Page 62, titre courant, *lisez* : CAISSE COMMUNE, *au lieu de* CAISSE COMMUNALE.

Page 97, ligne 6, *lisez* : arrêt, *au lieu* d'édit.

Page 105, ligne 9, *lisez* : du ministre, *au lieu de* des ministres.

Page 89, ligne 2, *lisez* : 1724, *au lieu de* 1824.

Page 201, ligne 7, *lisez* : 1823, *au lieu de* 1833.

Page 235, ligne 21, *lisez* : de prêt, *au lieu de* du prêt.

Page 236, ligne 6, *lisez* : d'un autre côté, *au lieu* d'autre côté.

Page 255, ligne 18, *lisez* : 1842, *au lieu de* 1843.

Page 376, ligne 17, *lisez* : 27 prairial, *au lieu de* 24 prairial.

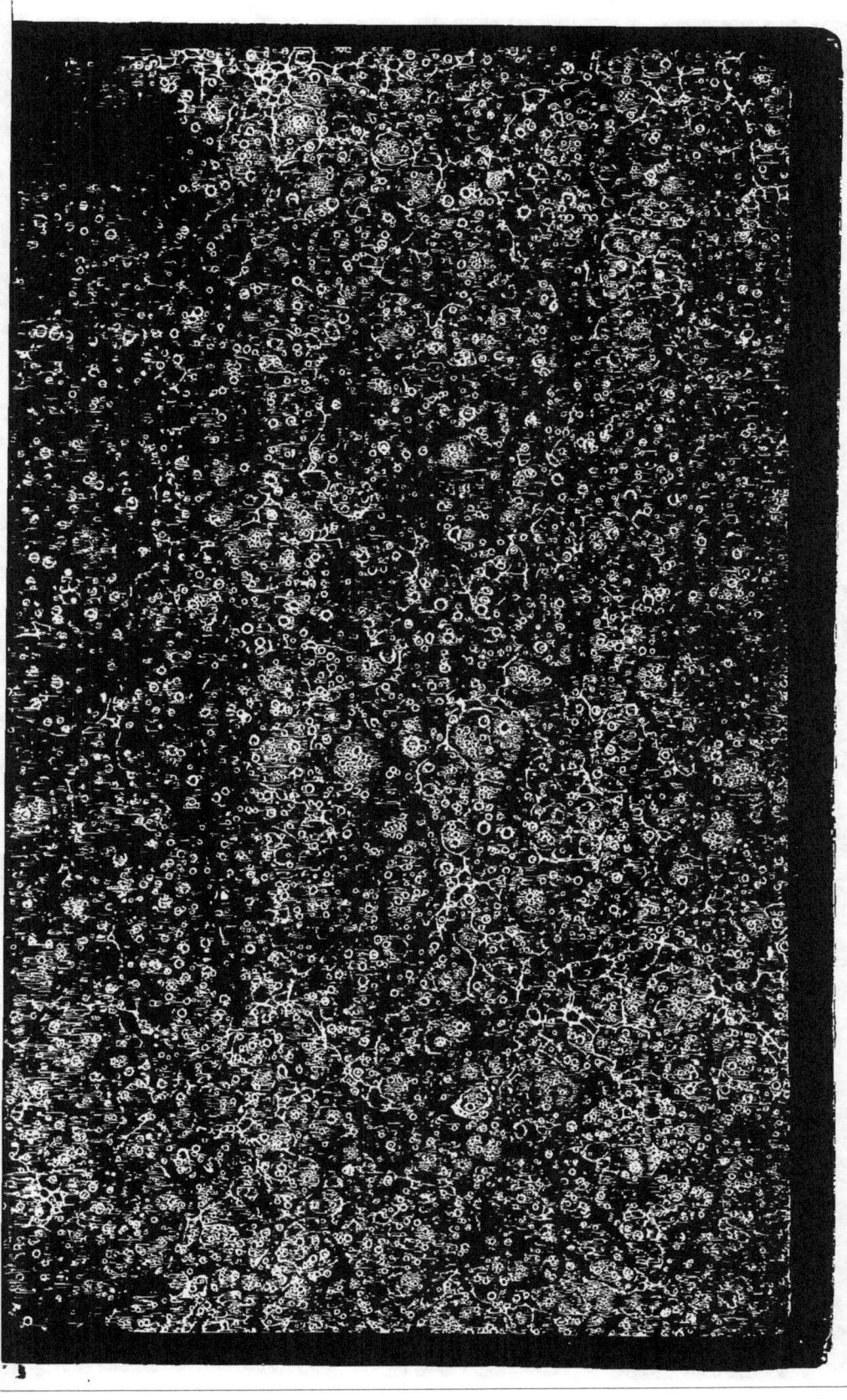